Los siete colores de la sangre

Los siete colores de la sangre

Uwe Wilhelm

Traducción de Ana Guelbenzu

Rocaeditorial

Título original: *Die sieben farben des blutes*

© 2017, Blanvalet Verlag, un sello de Verlagsgruppe Random House GmbH, Múnich, Alemania, www.randomhouse.de.

Este libro ha sido negociado a través de Ute Körner Literary Agent, S.L.U., Barcelona, www.uklitag.com.

Primera edición: febrero de 2018

© de la traducción: 2018, Ana Guelbenzu
© de esta edición: 2018, Roca Editorial de Libros, S. L.
Av. Marquès de l'Argentera 17, pral.
08003 Barcelona
actualidad@rocaeditorial.com
www.rocalibros.com

Impreso por Rodesa
Villatuerta (Navarra)

ISBN: 978-84-17092-26-9
Depósito legal: B-29360-2017
Código IBIC: FF; FH

RE92269

Primera proclamación

Hace tres días puse fin a la ridícula existencia de Tara Beria, editora jefa de la revista MINNA. Soy plenamente consciente de que este hecho supone romper un tabú. Determinadas personas se asustarán al saber que no siento ni arrepentimiento ni compasión hacia este acto horrible, pero hay un motivo. Tara Beria forma parte de un objetivo mayor, mi misión, titulada «Los siete colores de la sangre» y que detallaré más adelante en sucesivas proclamaciones. Hasta entonces solo puedo gritarles bien alto a todos aquellos que, como yo, sufren con la decadencia de nuestra cultura y aun así no se deciden a oponer resistencia: ¡sed valientes! Una vez superados mentalmente los límites que describe el Código Civil, cualquier acto sangriento para recuperar el orden natural parece fácil. Cuanto más se atreve uno a avanzar, más se apodera la euforia de él. Yo mismo me he convertido en un Alexander Humboldt moderno. He redescubierto lo que estaba oculto desde tiempos inmemoriales en los seres humanos y que, desde que las mujeres abandonaron el lugar que Dios les había asignado, se considera perversión: la guerra. Volveré a dar vida a esa guerra mediante la curación de siete rameras.

(Colgado por «Dioniso» el 12 de julio de 2016 en el perfil de Facebook de la fiscal Helena Faber.)

Cuando la última frase se perdió entre los sonoros aplausos de los doscientos estudiantes que abarrotaban la sala de actos de la Universidad Técnica de Berlín, Ursula Reuben se levantó sonriendo y disfrutó de la ovación un rato hasta que, finalmente, alzó los brazos y el público enmudeció poco a poco.

—Otro consejo, sobre todo para las estudiantes presentes en la sala: quien diga que no existe un techo de cristal que impide que las mujeres desarrollen una carrera exactamente igual que los hombres, miente. Esos techos existen. Son los enchufes de los hombres, las preguntas a una mujer sobre cuándo tendrá hijos, si se dedicará al hogar o si una mujer puede apoyar a su «hombre» cada día. Esos son los techos de cristal. Invisibles y difíciles de atravesar. Pero, queridas damas, no os dejéis engañar…

Volvieron a sonar aplausos. Reuben, que había sido invitada para dar la conferencia inaugural a los futuros economistas, vio cómo los rostros se iluminaban en las veinte filas: chicos y chicas jóvenes llenos de entusiasmo, que grababan con sus teléfonos móviles y soltaban gritos de júbilo. Pero también estaba allí ese hombre de la primera fila que no encajaba. Le sonaba la cara. ¿No se lo había encontrado en algún sitio? ¿Quizá en el pasillo que conducía a su despacho en el Departamento de Economía del Senado? Cuando lo miró, él le sonrió, pero no fue una sonrisa amable. Era más bien sarcástica, burlona, y la mirada la acompañaba. Tal vez debería preguntarle qué hacía allí. Sin embargo, si formaba parte del público sería un error llamarlo aparte para interpelarlo. Sabía que había prensa a la espera de que hiciera algo que pusiera en duda sus méritos.

«La senadora de Economía, Ursula Reuben, protege a las mujeres y deja a los hombres al margen», acabaría leyendo, aunque pudiera demostrar que no era cierto. Casi siempre. Los aplausos se fueron extinguiendo, y ella apartó la mirada de aquel hombre y continuó:

—Pero, queridas damas, y en eso no debemos engañarnos, por supuesto, los techos de cristal también están en nuestra mente. Lo sé por experiencia propia. Y tampoco ayuda mucho culpar a los hombres y lanzarlos a la hoguera de la igualdad de oportunidades. Somos nosotras, ustedes y yo, las que debemos tomar las riendas de la vida, nuestras esperanzas y el futuro y romper esos techos. Eso puede ser duro y exige mucha energía, pero si no lo intentan, queridas damas, si no tienen la voluntad de atravesarlos con todas sus fuerzas, plenamente conscientes y con el apoyo de otras personas, jamás lo conseguirán. Confíen en sí mismas. Vayan por su camino. Háganse valer. Y crean en ustedes más de lo que lo hace su entorno. Muchas gracias.

Cuando las estudiantes se levantaron de un salto y agradecieron la conferencia de Ursula Reuben con un aplauso atronador, había más que entusiasmo. Era como si se sintieran comprendidas y animadas. Como si hubieran encontrado un modelo al que aferrarse y con el que poder orientarse.

Reuben había sido nombrada senadora de Economía hacía unas semanas, y ya había atacado la corrupción berlinesa y logrado sus primeros éxitos. Había demostrado que su predecesor era corrupto y puesto en el punto de mira a sus colaboradores y, por tanto, se había granjeado muchos enemigos por su firmeza y pasión.

Cuando un cuarto de hora más tarde salió de la universidad, el sol ya estaba bajo y rojo en el horizonte. Soplaba una brisa fresca. Miró alrededor. Algunos estudiantes le mostraban el pulgar en alto y la saludaban. El tráfico discurría por la calzada de seis carriles de la calle 17 de junio. Un taxi pasó despacio por su lado, en busca de clientes. Lo paró y le indicó la dirección de su casa. Quería ir a correr una hora por las calles de Zehlendorf.

Una vez en casa, se cambió a toda prisa, se puso las zapatillas deportivas y empezó su ruta vespertina: Juttastrasse, Waltraudstrasse, Wilskistrasse, Riemeisterstrasse. Ya había anochecido, y la luz mortecina de las farolas tenía un aire espectral. Cuando giró en Argentinische Allee hacia Fischerhüttenstrasse vio el coche. Siguió corriendo. No quería fijarse en él, pero la seguía, y eso la puso nerviosa. Cuando se detuvo, el vehículo también paró. Cuando aceleró, el coche también lo hizo. Se mantenía a diez metros detrás de ella. En algún momento la alcanzó. Se detuvo de nuevo, puso los brazos en jarras y lanzó una mirada desafiante al vehículo.

—¿Qué quiere de mí? —dijo en voz baja sin moverse—. ¿Qué quiere de mí? —insistió con más energía.

Cuando se abrió la puerta y salió el conductor, supo lo que pretendía. Y que había sido un error quedarse allí quieta mirándolo. Tendría que haber salido corriendo, como alma que lleva el diablo. A buscar ayuda. Llamar a la puerta más cercana. Pero ni siquiera tuvo tiempo de gritar.

PRIMERA PARTE

1

*E*star de guardia en el Departamento de Delitos Graves de la Fiscalía de Berlín significaba estar disponible de lunes a lunes, siete días, veinticuatro horas al día, para inspeccionar un cadáver en algún lugar de la ciudad y preguntarse por qué una persona se suicida o mata a otras personas. Tal vez la conducta civilizada no es más que un fino barniz bajo el cual el horror espera su liberación. Helena Faber evitaba el servicio de guardia siempre que podía, sobre todo de noche. Después de ver los cadáveres y la sangre en el escenario de un crimen, necesitaba horas para conciliar de nuevo el sueño. Hasta ahora no había tenido más que dos noches tranquilas. Sin embargo, la experiencia le decía que no sería así siempre. Hacia las nueve había acostado a Katharina y Sophie, pagado el servicio de entrega a domicilio y el seguro del coche, guardado la colada en los armarios y cargado el lavaplatos. Hacia medianoche había consultado en Tinder si había alguien cerca que pudiera gustarle. A las doce y media había sacado a Angelo de la caja de zapatos y se había entregado a su amiguito de silicona con pilas. Durmió relajada hasta que sonó el teléfono y se confirmaron sus sospechas.

—¿Diga? —dijo, intentando utilizar un tono lo más profesional posible.

—¿Estás bien? —preguntó una voz con un leve deje divertido. Robert Faber tenía unas antenas finas para las interferencias ambientales, especialmente con Helena. Tal vez porque era su marido, del que vivía separada, y el padre de sus dos hijas. Además, era el comisario del caso Dioniso—. ¿Estás sola?

—¿Qué pasa?

—Un cadáver en el mirador de la Columna de la Victoria.

—¿Algo que destacar?

Él dudó un momento antes de mencionar la palabra clave que la despertó definitivamente.

—Parece cosa de Dioniso.

—¿Quién es la víctima?

—La senadora de Economía, Ursula Reuben. ¿La conoces?

—Personalmente, no. Llegaré en veinte minutos.

Colgó, saltó de la cama y se vistió. «Otra vez Dioniso no», pensó. El dios griego del vino, del éxtasis o de la locura... Según la ocasión. El resultado de su encarnación terrenal el año pasado fue de tres mujeres asesinadas en pocas semanas con una brutalidad sorprendente. El 7 de julio había dejado desangrarse a Tara Beria (editora jefa de la revista MINNA), el 15 de agosto, a Velda Gosen (directora de la Asociación en Defensa de los Derechos de las Mujeres, NEMESIS) y el 7 de septiembre, a Jasmin Süskind (presidenta de la Asociación de Orientación Sexual, AUX FAMILIA), durante su menstruación. Además, a Tara Beria le había cortado los dedos de las manos, a Velda Gosen, la nariz, y a Jasmin Süskind le había sacado los ojos. Las tres mujeres habían tenido que comerse esas respectivas partes de su cuerpo, en pequeñas raciones. «Los crímenes no tienen motivación sexual. El asesino busca la humillación y la destrucción», había constatado el Departamento de Psicología. O la «restauración del orden natural mediante la "curación de las rameras"», como lo había definido Dioniso en la primera proclamación que había colgado en el perfil de Facebook de Helena, como todos los posteriores. Seguía siendo un misterio por qué metía un pañuelo rojo en la boca a todas sus víctimas, pero llamaba la atención que el color de los pañuelos correspondiera a diferentes matices del rojo. El de la editora jefa era rojo escarlata, el de la directora de NEMESIS, rojo bermellón, el de la presidenta de AUX FAMILIA, rojo fuego. Helena había hablado con psicólogos, biólogos y químicos. Siempre la misma pregunta: ¿por qué los siete colores de la sangre? El dato de que la mayoría de los mamíferos fueran incapaces de ver el rojo era tan interesante como inútil. El rojo corresponde al pecado, la pasión, el erotismo, el amor, el fuego, así como al peligro, la lucha, la agresión, la ira, le había explicado en un correo electrónico un profesor de antropología que daba clases en la Universidad Libre de Berlín. Por eso, los antiguos romanos asociaban a Marte, su dios de la guerra, con ese color. También le mencionó el socialismo, la Cruz Roja y la Coca-Cola. Pero no sabía explicarle por qué Dioniso hablaba de siete colores de la sangre. Por lo menos, su colega Ziffer sabía que el rojo ayudaba a ahuyentar a los demonios y a curar enfermedades. Y el cura de la cercana iglesia del Espíritu Santo le había dicho a la fiscal que este se identificaba con el color rojo y que los cardenales católicos llevaban túnicas rojas para manifestar su disposición a dar su sangre por Cristo si era necesario. Sin embargo, lo que más la ayudó fue la explicación de Barbara Heiliger, que también trabajaba en la Fiscalía: para los judíos el rojo era el color del sacrificio cruento de alguien que debía morir por un pecado cometido. Pero tampoco sabía nada de los siete colores de la sangre.

Helena escribió una breve nota, por si alguna de sus hijas se despertaba. Se habían acostumbrado a que su madre tuviera guardia una vez al mes y saliera unas horas en plena noche, pero quería asegurarse de que no se preocuparan. «Volveré como mucho a las cuatro, si pasa algo me llamáis. Os quiero, mamá.» Añadió el icono de una carita sonriente. Salió de casa y cerró la puerta con todo el sigilo que pudo.

Por una vez el viejo Volvo arrancó sin refunfuñar. Helena aceleró, bajó por Kaiserdamm, esa gran avenida por la que las tropas regresaron al país tras la guerra entre Alemania y Francia, medio muertas de hambre. Dieciocho minutos después de la llamada de Robert aparcó delante de la Gran Estrella, en cuyo centro se alzaba triunfal la Columna de la Victoria. Asentada sobre una base de granito pulido de veintiséis metros de altura, la columna constaba de cuatro tambores, tres de los cuales estaban decorados con sesenta cañones dorados, confiscados en tres guerras: la primera entre Alemania y Dinamarca en 1864, la siguiente contra Austria en 1866 y la tercera, la guerra entre Francia y Alemania en 1870-71. En lo alto dominaba la efigie de una estatua de oro, representación de la diosa romana de la victoria, que ahora

17

miraba hacia occidente a un mar de luces azuladas. Subido a los hombros de la escultura, en la película *El cielo sobre Berlín*, Otto Sander había intentado infundir ánimos a los berlineses. Mientras Helena se abría paso entre media docena de coches patrulla, unos cuantos vehículos civiles y dos ambulancias, trató de establecer una relación entre el lugar, el crimen y el asesino. ¿Por qué la Columna de la Victoria? ¿Qué quería transmitir con eso? Vio a Robert a lo lejos junto a la entrada a la torre, con el abrigo abierto, las manos en los bolsillos de los pantalones y la mirada baja. «Cuanto mayor se hace, más guapo está», pensó Helena. Como un estibador de una epopeya americana de los años cincuenta; siempre sin afeitar, sin peinar y con esa mirada distante de la que un determinado tipo de mujeres se quedaban colgadas. Sobre todo las que tenían una fijación con su padre, como por ejemplo ella misma trece años antes.

—Espero que estés en forma. Son doscientos ochenta y cinco escalones hasta arriba.

—¿La subió hasta el mirador? —preguntó Helena, incrédula.

—Entonces aún estaba viva.

La fiscal miró alrededor. La maciza puerta de entrada estaba cerrada con dos cerrojos, uno de ellos de seguridad.

—¿Cómo entró?

—Debía de tener una copia de la llave. ¿Sabes que una empresa privada, llamada Monument Tales, gestiona la Columna de la Victoria?

—No. ¿Ya habéis hablado con ellos?

—No saben nada. También interrogaremos a la cajera y al conserje.

—¿La encontraron ellos esta noche?

—Alguien vio que la puerta estaba abierta y nos llamó.

A la derecha de la pequeña antesala de la base de la columna había una taquilla acristalada. Al lado se encontraba un torno y detrás, una puerta de cristal que se abrió automáticamente. Helena entró.

—¿No subes conmigo? —le preguntó a Robert.

—Ya he estado dos veces arriba.

Ella le lanzó una mirada escéptica y Faber reunió fuerzas

y empezó a subir por una escalera de caracol de piedra que llevaba a lo alto. Los escalones eran, aproximadamente, de un metro de ancho.

—Me gustaría saber cómo subió la Reuben su culazo por aquí. Pesaba por lo menos doscientos kilos. Los chicos hace media hora que están pensando cómo bajarla. Probablemente, pedirán una grúa —dijo Robert.

Helena no contestó, sobre todo porque a medio camino ya estaba sin aliento. Se detuvo un momento en un pequeño rellano. En una caja metálica vio una placa con el dibujo de una cámara.

—¿Y qué ha pasado con la alarma? —preguntó.

—La están cambiando porque hace tres días entraron unos ecologistas, destrozaron las cámaras y colgaron una pancarta.

La fiscal subió de un tirón los últimos peldaños hasta el mirador, y la recompensa fueron unas fantásticas vistas de la ciudad. Un mar de luces dibujaba un mapa de la actividad nocturna. En cambio, lo que se veía hacia el este, donde se divisaba la Puerta de Brandemburgo, no era agradable. Había policías y el equipo de investigación de la Policía Científica a los pies del cadáver. La doctora forense, Claudia Becker, estaba agachada junto al cuerpo. Tenía veintitantos años, era rubia y llevaba el cabello corto y un flequillo cuidado. Al ver a Helena se levantó. Todos sus movimientos denotaban ambición. La fiscal no sabía si era a causa de la investigación del asesinato de la senadora de Economía o por Robert Faber. De todos modos, el cadáver absorbió todo su interés. Ursula Reuben llevaba una túnica blanca; debajo estaba desnuda. Tenía los brazos y las piernas atados con cables blancos a una silla plegable. A los pies de la víctima había un charco de sangre ovalado, de unos dos metros cuadrados.

—La ha dejado desangrarse. Hora de la muerte, entre las once y las doce. No hay heridas externas —dijo la doctora Becker en vez de saludar.

«El mismo patrón que las tres víctimas del año pasado», murmuró Helena.

Reuben tenía el rostro ceniciento, la piel flácida y hundida. Los ojos estaban bien abiertos, como si le asombrara lo que

19

le había ocurrido. En la boca lucía una sonrisa peculiar. La doctora Becker notó que Helena estaba irritada.

—Se trata de la llamada distonía oromandibular. La causa es que el asesino le ha arrancado la lengua a la víctima.

—¿Y la lengua no está?

—La ha obligado a tragársela. Igual que con las otras víctimas —dijo la forense, que dejó entrever de nuevo su ambición.

—¿Cómo lo sabe?

La doctora Becker se encogió de hombros un instante. No lo sabía. Desvió la mirada hacia Robert, como si quisiera disculparse con él. Y dijo:

—No lo sé, pero lo supongo.

Helena se ahorró la respuesta.

—¿Huellas, pisadas?

—No hay nada que pueda aprovechar la Científica después de que el conserje contaminara el escenario del crimen —explicó Robert—. Pero, como siempre, está esto. —Le dio una bolsa de plástico con un pañuelo rojo.

—Rojo carmín —observó la forense.

Helena la miró asombrada.

—¿Cómo lo sabe?

—Pinto. Una afición para compensar…

Helena asintió y se acercó a la barandilla. El Tiergarten se veía negro a los pies de la Columna de la Victoria.

—Dioniso.

El nombre le salió como un sabor asqueroso de entre los labios. Notó una náusea. «Ya que se trata de la senadora de Economía, no puede ser una historia de celos ni de un idiota al que pudiera haber perjudicado», pensó.

Robert le leyó el pensamiento.

—Sí, parece que es ese imbécil. Así que volvemos a empezar.

Desde el 7 de septiembre del año anterior no había aparecido ninguna víctima más, por lo que la dirección de la Brigada de Investigación Criminal y la Fiscalía dieron por hecho que Dioniso había muerto o terminado su obra por otros motivos más profanos, como una enfermedad, falta de dinero o una epifanía religiosa. Helena los contradijo entonces:

—¿Por qué iba a parar de repente? Lo ha logrado tres veces, ha perfeccionado su procedimiento en cada asesinato y, además, aún no ha terminado su bárbaro plan. En un vídeo, después del primer crimen, explicó que consistía en matar a siete mujeres.

Nadie le había hecho caso: ni el fiscal superior, Paulus, ni la dirección de la Brigada de Investigación Criminal, pero ahora resultaba que tenía razón. Dioniso había despertado de su letargo de doce meses e iniciado de nuevo el baile de sus crueles asesinatos.

—Eso significa que podemos suponer que en veinticuatro horas aparecerá un vídeo en YouTube en el que documente su actuación siniestra —dijo Robert.

—Además de la siguiente proclamación demencial de una perversa curación.

Había cientos de pistas anónimas, pero ninguna sólida, ni un indicio, nada que los acercara un paso más al criminal; llevaban meses estancados. Lo único que parecía fiable era una pista telefónica de hacía dos días, asimismo anónima, que afirmaba que el asesino había citado la obra *El libro de Dioniso* de Rashid Gibran.

Después de hablar con la Científica, Helena regresó a casa. Hacia las cuatro de la madrugada escribió un correo electrónico a ese tal Gibran, profesor de Filosofía y Etnología en la Universidad Humboldt, y le pidió una cita. Hecho esto, se acostó e intentó sacarse de la cabeza las imágenes de Ursula Reuben muerta: la túnica blanca, el rostro pálido, la boca, la única herida, la sangre negra. Hacia las cinco por fin la venció el cansancio. Pero no se libró de las imágenes. Era como si una voz le dijera: «Míralo. El charco de sangre, los pies descalzos en él, el rostro de la víctima, los ojos que te miran fijamente». Entonces sintió de nuevo el deseo de una especie de higiene moral, en el sentido del Antiguo Testamento, y se quedó dormida.

2

Cuando al cabo de dos horas sonó el despertador, el sol se defendía con coraje del inevitable otoño. Helena se vio obligada a parpadear cuando unos haces de luz inundaron bruscamente el dormitorio y le iluminaron la manta. John Lennon cantaba *Woman is the Nigger of the World*, y ella se guardó un comentario malicioso. *You know, woman is the nigger of the world, yeah, if you don't believe me, take a look at the one you're with*. Ella no estaba con ninguna mujer ni con ningún hombre. «Y tampoco soy un negro», pensó. Apagó el radiodespertador para hacer callar a Lennon, volvió a hundirse en la almohada y decidió soñar diez minutos más. «Cuando me levante llevaré cuatro años separada de Robert, seguiré siendo madre de dos hijas y una fiscal ambiciosa bajo una presión horrible, y encima metida en una aventura con mi jefe que se está acabando, además de ser cocinera, mujer de la limpieza, ayudante de deberes escolares, enfermera, y todo al mismo tiempo. Pero ahora no. No, aún no». Así que se dio la vuelta, se puso la suave manta entre las piernas y se dejó llevar por un bonito sueño. A poder ser uno que hablara de una casa en el mar Báltico en la que ella, Robert, Katharina y Sophie asaran los peces que habían pescado en una pequeña cocina como antes, y que la familia fuera feliz y el tiempo no importara. Era su sueño preferido, aunque saliera del cajón más bajo del sentimentalismo. «Un poco de escapismo a las seis y media de la mañana no hace daño a nadie», pensó.

Cuando despertó de nuevo eran las siete y diez. «¿Cómo que las siete y diez? ¿Qué le pasa al despertador?» Saltó de la cama y tuvo que reprimir un leve mareo; su circulación no era tan firme como su disciplina. Un breve pis y una mirada al espejo. «Tengo que ir a la peluquería.» Una rápida visita a la balanza: setenta y cuatro kilos para un metro setenta. «Y tengo que adelgazar cuatro kilos. Mejor cinco.» Antes de ducharse fue a despertar a sus hijas.

Las habitaciones, como el baño, estaban en la primera planta de la casa adosada que compró dos años antes con un oportuno préstamo bancario. Un comedor grande, baño y cuatro habitaciones más. Detrás de la casa tenían un pequeño jardín cuadrado; a la derecha, un garaje y delante, una superficie asfaltada con una canasta. Las paredes de ladrillo rojo y la valla de madera insinuaban una vida ideal difícil de alcanzar. Helena había escogido el Westend de Berlín porque era un barrio apartado de la City. No había clubes nocturnos ni camellos, apenas se veían bandas juveniles y, de día, la zona estaba concurrida por amas de casa y jubilados. Un buen sitio para las niñas.

Cuando abrió la puerta de la habitación de Katharina, vio que Sophie se había vuelto a meter en la cama de su hermana mayor por la noche. Habría tenido pesadillas. Últimamente, cada vez le pasaba con más frecuencia. Le tranquilizaba que las dos niñas tuvieran una buena relación, aparte de las peleas ocasionales, pero le dolía que a veces tuvieran que aliarse para superar sus preocupaciones porque su madre no tenía tiempo suficiente para sus problemas. Las observó a las dos. Era un gran enigma hasta qué punto podían ser distintas. Katharina era musculosa, morena, de ojos azules, lacónica. Una joven pantera que se adentraba en la pubertad, pechos incipientes, el primer vello púbico y el acné. Cuando le hablaban del acné, la niña callaba. Como casi siempre que Helena quería hablar de alguna cuestión delicada con ella. En esas ocasiones podía convertirse en una cámara acorazada de metros de grosor y una combinación secreta tan extensa como el número pi. El sábado Katharina cumpliría trece años, y por fin podría jugar con el equipo júnior del club Alba Berlin. Sophie, en cambio, era rubia, abierta y parlanchina como un canario. Cuando entraba en un sitio, era como si su seguridad en sí misma se hubiera colado una décima de segundo antes. Nadie sabía cómo sería en el futuro, pero una cosa estaba clara: fuera lo que fuese, sería

23

demasiado poco para ella. Sophie necesitaba espacio. No físico como Katharina, sino espacio para su inteligencia ilimitada.

Cuando Helena despertó a Katharina con un beso en la mejilla, la niña alzó la vista un momento, se dio la vuelta y murmuró algo de unos minutos. Lo decía todas las mañanas, daba igual a qué hora la despertaras. En eso era como su madre. Sophie se parecía más a Robert. Solo necesitaba un segundo para estar totalmente despierta e indignarse con una niña que colgaba consejos de maquillaje, ligoteo y moda en Facebook. Era dos años menor que Katharina y mantenía una sana competencia con su hermana por ocupar el primer lugar en el corazón de Helena.

Un cuarto de hora más tarde se reunieron en la cocina. Katharina estaba medio dormida, Sophie continuaba su monólogo y Helena vestía su traje pantalón azul marino. Se había recogido la melena pelirroja en una cola de caballo y había disimulado su cansancio con un hábil maquillaje.

—No voy a ir más a reli —anunció Sophie mientras comía el muesli sin apetito.

—Creía que te gustaban esas historias de Jesús. Katharina, ¿te has lavado los dientes?

—Sí.

Katharina mentía, Helena lo sabía, y la niña sabía que su madre sabía que mentía.

—Vuelve a limpiártelos después. ¿Sophie?

—Tres minutos. —Enseñó con orgullo sus inmaculados dientes blancos—. ¿Sabes, mamá? Jesús está bien, pero la religión es el flotador que te quieren poner cuando tienes mi edad para que nunca aprendas a nadar. Así piensas que ni siquiera existe algo como nadar. Y en algún momento incluso crees que tampoco en tierra puedes prescindir del flotador.

Helena miró consternada a su hija. ¿De dónde sacaba una niña de once años esas ideas?

—Hablaremos de eso esta tarde. ¿Has hecho los deberes?

—No tengo.

—De acuerdo. Daos prisa, debemos irnos. Kata, ¿dónde está tu mochila?

La mochila. Katharina subió más despacio de lo habitual la escalera hasta la primera planta. Su madre la siguió con la mirada. Normalmente, el estado energético básico de Katharina era correr, seguido de la impaciencia. Pero hoy era distinto. Hoy parecía que quería llegar al estado de completa quietud.

—¿Qué le pasa? —preguntó Helena.

Sophie se mordió el labio y se quedó mirando la mesa.

—La han echado de la escuela.

—Pero ¿por qué?

—Ha fumado en el lavabo.

—Eres una chivata de mierda —dijo Katharina cuando volvió a la cocina con la mochila.

—No, tú eres una chivata de mierda.

—¡Eh! Si pensáis que vais a estar en esta casa diciendo palabras como mierda, os doy en adopción. —Helena miró a Katharina—. ¿De acuerdo?

Silencio. Katharina se esforzó por mantener la compostura y no romper a llorar enseguida. Pero ya era tarde.

—¿De acuerdo? —repitió Helena.

—¡No! —gritó Katharina—. ¡La señora Holzinger miente! Fueron unas de último curso. Yo estaba en el lavabo porque no tenía ganas de ir a biología, lo juro.

Helena se percató de que su hija mayor todavía tenía huecos en la armadura que todos llevamos puesta contra los ataques emocionales tanto internos como externos.

—No quiero irme de la escuela, mamá. Todas mis amigas están ahí —exclamó con tal desgarro que Sophie rompió a llorar con ella.

—Yo tampoco quiero que Kata vaya a otra escuela —sollozó.

Cuando cayeron las primeras lágrimas, Helena la abrazó.

—No te vas a ir de la escuela. Ahora acabad de vestiros, coged vuestras mochilas y ya lo arreglaremos. Os quiero ver en el coche dentro de un cuarto de hora.

Las chicas consiguieron convertir un cuarto de hora en doce minutos. Sophie se subió al asiento trasero, Katharina hacía un año que ya podía sentarse delante. Las tres escucharon el doloroso quejido del motor de arranque. Como de costumbre, el viejo Volvo hacía el tonto cuando había humedad. Helena tuvo que bajar, abrir el capó y, provista de un pequeño martillo, enseñarle al motor quién era la jefa.

El camino hasta la escuela atravesaba una calle flanqueada de árboles decorados con un considerable derroche de colores. El otoño había bañado las hojas con todos los tonos de la gama del rojo, como si quisiera celebrar una última fiesta antes de su inminente muerte. Viajaron en silencio. Sophie estudiaba vocabulario de inglés y Katharina se había puesto los cascos. Cuando llegaron, la pequeña quiso acompañarlas a hablar con la directora para apoyarlas, pero Helena la envió a clase de gimnasia.

Sophie abrazó a su hermana y le dijo:

—Acaba con esa boba de Holzinger.

Katharina asintió con poco entusiasmo antes de seguir a su madre hacia el despacho de la directora, donde una secretaria bajita y gruesa, de mejillas sonrosadas y un peinado de hormigón que debía de ser un reflejo de su cerebro, las miró nerviosa. Se preguntaba a qué se debía la visita.

—Ayer envié la orden de expulsión de la escuela al Departamento de Educación.

Su desprecio hacia una alumna que a sus ojos quería convertir la escuela en un fumadero de drogas era evidente. Se levantó de la silla dando un respingo y se plantó como Cerbero delante de la puerta que daba al despacho de su jefa.

—La señora Holzinger tiene ahora mismo una reunión importante —soltó con acritud.

Sin embargo, no contaba con el arrojo de una madre acostumbrada a meter entre rejas a asesinos y violadores.

—Sí, con nosotras. Y cuando estemos dentro, por favor, piense en si está bien expulsar de la escuela a una alumna basándose en indicios. Y si quiere estar segura, eche un vistazo a la Ley de Educación. Párrafo sesenta y dos, apartados uno, dos y cuatro. Tal vez así aún pueda salvar el pellejo —dijo Helena con una sonrisa tan amable que la secretaria se estremeció y las dejó pasar.

A continuación le tocó a la directora. Los veinte años trabajando en el frente pedagógico la habían obsequiado con una barriga prominente, el pelo cano y un evidente rechazo hacia los niños. Se levantó con dificultad de la silla tras el escritorio y tendió la mano por encima de la mesa. Helena hizo caso omiso y murmuró un saludo breve y ausente, lo que provocó la pretendida irritación de la señora Holzinger. Era una estrategia que la fiscal aplicaba a menudo para desanimar al contrario. Porque, aunque se considerara una jurista decente, se trataba de cumplir la ley, no de tener razón, ni en ningún caso ser correcta, como comúnmente se dice. Helena eludió la mirada de Holzinger y, como abogar por su hija se basaba en la vía defensiva, decidió poner a la directora, y no a Katharina, en el banquillo de los acusados.

—¿Vio a Katharina con un porro en la mano?

—No, pero como le dije, el señor Netzer...

—¿El señor Netzer vio a Katharina con un porro en la mano?

—Notó el típico olor a marihuana y avisó. Según me aseguró, Katharina era la única alumna que estaba en el lavabo de chicas durante ese cuarto de hora.

—¿En vez de decirle a mi hija que no se escondiera en el lavabo durante la clase de biología, el señor Netzer prefirió observar durante un cuarto de hora el lavabo de las chicas? ¿Dónde estaba exactamente? ¿En el lavabo o en el pasillo de delante?

En ese momento la señora Holzinger comprendió el callejón sin salida argumentativo al que la estaba llevando Helena. Cruzó los brazos como dos postes de protección delante del pecho con la esperanza de parar así el ataque.

—No lo sé. Pero supongo que estaba en el pasillo.

—Katharina me contó que el señor Netzer pone notas incomprensiblemente altas a algunas chicas físicamente más desarrolladas de los cursos superiores. ¿Es cierto?

A cada pregunta la temperatura ambiental parecía caer hacia los cero grados.

—No sé nada de eso.

—El hecho de que usted no lo sepa no es motivo para permitírselo, ¿verdad?

Cuando llegó al punto de congelación, la señora Holzinger, de pronto, se sintió agotada. Se dejó caer en la silla con un lamento y agitó un abanico blanco imaginario.

—No hace falta que entremos en ese tema —concedió Helena con generosidad—. Tal vez quiera replantearse si es correcto sacar a una niña de doce años de su entorno social por algo que no puede demostrar. Además, después de este escándalo, Katharina podría alejarse de todo lo que tiene que ver con las drogas durante los próximos años. Así lograríamos un objetivo educativo de una manera no convencional, ¿no le parece?

¿Acababa de tenderle la mano? ¿Era una salida? La señora Holzinger alzó la cabeza, vio la sonrisa en los ojos de Helena y decidió ceder.

Helena y Katharina se despidieron. La directora dedicó un elogio fugaz a la buena relación social de Katharina en clase y les dio los buenos días, pero la puerta se cerró con demasiada brusquedad.

Mientras recorrían el pasillo, pasando junto a los talleres de arte de las clases de primaria, Katharina miró asombrada a su madre. La mirada oscilaba entre el entusiasmo y el desconcierto.

—¿Te sabes la Ley de Educación? —preguntó, impresionada.

—Me sé todas las leyes. Sobre todo la que dice que la mejor defensa es un buen ataque.

—Pero yo no te he contado nada de Netzer, chicas desarrolladas y buenas notas —susurró Katharina.

—¿Ah, no? Pensaba que… da igual. En todo caso ha funcionado.

Al llegar a la entrada de la escuela, Katharina ya no pudo más.

—Por cierto, sí que fumé.

—Lo sé —dijo Helena sonriendo.

—¿Lo sabes?

—Somos una familia y nos apoyamos pase lo que pase. Pero hay una cosa que no hacemos: mentirnos. Bajo ningún concepto. ¿Lo has entendido? Y ya hablaremos de las drogas, ¿de acuerdo?

—De acuerdo.

—Y ahora dame tu móvil. Dentro de una semana te lo devuelvo.

—¿Una semana entera? ¿No puedo estar bajo arresto domiciliario?

—Esta es la forma moderna de arresto domiciliario, cariño.

La mirada de Helena no admitía réplica, así que Katharina sacó el móvil. Helena le dio un beso en la mejilla a su hija, subió al Volvo y se fue. Por el retrovisor vio que la niña la seguía con la mirada, confundida. Pensó con melancolía que esa mañana su hija había aprendido algo que la acompañaría toda la vida: la inevitable pérdida de la inocencia.

3

—¿*Q*ué une al Padre de la Iglesia, Pablo, con Jack el Destripador, o qué tienen en común Mahoma y James Bond?

El profesor Rashid Gibran observó con atención a su audiencia. Aproximadamente trescientos estudiantes en el aula 3 de la Universidad Humboldt rompieron, de pronto, a sudar. Como todos los alumnos de primero, creían que para la asignatura de filosofía no habría que trabajar demasiado. En todo caso, leer un poco, debatir mucho, reescribir esto y aquello de la Wikipedia y, así, dar por acabado el primer semestre. Los tutores les habían puesto sobre aviso acerca de Gibran; por ello, deberían saber que exigía más que sus colegas, pero sin duda no esperaban semejante ritmo. «Confío en que no me toque a mí», llevaban escrito en la cara los trescientos rostros. Gibran encendió un cigarrillo y se puso a caminar de aquí para allá delante de la primera fila, sin hacer ningún amago de aliviar a los estudiantes de su angustia. Hacía un mes que estaban enterados de cuál era el tema, disponían de bibliografía en la biblioteca, pero estaba seguro de que casi nadie se había preparado bien.

Tras un rato interminable, una alumna flaca y con gafas levantó la mano en la tercera fila. Por lo visto, ya no soportaba más la mirada desafiante del profesor.

—¿El odio a las mujeres? —preguntó, temerosa.

—¡El odio a las mujeres! —exclamó Gibran—. Correcto. Tan antiguo que ya no recordamos cuándo empezó. Lo vemos en Aristóteles, en la Biblia, en la guerra, en *Cosmopolitan* y aquí, en la universidad. Es un bien cultural universal y tan omnipresente que ustedes se han acostumbrado a él. —Señaló a la estudiante de gafas—. ¿Nos puede explicar cómo ha concluido que se trataba del odio a las mujeres?

—Es el título de su conferencia.

—¡Qué nivel intelectual tan magnífico!

Le sonrió; la tímida chica se sonrojó y los demás alumnos se estremecieron ante la crueldad con la que había tratado a su compañera. Gibran era un personaje que imponía. Siempre bien vestido, siempre sereno, contemplaba tanto su entorno como su destino con la mayor distancia posible. Algunos también lo llamaban desprecio. Su rechazo a la empatía y a la consideración le acarreaban conflictos con la pauta de corrección política de la universidad, pero por otra parte lo convertían en alguien muy atractivo para algunos estudiantes. Sobre todo para las chicas y los chicos homosexuales. En algunos foros de Internet había descripciones anónimas de cómo imaginaban el sexo con él, además de los descubrimientos de un grupo de alumnos, llamado Gibran Watch, que semana tras semana los publicaban, quejándose de sus desviaciones de la opinión general del profesorado, así como del consumo de tabaco durante las clases. A Gibran no le preocupaba en absoluto y trataba a los fans y a los enemigos con el mismo desinterés.

—Así llegamos al método con el que queremos acercarnos al tema: la combinación y la deducción. Tengo dos textos y una fotografía para ustedes. —Cogió un mando a distancia, proyectó un texto del portátil en la pantalla que tenía a sus espaldas y leyó en voz alta—: «La colocó boca arriba y le rebanó el cuello. En sus siguientes acciones se concentró siempre en la parte inferior del cuerpo de las mujeres. Les sacaba el útero y parte de la vagina. A veces también les extraía los intestinos. A Mary Kelly, su cuarta víctima, le cortó los pechos y le colocó uno bajo la cabeza y otro bajo el pie derecho. Debajo de la cabeza también encontraron el útero y los riñones. La carne de la barriga estaba sobre la mesilla de noche, y la muerta tenía una mano metida en el agujero del estómago vacío. Pese a que Mary Kelly estaba embarazada de tres meses, el feto nunca se encontró».

Mientras leía el texto, Gibran había ido atenuando la luz. Las paredes revestidas de madera se sumieron en la oscuridad, y el techo, de color claro, se convirtió en un cielo lejano. Solo se veía la luz verde veneno de la salida de emergencias.

—¿Alguien conoce este texto? —Gibran sujetó el micrófono lejos para que su voz adquiriera un deje amable, como si estuviera en una enorme bodega. Esperó unos segundos, aunque sabía que no obtendría respuesta de entre la oscuridad silenciosa del público. Pasado un instante, proyectó otro texto y leyó de nuevo en voz alta:

—«Tú, mujer, eres la que ha procurado la entrada al diablo, has roto el secreto del árbol, has sido la primera en abandonar la ley divina, eres tú quien ha hechizado a aquel que no quería acercarse al diablo. Así has derribado al hombre, fiel retrato de Dios». —Cuando terminó de leer, la sala estaba completamente a oscuras—. Espero una respuesta.

Su voz atravesó el aula como un murciélago, chocó contra la pared, rebotó y resonó con un giro amenazador.

—¿Platón? —La voz de la alumna de gafas. Por lo visto, se había animado y quería repetir su éxito.

—Rápida y trabajadora, buena chica. Pero ¿es ese el lenguaje de Platón? Lo siento, no es tan fácil sacar buena nota. El texto es de Quintus Septimius Tertullianus, conocido como Tertuliano. Nacido en el 150 d. C. y fallecido, en principio, en el año 240. Se le considera el padre del latín eclesiástico, fue uno de los fundadores de la Iglesia católica romana y un misógino extraordinario. ¿Alguien puede decirme el autor del primer texto?

Silencio.

—¿Nadie?

Nadie. Gibran inclinó la cabeza a un lado, cerró los ojos y paseó un instante por la orilla del Havel, lejos de esos vergonzosos desechos intelectuales y físicos de sus alumnos. Notó el aire fresco y puro, y cuando, al cabo de un momento, volvió a abrir los ojos, estaba recuperado.

—Está bien —dijo—, como no se lo han preparado bien, señoras y señores, no quiero perder el tiempo esperando algo que no va a llegar. El texto pertenece a un informe policial británico del veintiocho de octubre de 1888. Es la descripción de los asesinatos y crímenes atribuidos a Jack el Destripador. Pero el siguiente seguro que lo conocen.

Proyectó la fotografía de un hombre. Sobre la enorme barriga, llevaba una camiseta verde, y en ella había una frase en letras blancas que decía: «Todas son unas putas excepto mi madre». Se oyeron rumores y risitas en el aula. Un breve crujido, y, de pronto, se hizo la luz. Los alumnos patearon el suelo y susurraron nerviosos. Miraban tensos al profesor y se preguntaban con qué idea les saldría a continuación.

—Si quieren buena nota, establezcan una conexión entre los dos textos y la camiseta. Pregúntense si el juicio a la bíblica Eva que emite Tertuliano conduce a los crímenes que cometió Jack el Destripador. ¿El feminicidio que tanto celebraba Jack tiene su origen en la misoginia filosófica de Tertuliano? ¿O es que el miedo que los hombres sienten ante las mujeres les produce tanta aversión que no tienen impedimentos para utilizar el órgano sexual femenino como símbolo del mayor desprecio? Todo eso para el viernes. Y no me vengan de nuevo con su feminismo de pacotilla. Libérense de las ideas preconcebidas. Ya saben que solo conseguirán el *summa cum laude* con un asesinato.

Los alumnos se rieron. Seguramente, lo consideraban una broma, pero Gibran notó que no estaban del todo seguros de si ocultaba una pizca de verdad. Devolvió los primeros exámenes, de los cuales ninguno superaba el tres, y envió a sus alumnos a diversos turnos de noche. Entonces vio en el móvil que había recibido un correo electrónico. Helena Faber, fiscal de Berlín, decía el remitente. Normalmente no respondía a llamadas, correos electrónicos ni SMS, ni siquiera cuando eran de la Fiscalía, pero esta vez era distinto. Estaba esperando ese correo electrónico.

4

*E*l viejo Volvo circulaba en caravana por la ciudad abarrotada: recorrió Kaiserdamm, la rotonda de Ernst-Reuter-Platz (bautizada así en honor al hombre que había pedido a los pueblos del mundo que protegieran esta ciudad), la avenida 17 de junio, atravesó la Puerta de Charlottenburg, rodeando la Columna de la Victoria, donde habían encontrado a Ursula Reuben, y pasó junto al castillo Bellevue, donde el presidente de Alemania recibía a sus invitados oficiales. En Inforadio el gran tema era la senadora de Economía. Las especulaciones se solapaban: Dioniso era considerado un psicópata, un asesino en serie, un predicador del odio. Un autodenominado experto aludió a un posible trauma en la primera infancia como desencadenante de actos bestiales; por eso, el asesino no tenía control sobre sí mismo ni sobre sus actos y, en realidad, no era culpable y debía recibir terapia. Helena negó con la cabeza, consternada.

—Cuando lo tenga clavado contra la pared, puedes encerrarte con él en una celda para hacer terapia, antes de que él haga terapia contigo —le gritó a la radio. Por su parte, un comentador lo consideró un genio, más listo y taimado de lo que los jefes de la investigación creían. Otro consideraba que el capitalismo moderno era el culpable, que enajenaba a las personas y las deshumanizaba. El horror placentero con que el público se abalanzó sobre la difunta Ursula Reuben, para unos días más tarde abandonarla de puro aburrimiento y pasar al siguiente horror, resultaba grotesco.

Helena ya había oído suficiente. Cambió a una emisora de música en la que John Lennon anunciaba que todo el mundo viviría en paz. Al cabo de unos cuantos compases, la interrumpió una llamada. «Número desconocido», aparecía en la pantalla.

—¿Diga?

—Rashid Gibran.

¿Rashid Gibran? En el correo electrónico le decía que la llamara al despacho. Al despacho, no al móvil. Este era privado, un número secreto. A veces la telefoneaban los colegas de la Brigada Criminal si se trataba de una urgencia, pero nadie más que su familia conocía ese número.

—Profesor Gibran, me alegro de que llame, pero ¿le importaría decirme de dónde ha sacado este número?

—Es usted fiscal, según dice el correo electrónico. Averígüelo.

A Helena le sorprendió la voz profunda que sonó como terciopelo en el altavoz. Reprimió el enfado.

—De todos modos le agradezco que haya llamado tan rápido. Me gustaría hablar con usted de un caso que nos ocupa desde hace meses.

—Se refiere a Dioniso. —Ni siquiera esperó a que contestara—. Por lo que he oído esta mañana en las noticias, está librando otra vez una guerra para curar a las mujeres traviesas, y ahora usted está quedando en ridículo porque llevan meses estancados, ¿llevo razón? ¿Su jefe ya le ha cantado las cuarenta por ello?

Paulus la había avisado antes de ponerse en contacto con Gibran. «Lo intentará todo para provocarte», le había dicho. Pero aquel ataque en la primera llamada la molestó. Se recompuso un momento y se rearmó.

—No, no me ha cantado las cuarenta. Tampoco es la manera de trabajar que tenemos en la Fiscalía. El asesino cita su libro, *El libro de Dioniso*.

—¿Quiere decir que debo denunciarlo por violación de los derechos de autor?

—Estaré encantada de hacerle llegar un expediente. A lo mejor tiene alguna idea de cómo podemos seguirle la pista.

—¿Por qué iba a ayudarlos a atrapar a ese tipo?

—Porque quiero quitar de en medio a un asesino psicópata.

—Pero ahora empieza a ser entretenido.

—¿Le parece entretenido que se asesine brutalmente a mujeres?

—No, en eso solo va un poco más en serio que la mayoría de sus congéneres. Los vídeos son distraídos y los anuncios, cargados de cierto sentido. Ha creado un nuevo concepto del espectáculo, ¿no le parece? En todo caso, mejor de lo que nos ofrecen las noticias vespertinas con sus vergonzosas imágenes de extremidades amputadas y cabezas cortadas. En cambio, las obras de su asesino son de otra calidad artística. ¿Sabía que el compositor Stockhausen y el artista Damien Hirst describieron los ataques al World Trade Center como la mayor obra de arte del presente? ¿Qué dirían de Dioniso?

—No me interesa, pero entiendo que uno puede sentirse a salvo del horror gracias al cinismo.

—El cinismo es para timoratos. Yo me refiero a la decadencia que aparece en todo su esplendor en medio de la muerte, antes de explotar como un cadáver en descomposición. ¿Entonces por qué iba a ayudarla precisamente a usted?

—Porque para un hombre como usted es demasiado laico regocijarse en asesinatos de mujeres.

—Muy bonito. ¡Creo que a Dioniso también le gustaría usted!

—¿Ah, sí? ¿Y cómo lo sabe?

—Si me espera después de la clase de las cuatro de la tarde delante del aula dos, se lo diré. Y sea puntual.

Antes de que Helena pudiera contestar, Gibran ya había colgado. «Idiota», pensó ella, y en ese momento lamentó no haberse informado mejor sobre ese profesor. Tenía que hacerlo sin falta antes del encuentro. Para estar preparada. Suspiró para aliviar la rabia y consultó el reloj. Aún quedaban veinte minutos para llegar al despacho. La última posibilidad de hacer algunos recados privados por teléfono.

—Buenos días, soy Helena Faber. El jueves tengo una cita con Sophie para un tratamiento de biorresonancia. ¿Puedo aplazarlo hasta el viernes? Gracias.

Giró por un estrecho callejón para seguir circulando y evitar la caravana, aunque no lo consiguió porque ya se les había ocurrido a otros antes que a ella. La siguiente llamada fue al servicio de entrega de la compra, pues había olvidado encargar dos tabletas de chocolate Lindt Excellence 70% de cacao, por lo que la víspera tuvo que ir a la una y media a la tienda para aprovisionarse. Luego organizó un fin de semana de baloncesto para Katharina; habló con la madre de Paulina —la amiga de Sophie—, y quedó en que Paulina pasaría la noche con su hija en casa; arregló una visita al dentista y aplazó la cita con el taller de coches. También concertó una reunión con Robert en el Instituto Forense, volvió a llamar al despacho del fiscal superior, pero no lo localizó. Este había valorado positivamente su comentario sobre la dirección del Departamento de Delitos Graves y quería hablar con ella con urgencia. Más adelante se quedó en medio de un atasco generado por la presencia de una brigada de bomberos en Moabit. Buscó en Google a Gibran y encontró una fotografía de hacía algunos años. No era muy alto, pero sí delgado, de boca fina, nariz puntiaguda y pelo negro que le caía hasta los hombros. Sus rasgos árabes dificultaban calcularle la edad. «Cincuenta y tantos», pensó Helena. Cuando oyó bocinazos impacientes a su espalda, se asustó, porque estaba tan concentrada en la fotografía que no se había dado cuenta de que el atasco se había acabado. «Tengo que prepararme para enfrentarme a ese Gibran», pensó.

37

*L*a oficina de Helena en la Fiscalía de Berlín se encontraba en la segunda planta del Tribunal Superior de Justicia de Turmstrasse. Cuando se entraba por primera vez en el edificio, recordaba la metáfora del laberinto de la Justicia: una enorme escalera conducía a tres naves coronadas por una bóveda propia de un monasterio, dos docenas de pilares, una ancha escalera con barandillas de piedra y seis grupos de esculturas: la religión, la justicia, la beligerancia, la paz, la mentira y la verdad. «Se entra con una rapidez ridícula, pero solo se sale con dinero, mucha inteligencia o un buen abogado», le dijo Paulus a Helena una vez para describirle su trabajo. Al principio tardó tres semanas en aprender a no perderse. Y eso que tenía una memoria fantástica para datos, nombres y sucesos, pero era un cero a la izquierda en orientación.

El despacho era, aproximadamente, de veinte metros cuadrados y emanaba un orden clínico. Había un artículo de prensa, que describía el primer proceso que ganó, pegado en la puerta. Por lo demás, paredes blancas y libros de psicología, sociología e historia en las estanterías. Ni siquiera había fotografías de Katharina ni de Sophie. El trabajo consistía en encontrar a las peores personas y lo peor de las personas. Quería alejar a sus hijas de eso mientras pudiera. Por lo menos, hasta que tuvieran edad suficiente para comprobar que la especie humana no incluye únicamente asesinos, violadores y matones.

«Es curioso —pensó mientras iniciaba el ordenador— que hasta ahora solo la llamada anónima haya advertido la conexión entre los anuncios y el libro de Gibran.» En Amazon encontró el motivo. Había más de tres docenas de libros que de alguna manera trataban el tema de Dioniso. El texto de Gibran se había editado hacía tres años y ocupaba un puesto bastante bajo de la lista de publicaciones. Lo compró en formato electrónico y lo leyó por encima un rato. No esperaba encontrar nada que la ayudara a avanzar en la búsqueda del asesino en serie, pero las pocas páginas que leyó la desconcertaron de tal forma y la disgustaron tanto que no pudo dejar la lectura. La insolencia provocadora con la que exponía sus tesis la atrapó: «¿No es de un sentimentalismo desgarrador cómo las mujeres se relacionan con sus torturadores? El síndrome de Estocolmo, según el cual las víctimas de secuestros empatizan y sienten agradecimiento hacia los secuestradores, también funciona en la mayoría de matrimonios».

Intentó no hacer caso del teléfono, hasta que vio el nombre de Ziffer en la pantalla.

—Lukas, ¿ya estás despierto?

—Dentro de quince minutos empieza tu rueda de prensa. ¿Podemos hablar un momento antes?

—¿Sobre qué?

—No puedo decírtelo por teléfono.

—Esta tarde he quedado con el profesor Gibran. Si no recuerdo mal, el año pasado hubo una investigación.

—Pero no era nuestra, sino de Defensa Nacional. Un grupo llamado Gibran Watch lo denunció por instigación a la violencia.

—¿Y qué se supone que hizo?

—Apoyo a organizaciones terroristas, alteración del orden público e injurias a los embajadores de casi todos los países árabes. Él puso una denuncia al ministro de Economía por ser cómplice de asesinato por la exportación de armamento a Arabia Saudí e Irán.

—¿Y cómo acabó?

—El caso fue sobreseído, según tengo entendido. ¿Por qué lo preguntas? ¿Has encontrado algo especial en él?

—Todavía no lo sé. ¿Puedes conseguirme el expediente?

Lukas Ziffer era el fiscal segundo del Departamento de Delitos Graves; un investigador discreto y tenaz, y un símbolo de las virtudes prusianas: modestia, puntualidad, sentido del deber y disciplina. A Helena le gustaba su idea romántica de que el mal, como él lo llamaba, pudiera erradicarse. Era aplicado, pero tenía un punto débil: no sabía nadar. Cuando el departamento celebró un aniversario en la playa del Wannsee, fue el único que, pese a los treinta y cuatro grados, se refugió en la sombra y se negó a entrar en el agua y nadar un poco. En sus inicios en la Fiscalía estuvo enamorado de ella, pero eso había terminado. Desde entonces era un buen amigo, totalmente fiel. Cuando unos meses antes Helena le contó los planes con respecto a la dirección del departamento, enseguida la animó a presentarse como candidata. Incluso la protegió de algunos colegas, porque el hecho de que fuera inteligente, decidida, atractiva y no se dejara amedrentar por casi nadie, hacía que algunos machos alfa se convirtieran en bestias negras. Tapándose la boca y *off the record* contaban a la prensa lo que pensaban de Helena Faber: una mujer ambiciosa que aprovechaba su físico y ascendía en la cama. Eso la hirió. Pero Ziffer la tranquilizó. «Tu lista de éxitos es demasiado larga y tus intervenciones en el tribunal, impresionantes para que te perjudique tanta envidia», le dijo un día que la encontró llorando en el despacho. No fingía en su consuelo, era cierto. Cuando en la sala del tribunal desarrollaba una argumentación o un alegato, la defensa contraria se cohibía por el hecho de que nunca consultara sus notas, que a menudo ni siquiera llevaba encima. Se plantaba delante de los testigos y empezaba a escupir hechos de memoria con tanta facilidad que los presentes, la defensa y los jueces no podían hacer más que asombrarse. El hecho de recordar casi todos los detalles era como un programa automático que tuviera instalado en el cerebro, un poder que no podía desconectar. Era capaz de extraer de las profundidades de la memoria incluso los casos en los que ya no pensaba absolutamente nadie, podía memorizar detalles insignificantes y casi siempre tenía razón. Helena podría haber sido el terror de programas como *Quién quiere ser millonario*, si hubiera sentido una pizca de pasión por ellos.

6

$\mathcal{L}$a rueda de prensa tuvo lugar en la sala doscientos seis del Tribunal Superior debido al gran interés de los medios. Cuando Helena entró, ya no había tiempo para hablar a solas con Ziffer. Dejó el bolso sobre la mesa en la parte frontal de la sala. Ziffer, que estaba junto a la entrada, la saludó con la mano. Tenía cincuenta y cuatro años, era un poco más bajo que ella y pesaba más de noventa kilos. A diferencia de la mayoría de sus colegas, cuidaba por obligación su aspecto según la moda. Se decía que, tras diez años en la Fiscalía, uno se convertía en un cínico o en alcohólico, si no en ambas cosas. No era su caso. Helena se preguntaba de dónde sacaba las fuerzas. Tal vez por ser religioso. Corrían rumores de que iba los domingos a la iglesia y que por la noche rezaba antes de acostarse.

Helena le dio a entender con un breve gesto que hablarían después. A continuación explicó a los periodistas presentes en qué punto se encontraba la investigación. Luego más de treinta reporteros se pelearon para obtener respuestas, ansiosos por conseguir el titular que encumbrara la edición de su periódico.

—Señora Faber, ¿puede contarnos alguna novedad sobre el trasfondo del asesinato de Ursula Reuben? ¿Se trata de nuevo de Dioniso? —preguntó la reportera de un tabloide de Berlín.

La fiscal la conocía. Era ambiciosa y lista; iba subiendo en la escala profesional.

—Aún estamos investigando —contestó ella, escueta.

—Se dice que se desangró por la vagina. Sería la cuarta

víctima que es asesinada de esta manera. ¿Entonces Dioniso es un asesino en serie? —La periodista no aflojó.

Helena se cruzó de brazos y frunció el ceño. Era señal de la aversión que sentía hacia una prensa más interesada en su publicación que en la cobertura de la verdad. No le gustaban las ruedas de prensa. Presentarse delante de una jauría hambrienta no era lo suyo.

—De momento no podemos decirlo.

Un periodista de la tercera fila pidió la palabra:

—Las primeras tres víctimas eran mujeres fuertes en política feminista. La señora Reuben todavía no había entrado en temas femeninos. ¿Cree que el asesino ha modificado su criterio de selección?

—Creo muchas cosas, entre otras, esa.

—¿Entonces los asesinatos en todos los casos son una advertencia a las mujeres que ocupan posiciones destacadas?

—No sé lo que le pasa por la cabeza al asesino, pero no son advertencias.

La reportera de sociedad de otro tabloide levantó la mano:

—Se dice que la senadora de Economía podía tener conexiones con el mundillo lésbico.

—La vida personal de la señora Reuben no es el tema de la rueda de prensa.

Otro periodista comentó:

—Parece un clásico asesinato ritual.

—Si usted sabe cómo son los clásicos asesinatos rituales, tiene un puesto en nuestro equipo.

Siempre era igual. Los periodistas preguntaban a sabiendas de que no iban a obtener respuestas. Helena contestaba procurando dar la mínima información posible. La misma situación se repetiría unas cuantas veces hasta que otro espectáculo ocupara los titulares y Ursula Reuben quedara relegada. En realidad podrían ahorrarse esos numeritos.

Un periodista de un gran tabloide preguntó:

—¿Descartan que sea un asesinato por celos?

Helena hizo una mueca de profunda repugnancia.

Otra reportera se levantó en la última fila; la fiscal ignoraba para qué publicación trabajaba.

—Corren rumores de que la senadora de Economía estaba

siguiendo la pista de la compra de un terreno en Spreewald. La compra se produjo hace dos años, pero se había encubierto en los libros de registro de su predecesor. —Todas las cabezas se volvieron hacia la joven periodista. Iba vestida completamente de negro y llevaba el tatuaje de una serpiente en el cuello que parecía reptar hombro abajo; también lucía dilatadores en las orejas y algún *piercing* en las cejas y los labios.

Helena había oído los rumores, pero no sabía en qué punto se encontraba la investigación. Ziffer, desde la puerta de entrada, acudió en su ayuda.

—Como usted misma ha dicho, son rumores. Si usted sabe más del tema, estaremos encantados de escucharla.

—¿Cree que la mataron porque su asesino temía que descubriera chanchullos delictivos? Reuben solicitó una comisión de investigación.

—Se llamaba Ursula Reuben o señora Reuben o senadora de Economía —riñó Ziffer a la reportera—. Le ruego que muestre respeto por los difuntos.

—Por supuesto, pero me pregunto si sus investigaciones se ven mermadas por intereses políticos.

—Somos un poder independiente. Nuestras investigaciones no están manipuladas de ningún modo ni por intereses políticos ni por otras influencias.

«Ha dicho mermadas, no manipuladas», pensó Helena.

—Yo he hablado de merma, no de manipulación —dijo la joven periodista.

—Tampoco se ven mermadas —añadió Ziffer—. ¿Puede decirme su nombre?

—Xenia Salomé.

—¿Para qué publicación trabaja?

—Tengo un blog.

Se oyó una queja colectiva. ¡Un blog!

—Gracias.

Helena cogió la documentación, la metió en el bolso y dio paso a su típico mensaje oficial:

—Resolveremos el asesinato de la senadora de Economía, Ursula Reuben. Gracias por su atención.

Así finalizó la rueda de prensa, y los periodistas abandonaron la sala. La fiscal percibió, por los fragmentos de conversaciones que oyó, que Dioniso causaba una gran impresión. Ziffer se le acercó. A juzgar por su expresión, algo había ocurrido que no lo hacía muy feliz.

—¿Paulus ya ha hablado contigo de Dioniso?

—¿Por qué?

Dudó un momento, luego negó con la cabeza con vehemencia, lo que provocó que le cayera un poco de caspa sobre los hombros, y miró alrededor.

—Lo que te voy a decir no te lo he contado yo. He oído que te va a apartar del caso.

—¿Quién lo dice?

—Schneider.

Schneider era la secretaria de Paulus. Si ella lo decía, era cierto.

—¿Y quién se hará cargo?

—Yo.

Pese a que Ziffer le caía bien y confiaba en que atraparía al asesino, fue como un puñetazo en el estómago.

—Solo para que quede claro entre nosotros, Helena: en primer lugar, no tengo nada que ver con esa decisión, y en segundo lugar, es un error apartarte de este caso. Algo hay detrás. Pero de todos modos te van a dar la dirección del departamento. Eso sería un consuelo para mí. —Le puso una mano en el hombro antes de desaparecer por un largo pasillo.

La fiscal notó que la rabia se iba convirtiendo en una bestia espinosa. ¿Por qué la apartaba del caso su jefe? Entró en su despacho y marcó el número de Paulus, quería reunirse con él. Paulus estaba en una reunión, le dijo la señora Schneider. Sabía que era la fórmula habitual que equivalía a «ahora no quiero verte». Bueno. No podía esconderse de ella eternamente. Envió por correo electrónico algunos documentos a Gibran para que pudiera hacerse una idea de Dioniso.

7

La unidad II, departamento I, de la Brigada de Investigación Criminal era la responsable de los delitos de sangre. Mientras no estuviera oficialmente apartada del caso, la fiscal continuaría trabajando como si no pasara nada. Fue por un largo pasillo tras algunos policías que se dirigían a una reunión preparatoria. Tras la muerte de Ursula Reuben, se había vuelto a asignar a treinta agentes para investigar el caso Dioniso. Treinta eran demasiados; se interferirían, pero el director de la policía quería demostrar la importancia que tenía la muerte de la senadora para la justicia. De camino, Helena oyó reír con sarcasmo a dos agentes que caminaban delante de ella y no la habían visto.

—¿Y qué pasa con lo de las lesbianas?

—¿La viste alguna vez? Pesaba cien quilos. Se necesitaba una brújula para tirársela y encontrar la entrada.

Cuando llegó a la sala de reuniones, Helena se dirigió a la mesa que había en la cabecera de la estancia. Ronald deBuer, director de la Brigada de Investigación Criminal, ya estaba ahí ordenando documentos. Le dirigió un breve saludo, aún alterada por la noticia.

—Buenos días, Ronald. ¿Qué tal?

—Estupendamente.

Ella se quitó el abrigo y se dirigió a los policías:

—¿Alguna novedad, aparte de las bromas sobre el peso de Ursula Reuben y las exigencias sexuales de su amante?

Lanzó una mirada de reprobación a los dos agentes, que agacharon la cabeza. DeBuer hojeaba los papeles mientras decía:

—Según la cámara de seguridad, Ursula Reuben salió anoche de casa hacia las once y media para ir a correr. Siempre hacía el mismo recorrido: Fischerhüttenstrasse, Wilskistrasse, Onkel-Tom-Strasse, Sven-Hedin-Strasse y Argentinische Allee. En algún lugar la pilló Dioniso.

—¿Cómo sabe que Reuben salió a correr? —preguntó Helena.

Robert Faber carraspeó.

—Llevaba un pulsómetro en el pecho. ¿Te lo pondrías para ir a comprar algo de última hora?

Los policías sonrieron. Faber no dejaba escapar la ocasión para provocar a su exmujer con pequeñas puñaladas. Y todos sabían por qué: no podía perdonarle su cercanía a Paulus. Helena, por su parte, hacía lo mejor que se puede hacer en esos momentos: no reaccionar y dejarlo correr. Pero no lo conseguía del todo.

—¿Es el día de los chistes malos?

Los policías seguían sonriendo. Solo Maxim Rosenthal, un gigante de dos metros y compañero de Robert, se puso del lado de Helena.

—No le dé importancia. Aquí siempre es el día de los chistes malos.

Ella le preguntó a deBuer:

—¿Qué pinta tienen las huellas en el lugar del crimen?

—Son de Reuben, del conserje y unas suelas de goma estándar del cuarenta y dos.

—Como veo caras nuevas —dijo ella, dirigiéndose a los agentes—, les resumiré en qué punto se encuentra la investigación. Además de una imaginación especialmente cruel, el asesino muestra un gran ingenio e inteligencia. Conoce la anatomía femenina, sobre todo los órganos sexuales. También tiene conocimientos farmacéuticos. Para que sus víctimas se desangren durante la menstruación, les administra dosis elevadas de una sustancia que detiene la coagulación de la sangre que, por ahora, no hemos identificado, pero sabemos de dónde obtiene la información sobre el ciclo menstrual de sus víctimas. En el caso de Tara Beria pirateó la aplicación donde ella misma había introducido datos de su menstruación. Con Velda Gosen, según el testimonio de los vecinos, alguien estuvo cierto tiempo hurgando en los cubos de basura. Aun así, los testigos no pudieron ofrecer una descripción concreta del hombre. En el caso de Jasmin Süskind, entró en la consulta de su ginecólogo sin dejar rastros ni huellas. Respecto a Ursula Reuben, aún no tenemos información al respecto. Pero eso no explica por qué Dioniso ha elegido precisamente a estas cuatro mujeres.

Señaló una pared donde estaban colgadas las fotografías de las víctimas una al lado de la otra. Encima, el retrato robot de un hombre que encajaría casi con cualquier mamífero antropomórfico humano que caminara erguido. Al lado había una lista de atributos: hombre, blanco, instruido; seguramente de más de cuarenta años, muy disciplinado; sigue un proceso bien calculado, como si escribiera una especie de guion; versado en temas médicos y farmacéuticos, tal vez incluso con formación adecuada; sabe utilizar la luz y las cámaras, corta y pone música a los vídeos con calidad profesional; tiene algo que, en otras circunstancias, se llamaría sensibilidad estética. La fiscal vio que algunos agentes tomaban notas y otros charlaban. Esperó hasta que recuperó la atención de los investigadores y continuó:

—De momento hemos partido de la base de que Dioniso mata a mujeres que luchan contra la violencia doméstica y sexual. Beria, Gosen y Süskind eran todas ellas miembros de NEMESIS, una organización que deberían conocer, señores. Ursula Reuben no lo era. La pregunta es por qué ha matado a la senadora de Economía. Y por qué justamente ahora. En todo caso, por lo visto Dioniso ha puesto fin a su año sabático. Y si va a seguir donde lo dejó el año pasado, dentro de cuatro semanas, como mucho, tendremos a la siguiente víctima. Quiero que todos ustedes recaben información sobre Reuben. ¿Cómo es su compañera Chantal Müller o Melody Deneuve? Interroguen a familia, colegas, enemigos políticos, vecinos, conocidos, amigos... Necesitamos declaraciones de todas las personas cercanas a la senadora. Y las coartadas correspondientes. Hay que examinar su ordenador, su móvil, Facebook, Twitter, Instagram. ¿Cómo llegó el asesino hasta ella? ¿La conocía? ¿Lo conocía ella? ¿Cómo sabía cuándo tenía el período? Si no pueden apuntarlo, he enviado la lista por correo electrónico a su superior. —Señaló a deBuer—. Normalmente, los asesinos en serie se atrapan cuando empiezan a aburrirse. En el fondo es como conducir un vehículo. Uno lo hace por costumbre, sin pensar mucho. Pero en un momento dado, se comete un error y te estampas contra un árbol. A lo mejor tenemos suerte y pronto ese tipo se estampa contra un árbol.

Silencio. Helena vio por las caras de desconcierto que la metáfora no era la más adecuada.

—Lo dice figurativamente —aclaró Robert con una sonrisa condescendiente.

—También lo digo literalmente. Gracias, eso es todo de momento.

DeBuer repartió las tareas entre los agentes, y la fiscal fijó la fecha de la siguiente reunión. Se extendió el desánimo por las horas extra, pero en esta fase de la investigación había que darse prisa. Tras setenta y dos horas, la tasa de resolución de los casos de asesinato caía por debajo del cincuenta por ciento.

Cuando los agentes salieron de la sala, Helena se dirigió a Robert.

—Nos hemos de reunir con Becker. Voy contigo; tenemos que hablar de Katharina.

8

*E*l Citroën DS 23 de color azul claro de Robert era una reliquia de 1969 con suspensión hidroneumática, un tapizado en el que te hundías y un espacio en los pies que los envolvía en una nube de gomaespuma. Sin embargo, Helena y él estaban sentados todo lo separados que les permitía la carrocería.

—Ursula Reuben no había hecho declaraciones en temas de mujeres, ni era famosa, ni tenía relevancia política. ¿Por qué ella? —preguntó Helena sin esperar respuesta.

—Tal vez por ser lesbiana.

—En Berlín viven, aproximadamente, veinte mil lesbianas.

—Alguien me hizo llegar ayer una noticia: Reuben presentó en marzo una denuncia contra su predecesor, Miller.

—Lo sé. Provocó bastante revuelo. Miller fue despedido y ella ocupó su puesto. ¿Quién te envió la noticia?

—Un confidente.

Helena sonrió.

—¿Llamada Xenia Salomé?

—¿Cómo lo sabes?

—Estaba hoy en la rueda de prensa.

—Se trata de una casa en Spreewald. Miller invirtió en la compra un millón trescientos mil de una caja negra. No hay ninguna resolución del Senado que hable de eso. Además, Spreewald pertenece a Brandemburgo y no a Berlín. Por lo visto, aún no sabéis nada del asunto. ¿Hay algún motivo?

—Sí. La Fiscalía encubre el asunto porque todos somos corruptos. ¿Puedes dejar de ver una conspiración detrás de cada menudencia? La comisión anticorrupción se encarga de esos asuntos. Estás paranoico, ¿te das cuenta?

—Sí. ¿Qué pasa con Kata?

—Fuma.

—Lo sé.

—¿Que lo sabes? —Helena no podía creerlo—. ¿Por qué no me has dicho nada?

—La pillé hace dos semanas delante de la escuela fumando un porro. Se echó a llorar, y le prometí que no te diría nada porque tenía miedo de que la pusieras en arresto domiciliario. A su vez ella me prometió que dejaría esa mierda.

—Pues has tenido un éxito arrollador.

Cuando unos años antes fueron a una terapia de pareja, las niñas siempre estaban en el centro de la cuestión. «Los hijos son como veneno en una separación porque representan la existencia de tiempos mejores —dijo la terapeuta—. Tiempos de armonía en los que dos personas se querían. Katharina y Sophie les recuerdan que no lo han conseguido.» Eso no podían perdonárselo. Robert culpaba a Helena, y ella hacía lo mismo a la inversa. «Y en momentos concretos cada uno siente su fracaso. Su matrimonio es la promesa de un sueño romántico, que, como todos los sueños románticos, algún día tiene que estallar.» Helena no había imaginado que ocurriera un año después de nacer Katharina. Seguramente, Robert, sí. Mirando por la ventanilla, se preguntó: «¿Katharina fuma porque nos hemos separado?».

—En teoría la pilló un profesor —dijo ella.

—¿La han expulsado de la escuela?

—No. He hablado con la directora.

Robert la miró sonriendo, como si supiera a qué se refería con «hablar».

—¿Con qué la has presionado?

—Le he dicho que comete errores. Con las mujeres siempre funciona. O asentimos o nos ponemos hechas una furia.

—Lo recordaré.

—Le he confiscado el móvil una semana. Y tienes que decírmelo. No está bien que hagas de padre enrollado y yo sea la madre malvada. Hemos hablado cien veces de eso, y sigues haciendo lo mismo. Debemos hablar con ella de las drogas, ¿de acuerdo?

Robert pasó un cruce en rojo. Su estilo de conducción decía

que le parecía bien que Helena sacara el tema, pero no cómo lo hacía. Giró a derecha e izquierda para luego frenar en seco en el siguiente semáforo.

—Tal vez es porque Paulus va a vuestra casa —dijo él.

Helena negó con la cabeza, desconcertada. Era como siempre. Robert la atacaba verbalmente a la espera de que ella perdiera el control.

—En primer lugar, ya no viene a casa, y en segundo lugar no era más que buen sexo.

—¡Ah!

«No dejes que te provoque.»

—¡Maldita sea, Robert! ¿Por qué una mujer que progresa en su carrera debe justificar permanentemente que es cariñosa, paciente, maternal y solícita, sacrificarse, además de ser más santa que la Virgen María y en ningún caso tirarse a su superior?

Robert giró haciendo chirriar el neumático en el aparcamiento de cemento que había detrás del Instituto Forense del hospital Charité. Un edificio plano y macizo de los años noventa, como una seta cuadrada. La conversación había terminado.

51

9

Cinco cadáveres en cinco mesas de metal. Los suelos y las paredes eran de baldosas blancas, a un lado había ventanas oscuras y al otro, neveras donde se conservaban los cuerpos. Un templo de la muerte, impoluto como una clínica. Dos médicos y cinco asistentes trabajaban con los muertos del día anterior: el cadáver de un ahogado medio descompuesto, un joven al que le habían clavado una navaja en el pecho, un anciano quemado y una indigente de mediana edad a la que alguien le había arrancado la cabeza. Todos se encontraban en distintas etapas de la autopsia. Ursula Reuben estaba en la mesa que había detrás de ellos. Tenía abierto el tórax desde el cuello hasta el pubis, las costillas separadas, y el corazón, el hígado y los riñones se hallaban en bandejas metálicas; en el vacío abdomen se apreciaban capas de grasa amarillenta, y le habían enrollado el cuero cabelludo desde la nuca hasta la frente. La directora del departamento, la doctora Becker, vio a Robert y a Helena y los saludó al pasar. Esta vez sonrió con menos deseo y mucho más desenfado profesional. Estaba en su salsa. Un asistente barbudo accionó una sierra circular, separó la bóveda craneal, sacó el cerebro de Reuben y lo dejó en una bandeja metálica. Rutina de medicina forense.

—He encontrado esto en el estómago. —Becker señaló otra bandeja metálica donde había un pedacito de carne de unos dos centímetros como máximo—. Le cortó la lengua como un profesional. —Señaló un huesecillo en la boca—. Luego la cortó en trocitos y se la hizo comer.

Robert negó con la cabeza, asqueado.

—Tarado de mierda.

—¿Les parece bien que continúe?

Becker no esperó repuesta, agarró un dictáfono y dijo en voz baja por el micrófono:

—Gran concentración de dióxido de carbono en las piernas. Punto. La causa es la parada del metabolismo condicionada por una determinada cantidad de trifosfato de adenosina. Punto.

Dedicó a Robert una sonrisa apenas perceptible. Helena había oído decir que hacía poco la había dejado su prometido, y era evidente que buscaba un sustituto. Se fijó en su mirada furtiva y la entendió. No estaba celosa. Últimamente, incluso deseaba que su exmarido encontrara a alguien como Claudia Becker porque así, a lo mejor, la dejaría a ella en paz.

—Según la ley de Nysten, el *rigor mortis* empieza, aproximadamente, a veintidós grados de temperatura ambiente al cabo de unas dos horas de la muerte, en la zona de la cabeza y se instala en la nuca, coma, y continúa descendiendo por el cuerpo. Punto.

La doctora Becker quería ser muy precisa, ya que no era cualquiera quien yacía sobre la mesa, sino un personaje político. Eso significaba que andaba sobre un campo de minas: un paso en falso en sus observaciones le podría acarrear problemas.

—No hay heridas intrauterinas. Punto. La víctima estaba en su segundo o tercer día del ciclo. Punto. Hipovolemia grave por administración de un anticoagulante. Punto.

En las otras víctimas la doctora ya había explicado que una reducción masiva del gasto cardíaco producía la interrupción de la circulación sanguínea. La muerte llegaba en pocos segundos. Sin embargo, si la pérdida de sangre era lenta podía tardar unas horas hasta que el herido pasaba por todas las fases del choque hemorrágico.

—Quien haya hecho esto, no tenía prisa —dijo la forense.

—¿Pelos, fibras, saliva? —preguntó Helena.

—Nada. Llevaba guantes de silicona.

—Como en los demás asesinatos —comentó Robert.

—En la espalda y en la cadera derecha tiene pequeñas quemaduras. Seguramente debido a un electrochoque.

—Gracias a eso debió de arrastrarla ese imbécil por los doscientos ochenta y cinco escalones hasta arriba —especuló Robert.

El asistente se dedicó de nuevo al cadáver y cerró el torso con una grapadora parecida a la que Helena tenía encima del escritorio. Unas pequeñas grapas metálicas grises se clavaron en la blanca piel de manera que las capas de grasa formaron onditas en los bordes.

—Pero hay una buena noticia. He encontrado el anticoagulante. La sustancia se llama Eridaphan. Aún se encuentra en fase de aprobación por parte de las autoridades del control de medicamentos. Por eso hasta ahora no hemos podido identificarla —dijo la doctora Becker casi de pasada.

—¿Sabe quién ha probado la sustancia? —quiso saber Helena.

—El Charité.

—Me ocuparé de ello —dijo Robert.

Helena le dio las gracias, y la forense se despidió de Robert de nuevo con una sonrisa. Él asintió un momento. Fue tan leve que Helena entendió que pasaba algo entre ellos.

Cuando regresaban al coche, ella desvió la conversación de nuevo hacia sus asuntos privados.

—Tenemos que hablar de si es bueno que Katharina y Sophie pasen todos los fines de semana contigo.

Robert se encogió de hombros.

—No sé de qué hay que hablar. Es decisión de las niñas. ¿Adónde vas tú?

—A la Humboldt. El profesor Gibran tiene que explicarme por qué Dioniso cita sus libros.

—¿Crees que se conocen?

—Lo averiguaré.

—¿Te llevo?

—Cogeré un taxi.

54

10

—*A* la Universidad Humboldt, Unter den Linden. Y, por favor, apague la música.

El taxista murmuró algo acerca de la bendición de la música y el descanso que Radio Paradiso ofrecía a sus oyentes, pero Helena no lo escuchaba. El tono de su móvil le había anunciado un correo electrónico. Miró el remitente, vio el nombre de Robert y no leyó el mensaje. «No mejorará y, probablemente, ni siquiera volveremos a estar bien», pensó. Le disgustaba que le costara tanto superarlo. Cuando Robert, cuatro años atrás, le dijo que la iba a dejar, todo giró en torno a esta pregunta: ¿por qué? Discutían a menudo. Es decir, ella hablaba y él callaba, ella preguntaba, y él callaba. Ella lloraba, y él se iba a trabajar porque no soportaba sus lágrimas. O bien daba un puñetazo a la puerta para desahogar su rabia contra objetos y no hacerlo contra ella. Helena lo miraba desconcertada, se arrimaba a una pared, se tapaba el pecho con las manos y sentía miedo. Aun así, había luchado por él. Le gustaba él, le gustaba la familia. Para ello estaba dispuesta a adquirir compromisos siempre y cuando no interfirieran en su trabajo. En vano. «Eres demasiado perfecta para alguien como yo. Lo siento. Tal vez encuentres a alguien que esté a tu altura», le había dicho. ¡Demasiado perfecta! Era como decirle que era demasiado baja, o demasiado pelirroja. ¿Qué quería de ella? ¿Que fuera tonta? Al despertar una mañana, él no estaba; había hecho dos maletas y desaparecido sin dejar ni una nota. Katharina tenía ocho años, Sophie, seis. Cuando las niñas preguntaron por su padre durante el desayuno, mintió y les dijo que estaba de viaje y que pronto volvería. Llevó a a Katharina a la escuela y a Sophie al parvulario. Después volvió a casa y, ya en el coche, se derrumbó. Notaba un agujero en el alma que desconocía. «Querías crear un nido perfecto, pero has fracasado.» Por aquel entonces, hacía un año que Georg Paulus era su jefe, pero se preocupaba por ella como si fueran amigos de toda la vida. La liberó de servicios para que tuviera tiempo de recolocarse en la nada en la que había caído. Ella escribió infinidad de cartas. Propuso maneras de volver a estar juntos. Robert no contestó a ninguna, excepto a la última. Helena le escribió: «Lo he comprendido y no te escribiré más cartas. Intentemos ser buenos padres para Katharina y Sophie». Su respuesta le pareció escueta: «Sí, yo también quiero eso».

El taxi se detuvo delante de la entrada principal de la Universidad Humboldt. Helena pagó y bajó del vehículo.

Los estudiantes pasaban tranquilos por su lado. Su móvil anunció otro correo electrónico de Robert. Esta vez leyó el mensaje. «A lo mejor quiere disculparse», pensó. Pero el correo no decía nada de su discusión. Por supuesto que no. La doctora Becker lo había telefoneado para darle información: «Hace un año probaron el Eridaphan durante un estudio con quince personas en el Charité. Hubo problemas porque desapareció una parte del producto». Eso significaba que Dioniso había dejado una primera pista, aunque fuera pequeña. «¿Quién dirigió el estudio?», contestó Helena. «Estoy en ello.» La respuesta llegó en el momento en que entraba en el aula dos. Gibran estaba frente a sus alumnos, sosteniendo un cigarrillo en la comisura de los labios. Desvió la mirada hacia ella, en cierto modo ausente, insensible, como un felino que observa a su presa, aparentemente aburrido, sabiendo que la cazará en un instante. Helena notó una sensación en la piel que le sorprendió, como si la temperatura corporal le hubiera subido unos cuantos grados. Acto seguido, le ocurrió algo curioso: sintió el impulso de irse. Fue un reflejo tan rápido e inconsciente que no se dio cuenta de lo que estaba haciendo hasta que dio un par de pasos. Se detuvo. «¿Qué estás haciendo?», se preguntó. Entonces le ordenó a su mente buscar un asiento y sentarse a escuchar.

—Así pues, damas y caballeros, ¿quién puede decirme algo de Dioniso? —preguntó Gibran.

—¿Se refiere al asesino en serie? —preguntó un alumno que estaba sentado unas sillas más allá de la fiscal.

Ella tuvo que recomponerse para poder concentrarse. De modo que aquel era el hombre que escribía esas cosas horribles que un asesino en serie utilizaba para argumentar y justificar sus asesinatos. Por supuesto, el profesor no había llevado directamente a Dioniso al asesinato, pero formulaba ideas que, para mentes simplonas, podían constituir un evangelio.

—Suena como si supiera algo de él. Si es así, debería contárselo a nuestra invitada. La señora Faber le estará eternamente agradecida, ¿verdad, señora fiscal? —La señaló. Por lo visto, también la había buscado en Google después de la conversación telefónica.

Los estudiantes siguieron la mirada de Gibran y observaron a Helena con curiosidad. Tener a una fiscal en clase era una novedad. ¿Cómo reaccionaría?

De ninguna manera. Aceptó la atención involuntaria con un breve gesto de cabeza.

—No, no me refiero al autoproclamado Mesías que mata mujeres para que retroceda la rueda del tiempo, y que, en sus toscas proclamaciones, cita textos de *El libro de Dioniso*, lo que probablemente me convierte en su cómplice a ojos de la fiscal. Por lo menos, en su fuero interno. Bueno, ¿quién puede decirme quién es Dioniso?

—El dios del vino —dijo un estudiante de la segunda fila.

—El dios de la ebriedad —dijo la alumna de al lado.

Gibran señaló a otra alumna que iba muy arreglada.

—Dioniso puede adoptar muchas formas. Quizá la más interesante sea la que nos ofrece Nietzsche, que confronta lo dionisiaco vital y ebrio con lo apolíneo, estético y contemplativo, como los dos principios básicos de la existencia humana —recitó ella con valentía.

—Es correcto, pero sacado totalmente de la Wikipedia. Si la vuelvo a pillar ocultando sus fuentes, la denunciaré en VroniPlag y acabará en la hoguera como el pobre señor Guttenberg.

Los alumnos se rieron inseguros. Ya sabían que Gibran no sentía mucha simpatía por aquella compañera. Él no sonreía, ni la elogiaba, ni la animaba. En cambio, la retaba con la radicalidad de sus ideas.

—Así que determinamos que Dioniso es el dios de la ebriedad. Pero es más que la ebriedad producida por el alcohol que experimentan ustedes, damas y caballeros, cuando se pasan en una fiesta. Se refiere a la ebriedad de los instintos, los deseos y otros afectos que proceden de zonas ajenas a la razón. Pentesilea mata a Aquiles, al que ama, y se lo come. En *Las Bacantes*, Ágave despedaza a su hijo Penteo. Los dignatarios católicos sienten un gran placer al ver morir en la hoguera a Juana de Arco. Se trata de la desinhibición completa, la liberación de una oscura fuerza bruta. Vimos a Dioniso en los ataques a las torres gemelas del World Trade Center, en los ataques a *Charly Hebdo* y en los terroristas suicidas de Bagdad, Beirut y Jerusalén. Lo vemos por todas partes donde el «ello» de Freud provoca que estalle la cárcel que el SUPEREGO le ha construido. Y ahora Dioniso nos muestra su orgullosa testa en la persona de un misógino actualmente muy popular, que se otorga un nombre mítico porque quiere entrar sin falta en la galería de sus modelos, iniciado por los filósofos griegos, pasando por los reprimidos señores del Vaticano e incluyendo a los predicadores histéricos del Corán. Y así llegamos a nuestro querido enigma con el que no podrán ganar millones, pero sí buenas notas, que, si se dan las circunstancias, quizá los capaciten para ser ricos. ¿Quién dijo sobre quién: «El exceso de nulidad llega a su punto álgido cuando Heidi Nazionale, con un patetismo exagerado y tras una pausa en la que se detecta su vacío mental, comunica su severa decisión y diferencia una vida valiosa de otra sin valor. Si no resultara tan misógino, se podrían sacar seis tipos de mierda de ella»? Fin de la cita. Estoy esperando.

Después de lo que pareció una eternidad, que Gibran pasó mirando fijamente a su público con una sonrisa, intervino un alumno de la segunda fila:

—Creo que fue Roger Willemsen sobre Heidi Klum, en una entrevista en el *TAZ*. Pero no estoy seguro.

—Mira qué bien. ¡Cinco puntos! Y hacemos como siempre:

todos los que aciertan una respuesta vienen después de clase y recogen su premio. Seguimos. ¿Quién dijo: «La muerte súbita solo es una muerte más dentro de la noble obra de Dios y la obediencia a Él. No importa si las mujeres soportan el cansancio y al final la muerte, están para eso»?

Silencio. Los alumnos intentaban agradar al profesor, pero se estrellaban contra su severidad. Helena lo observó. Conocía a ese tipo de hombres, un poco psicópatas. Vistos a cierta distancia, siempre parecía que estaban jugando, pero eran misántropos vestidos de caballeros. «Los hombres como Gibran no se calman hasta que ven tanta sangre alrededor como en su alma», se dijo.

—Vamos, damas y caballeros. Combinación y deducción.

—¿Un nazi? —Se oyó bajito y con prudencia.

—¿Quién ha dicho eso? —preguntó Gibran.

Una estudiante levantó la mano, vacilante.

—¿Y en quién estaba pensando?

—En Joseph Goebbels.

—¿Qué creen ustedes, damas y caballeros? —Gibran no paraba de caminar de un lado para otro a lo largo de la primera fila, señalando a un alumno o a otro—. ¿Fue realmente Goebbels? ¿O Hitler? ¿O tal vez Stalin, el comunista? ¿Qué tal Madre Teresa?

59

Se oyeron murmullos indecisos que terminaron con una especie de graznido de Gibran, imitando la alarma de un concurso.

—Error. Los nazis y los comunistas eran grandes misóginos, pero no debían obediencia a Dios, ¿sino a quién? ¡Al Führer! No, señorita, la frase la pronunció su estilita protestante Martin Lutero. Además, era un antisemita declarado, lo que podría conferirle cierta cercanía intelectual a los nazis, pero debido a la distancia temporal está fuera de lugar. Lea *Ciencia masculina*, de Xenia Raabe. Y ahora la penúltima oportunidad de ganar unos cuantos puntos. ¿Quién dijo: «Solo porque hago rap me chupas el rabo, pero porque no puedes hacer nada sin un hombre, quieren que te llevemos en brazos, con la derecha me la cascaré y con la izquierda te pegaré»? Fin de la cita. Esta tendríais que saberla, pertenece a vuestro canon actual.

—Bushido —exclamaron casi al unísono dos docenas de bocas, para después soltar una risa de alivio que pronto se convirtió en un silencio bochornoso.

—Y qué me decís de esto: «Las modelos femeninas son putas perdidas o santas madres. La seductora Marilyn Monroe o la maternal Angela Merkel. Las dos significan tetas grandes».

—Angela Merkel no tiene hijos —dijo alguien desde las filas traseras.

—Angela Merkel tiene ochenta millones de hijos —contestó Gibran—. Entonces, ¿de quién es la frase?

Sonó el móvil de Helena. Miró la pantalla, aceptó la llamada y salió del aula. Cuando Robert le mencionó el nombre de la directora del estudio, se quedó boquiabierta. ¿Podía ser tanta casualidad? El nombre de Xenia Raabe acababa de aparecer en la clase.

—Vigilad de cerca a esa Xenia Raabe. ¿Qué sabe de las pruebas desaparecidas? Tal vez hasta las hizo desaparecer ella —dijo.

Cuando poco después volvió al aula, la clase había terminado.

11

$\mathcal{H}$elena se abrió paso en los pasillos entre el mar de alumnos, recibiendo empujones, y atrapó a Gibran cerca de la escalera que conducía a la gran sala principal.

—¿Profesor Gibran?

Él se detuvo, se dio la vuelta y se la quedó mirando un momento. Helena notó que la escaneaba. ¿Qué veía? Traje pantalón azul de P&C, de hacía dos años, la blusa bien entallada. Pelirroja, ojos verdes. Delgada, prieta y en forma. Le tendió la mano. Ella la aceptó y le sorprendió su suavidad.

—Helena Faber, habíamos quedado.

—En efecto.

Pasados unos minutos, Gibran le sujetaba la puerta de un Starbucks, la dejaba pasar primero y, cuando él entró en el café, ocurrió algo curioso: todos los presentes giraron la cabeza como obedeciendo a una orden de mirarlo. Duró un instante; fue como si algo los hubiera atraído, quizá una energía desconocida; luego desviaron la mirada. La gente inclinó brevemente la cabeza, como una señal de sumisión inconsciente y cesó de conversar un momento. Solo dos niños no callaron. Jugaban al pilla-pilla; pasaron corriendo junto al profesor y lo empujaron. Él ni se dio cuenta, ayudó a Helena a quitarse el abrigo y fue a buscar al mostrador un *cappuccino*, un chai con leche y un bizcocho de limón. Cuando le tocó el turno, pagó y llevó la bandeja, haciendo equilibrios entre las sillas, hasta la mesa donde estaba sentada la fiscal.

—El *cappuccino* está hecho con café expreso doble. Espero haber escogido bien.

Helena lo miró perpleja. «Así que también sabes ser encantador», pensó. Sin embargo, notó que también había un algo infinitamente triste en sus ojos, oculto tras las agudas dentelladas de una ruda malicia.

—Desde julio del año pasado han sido asesinadas cuatro mujeres —dijo la fiscal—. Ayer fue la senadora de Economía, Ursula Reuben; hace doce meses, el tres de septiembre, Jasmin Süskind; tres semanas antes, el quince de agosto, Velda Gosen, y seis semanas antes, el siete de julio, Tara Beria. Todas, presuntamente, a manos del mismo asesino.

Gibran encendió un cigarrillo.

—Es absurdo, ¿no?

—¿A qué se refiere?

—Al escándalo a causa de esas mujeres.

—Siempre que alguien es asesinado armamos un escándalo.

—¿Y esas cuatro féminas son más importantes que las miles de mujeres que son esclavizadas, agredidas y asesinadas brutalmente de las que nadie habla porque no salen por televisión?

—No son más importantes, pero tampoco carecen de importancia.

—Eso es mentira, y lo sabe. La vida de un ser humano no tiene valor. Adquiere sentido mediante el significado que le damos. ¿Cómo llega una mujer tan guapa como usted a defender el derecho, la ley y el orden?

—¿Qué debería hacer si no?

Se acercó una de las empleadas del Starbucks, se disculpó y le recordó la prohibición de fumar. Él le dejó el cigarrillo en la mano sin mediar palabra y la echó con un breve gesto.

—Ponerse del lado de la seducción. No se imagina lo que llega a ofrecer.

—¿Ha visto los vídeos de Internet?

—Sí, para impresionar a mis alumnos. Tiene una forma de comunicarse peculiar, pero no es tonto, aunque su alias, Dioniso, suene tan arrogante. ¿Ha visto la proclamación número dos?

El asesino había publicado el vídeo que mostraba la muerte de Velda Gosen con todos sus crueles detalles. Helena no necesitó verlo dos veces. Esas cosas las recordaba como si las hubiera fotografiado. Citó de memoria:

—«Al principio de todas las revoluciones surgen preguntas. ¿Por qué es esto así y no de otra manera? ¿Por qué hay injusticia y de ningún modo hay justicia? ¿Por qué existe lo nuevo y no lo antiguo?» Y luego citaba su libro. «Nos preguntamos: ¿por qué hay tan pocas compositoras, pintoras y dramaturgas importantes? ¿Dónde están las inventoras destacadas? ¿Por qué hay tan pocas ganadoras del Premio Nobel? ¿Quién descubrió la penicilina, la fisión nuclear, la teoría de la relatividad? Se dice que las mujeres pueden hacer lo mismo que los hombres, pero esta lista demuestra que más bien se trata de un sueño. Las mujeres son intérpretes, apóstoles y criadas, pero el papel de creador siempre se reserva al hombre. Así se cuenta desde hace miles de años en todos los mitos sobre la creación. Y de ahí surge la pregunta: ¿cómo se pueden superar las relaciones dominantes? La respuesta: con la espada».

—Impresionante. ¿Y por qué viene a verme? ¿La ha enviado Paulus?

—Me puso sobre aviso con respecto a usted.

—¿Qué le dijo?

—Que es un sociópata.

Gibran se echó a reír.

—Un sociópata reconoce a sus iguales.

Le sonrió, y Helena pensó que parecía un gato a punto de matar con un último mordisco al ratón con el que lleva un rato jugando. Sin apartarle la mirada de encima, sacó de la cartera los documentos que ella le había enviado y los hojeó hasta llegar a una fotografía en la que aparecía Tara Beria muerta en su despacho.

—¿Se había fijado en el bonito tono rojo que tiene su rostro?

—Es la luz del sol. A las cuatro mujeres las asesinaron entre las cuatro y las cinco de la madrugada y una mujer de la limpieza, un colega, o los turistas las encontraron poco después.

—Ha colocado a las mujeres hacia el este.

—Se refiere en dirección a La Meca.

—La Meca y Jerusalén remiten a un sacrificio ritual que, antiguamente, practicaba la gente en círculos culturales judíos, y hoy en día, también en los islámicos, pues creían que Dios necesitaba su ayuda para llevar a cabo su obra.

Helena había tenido en cuenta esa pista tras el segundo asesinato, pero Paulus le advirtió: «Si quieres hacerme un favor, no me presentes al primer asesino en serie musulmán de Alemania».

Gibran le sonrió de nuevo, deslizó la mirada de los ojos hacia la boca y, de ahí, a los pechos.

—¿Por qué es uno de sus más ávidos lectores? —cuestionó la fiscal.

—Un autor no elige a sus lectores.

—Pero parece que esté dando vida a sus ideas.

—Y ahora me considera el autor intelectual.

—¿Lo es?

—¡Por supuesto! La instigación es la tarea más noble de un escritor, ¿no le parece?

—Dioniso dice que es usted un dios y su libro su Biblia.

—Y él es el Mesías que agarra el libro y deja un rastro de sangre. ¿No es siempre así? Para su Dios es Jesucristo y la Biblia; para Alá, Mahoma y el Corán; para Marx, los pueblos oprimidos y *El capital*; para Hitler, sesenta millones de alemanes y *Mi lucha*. Mi intento con *El libro de Dioniso* ha sido un poco más modesto, como ve.

—¿Y cuál es el mensaje?

—Ya conoce la historia antigua de la Eva bíblica que roba una manzana del árbol del conocimiento. La pregunta es por qué fue tan débil Adán como para no rechazar la manzana que ella le ofrecía. En otras tradiciones es un cobarde, y así entramos en los símbolos. La manzana es la vagina que Eva ofrece a Adán. Igual que para los griegos todos los males del mundo salían de la caja de Pandora, para los antiguos judíos salían de la vagina.

—¿Ese es el mensaje?

—Ese es el mensaje tal como lo entiende su asesino.

—No es mi asesino.

—Aún no.

A Gibran le apareció la lengua entre los labios como una morena sale de su cueva. Sonrió. Entonces se inclinó hacia Helena. El fuerte olor de su loción de afeitado le llegó a la nariz. Tenía la boca de Gibran tan cerca de la oreja que notó su aliento, fresco y limpio.

—A lo mejor ya la tiene en el punto de mira. Tal vez ya la ha cosificado y la ha convertido en algo que le puede servir como objeto de su odio. Como las otras víctimas. ¿Qué cree usted?

—Eso no pasará porque lo atraparé antes.

Él se reclinó en la silla y bebió un lento sorbo de su chai con leche.

—Para atrapar a Dioniso tiene que conocerlo, y para eso ha de conocerse a sí misma.

—Profesor, en el departamento hay una docena de especialistas que han desmontado a Dioniso en cincuenta páginas y lo han vuelto a recomponer: una infancia traumática, humillado por su madre, socialmente desatendido; déficit en la estructura, o en las funciones de diferentes zonas del cerebro y reducida masa cerebral en la corteza prefrontal y orbitofrontal; conducta social alterada y sobrerreacción agresiva debido a un nivel elevado de dopamina. Esperaba que me explicara algo de sus motivos. En cambio, me recomienda autoconocimiento. Es un poco pobre, ¿no cree?

—Su motivación es evidente. Quiere zarandear su entorno mediante el horror; provocar tal miedo que se desate el pánico y, a continuación, el caos de una violenta lucha de sexos.

—Suena al siglo pasado.

Gibran se inclinó hacia delante y se apartó el pelo de la cara.

—La naturaleza no entiende de siglos. ¿No se ha fijado nunca en las miradas que se deslizan desde los ojos hasta su boca pintada de rojo, representación de los labios púbicos enrojecidos e hinchados entre sus piernas? Miradas que se deslizan hacia sus pechos, que usted presenta de forma muy incitadora, y de ahí pasan a su regazo. Es usted muy ambiciosa, señora Faber, tal vez incluso lista. Pero para la mayoría de los hombres no es más que un coño. Empezando por su padre, pasando por los torpes polvos de la adolescencia en el asiento trasero de algún coche, hasta llegar a su jefe.

Helena negó con la cabeza, consternada. Si creía que iba a sacarla de sus casillas con unas cuantas insolencias, estaba muy equivocado.

—Si quiere ir por ahí, siento decepcionarlo. Además, le sugiero que deje a un lado su psicología instantánea. No sufrí abusos de mi padre, ni tuve experiencias sexuales en asientos traseros porque un «Trabi» es demasiado incómodo para eso. Y en cuanto a mi jefe, tiene una visión mucho más encantadora de las mujeres. Pero todavía no ha contestado a mi pregunta.

Por lo visto su reacción le impresionó. Se reclinó en la silla y la estuvo observando un rato. Ahí estaba de nuevo, esa mirada que la dejaba helada. Muy excitante, aunque no quisiera reconocerlo.

—¿Por qué me cita Dioniso?

—Exacto.

—¿No es eso lo que tienen de especial los libros? De vez en cuando nos despiertan el alma porque nos da la sensación de que nos entienden. Piense en el *Werther* de Goethe y la multitud de suicidios que propició. Me quedaré la documentación unos días, si no tiene nada en contra.

Sin esperar respuesta, cogió los papeles, se dio la vuelta y dejó a Helena sola en la mesa. Al salir, saludó a unas alumnas dándoles un golpecito en el hombro o acariciándoles el pelo.

La fiscal se quedó sentada, perpleja. ¿Cómo se le había ido de las manos la conversación? Se suponía que Gibran debía descifrarle a Dioniso. Debía explicarle qué quería decir con eso de los siete colores de la sangre, explicarle por qué el asesino hacía referencia a su libro. ¿Había estado en contacto con él alguna vez? ¿Lo había conocido? No le había preguntado nada semejante porque él le había hecho perder el hilo con su impertinencia. «Qué idiota», pensó. Un sociópata vanidoso, como había dicho Paulus. Cruzó los brazos y sintió crecer la rabia que la dejó helada. Pero al cabo de un rato, se dio cuenta de que detrás de esa rabia acechaba una silenciosa admiración. Tal vez porque Gibran no necesitaba sentirse cercano. Pero ella sí necesitaba tener siempre la sensación de caer bien a su adversario o como mínimo no experimentar hostilidad hacia este. Era un punto débil que debía compensar con fuerza de voluntad.

Cogió el móvil y llamó al despacho de Paulus.

—¿Está?

12

—*E*l jefe está en una reunión importante, ya se lo he dicho por teléfono —explicó la aplicada señora Schneider cuando Helena entró en la antesala de Paulus.

—Esperaré —dijo la fiscal.

—Pero puede tardar —añadió la secretaria con la arrogancia de un funcionario de Hacienda.

Hacía diez años que era la secretaria de Paulus, y era evidente que llevaba el mismo tiempo enamorada de él sin ser correspondida. Cuarenta y tantos años, baja, un poco gruesa. Cada una de las miradas a través de las gafas de montura invisible, cada uno de los gestos con las manos ensortijadas indicaban que, mediante el sacrificio de la entrega a su jefe, se sentía superior a la visitante. En cambio, la cadena que siempre llevaba colgada del cuello con el símbolo femenino desentonaba un poco con la imagen. Tal vez fuera una mártir, y, como todos los mártires, esperaba el paraíso. Pero Schneider también sabía que jamás conquistaría a Paulus. Las mujeres con las que él coqueteaba eran de otro calibre, lo tenía aceptado. Pero si ella no lo podía poseer, nadie debía poseerlo. En especial Helena, por eso a veces «olvidaba» pasar sus llamadas, o de vez en cuando borraba los correos electrónicos que le enviaba a Paulus. Mientras Helena preguntaba por teléfono a Fatima Volkan por la denuncia de Reuben, la señora Schneider la fulminaba con miradas venenosas. Cuando Olaf Beinlich, senador de Salud y Asuntos Sociales de Berlín, Karel Leskovic, director de prisiones de Berlín Moabit, y Oskar Sander, uno de los constructores más importantes de Berlín, salieron del despacho de Paulus, Schneider dejó en paz a Helena. Corrían rumores de que Beinlich y Leskovic habían estado en un club de Ámsterdam que hacía unos años había tenido un papel nada favorable en un escándalo de agresión sexual. En algún momento el asunto se perdió. ¿Qué buscaban con Paulus?

—Ya puede hablar con él —dijo la secretaria a media voz.

Daba la impresión de que el despacho de Georg Paulus estaba por encima de los delitos profanos. Era intencionado: ventanas que iban del suelo al techo, suelos de moqueta blanca, mobiliario de piel negra y un escritorio macizo, tras el cual podía atrincherarse el propietario como detrás del muro de Jericó.

Cuando entró Helena, él estaba junto a la ventana, contemplando distraído las azoteas de la ciudad. Era un hombre guapo, pensó ella. Alto, delgado, de rasgos finos y pelo espeso y canoso. Viudo desde hacía cinco años tras perder a su esposa a causa de un cáncer. En la mano izquierda sujetaba un cigarrillo como quien fuma por primera vez, cogiéndolo ligeramente con la punta de los dedos. Era un jefe duro. Algunos opinaban que tenía demasiada paciencia y que se mostraba demasiado indulgente. Otros lo consideraban un producto de los repartos proporcionales y de las intrigas de los partidos políticos, que garantizaban que el puesto lo ocupara el candidato más inofensivo, en vez del más adecuado. Pero si ese era el motivo de su nombramiento, el Senado de Berlín se había equivocado con él. Era inconformista, y ponía su trabajo al servicio de la lucha contra el crimen, y no al servicio de la política. Helena lo apreciaba por ello, aunque a veces temía que estuviera más atrapado en un embrollo político de lo que quería admitir. Sin embargo, esas ideas acababan pisoteadas cuando él le lanzaba su lengua viperina. Pero esta vez, no. Lo estuvo observando un rato. ¿Cómo se enfrentaba uno a un jefe al que ha visto desnudo y relajado por el orgasmo, y que ahora le estaba haciendo la vida imposible? Era un nudo gordiano de sentimientos y dependencias y de la promesa de separar estrictamente lo personal de lo profesional. Al inicio de su carrera, Helena no se acostaba con él para que la protegiera, sino porque quería. Una cosa es prostitución, la otra, agradecimiento. Sin embargo, cuando lo pensaba más a fondo no sabía qué era más humillante.

—¿Por qué me apartas del caso Dioniso?

La pregunta fue como un latigazo. Pretendía controlarse y mostrarse serena. «Haz como si tu interés fuera objetivo, y nada personal», se propuso. Pero ya era tarde. La rabia sacó las garras y Helena le espetó:

—Soy la única que el año pasado predijo que aún no había terminado.

Paulus se volvió hacia ella. Lucía ojeras, oscuras y flácidas. Cuando se puso a salvo tras el escritorio, parecía agotado. Como un perro viejo que ya no tuviera ganas de atacar a todos los desconocidos que se acercaran a la casa que defendía. Hojeó el expediente de la investigación.

—Siéntate. ¿Alguna novedad con Reuben? —preguntó, como si no hubiera oído la última frase.

Helena se molestó un instante. Conocía la estrategia. «Permite que el ataque caiga en el vacío haciendo caso omiso.» Se recolocó el cabello con desgana. Era un gesto de transición para disimular el enfado.

—Presentó una denuncia contra su predecesor, David Miller, por una casa que compró en Spreewald. No lo hizo él solo, sino a través del Senado. El expediente está extraviado, pero Fatima Volkan recuerda que nos lo enviaron.

—Yo tengo el expediente aquí.

—¿Tú tienes el expediente?

—Quiero comprobar la denuncia antes de dar el siguiente paso.

—¿Puedo verlo?

—No.

—¿Por qué no?

—Se trata de política y, por tanto, también de tu carrera. Siéntate, por favor.

Ella obedeció a regañadientes y se hundió en el amplio sofá negro de la marca De Sedes.

—¿Cómo fue con Gibran?

—Le gusta escucharse cuando habla. Y cree que todos los hombres de mi entorno únicamente me ven como un coño.

Paulus la miró perplejo.

—¿Es verdad? —preguntó.

—Dímelo tú.

—Me encantó acostarme contigo, pero eso fue hace un par de siglos. No, yo no te veo como… qué palabra más horrible. —Esbozó una sonrisa que reflejaba decepción y amargura. Casi sin respirar, cambió de tema y abordó la «montaña» que tenían ante ellos.

—La senadora de Justicia se encontró con el fiscal general, y él me lo ha pasado. Quiere que todas las mujeres que hayan logrado puestos de responsabilidad reciban vigilancia. «¿Y por qué no todas las que tengan el bachillerato?», le dije yo. Por un momento se lo planteó en serio. Hace poco leí en algún sitio que no hace falta ser hombre para lograr el grado de mayor incompetencia. Cuando una mujer puede ser igual de mala que un hombre en su trabajo, es incluso una prueba de emancipación.

«Sí que eres un hombre agradable y listo —pensó ella— pero cuando se trata del trabajo eres un ejemplo perfecto de cómo la carrera profesional puede acabar con una persona.»

—La médico forense ha podido determinar cuál era el coagulante que encontró en la sangre de Reuben. El medicamento se llama Eridaphan. Se probó en el Charité. Está claro que es una pista decisiva; no puedes apartarme del caso ahora. Si averiguo quién tenía acceso al medicamento, lo tengo pillado.

Paulus salió de detrás del escritorio y se sentó con ella en el sofá.

—Ya sabes por qué lo hago —dijo a media voz—. Ese loco mata a mujeres listas y de éxito. Y, precisamente, una mujer lista y de éxito intenta darle caza. No quiero que me llamen una mañana y me digan que también ha podido contigo.

—¿Y se te ocurre ahora? Hace catorce meses que trabajo en el caso. Conozco hasta el último detalle, todas las declaraciones de los testigos e implicados, trabajo como una loca para encontrar a un fantasma que ha matado de forma brutal a cuatro mujeres, soy la mejor y la única que puede resolver este caso.

—¿Confías en mí?

—No. De hecho, creo que estoy fuera del caso Dioniso por otro motivo.

—¿Cuál?

71

—Dímelo tú.

—No hay otro motivo.

—Puedo cuidar de mí misma, y lo sabes.

—No con ese monstruo. Ziffer se hará cargo del caso.

Helena se levantó del sofá dando un respingo. La contención había tocado a su fin; se le había caído como un abrigo de unas tallas más grande que la suya.

—Me dijiste que eras mi mentor y que me apoyarías siempre. Pasara lo que pasase. ¿Te acuerdas? Estábamos en aquel hotelito de Ostsee. Ahora es el momento.

Él la miró asombrado.

—¿Por eso te acostaste conmigo?

¿Por eso se había acostado con él? Sí, entre otras cosas.

—Eres muy ambiciosa, Helena. —Paulus sonrió—. Pero ¿por qué no? Eres trabajadora, inteligente, tienes una memoria increíble y eres tenaz. Y me alegro de que no estés en el otro bando. Pero todo eso no basta. ¿Sabes por qué? Te falta un talento imprescindible.

—¿Cuál?

—La ignorancia.

—¿La ignorancia?

—Lee a Shakespeare, *Enrique V*. O eres soldado, o eres el rey. Los reyes envían a los soldados a morir por un objetivo superior a su propia vida. Cuanto más asciendes, menos importa lo que ocurre en la calle. Por eso tienes que decidir si quieres atrapar al asesino o progresar en tu carrera. Soldado o rey. Las dos cosas no pueden ser.

—¿Quién lo dice?

—Yo lo digo. Porque te quiero. Más de lo que me conviene.

—Me castigas porque me quieres. ¿No es lo que dicen los tíos que maltratan a sus mujeres?

En cuanto terminó de pronunciar la frase sintió la amargura de Paulus en la lengua, pero no soportaba el retroceso, ni la humillación ni la ofensa ni cualquier otro sentimiento que se ocultara detrás. Apartándola del caso Dioniso, le estaba diciendo que había algo que no podía hacer, que había algo que no conseguiría. Y eso no estaba previsto en la imagen que tenía de sí misma. Por eso, no fue ella quien salió del despacho dando un portazo, sino una persona a la que no aguantaba, pero que formaba parte de ella. «Esfuérzate para que Dios te quiera», le gritaba su padre. Recorrió el pasillo y bajó la escalera. Se engujó las lágrimas, levantó la cabeza; necesitaba moverse, desahogar la rabia. Urdir un plan. Alguno. Salió a la calle y caminó sin saber a dónde. La gente que se le acercaba en sentido contrario se apartaba al ver su energía. La seguían con la mirada porque parecía enajenada. Al cabo de media hora estaba de nuevo frente al Tribunal Superior, donde la esperaba la justicia ciega. Llamó a casa, y las niñas le dijeron que estaban haciendo los deberes. Entonces fue a su despacho. No iba a rendirse tan rápido.

¿Quería deshacerse de ella? Pues tendría que ver hasta dónde quería llegar. Ziffer no era mal fiscal, pero era demasiado prusiano. Demasiado trabajo siguiendo instrucciones. Cuando dentro de cuatro semanas apareciera el siguiente cadáver con los pies o los pechos cortados o la cabeza bajo el brazo, y al cabo de otras cuatro semanas apareciera otro, Paulus se daría cuenta de que había cometido un error. «Y si luego quieres recuperarme, que te den.» Escribió el nombre Ziffer en la tapa de una caja, metió los expedientes de Dioniso en ella y la dejó junto a la puerta. Antes de enviar los archivos a su colega desde su MacBook, volvió a mirar el vídeo que el asesino había grabado de cada ejecución y que siempre colgaba en YouTube dos o tres días después. Cuando apareció el primer vídeo, las autoridades del Senado de Justicia de Berlín exigieron que lo retiraran del portal una hora después. Pero al cabo de otra hora volvía a aparecer en otras páginas. Si no se tenía en cuenta el horroroso contenido, las cintas tenían la estética de un videoclip pretencioso: cortes rápidos, alta resolución, subcapas, dirección... Los investigadores habían descubierto hasta las marcas de las tres o cuatro cámaras con las que se habían grabado: GoPro Hero 4. Una cámara que se había vendido a miles, por lo que era imposible encontrar al propietario.

En el primer vídeo se veía a Tara Beria, editora jefa de la revista femenina *Minna*. Estaba sentada tras su escritorio, rodeada de una montaña de documentos, cuadernos y manuscritos. Iba ataviada con una túnica blanca. Delante tenía el teclado del ordenador. Un puñado de lirios blancos lucían en el aparador que había a su espalda, encima del cual colgaba de la pared una fotografía de sesenta por noventa de Minna Cauer, periodista y activista del primer movimiento feminista del siglo XIX. Arqueando las cejas y con una leve sonrisa en los labios, miraba con escepticismo a la moribunda como si siempre lo hubiera sabido. La cabeza de Beria estaba sujeta al respaldo de la silla con pegamento rápido, los brazos atados a los reposabrazos con cables, y las manos atadas por las muñecas también con cables. Se oía con claridad el crujido cuando Dioniso le cortaba los dedos con una sierra. Un fino reguero de sangre caía como de una única herida. Pero no fue esa la causa de la muerte. La administración del anticoagulante había provocado que Beria se desangrara. No había en el semblante ni rastro de miedo o pánico, más bien de asombro y perplejidad, como si le sorprendiera la monstruosidad de aquel acto. Sin embargo, en los ojos y en la mirada vencida, se percibía una fatiga angustiosa cada vez que parpadeaba.

A continuación, la autora Velda Gosen. Diez superventas de divulgación durante los últimos veinte años. Su tema eran las mujeres y la sociedad. Gosen era una señora de cincuenta y un años, delgada, baja, con cara de ratón. Conocida fuera de Berlín como directora de la Asociación en Defensa de los Derechos de las Mujeres, NEMESIS, una experta en su ámbito, invitada a tertulias y demandante ante los tribunales. Dioniso la llevó a la iglesia de la Santa Cruz, la sentó en un confesionario, la maniató y la amordazó. Todo lo grabó con la cámara GoPro. También grabó cómo le cortaba la nariz con un escalpelo cuando estaba plenamente consciente y se la hacía comer a trocitos. Al principio ella se resistió.

¡Basta! Helena paró el vídeo. Ya no tenía fuerzas para volver a ver aquel horror. Se levantó y salió de su sitio detrás del escritorio. Abrió la ventana y respiró el aire fresco. Había llovido. El viento le salpicaba gotas diminutas contra el rostro. Se pasó la lengua por los labios y saboreó las lágrimas. Por un momento pensó en llamar a Robert. Pero ¿qué le iba a decir? ¿Que lloraba porque estaba furiosa? Tardó unos minutos en recuperar el control. Entonces fue al lavabo de señoras a lavarse la cara. Cuando se vio en el espejo, no entendió por qué había llorado. Tal vez el hecho de que pasaran el caso a Ziffer, simplemente, le restaba presión a ella.

Hacia medianoche se fue a casa. En la cocina había dos cajas de pizza a domicilio. Katharina y Sophie estaban en el salón, dormidas delante del televisor. Las llevó a cada una a su habitación. Habría que dejar para otro día lo de lavarse los dientes. Tapó a las niñas y se quedó un rato sentada en la cama con cada una. Cada vez que encontraban un cadáver en una casa desmoronada, en un bosque o en el Spree, temía que fuera una de sus hijas. Cuando llegaba a casa y veía que todo estaba en orden, se alegraba. A ambas niñas les sorprendía su reacción. No sabían que, en algún rincón oculto de su ser, Helena imaginaba lo que movía a un asesino de niños o a un pederasta. «Tiene que ser el mismo deseo que nos impulsa a cortar una flor preciosa para pisotearla media hora después», pensaba a menudo. La destrucción de la belleza respondía a un deseo profundo. Sacó a Angelo de la mesilla de noche y se fue a la ducha. Mientras se liberaba, pensó en Gibran. Había despertado algo en ella. Era como un personaje de un libro que ya no te puedes quitar de la cabeza. Al cabo de un cuarto de hora, estaba en la cama. Como había desconectado el móvil, no vio que Robert había intentado localizarla dos veces.

14

*R*obert había comprado vino y había apartado su pistola. Hacía rato que la doctora Claudia Becker se había duchado y perfumado lo suficiente como para lograr que desapareciera el olor a cadáver que tenía incrustado en la nariz, más que en el cuerpo. Habían comido fideos con ajo asado, virutas cortadas de chile fresco, aceite de oliva y parmesano, y bebido un Primitivo de Apulia y cerveza; al acabar, se abalanzaron uno sobre el otro en la cocina. Como la mesa de la cocina no estaba preparada para aguantar la gimnasia rítmica de dos cuerpos, habían ido dando tumbos hasta el salón para seguir comiéndose a besos, mordiscos y lametones. Podría haber sido una bonita noche, y en la imaginación de la doctora Becker, el inicio de algo duradero, serio y aun así delicado. Por eso, antes del orgasmo ya se sentía feliz por haber llegado a tal situación, hasta que Robert, cuando la penetraba entre sonoros gemidos, gritó cerrando los ojos: «¡Dios, Helena!».

Diez minutos después estaba sentado solo en la cocina de su pequeño piso del barrio de Pankow, enfadado. ¿Por qué había dicho Helena? ¿De verdad aún era tan importante en su vida sin que él lo supiera? Oyó el mensaje que habían dejado en el contestador mientras investigaba el cuerpo de la doctora Becker sobre la mesa de la cocina. La voz de Melody Deneuves, la compañera de la senadora de Economía, Ursula Reuben, sonó en el contestador: «Hola, comisario, perdone que le moleste tan tarde. Se me ha ocurrido algo. Tres días antes de la muerte de Ursula, alguien llamó a la puerta. Pregunté por el interfono quién era. No contestó nadie; supongo que se fue. Hasta ahora no le había dado importancia, pero a lo mejor fue el mismo que la mató. No sé si es importante. Llámeme por la mañana».

Faber llamó enseguida, pero le saltó el contestador. Escribió un mensaje para decirle que iría a verla al día siguiente por la mañana. Cuando alzó la vista, su rostro se reflejaba desfigurado en la puerta lacada negra del armario de la vajilla. Se había quedado con la cocina de Ikea del inquilino anterior sin cambiar nada. Tal vez no quería sentirse a gusto en el piso. Era una buena habitación de hotel con un bonito refugio para las niñas, pero no era como cuando alquilaron el primer piso con Helena. En aquel entonces montó la cocina a mano: los fogones y una nevera de dos puertas. Tenían buenas sartenes y ollas, y buenos cuchillos. Era el cocinero de la familia. Tras la separación, intentó seguir cocinando para él solo, pero claudicó al cabo de dos semanas. No encontraba la cantidad de amor propio que requería. Comía platos preparados. Y bebía cerveza, demasiada.

Pensó en el mensaje del contestador. Cuando volvió a llamar a Helena, seguía sin poder localizarla. ¿Por qué se compraba teléfonos la gente si nadie respondía? Se dio por satisfecho con el contestador. «Soy yo. La doctora Xenia Raabe está en la India realizando una investigación. He intentado hablar con ella, pero no se pone al teléfono. ¿Por qué no contestas tú al móvil? ¿Visita masculina después de las diez?» Intentó reírse, pero no le salió. «Seguramente habrá apagado el teléfono —pensó—. O me ha borrado de la lista VIP de familiares. O vuelve a estar en la cama con alguien.»

Siempre lo ponía celoso que ella mostrara una frivolidad desmesurada respecto al sexo. Helena era hija única de un pastor protestante para quien todo lo que en el amor no aspirara a Dios eran superficialidades. Quería tener un hijo en lugar de una hija. Helena habría querido no tener una madre alcohólica, y su madre habría querido un Casanova en vez de un marido. Así fueron todos igual de infelices y se aferraron de tal manera a su infelicidad que esta había acabado pareciéndose a la felicidad. Una vez Helena le dejó mirar en el cajón donde guardaba todo cuanto había vivido de pequeña. Encima había escrito en letras gruesas: «Dios solo te quiere si mueves el culo». Es más fácil sustituir a Dios por un padre, que expulsa a la familia del amor a golpes, o por su jefe Paulus que la ayudaba a ascender en la escarpada montaña de su carrera y tal vez gracias a él mismo. Cuando lo entendió, no pudo seguir con ella. No, no se iba a prestar a eso. No tenía nada que reprocharle. Ni su ritmo, ni su fuerza de voluntad, ni sobre todo, su memoria. Cuando durante una cena, él quería contarles unas vacaciones a unos amigos, Helena sabía los nombres de los hoteles, las calles que habían recorrido, en qué restaurante habían comido cada cosa, lo que él dijo cuando le propuso matrimonio en Mallorca, lo que él había dicho durante sus múltiples discusiones, que empezaron unos meses después de la boda, lo que había hecho y lo que no. Se acordaba de todo. Lo sabía todo. Saber significaba para ella poder evitar en su vida el azar o un peligro. Saber cuándo llegaba su padre a casa, saber después de cuánto vodka ingerido pegaba a su madre, y después de cuánto, le tocaba a ella. Saber era su seguro, así podía prepararse para las contrariedades a las que se enfrentaba. Llegó un momento en que fue demasiado para él, y le gritó: «¡No olvidar significa no asimilar!». Y ella le contestó también a gritos: «¿Crees que lo he elegido? ¿Crees que me divierte acordarme de todo, de cada frase, cada mirada, cada día de mi maldita vida?». Él permaneció a su lado. Como espectador de un primer ascenso al Everest que ni siquiera interrumpió el nacimiento de su segunda hija, Sophie. Y cuando Helena llegó arriba, él cayó en el agujero donde le esperaban sus propios demonios. Igual que ahora le esperaba la octava cerveza en el suelo.

15

*L*as 3:10 de la madrugada. Una cama con el suficiente espacio para una auténtica orgía. De las paredes pintadas de gris colgaban las fotografías de mujeres de Helmut Newton, y del techo, un espejo de tres por tres metros. Como en las demás estancias de la casa, también había instaladas pequeñas cámaras. Oficialmente, para vigilar a los posibles ladrones; la versión no oficial era que servían para grabar sencillas películas caseras. También había un par de ellas con Melody, la conquista más joven de Reuben. Databa de una fecha anterior a que fuera asesinada con brutalidad.

Melody tenía veintisiete años y, según la página web de RTL, era actriz. Tenía una melena oscura que recordaba las crines de un caballo, ojos negros, labios ligeramente gruesos y pechos generosos. Estaba tumbada en la cama, en la penumbra del dormitorio; llevaba una tirita en la nariz. Por lo demás estaba completamente desnuda. En general se profesaba un excesivo culto al cuerpo y ya se había desnudado en una ocasión para *Playboy*. El alma la había vendido a *Bunte* y a *Gala* a cambio de unos honorarios decentes, y, mentalmente, siempre tenía un pie en los tribunales porque estaba dispuesta a atacar a cualquiera que tuviera otra opinión sobre su lesbianismo. Sobre la mesita de noche había un vaso de agua, y al lado un paquetito de Valium y una pistola. Se había tomado tres pastillas hacía media hora para poder dormir de una vez. La policía le había dado la pistola a Ursula Reuben porque había recibido amenazas de muerte, pero la senadora no estaba segura de si podía utilizarla. Rechazó las clases de tiro y escondió la pistola en el armario que había justo al lado del dormitorio. Melody la había cogido y había estado jugando un poco con ella. «¡Ojalá hubieras llevado esto encima cuando ese tío te mató! Tendrías que haberle pegado un tiro en la cabeza, o mejor entre las piernas. Hay que martirizar un rato a los pervertidos, como ese pajero, antes de liberar al mundo de ellos.» No paraba de dar vueltas a semejantes ideas. *Oskar* estaba a su lado, acurrucado contra ella. Los gatos notan las necesidades de las personas. Ofrecen cercanía, intentan consolar, dar calor. Melody olió su pelaje limpio y le acarició la cabeza, cansada. Un leve ronroneo le confirmó su aceptación. La muerte de su compañera la había afectado más de lo que suponía. Durante las últimas semanas, había engañado a Ursula Reuben con todas las mujeres con las que se había topado. Le había mentido y engañado. A decir verdad, había llegado a odiarla por haber descuidado su persona de esa manera, por engullir y no parar de engordar. Cuando la veía desnuda, algo que últimamente procuraba evitar, sentía náuseas. Emanaba un olor desagradable porque poco después de la ducha ya estaba sudando. Le había dicho que la encontraba repugnante, asquerosa. Dos noches antes Reuben la pegó. Por eso llevaba la tirita en la nariz. En realidad habría sido la excusa perfecta para irse definitivamente. Tal vez con unas cuantas decenas de miles de euros para que no contara ciertos detalles íntimos al *Bunte*. Y, de repente, Reuben estaba muerta. En realidad Melody debería sentir alivio y liberación, pero, en cambio, sentía tristeza y miedo. La manera como había perdido la vida su compañera le provocaba una rabia inimaginable. ¿Qué había hecho Ursula para morir así? ¿Realmente había hecho algo? ¿Podía haber un motivo para que alguien fuera asesinado con tanta crueldad? Cuando las pastillas empezaron a hacer efecto, oyó pasos. El dormitorio se encontraba en la primera planta de la casa de estilo *jugend*; los pasos procedían de los parterres. Al principio pensó que era el comisario al que había escrito un correo electrónico, pero no era muy probable que fuera a visitarla tan tarde. ¿O tal vez tenía turno de noche? «Seguro que la policía tiene turno de noche», pensó. Pero ¿cómo había entrado en la casa? Había cerrado y había conectado el sistema de alarma. ¿Seguro? Se acordaba de haber estado delante del

81

panel de control. Incluso llegó a abrir la portezuela, pero luego *Oskar* se puso a rascar la puerta de la casa desde fuera y lo dejó entrar. El gato corrió a la cocina, saltó al aparador y volcó una copa de vino tinto. Lo riñó, limpió el vino y los pedazos de cristal y olvidó conectar la alarma. ¿Había cerrado por lo menos la puerta de la casa? Oyó pasos entre la bruma que poco a poco iba aumentando gracias al calmante. ¡Pam, pam, pam! De nuevo silencio. Aguzó el oído. Nada, ni un ruido. Seguro que eran imaginaciones suyas. Otra vez los pasos. Parecían de una sola persona. ¿Un ladrón? ¿O tal vez el asesino? ¿El mismo hombre que había matado a Ursula? El miedo se apoderó de ella y se le metió en el cuerpo. La envenenó, la carcomió como un tumor. ¿Sabía ese hombre que estaba en casa?

Intentó ponerse en pie para cerrar la puerta del dormitorio, pero el Valium ya había hecho efecto. No podía levantarse. Su cabeza daba una orden clara, pero los brazos y las piernas no obedecían por mucho que se esforzara. Tenía que conseguir llegar a la puerta, cerrar, dejar fuera al hombre. Rápido. Oyó que se abría un armario, donde estaba el ordenador del sistema de vigilancia. Ruido de muebles. ¡Escóndete! «Tienes que esconderte», se susurró. Si se concentraba y reunía todas sus fuerzas, funcionaría. Primero incorporarse. Sus manos se aferraron a la colcha, se puso de costado y se cayó de la cama. Debía arrastrarse hasta la puerta. Unos cinco metros. Debía conseguirlo, pero estaba como borracha. Cada movimiento le costaba un esfuerzo increíble. Tenía ganas de quedarse tumbada y dormir, si no fuera por los pasos. Se acercaban. Subían la escalera. Se dirigió a la puerta a gatas, se aferró con las uñas de los dedos a la blanda moqueta y avanzó a rastras. El camino se le hizo eterno. Entonces se le ocurrió: la pistola. ¿Por qué no había cogido la pistola? Entonces vio unos zapatos blancos.

Melody Deneuve intentó levantar la cabeza y ver a quién tenía delante. No logró levantarla lo suficiente. El hombre le puso un pie en el hombro y le dio una patada. Cayó hacia atrás y se dio un golpe en la cabeza al chocar contra la cómoda. Por fin lo pudo ver. Era de estatura media, corpulento, de mediana edad. Llevaba guantes. La camisa y los pantalones eran blancos. Llevaba una máscara en la cabeza: el rostro de un monstruo horrible, con pelo por todas partes, dientes afilados, las fosas nasales dilatadas y dos cuernos curvos. Le puso un papelito blanco delante. Ella leyó: «¿Dónde está el chip?».

—¿Qué chip?

—Él señaló la hoja.

Ella leyó las palabras, pero no les encontraba sentido.

—No entiendo a qué se refiere.

Él agarró la hoja, escribió algo y se la devolvió. Melody leyó: «Las cámaras de seguridad».

El chip del sistema de seguridad. Poco después de escribir el SMS al comisario Faber, le cayó en las manos el manual de uso del pequeño ordenador que grababa las imágenes de todas las cámaras. Había sacado el chip y lo había guardado en algún sitio, pero ya no sabía dónde. El hombre le quitó la hoja de nuevo y le dio una bofetada. Ella se encogió, le daba miedo que le rompiera algo. El pómulo, o aún peor, la nariz. Le suplicó, quería decir algo, algo como: «Por favor, no me haga daño. Haré lo que me diga». Pero no podía articular palabra, notaba la lengua muerta, como un pedazo de carne en la boca.

Intentó con todas sus fuerzas observar al hombre que se tambaleaba delante de ella y cuyo contorno se desdibujaba, se volvía borroso. Bajó los párpados. Notó otra bofetada y una punzada ardiente, pero el dolor se perdió en algún lugar de su cerebro. Luego se quedó dormida, se hundió en una nada oscura.

Cuando volvió a abrir los ojos dos horas después, el dormitorio estaba vacío. A través de la puerta vio que el despacho de Ursula, al otro lado del pasillo, también estaba vacío. Lo recordó: alguien había estado en casa. Un hombre. Buscaba un chip de memoria. ¿Aún seguía ahí? Contuvo el aliento. Silencio. Solo se percibía el latido de su corazón, el aire que exhalaba al respirar. No había nadie. Estaba sola, y viva. Por suerte. El hombre no la había matado. Y no le había dado una paliza, lo que todavía era más importante. Cuando se incorporó, notó algo cálido y blando en el regazo. Bajó la vista: *Oskar*. Estaba entre sus piernas y la miraba asustado.

83

Estaba muerto. El pellejo estaba a sus pies. Melody gritó hasta quedarse sin voz. Entonces cayó dormida brevemente, como si estuviera en coma. Cuando despertó de nuevo a las seis de la mañana, cogió el teléfono y marcó el número de la policía.

16

*L*o más importante al hacer el pastel de manzana inglés es la rejilla de masa que se coloca encima de la capa de manzana, cocida con canela y jengibre. Se necesita un buen pulso para no romper las finas tiras. Habría sido más fácil comprar un pastel en Lenôtre de KaDeWe, pero eso es lo que hacían las demás madres, y Helena quería demostrar a Katharina que le dedicaba tiempo. Había extendido la masa y la había cortado en tiras de un centímetro de ancho, utilizando un cortador adecuado. Cuando colocó las dos últimas tiras sobre el pastel, sonó el teléfono. Lo sabía: el último día de su guardia le volvería a ocurrir.

—¿Diga?

—Melody Deneuve ha sido agredida.

—¿Está...?

—Está viva, si es a lo que te refieres.

—¿Puede describirlo?

—Llevaba máscara.

Una víctima de Dioniso con vida. Notó que la idea la alegraba, pero había un problema.

—Paulus me ha retirado del caso. Ahora Ziffer está a cargo. Además, ahora mismo estoy haciendo un pastel para Katharina.

—¿Qué significa eso? ¿Que ahora hablo con Ziffer y tú te dedicas a tareas nuevas más importantes?

Helena conocía ese tono. Tenía un cierto deje oxidado. Y Robert siempre lo empleaba cuando pensaba que en la Fiscalía se hacían chanchullos que favorecían más la carrera del afectado que la lucha contra el crimen.

—Ziffer se encarga de Dioniso porque Paulus no quiere que me pase lo que les ha ocurrido a Ursula Reuben y a las demás.

—Pero estás de guardia, así que mueve el culo hasta aquí. Tenemos un chip de memoria del sistema de vigilancia; debería verse cómo llamó a la puerta del jardín hace tres días.

Colgó sin decir nada más. Las seis y cuarto de la mañana. Las niñas no se despertarían antes de las nueve; apenas disponía de tres horas. Metió el pastel de manzana en la nevera y puso una breve nota: «¡Ni tocarlo!». Por si acaso alguna de sus hijas se levantaba antes de tiempo. Abrigo, bolso, llaves. Al salir, sintió como si tuviera fiebre: la cara caliente y roja, las manos frías y unos finos regueros de sudor en la espalda. Melody Deneuve había visto al asesino. Y estaba viva. Tal vez era el momento decisivo para resolver el caso antes de perderlo definitivamente y que pasara a Ziffer. Conocía a Deneuve; había visto cómo había actuado en su primera declaración, como si se tratara de una obra de teatro: lágrimas, derrumbamientos, reproches a sí misma y neviosismo en la forma de sujetar el cigarrillo. Una actriz de segunda, o de tercera. Competía abiertamente con otras actrices en el triángulo de las Bermudas de Borchardt, Sage Club y Triangle. Se dejaba fotografiar besuqueándose y la habían pillado dos veces borracha al volante de su Porsche. Era una persona histriónica, de esas que cambian si adquieren un poco de fama, pero no para bien. Cuando Helena giró por la calle donde había vivido Reuben, vio que había tres coches de policía y una ambulancia delante de la casa. Los policías y los enfermeros estaban fumando y tomando café.

—Primera planta —dijo uno de los agentes mirándola a los ojos, para luego, inconscientemente, desviar la vista hacia la boca y después hacia los pechos. No era la primera vez que notaba esas miradas, pero ahora las asociaba a lo que había dicho Gibran sobre el deseo de los hombres. De camino hacia la casa, saludó a uno de los miembros del equipo que guardaba las pistas. Llevaban trajes blancos protectores para no conta-minar el escenario de los hechos.

Melody estaba sentada en la cama de su dormitorio. Robert estaba hablando con ella en voz baja, casi en un tono íntimo. De lejos, parecían una pareja reconciliándose después de una fuerte discusión, pero los temblores de la mujer no encajaban en la imagen y eran un indicio de que aún estaba impresionada. Tenía la camiseta ensangrentada y había rastros de sangre en la cama y en la moqueta de delante del lecho. Cuando Robert vio a Helena, apretó la mano de Melody y se levantó. Se le acercó.

—¿Qué le pasa? —preguntó Helena.

—Está conmocionada.

—¿Y la sangre?

—El tipo la pegó y despellejó a su gato.

—¿Cómo sabes que fue Dioniso?

—Quería el chip de memoria del sistema de vigilancia.

—Podría ser cualquiera.

—¿Quieres decir que prefiere enviar a un mensajero a recoger en persona un chip en el que, probablemente, se le ve bien?

—¿Y luego qué pasó?

—Ella no sabía dónde estaba el chip.

Helena miró a Melody. El médico de urgencias le estaba tomando el pulso, mientras le medía la presión sanguínea.

—¿Se puede hablar con ella?

—No del todo. Me llamó ayer por la noche y me contó lo del chip.

—¿Por qué no fuiste a verla?

—Intenté llamarla, pero no se puso al teléfono.

Helena ya había oído suficiente, así que se acercó a la mujer.

—Helena Faber, fiscal de Berlín. Le ha dicho al comisario Faber que el hombre llevaba una máscara. ¿Qué tipo de máscara era?

Melody Deneuve la miró desconcertada.

—¿Perdón?

—Le ha dicho al comisario Faber que el hombre llevaba una máscara. ¿Qué tipo de máscara?

—De las que cubren toda la cabeza.

—¿Cómo era?

—Como un monstruo con pelo en la cara y labios rojos. Y la nariz muy chata. Dos cuernos.

Helena observó la pistola de la mesilla.

—¿La ha utilizado?

—No.

—¿Por qué no?

—No lo sé.

—¿Reconocería su voz?

Melody intentó concentrarse; su mirada oscilaba entre Helena y el médico.

—No.

—¿Por qué no?

—Porque no dijo nada —gritó, desesperada.

—Pero tuvo que decirle qué quería de usted.

—Mató a *Oskar*.

—¿Vienes un momento? —Robert sujetó a Helena del brazo, y la sacó del dormitorio—. Mide aproximadamente uno setenta y cinco, pesa entre ochenta y cinco y noventa kilos. Zapatos blancos, pantalones blancos, camisa blanca, como un maldito médico.

—¿Ya está?

—No. —Le enseñó el chip de memoria como si fuera un regalo de cumpleaños—. Si tenemos suerte le veremos la cara.

Helena le arrebató el chip y tocó la piececita metálica cubierta de plástico como si quisiera notar qué se veía dentro.

—¿De dónde lo has sacado?

—Estaba en el baño, debajo de un armario; seguramente se cayó. Puedes dejárselo a Paulus encima de la mesa y decirle que tiene que asignarte de nuevo el caso, maldita sea.

Ella guardó el chip de memoria en el bolso y dijo:

—Por cierto, he encontrado la denuncia de Reuben. La tiene Paulus.

Faber esbozó una sonrisa burlona: sus ideas de conspiración seguían alimentándose.

—Eso significa que no la veremos nunca.

Helena decidió no seguir con el tema.

—Oí tu mensaje sobre la doctora Raabe —comentó—. Aunque esté en la India, hay que localizarla de alguna manera. Facebook, Whatsapp. ¿No sube imágenes a Instagram?

—Me ocuparé de ello.

Se quedaron indecisos un momento, como una pareja en

la primera cita, cuando ya se han tratado todos los temas y no surge ninguno nuevo. Helena notó el cálido cosquilleo que siempre notaba cuando ambos conseguían algo. Le dio un beso en la mejilla. Se sentía triunfal al salir de la casa. Aunque no supiera exactamente qué había en el chip, con un poco de suerte tendrían una imagen de Dioniso. Y si no se le podía reconocer del todo, bastaría con un fragmento de la cara. Lo demás lo reconstruirían con un programa especial de recuperación de archivos y lo publicarían para buscarlo. Aunque hubiera salido de Alemania, la Interpol lo encontraría. Y ella lo atraparía.

17

$\mathcal{H}$elena llegó tarde. El chip tuvo que esperar porque el Mac no tenía una entrada adecuada para él. Además, las niñas ya estaban despiertas y se peleaban por algo. Entró en la cocina y cerró la puerta. Dejó el abrigo y el bolso, cogió un sobre y metió el chip dentro. Escondió un paquetito envuelto en papel de regalo rojo en el salón y un libro en la habitación de Katharina mientras ella estaba en el baño. Volvió rápido a la cocina y puso el pastel en la mesa. Platos, tazas y mantel. Leche y cacao. Tenía que preparar la nata montada, encender las velas. Se le cayó el bolso de la mesa.

—¿Mamá? —gritó Katharina desde el otro lado de la puerta.

—¡Un momento!

¿Estaba todo como tenía pensado? Era casi perfecto. Helena abrió la puerta de la cocina. Katharina estaba delante con los ojos abiertos de par en par de ilusión.

—*Happy birthday to you, happy birthday to you, happy birthday to you*, cariño, *happy birthday to you*.

La besó en la mejilla, le dio un abrazo y notó que su hija agradecía el cariño. Hacía unas semanas que parecía como si Katharina hubiera decidido que pasaba de ser una compañera a ser la competencia. Por supuesto, sabía que el motivo eran más bien las hormonas del cuerpo púber de su hija, pero aun así dolía. Sobre todo porque era el anuncio de, como mínimo, cinco años de guerra.

Sophie le había regalado a su hermana un DVD de su gran ídolo: Nowitzki. El lanzamiento perfecto.

—Lo siento, no he tenido tiempo para comprarte un regalo,

pero creo que esta noche han venido unos enanos y te han escondido algo.

—¿Dónde?

—No lo sé. La última vez los he visto en el salón. También había uno en tu habitación y otro aquí, en la cocina. —Katharina abrió las puertas y los cajones y encontró el sobre. Se fue corriendo al salón, a su habitación. Dos libros y el paquetito. Cuando volvió, lo dejó todo encima de la mesa de la cocina.

—Espero que te guste.

La niña lo miraba con escepticismo. ¿Qué habría en el paquetito? Parecían pastillas. ¿Una camisa? ¿O una bufanda para el invierno porque volvería a estar enferma? Abrió el paquetito y se quedó mirándolo un momento. Una camiseta de baloncesto original de Dirk Nowitzki. Hacía tres meses que Helena la había comprado en Dallas. Cuando Katharina leyó el nombre Nowitzki, el número 41 y debajo la firma, se lanzó al cuello de su madre y la comió a besos. Helena se alegró de que le gustara tanto, aunque su hija determinara la cantidad de cariño. En eso era como su padre.

En el sobre había entradas para un partido del Alba Berlin. Una excursión en familia para ver al equipo en el que Katharina quería jugar. Dos libros, *Por la vida de mi hermana*, de Jodi Picoult y *Una como Alaska* de John Green, ambos de parte de Barbara Heiliger, su colega y niñera ocasional.

—La tercera parte llegará esta tarde.

—¿Qué tercera parte?

—Ya lo verás. Y papá también tiene algo para ti.

La cocina no tenía un aspecto perfecto, pero, en cambio, olía como solo puede oler cuando se prepara algo casero. Katharina tenía que ir al obligatorio torneo de baloncesto de los sábados, que no quería perderse aunque fuera su cumpleaños. Al fin y al cabo, era la mejor base de su categoría y la necesitaban en el equipo. Sophie las acompañó para animar a su hermana. Cuando Helena iba a dejar a las dos niñas delante del polideportivo de Bayernallee, Katharina se escurrió del asiento del acompañante.

—¡Mamá!

—¿Qué?

—Sigue conduciendo.

—¿Por qué?

—Ahí está Luzy.

—¿Y?

—No puede ver que me trae mi madre.

—¿Qué tiene de malo que te traiga?

—No es guay —ayudó Sophie.

—¿Y cómo vais a venir hasta aquí?

—¡Tú sigue! —la apremió Katharina.

Helena siguió unos cien metros más, giró en la siguiente esquina y las dejó bajar.

—Os recojo a la una y media. Dispondremos de cuatro horas para prepararlo todo para la fiesta.

—Pero no te pares delante del polideportivo. Mejor aquí. Ya vendré.

—A sus órdenes. Que tengáis suerte.

—Gracias, igualmente las vamos a ganar.

Katharina miró alrededor de nuevo para asegurarse, antes de bajar con Sophie. Ni un beso, ni un adiós. Antes de que Helena se diera cuenta, habían desaparecido. «Trece años —pensó— y semejantes problemas.»

Giró en dirección a Dahlem. Le saltó el contestador de Paulus.

—Hay muchas probabilidades de que la cámara de seguridad de la casa de Reuben grabara a Dioniso cuando no llevaba máscara. Tengo el chip de memoria.

Colgó y giró en Kurfürstendamm para comprar en el KaDeWe el regalo de Katharina. Una de las múltiples manifestaciones que tomaban la ciudad, sobre todo los sábados, había colapsado el tráfico en el City West. Calculó que eran unas doscientas personas. Hombres con los rostros distorsionados por la ira. Mujeres con velos negros. En algún sitio rugía una mujer histérica provista de un megáfono y sermoneaba sobre las ventajas que el islam aportaría a la gente y, en especial, a las mujeres desorientadas en el mundo occidental.

Helena aparcó el Volvo en la calle y echó a andar. Por el camino le llamaron la atención los carteles de mujeres apenas vestidas para anunciar perfumes, coches o alcohol. Observó algunos: el de una mujer delgada, a la que únicamente se le veía la parte comprendida entre el ombligo y los muslos, y que llevaba puestas unas bragas azules donde se leía «abierto 24 horas» para anunciar un albergue A&O; el anuncio de Dolce & Gabana en el que un hombre, con el torso desnudo, estaba inclinado sobre una mujer tumbada en el suelo, sujetándole los brazos, mientras tres hombres más observaban la situación; el de una mujer desnuda que mostraba su sexo a la cámara, solo cubierto con un frasco. Desde la conversación con Gibran, estaba sensibilizada de una manera desagradable. Él decía en su página web que el asesinato era la punta del iceberg. «Bajo la superficie de los carteles de anuncios se encuentran los cadáveres de millones de mujeres», había escrito. Cuando llegó al meollo de la manifestación, le sonó el móvil. Número desconocido.

—¿No ha oído mi mensaje? —Helena esperaba que fuera Paulus, pero era Gibran. Notó esa excitación conocida al escuchar su voz.

—Parece que esté usted en una fiesta.

—Es una manifestación para que nos convirtamos todos al islam. ¿A qué se debe el honor, profesor? ¿Ha descubierto algo nuevo de mi vida sexual?

—De momento, no.

—Lástima. Es muy divertido que alguien te reduzca a una vagina.

—Entonces tenemos que continuar la conversación cuando podamos —dijo. Y colgó.

«¿Continuar cuando podamos?» A Helena le sorprendía el giro que estaba dando su encuentro con aquel hombre. Tras ella se acercaron un grupo de agentes del orden, la apartaron junto con otros transeúntes y pegaron a algunas de las mujeres que iban tapadas y que habían decidido convencer a las contramanifestantes a palos. Helena cortó la llamada y se puso a salvo en el centro comercial.

18

*D*efinitivamente, había sido un error ir a comprar un regalo al KaDeWe, pero ya no tenía remedio. Después de comprar un reproductor de chips, debía hacerlo. Sobre todo en el departamento de juegos, la atropellaban jóvenes que se peleaban por examinar las consolas en exposición.

—¿Para su hijo?

No tuvo que darse la vuelta para saber quién tenía detrás. Pese a que en el Starbucks no se había comportado de manera precisamente galante, se alegró de verlo.

—Mi hija. Por su cumpleaños, trece años. Creo que quiere una PlayStation.

—Acabo de verla en la manifestación, y me preguntaba si estaba protestando contra la denigración de la mujer.

—Yo no me manifiesto, actúo.

—Coja la PS4, yo juego —le recomendó.

Ella cogió el modelo y lo examinó por todas partes.

—¿Juega a la PlayStation?

—Probé unos cuantos juegos eróticos para un estudio.

—Para un estudio. ¿Y cómo se titulaba? —preguntó ella, burlona.

—«Los juegos de ordenador y la excitación sexual.»

—¿Y el resultado?

—El estudio no ha terminado —contesto él con una sonrisa, como si coqueteara con ella.

Sin querer, la fiscal se lo imaginó en su casa delante del televisor. La idea le molestó, pero por otra parte le sorprendió su sinceridad. Por un momento se creó una tensión peculiar entre ellos, y Gibran lo notó.

—Ahí está la caja —dijo él—. Pero yo en su lugar cerraría el bolso. Por si lleva algo importante.

Helena apretó el bolso contra el cuerpo, cogió la PlayStation y fue a la siguiente caja. Gibran la siguió. Delante de ellos había una cola de una docena de clientes que esperaban nerviosos a que el dependiente se aclarara con la tarjeta de crédito de una compradora. La una y diez. Katharina se estaría duchando. Si su equipo había ganado, tardaría más en terminar. A Helena apenas le quedaba media hora.

—¿Qué hará cuando termine?

—Preparar la fiesta de cumpleaños de mi hija.

Él asintió, un tanto decepcionado.

—Tras nuestra conversación un poco fracasada en Starbucks, me pregunté si había conocido a la única persona que se tomaba en serio a Dioniso.

—La conversación no fracasó; simplemente, usted fue un impertinente. ¿Y cuál es ahora la respuesta a su pregunta?

—Xenia Raabe. ¿La conoce?

—La mencionó en su clase.

«Además, ella dirigió el estudio sobre ese anticoagulante», pensó Helena.

—Escribe libros. Literatura de cariz feminista. Uno de sus libros se titula *Ciencia masculina*. En él trata el tema de la sangría. Es uno de los tratamientos más antiguos y absurdos, y se puede aplicar a todas las enfermedades posibles inexplicables. La sangre mala se estanca en las extremidades, de modo que hay que eliminarla para recuperar el equilibrio. ¿No le intriga saber qué pasa si su asesino se ve alentado por una idea parecida, y de quién ha aprendido acerca de la sangría?

Sonó el móvil de la fiscal. En la pantalla aparecía el nombre de Paulus.

—No es mi asesino. Pero me alegro de que haya decidido ayudarme. Disculpe. —Atendió la llamada—. Georg.

—¿Por qué tienes tú el chip? Helena, te dije que el caso ahora es de Ziffer.

La cola de delante de la caja no avanzaba; Helena miró alrededor. Gibran había desaparecido. Ella salió de la cola y caminó sin rumbo por el departamento.

95

—¿Has visto qué hay ahí? —preguntó Paulus.

—Primero tendría que comprar un reproductor.

—En la Fiscalía tenemos.

«Pero quiero ser la primera en verlo», pensó ella.

—Ven aquí. Ahora. Estoy en el despacho.

Paulus empezaba a ponerse nervioso. Helena bajaba por la escalera automática. Segunda planta, el paso al aparcamiento. Se oían los pitos que sonaban en la calle; por lo visto la manifestación había llegado al KaDeWe.

—Estaré ahí en un cuarto de hora.

Cuando colgó, se dio cuenta de que ya estaba en el aparcamiento. ¿Cómo había llegado hasta allí? Su coche no estaba ahí. También se había olvidado de pagar la PlayStation. Mierda. «Estás estresada, has dormido poco, tienes el chip, respira hondo», se dijo. Sin embargo, era raro que la alarma antirrobo del paquete no hubiera saltado. Dio media vuelta y emprendió el regreso al centro comercial. «Otra vez a esperar delante de la caja. A perder más tiempo.» Dos tubos de neón del techo titilaron. De pronto Helena oyó una voz extraña:

—¡Hola!

Era como si alguien tuviera la boca tapada.

—¡Hola! —gritó la voz de nuevo.

Ella se asustó. ¿Quién era? ¿Alguien del centro comercial? ¿Acaso los empleados de seguridad de la tienda se habían dado cuenta de que no había pagado la PlayStation? Maldita sea, ¿en qué estaba pensando? No hacía falta mucha inspiración para imaginar el titular en el *Bildzeitung*. Se dio la vuelta, buscó la voz, pero no vio a nadie.

—¿Hola?

Uno de los tubos de neón se apagó.

—Estaba hablando por teléfono y se me olvidó pagar. Lo siento muchísimo. Iba a volver ahora mismo.

Sin respuesta. Oyó pasos que se acercaban despacio. Pero ¿de dónde? ¿Y si no era un dependiente? ¿Y si era alguien que acechaba a mujeres en los aparcamientos? Se desembarazó del bolso y de la PlayStation. Durante la formación en la policía había hecho el curso habitual de defensa personal. Podía despeinar a un tipo con el pie y al mismo tiempo romperle la nariz y la mandíbula. Hacía algunos años había neutralizado a un tipo de un metro noventa y cinco y ciento treinta kilos con esa llave. El secreto era invertir la energía cinética.

—¿Hola? —dijo ella de nuevo.

Silencio. Tal vez se había confundido. Miró alrededor y, en la penumbra, vio la pantalla que exhibía el cartel luminoso verde que decía CENTRO COMERCIAL. Recuperó el bolso, metió la PlayStation en la bolsa de plástico, se volvió y notó un golpe en la cabeza.

19

Cuando Helena despertó pasado un tiempo indeterminado, estaba sentada en una silla en una sala desconocida. Tenía un terrible dolor de cabeza, como si el cerebro le golpeara el cráneo. «Te ha dormido con cloroformo», pensó. A ambos lados de la estancia había estanterías llenas de alimentos, cajas de fruta y verdura; en un rincón, un acuario y dentro, muchas carpas. Era evidente que se trataba de un almacén. ¿Del KaDeWe? Seguramente. Enfrente de ella había una ventana, medio tapada con un plástico gris. Hacía frío, y ella estaba helada. Le habían atado las manos al respaldo de la silla con unos cables, y los tobillos a las patas de la silla. Llevaba una túnica blanca e iba descalza. Tenía delante dos cámaras GoPro sobre trípodes profesionales. Una la grababa desde arriba, la otra desde el suelo. Fijamente. Tardó un momento en reunir toda esa información para recrear lo que estaba pasando. «El atacante me ha arrastrado hasta aquí, me ha desnudado, me ha puesto la túnica y me ha atado a la silla.» El traje, el sujetador, las bragas y los zapatos estaban en el suelo, y el contenido de su bolso al lado. Las vistas por la ventana daban al edificio de enfrente, en cuyos cristales se reflejaba el sol. «El sol que se pone por el oeste. Eso significa que estoy colocada en dirección al este. El atacante me ha puesto intencionadamente mirando al este.» Pensaba en el agresor como si hubiera una oportunidad de que no fuera Dioniso quien estaba tras ella.

El agresor se hallaba a su espalda, trabajando en algo que no podía ver. Al fin se plantó delante de ella. Llevaba una bata de médico blanca, pantalones blancos, camisa y zapatos blancos y un delantal blanco de goma. La máscara le cubría la cabeza entera. «Dioniso». En el pecho llevaba montada una cámara GoPro, y en la mano sujetaba un maletín blanco de médico.

«¡No, por favor, no!», quiso gritar, pero se dio cuenta de que estaba amordazada. Lo miró suplicante y tiró de los cables que le sujetaban los brazos. «Por favor, no. Por favor, eso no.»

Dioniso se colocó delante de ella, abrió el maletín, sacó un espéculo vaginal, un cepillo uterino y un escalpelo.

«Lo va a hacer. Lo que les hizo a Ursula Reuben, Tara Beria, Velda Gosen y Jasmin Süskind». Tenía que encontrar la manera de detener a ese maldito monstruo. «Si se acercara lo suficiente a mi cara, podría golpearlo con la cabeza y romperle la nariz. O la frente.» A lo mejor también podría morderle en la cara o en la nariz. «No. No puedo morder por la mordaza.» Helena seguía con la mirada todos los movimientos. Cómo dejaba los instrumentos en la mesita, donde ya había una aguja de inyecciones. El miedo le nublaba el entendimiento. «¿Me ha inyectado algo? ¿Un anticoagulante? ¿Cómo se llama el medicamento? Eridaphan.» Lo había comprobado. «La sustancia reacciona más rápido que todos los demás preparados comparables y, sobre todo, se aplica en infartos del corazón.» Pero ahora no se trataba de un infarto. Realizó un recorrido mental hasta el codo. No le dolía. «¿Y si me ha puesto una inyección intramuscular?» El móvil le sonaba en el bolso, con el tono reservado para las llamadas personales. Seguro que era Katharina, desde casa. Él ni se inmutó, se inclinó hacia ella y le subió la túnica blanca hasta que los muslos quedaron al descubierto. «¿Cómo sabe que tengo la menstruación?» Dioniso actuaba concentrado. No perdía el tiempo, pero tampoco iba con prisa. «¿O no lo sabe y es casualidad?» El hombre actúa como si estuviera avezado en lo que hace. Coge el espéculo vaginal. Ella intenta verle los ojos.

«¿Quién eres?»

Introduce el espéculo. Metal frío.

Helena miró a la derecha, hacia el acuario y las carpas.

«Ella se levanta y camina hacia un prado verde donde cantan los pájaros, las ranas croan y un arroyo llega a borbotones hasta un lago. De pequeña solía acompañar a su madre a pescar carpas; ella se lo enseñó todo acerca de esos peces. Las carpas,

Cyprinus carpio, subfilo: vertebrado; superclase: gnatóstomos; clase: teleósteos; orden: cipriniformes. La carpa es originaria de Asia. Los romanos la introdujeron en Europa. En la Edad Media, los monjes la aclimataron también en el norte de Europa.»

Notó el espéculo en la vagina. Sufrió una convulsión. Él la miró y le dio una bofetada.

«Las carpas son un pescado apreciado en Alemania, especialmente en Navidad y fin de año. Viven en agua dulce cálida y poco profunda como estanques, lagos y ríos, llegando incluso hasta la región de agua salobre de las grandes corrientes. Según el artículo tercero del Código de Pesca Nacional se pueden pescar si miden, como mínimo, treinta y cinco centímetros y pueden llegar a los ciento veinte centímetros de longitud».

Helena no le veía los ojos, en los que tampoco había compasión alguna. Ni ahora ni nunca. Sintió un dolor agudo cuando él sacó el espéculo con brusquedad.

«Las carpas pesan hasta treinta y cinco kilos, y pueden llegar a vivir más de cincuenta años.»

Helena notaba que le caía sangre caliente por los muslos y le bajaba hasta los pies descalzos.

Dioniso se incorporó y observó el flujo de sangre. Asintió como si estuviera satisfecho con su trabajo. No paraba de bajarle sangre por los muslos. Ella oía cómo caían las gotas en el pequeño charco de sangre.

«Los machos se llaman lecheros. El macho lleva a la hembra en el desove. Cuando los dos están sin aliento, se detienen. El macho empuja con la boca el costado de la hembra, que luego pone los huevos en el agua.»

Helena vio la máscara que convertía a Dioniso en una persona anónima. Él ladeó la cabeza como si dudara. Cogió el escalpelo y lo acercó al lóbulo de la oreja derecha de ella. «Por favor, no lo haga.» Una pequeña contracción, un corte diminuto. Él se detuvo y se apartó. Ella sintió un fino reguero de sangre en el cuello y tiró con fuerza de los cables que la sujetaban. Él le acarició la mejilla.

«A continuación el macho deja su semen en el agua, y se produce una fecundación externa.»

De repente se oyó un ruido. Alguien intentaba abrir la puerta desde fuera. Estaba cerrada. Dioniso miró hacia allí y Helena notó un rastro de inquietud en el hombre.

—¿Dónde está el chip?

¡Estaba hablando con ella! Pero no era una voz humana. Sonaba artificial, modificada por un distorsionador de voz.

—Voy a quitarle la mordaza de la boca. Si grita, le rebano el cuello, ¿entendido?

Alguien sacudía la puerta desde el exterior.

Ella asintió. Él le bajó la mordaza de la boca y le quitó el pañuelo que le había puesto dentro. Tenía el escalpelo en el cuello.

—Por última vez, ¿dónde está el chip?

—No lo sé.

Oyó una llave en la cerradura. Él le dio un puñetazo en la cara. El dolor la derribó. Cerró los ojos, se hundió en un agujero negro y, cuando los abrió de nuevo, él había desaparecido. Por lo menos, ella ya no lo veía. ¿Dónde estaba? ¿Cuánto tiempo llevaba inconsciente? Aguzó el oído. No había nadie en la puerta. Gritó. Nada. La sangre le caía entre las piernas, cada vez más y sin parar. Miró hacia abajo. Vio el charco. Se desangraría si no conseguía liberarse. Desangrada como las demás mujeres. Tenía que hacer algo. Gritar. Gritar fuerte.

—¡Ayuda! —Más fuerte, Helena, más fuerte—. ¡Ayuda! ¡Ayuda!

Gritó y gritó, pero no acudió nadie. La sangre salía sin parar y se ampliaba el charco en el suelo. Levantó los pies, quiso ponerlos al lado del charco pero no pudo porque los cables le sujetaban las piernas. Igual que las muñecas. Podía moverse un poco, pero a cada movimiento los cortantes bordes se le clavaban más en la piel. Tenía que seguir gritando. Entonces se le ocurrió que en una situación de urgencia no hay que gritar «ayuda». «"Ayuda" significa que alguien que oye el grito tiene que interrumpir su trabajo, modificar su camino, todo para ayudarme. Entonces esa persona piensa: "¿Por qué yo? Hay más gente". Pero si grito "fuego", la reacción es completamente distinta porque los demás también están en peligro. Aunque salga corriendo, alguien querrá apagar el fuego. Alguien del centro comercial responsable de la seguridad de los clientes.» Así que Helena gritó:

—¡Fuego!

Una y otra vez.

Estuvo gritando siete minutos hasta que la oyó un empleado del centro comercial. Los bomberos rompieron la puerta y el médico de urgencias la envió al hospital. Había perdido un litro de sangre. Poco para morir.

20

Se escurrió entre la multitud como un tiburón. Quien se topaba con él se desviaba un poco a la derecha o la izquierda, apartaba los hombros o daba un paso para evitarlo. Era inconsciente, una reacción a la seguridad con la que avanzaba. «Nadie me conoce —pensó—. Nadie sabe quién soy ni qué he hecho.» Cuando veía a una mujer, sonreía. Era una sensación de superioridad infinita. «Son lamentablemente tontas esas mujeres que vagabundean como teledirigidas por los centros comerciales. Hienas en busca de carroña. No es otra cosa lo que se llevan a casa. Presas para adornar su ridícula existencia.» En cualquier momento podía elegir a una de ellas, seguirla, averiguar sus días de menstruación y, saliendo de la nada, atacarla. Pero ahora no tenía tiempo para eso. Paró un taxi y le dijo que lo llevara a casa. Durante el trayecto miró por la ventana y se perdió en sus cavilaciones. De vez en cuando soltaba un bufido, furioso, y el taxista lo miraba por el retrovisor, preocupado. Pero no contestó cuando le preguntó si todo iba bien. Estaba rabioso por no haber encontrado el chip. Había registrado a fondo el bolso, la chaqueta, los pantalones. Al final no le quedó más remedio que dejarla con vida porque solo a través de ella podía averiguar dónde estaba la dichosa pieza. El segundo error en pocos días. ¿Por qué cometía tantos errores? Unos días antes no había localizado a Reuben a pesar de estar cien por cien seguro de que estaría en casa. En cambio, había localizado a su lamecoños, que lo había tratado como a un mendigo. Pero ya se lo había devuelto. El problema era que, en su primera visita, lo había grabado la cámara de seguridad. Si Reuben hubiera estado en casa, se habría llevado el chip, pero no fue así. La segunda vez que entró en la vivienda no lo encontró, y esa maldita zorra tampoco sabía dónde estaba.

Sus lamentos quedaron interrumpidos cuando el taxi paró delante de una farmacia de Friedrichstrasse. Veintinueve euros. Le dio treinta y esperó a que le devolviera el euro. El conductor lo miró asombrado.

—¿Qué pasa? ¿Por qué me mira así?

—Que vaya bien.

La pronunciación sonaba turca.

—Se enfada porque no le doy propina.

—Unos dan propina, otros, no. Da igual.

—Yo nunca doy propina porque es un concepto absurdo. ¿Entiende lo que le digo? Si le doy un extra antes del viaje, estará motivado. Eso tendría sentido. Pero ¿qué sentido tiene dárselo después? Dirá que es una recompensa para estar motivado con el siguiente cliente, ser simpático, no dar rodeos y hacer bien su trabajo. Así que la propina no tiene sentido para el que la da, sino para el siguiente, que debe esperar que su predecesor la haya dado. Es absurdo. ¿Lo ha entendido?

—Sí. Tengo un encargo nuevo. Adiós.

Vio por el retrovisor que el taxista sonreía con desdén, como si pensara que lo que le acababa de explicar era una tontería superficial. Le dieron ganas de darle en los morros, pero no podía ser, claro. En cambio, al bajar dejó abierta la puerta de detrás del acompañante. Cuando el taxista tuvo que bajar del vehículo y rodearlo para cerrarla, él también sonreía.

Compró en la farmacia un paquete grande de una bebida nutritiva especial, muy calórica y rica en clara de huevo y que, además, contenía suficientes fibras vegetales. Se necesita durante el decúbito y, sobre todo, para curar heridas. Además, compró un vendaje hidrocoloide y pomada Betaisodona que la joven y tímida farmacéutica le recomendó como antiséptico para pieles dañadas, heridas abiertas y dermatosis superinfectada.

—¿Es para usted?

—¿Y a usted qué le importa?

—Nada, disculpe. Son ciento cuarenta y dos euros con cuarenta céntimos.

Pagó al contado y se enfadó porque los costes del tratamiento lo ralentizaran.

21

*P*rimero la joven médica auxiliar le puso a Helena una vía intravenosa, y le tomó la presión y el pulso. En ese momento estaba agachada entre las piernas de Helena, examinándola. La fiscal observó el pálido rostro tras las gafas de protección, que le iban un poco grandes. Era evidente que la auxiliar estaba molesta porque la paciente era tozuda e insistía en salir del hospital lo antes posible.

—¿La han violado?

—¿Quién ha dicho eso?

—Uno de los enfermeros.

—No me han violado. Tengo la menstruación y he perdido sangre. Nada más.

—¿Sabe cuánta?

—No lo he calculado.

—¿Estaba inconsciente cuando la encontraron?

—No.

—Pero estaba inconsciente cuando la trajeron aquí.

—Como puede ver, ya estoy consciente otra vez.

Helena se levantó de la camilla, caminó un poco insegura hacia el vestuario donde estaba su ropa, se sentó y se vistió, mientras la auxiliar la miraba incrédula.

—No puede irse ahora, está bajo los efectos de la conmoción.

—¿Cómo sabe si estoy conmocionada?

Su energía le provocó todavía mayor inseguridad. Se levantó de la banqueta.

—Porque tiene una presión sanguínea de once de máxima y seis de mínima y más de cien pulsaciones. Y porque se niega a someterse a un examen exhaustivo. Tiene un hematoma bajo el ojo izquierdo y otro en la barbilla. Y un cortecito en el lóbulo de la oreja. Aunque no ha sido necesario coserlo. ¿Qué le ha pasado en las muñecas? ¿La han atado?

Los cables le habían dejado marcas rojas en las muñecas. Podía ser por una detención de la policía. O un juego sadomasoquista que había salido mal. En el rostro de la médica se reflejaban las dos opciones.

—Oiga, hoy es el cumpleaños de mi hija, y tengo que preparar su fiesta. No sufro ninguna conmoción. Estoy bien. ¿Dónde está la bolsa de plástico?

La joven señaló un taburete.

—Entonces debe garantizar por escrito que abandona el hospital por voluntad propia. —Sacó un formulario de un cajón—. ¿Se llama Angela Bauer?

Helena había dado un nombre falso a los enfermeros que la llevaron al hospital. No por vergüenza, sino porque no quería que el ataque estuviera en todas las páginas web de los periódicos de Berlín al cabo de unas horas.

—Necesito su tarjeta sanitaria.

—No la llevo encima.

Dio una dirección falsa y firmó el formulario. Cogió el bolso y la bolsa y salió de donde estaba ingresada antes de que un agente de policía pudiera interrogarla sobre lo ocurrido.

Apoyando la mano en la blanca pared y dejando atrás diversas puertas, caminó. Paso a paso. Con la cabeza alta. Pasó junto a las enfermeras, demasiado ocupadas para fijarse en la mujer del traje azul marino. Una sonrisa. «No llames la atención. No ha pasado nada malo. Estás viva. Salvo por unos cuantos rasguños, has salido ilesa.» Al final del pasillo encontró una puerta con el rótulo de SEÑORAS. El lugar adecuado para volver a ser una señora. Photogénic Ultra Naturel Compact de Lancôme en el hematoma del ojo derecho. «Quería dejarte con vida. De lo contrario, no te habría quitado la mordaza de la boca. Sabía que pedirías ayuda», le dijo a la mujer desconocida del espejo. «¿Por qué te ha perdonado la vida? Tal vez no te ha hecho caso porque no has accedido a sus exigencias. Igual que uno deja en el supermercado una manzana pequeña podrida.» Rímel

Aquadior de Christian Dior. «No lo conviertas en un drama. Ya sabes que cada uno hace que las cosas sean lo que son». Pintalabios Smile Shine de Biotherm. «Para las mujeres es lo cotidiano. Este tipo de producto cultural perverso. Caperucita, o el marqués de Sade, o los cuentos de *Las mil y una noches*. De lo que escribe Gibran en sus libros.» Cuando se vio en el espejo, se acordó de las figuras de cera de Madame Tussaud. «Perfecto», pensó, y por un momento, escuchó el mantra hasta que se le fue apagando en la mente. Perfecto. Pero ya le resbalaban las lágrimas por las mejillas, el rímel se corría y se le dibujaban regueros negros. Se las enjugó furiosa antes de que las viera su padre, que no la ayudaba aunque le sangraran las rodillas a consecuencia de la caída. «Si lloras por cualquier cosa, la próxima vez te quedarás en casa.» Se apoyó en el lavamanos hasta que le temblaron los brazos y cedieron. Cayó de rodillas, perdió el equilibrio y resbaló contra la pared alicatada. «La próxima vez te quedarás en casa.» En casa. «No me volveré a levantar nunca —pensó—. Nunca más.»

Al cabo de cinco minutos había recuperado el control. Salió del lavabo y caminó hacia la salida. Parecía una mujer de negocios que se dirigía a cerrar un gran trato o una abogada que iba a hacer el alegato de su vida ante el juez. Si se encontrara con alguien conocido, no imaginaría lo que le había pasado. Hasta ahora se había escondido tras una fachada, donde estaba segura. Hizo una señal a un taxi. Cuando un taxista se paró, llamó a otro. Un segundo taxi, un tercero y un cuarto. Cuando paró una taxista, Helena subió y dijo su dirección sin levantar la vista. Durante el trayecto estuvo mirando por la ventana a un vacío en el que ella no existía. La mirada de preocupación de la taxista buscaba sus ojos. No sabía qué había ocurrido, pero imaginaba que nada bueno. Helena no respondió a esa mirada. Estaba demasiado ocupada en no perderse.

—Es aquí.

La taxista paró, Helena pagó y bajó. Las cinco y media; en media hora empezaba la fiesta de cumpleaños de Katharina, y aún no había preparado nada. Respiró hondo, se recompuso y esbozó una sonrisa. Y de ahí salía corriendo su hija mayor.

—No me has ido a recoger. Te he llamado cien veces. ¿Dónde estabas? ¡La fiesta comienza en media hora! Alina y Dany ya están aquí.

—Lo siento, estaba ocupada. ¿Por qué no has llamado a Robert?

—Tiene trabajo. Me dijo que llamara a Barbara, pero está enferma.

Katharina estaba de un humor de perros. «Por suerte no dice nada de mi cara hinchada», pensó Helena.

—¿Habéis ganado?

—No.

—Lo siento. Pero puedes entrenar un poco con esto.

Sacó la PlayStation de la bolsa de plástico y se la dio.

—No he podido envolverla, disculpa.

Katharina miró a su madre, confundida. En su cara se leía con claridad que intentaba pasar del enfado a la alegría.

—¿Para mí?

—¿Para quién si no?

Le arrancó de las manos la consola y le dio un beso fugaz en la mejilla. Por lo visto no podía ser más; el cambio de humor no había sido lo bastante rápido. Entró corriendo en el salón y anunció que la fiesta estaba salvada. Durante la siguiente media hora, no hubo ni rastro de las niñas.

Entretanto Helena preparó la cena: hamburguesas caseras, frescas, la mejor carne; pesaban más o menos ciento cincuenta gramos. Abrió un hoyo en el medio con el pulgar para que no se inflaran demasiado. Las untó con aceite y las puso un momento en la nevera. Se aferró a las tareas como un alpinista a un saliente rocoso. «Si te sueltas, te caerás cien metros», pensó. Cortó tomates, pepinos, cebollas. Lágrimas que la incitaban a caer de rodillas. Pero aún no. Patatas en el horno, cortar los panecillos de leche, y meterlos también en el horno. Cocer las hamburguesas a fuego medio. Añadir sal marina. Girarlas una sola vez.

Las amigas de Katharina, trece niñas, una para cada año, se abalanzaron sobre la cena. Una no quería cebolla, la otra no quería tomate, otra era vegetariana. Hubo cumplidos y risas cuando el kétchup se esparció sobre la mesa. Helena lo vio y suspiró, el color rojo le recordaba a...

Dany, la pequeña de las trece, se atrevió y sacó a Helena

de sus pensamientos. Hacía poco que era amiga de Katharina.

—¿Ha tenido un accidente?

Las niñas la miraron con escepticismo. «¿Qué le había pasado a la madre de Katharina?», tenían escrito en sus caras de desconcierto.

—Me he dado un golpe contra una puerta de cristal.

Aquella explicación bastó. Al cabo de una hora, las niñas habían montado un desfile de moda en el salón. Fue un cumpleaños ruidoso, con dos vasos y un jarrón rotos. Como Helena compraba las cosas en Ikea, no era para tanto. Aunque el pintalabios en el sofá le traería problemas, pero hizo la vista gorda porque necesitaba todas las fuerzas para no derrumbarse durante la fiesta. A las ocho, los gritos y la PlayStation hacían tal ruido que huyó a la planta de arriba. Hacia las diez vomitó. A las diez y media terminó la fiesta. Helena se quedó en la puerta de casa, les contó a los padres que recogían a sus hijas una y otra vez la historia de la puerta de cristal y tuvo que escuchar historias de accidentes peores a modo de consuelo. A las once cerró la puerta tras la última visita. Katharina y Sophie todavía estaban tan exaltadas que ni pensaban en dormir. Las dejó jugar un rato más a la PlayStation.

—Ha sido un buen cumpleaños —dijo Katharina.

—Me alegro. Siento haber llegado tan tarde.

—¿De verdad ha sido una puerta de cristal? —preguntó Sophie.

—¿Y qué si no?

—No sé, parece que te haya pegado alguien.

—¿Quién me iba a pegar? Tengo el cuarto dan. ¿Quieres probarlo?

Se puso en posición de combate. Las niñas le dieron un abrazo muy fuerte. Y ella apretó los dientes para no gritar de dolor.

—Eres la mejor madre que hay —susurraron a la vez.

Helena asintió en un gesto automático. Sus músculos y articulaciones habían cumplido su función toda la noche, controlados por un programa cerebral de urgencia que funcionaba en una única dirección. Los mensajes sobre el estado de su cuerpo y de su alma se dejaban a un lado y se borraban.

Cuando las niñas ya dormían, se metió bajo la ducha. Agua caliente. Más caliente de lo que en realidad podía soportar. Un lavado ritual que debía hacer daño para que surtiera efecto. Se quedó media hora bajo el chorro de la ducha. Intentaba limpiar los recuerdos, los roces, el espéculo, el escalpelo, la sangre. «Ahora eres una de ellas», pensó. Pero era incapaz de llorar. Cuando salió de la ducha y se quedó desnuda frente al espejo, se observó como si fuera una desconocida. «Es raro, todo es tan irreal. Como si no fuera yo.» Fue a ver de nuevo a Katharina y Sophie. Se habían acurrucado la una contra la otra. Cogió una manta suave y se sentó delante del televisor a ver un documental sobre los últimos leones de África. No prestaba atención a lo que veía, simplemente miraba las imágenes que centelleaban. Si miraba hacia su interior, no había nada más que un silencio extraño. Nada de rabia, ni tristeza. Era sorprendente. Dioniso la había atacado, pegado y herido. Había estado a punto de desangrarse. Había gritado por su vida muerta de miedo. Y pese a todo, no experimentaba ningún sentimiento. Solamente un extraño aturdimiento interior que la protegía y mentía. En ese momento lo agradecía mucho. Al ver morir a una leona por no haber comido nada durante varios días, vio a Dioniso. Lo notó de nuevo. La conmoción se abrió paso. Le resbalaron lágrimas por las mejillas. Tenía los labios blancos de tanto apretarlos. Ni un ruido, como si tuviera la boca sellada. Tenía las manos tan tensas que las uñas le dejaron marcas rojas en las palmas de las manos. Estaba congelada, como si el sofá fuera de hielo. Se tapó bien con la manta y se la puso sobre las piernas, pero el temblor no cesaba. Empeoró. Se levantó, las piernas le flojearon. Fue dando tumbos hasta la cocina agarrándose a los muebles. Puso agua en el hervidor para una bolsa caliente. Esperó. Esperó y tembló. Cuando el agua empezó a hervir, tardó una eternidad en llenar la bolsa caliente. Un Valium. Tal vez dos. Rápido a la cama, antes de desplomarse en la cocina. La escalera que llevaba a la planta de arriba parecía tener doscientos metros de longitud y de altura. Paso a paso, paso a paso. «Lo conseguirás. Has de ir con sigilo para no despertar a las niñas. Con sigilo.» El último escalón, y luego a gatas hasta el dormitorio, a la cama, la bolsa caliente sobre el estómago. Esperó hasta que el temblor cesó.

Pasada media hora, dormía ya.

SEGUNDA PARTE

22

«Cada uno hace que las cosas sean lo que son», le decía siempre su padre. Durante la noche anterior le había quitado la máscara varias veces a Dioniso. Era domingo, no tenía que ir a trabajar. Miró el reloj: las ocho y media. Las niñas estaban jugando con la PlayStation. Al mediodía las recogería Robert para ir con ellas al partido del Alba contra el Bayern. Llevaba tres horas despierta, recogiendo lo que quedaba de ella, del fondo de su alma vejada. Pensaba en el ataque como si no le hubiera sucedido a ella, sino a otra mujer a la que no había visto nunca. Tenía que comentarlo con alguien, pero ¿con quién? Robert se volvería loco. Juraría que iba a encontrar al asesino y que lo mataría con sus propias manos. No le dejaría dar ni un paso sola. ¿Paulus? Quedaría horrorizado, pero su reacción no sería tan exagerada. Diría que la había retirado del caso precisamente por eso. Y le daría vacaciones. Ya veía los titulares: «Fiscal de Berlín víctima de Dioniso». Y debajo, una foto de ella. Tendría que prestar declaración, describir todos los detalles, el aparcamiento, el almacén… A poder ser en una comisaría. Hacía unos años que lo organizaban de manera que las víctimas de agresiones sexuales prestaban declaración a agentes femeninas. Tendría que explicar por qué había dado un nombre falso al médico de urgencias y en el hospital. ¿Era por vergüenza? ¿Se atribuía parte de la culpa y se avergonzaba? O su instinto le había dicho: «No pueden saber quién eres porque sería el fin de tu carrera. No puedes prestar declaración porque cuando se haga público lo que te ha pasado, todos los abogados defensores lo usarán como argumento. Dirán ante el juez que lo que te ha ocurrido influye en tu razonamiento:

la señora fiscal ha estado a punto de ser asesinada, por eso reacciona así, eso dirán». Por tanto, nadie debía saber lo que había ocurrido el día anterior. Nadie. Por suerte, nadie, salvo Dioniso y ella, tenía noticia del incidente. Por tanto, silencio. Había pasado un miedo atroz, pero no se había desmoronado, había aguantado. Iría a trabajar y no hablaría con nadie de ello. Cazaría al asesino. ¿Y si lo encontraba? «Entonces dirá que estuvo a punto de matarme, y todo saldrá a la luz.» Desechó la idea. «*We cross the bridge when we get there.*» Paulus le dijo esa frase en su primer día en la Fiscalía. «No se vuelva loca —le comentó—. Intente no contestar todas las preguntas a la vez. Algunas se resuelven por sí solas.»

—Mamá, ¿estás despierta?

La voz de Katharina. Por lo visto, las niñas tenían hambre y alborotaban por la casa. Antes irrumpían en el dormitorio sin avisar. Hasta que un sábado encontraron a un hombre en la cama de su madre que no era Robert. Desde entonces llamaban a la puerta. A veces. La puerta se abrió, y Katharina se asomó con cautela al dormitorio. Llevaba la chaqueta y los zapatos puestos.

—Sophie y yo vamos a comprar panecillos. ¿Qué quieres tú?

—Da igual.

—Necesitamos dinero.

—Voy.

Helena se desprendió de la almohada. Aún le fallaban un poco las piernas, pero estaba bastante bien en comparación con la noche anterior.

—Por cierto, la PlayStation es genial. Yo también quiero una. —Sophie daba saltitos, emocionada.

—¿No querías una guitarra?

—Ya no.

Helena le puso cinco euros en la mano a Katharina. Las niñas salieron corriendo.

—¡Cerrad la puerta sin dar golpes! —les gritó, pero ya no había remedio. La lámpara del pasillo se tambaleó con el portazo. Sus hijas volverían en un cuarto de hora, tiempo suficiente para ver qué había en el chip. Lo había guardado en un sobre y este en el bolsillito del bolso porque podía cerrarlo con cremallera. Metió la mano dentro: ni rastro del chip.

«Pero si lo puse ahí, ¿no?» Se puso nerviosa. Vació el bolso en la mesa de la cocina. Una montaña de objetos: pintalabios, cepillos, llaves, pañuelos, tampones, carteras con tarjetas de crédito, tarjetas de clubs, carné de identidad, caramelos de menta, pastillas, crema de manos. Nada. Sacó el forro y abrió las costuras. El pánico se apoderó de ella. Ni rastro del chip. «Tranquila, tiene que estar en algún sitio. Acuérdate.» Robert se lo había dado y ella lo había guardado en el bolsillito lateral. Fue a casa y escondió los regalos. Comió pastel con las niñas. Tomó café. Después hizo el trayecto al polideportivo. Dejó a las niñas. Luego fue al KaDeWe. Había dejado el coche en una calle lateral y fue andando al centro comercial. Se encontró a Gibran y decidió la compra por su recomendación respecto a la consola, pero se olvidó de pagar. A continuación, la situación en el aparcamiento. Después, el almacén. De camino a casa pensó que tal vez Dioniso le había quitado el chip del bolso mientras estaba inconsciente. Lo buscó. Aún estaba en el bolsillo lateral, ¿verdad? De repente ya no estaba segura. ¿De verdad lo había buscado o quiso hacerlo, pero se despistó porque la taxista la miraba de una forma rara? Sí, eso fue. No lo buscó. Lo que significaba que en ese momento el chip ya no estaba en el bolso, tal vez ni siquiera cuando la recogió la ambulancia en el almacén. ¿Lo había perdido allí? ¿Lo había encontrado alguien del centro comercial? ¿O los agentes de policía? No. «Lo tiene Dioniso, ¿verdad? Si lo tiene él, es un desastre. Un maldito desastre. ¡Un momento! Si lo tiene él, ¿por qué me dejó con vida? ¿Quizá porque alguien llamó a la puerta y se entrometió? ¿O me perdonó la vida porque no había encontrado el chip?»

—¿Podemos desayunar en mi habitación?

Helena dio un respingo. No había oído entrar a sus hijas.

—¿Alguna tocó mi bolso ayer o esta mañana?

—No —contestó Katharina, despreocupada.

Las niñas desenvolvieron los panecillos y pusieron mantequilla, Nutella, salami y zumo de manzana en una bandeja.

—¿Estáis seguras?

—¿Para qué queremos tu bolso? —preguntó Sophie—. Ahí no hay nada.

—¿Ha pasado algo? —Katharina notó el pánico de su madre.

—¿Seguro que no lo tocasteis?

—No.

—¿Y alguna invitada al cumpleaños?

—¿Por qué? ¿Falta dinero? —preguntó Sophie.

—No.

—¿Entonces qué falta? —dijo Katharina.

—Nada. No pasa nada. Pensaba que… podéis desayunar arriba.

Las hermanas subieron corriendo la escalera mientras las tazas y platos tintineaban en la bandeja, entre risas. La puerta de la habitación de Katharina se cerró con un gran estruendo.

Helena tuvo que sentarse. «Si lo he perdido …» Robert preguntaría por él, y también la gente de la Científica. En algún momento, Melody Deneuve contaría que le había entregado un chip a Robert Faber en el que, seguramente, se veía al asesino de Ursula Reuben y de las otras tres mujeres. Robert diría que se lo había dado a Helena. «Y tengo que explicar a Ziffer y a Paulus dónde está.» Exigirían explicaciones que ella no podía dar. «He de inventarme una historia. La que sea. Y rápido.»

23

*D*esde que hacía más de un año había decidido convertirse en guerrero, había eliminado los muebles antiguos y acondicionado todas las estancias para un combatiente. Las paredes del dormitorio estaban pintadas de rojo, en el medio había un estrecho catre de madera con un colchón de crin. Al lado, una mesita, y encima, *El libro de Dioniso*. Una estantería de madera de haya maciza para los trajes, camisas, corbatas y zapatos. En el baño había quitado la bañera y colocado una tina de madera en la que se bañaba con agua fría. Se lavaba los dientes con un cepillo de bambú, y en vez de pasta de dientes utilizaba sal de dientes Original Popp. El salón, que era su templo porque ahí trabajaba en su mensaje, era igual de austero: un sofá, dos butacas y una mesa. No había televisor que pudiera distraerlo con tonterías profanas. En cambio, tenía un crucifijo de tamaño natural, en el que estaba representado el sufrimiento del Redentor con tanto realismo que siempre que rezaba delante de él, por la mañana y por la noche, lloraba. Pero en ese momento, no.

Pese a no haber completado la curación de Helena Faber, experimentaba un leve triunfo que ya hacía veinticuatro horas que lo mantenía despierto. No paraba de dar vueltas en la cama. Había leído y escuchado música, ordenado el piso, limpiado el polvo. Había hecho la colada, ordenado. Le encantaba el orden. Sin orden perdía el control sobre las dos personalidades que sentía en el pecho. Había hecho cincuenta flexiones y cien sentadillas, se había tomado unas gotas de valeriana y vuelto a acostar. Había rezado. «Padre nuestro, que estás en el cielo…» Se levantó dos veces a masturbarse. Una vez, poco después de las dos, y otra vez, hacia las cuatro. Normalmente se quedaba calmado y satisfecho, pero esta vez, no. Esta vez era distinto, y sabía por qué. Llevaba toda la noche con la imagen de ella en la cabeza: sentada en la silla, saliéndole la sangre del cuerpo, lamentándose y mirándolo suplicante. Qué placer verla tan sumisa, tan servil. Otros en su lugar no habrían ido al trabajo para celebrarlo. No habrían ido a la empresa, se habrían concedido un premio, un capricho, habrían ido al teatro y bebido champán en Borchardt. Pero tenía la sensación de que aún no era el momento de celebraciones ni de relajarse. Por eso se había pasado todo el domingo ocupado con el corte del vídeo de Reuben. Todavía no estaba acabado, faltaba la música, pero quería tomarse su tiempo para hacerlo. De todos modos ya había escrito el texto de la proclamación. Fue al segundo dormitorio para leérselo a ella en voz alta.

Tres metros por dos y medio. Era poco, pero al fin y al cabo se pasaba la mayor parte del tiempo atada a la cama con correas en los pies. Hacía un año que la tenía retenida en el cuarto más pequeño de las cuatro habitaciones de la vivienda. Una cama de hospital, un colchón de aire para la profilaxis de las úlceras de decúbito, un perchero para el gotero, un medidor de tensión y un viejo electrocardiógrafo que había conseguido barato en eBay. Las paredes, el techo y el suelo eran blancos. Solo en la pared a los pies de la cama había una pantalla plana colgada en la que día y noche había noticias de la RTL. Se alimentaba mediante el gotero. Cuando había que lavarla, la sedaba —le duraba entre dos y tres días— y le quitaba las esposas. La llevaba al baño, la desnudaba y la colocaba en la bañera. Después le frotaba la piel con un cepillo hasta que enrojecía como un martillo candente. Por último la duchaba y le ponía crema. Los cuidados duraban una hora al día, pero si se tenía en cuenta la cantidad de días, era demasiado tiempo el que le dedicaba. Todo habría sido más fácil si la hubiera matado hacía tiempo. Pero no podía ser. Tenía que ser la última víctima. La número siete. Cualquier otra cosa le habría quitado sentido a su idea. Al principio, los colegas de la chica del Charité y los pacientes de su consulta preguntaban por ella por correo electrónico. Pasó apuros porque había olvidado inventar una historia que explicara su repentina desaparición, pero al fin escribió varios correos desde su cuenta diciendo simplemente que se tomaba un año sabático y volaba a la India para investigar. Por raro que parezca, los colegas aceptaron esa explicación como si no esperaran otra cosa de ella. La universidad anuló de inmediato su contrato de trabajo. Desde entonces casi nadie preguntaba por ella.

—Escucha —dijo él—: «Proclamación número cinco. A las mujeres por naturaleza se les concede un monstruoso regalo: pueden engendrar vida. Experimentan cómo crece vida en su interior, cómo llega al mundo, cómo la alimentan. El vínculo con esa vida es tan estrecho como nunca tendrá un hombre. ¿Qué quieren entonces las mujeres? ¿Por qué no se dan por satisfechas con eso? ¿Por qué buscan satisfacción en el mundo masculino, mutan en marimachos, niegan la maternidad y dejan a los niños en manos de desconocidos como si fueran animales? Se visten como hombres, hablan como hombres, son duras como hombres. Envidian al otro sexo en vez de seguir el camino que les ha regalado la naturaleza al suyo. Yo pregunto a las mujeres: ¿por qué no escucháis vuestro interior y sois las que sois? ¿Creadoras de vida? ¿Acaso hay una distinción más noble? Sin embargo, por lo visto no son valores para vosotras. Queréis la guerra. Por eso seguiré hasta que entendáis cuál es vuestro deber. Esto no es más que el principio».

Él la miró. Ella no dijo nada. Pero tampoco pretendía que dijera nada. Si le quitara la mordaza escupiría una crítica tras otra. Se habría reído de él y le habría dicho que sus ideas no eran concluyentes ni su lenguaje lo bastante preciso. Lo último ya lo sabía; por eso, no necesitaba oírlo de su boca. Lo único que quería era asustarla con sus conceptos e ideas. La volvió a depositar en la cama y empezó a murmurar un mantra: *Om mani padme hum* que, traducido, significa: «Om en el loto de la joya». No sabía qué significaba «Om», pero tampoco era importante. Lo único que le interesaba era la repetición meditativa de las palabras sin preguntarse por el sentido, pues solo así se podía desconectar la razón. Por eso, había que repetir el mantra una y otra vez. Una y otra vez *Om mani padme hum, Om mani padme hum, Om mani padme hum*... Hacía unos días había visto un vídeo en YouTube que ofrecía una charla del Dalai Lama. Decía: «Las seis sílabas

Om mani padme hum significan que uno depende de la práctica del camino, que es una unidad indivisible del método y la sabiduría, y puede convertir el propio cuerpo impuro, discurso impuro y conciencia impura en el cuerpo sublime y puro, el discurso puro y la conciencia pura de un Buda».

Naturalmente, no aspiraba a ser un Buda. Lo único que quería era estar tranquilo, eliminar la excitación que se había apoderado de él desde el día anterior y que nunca había sido tan fuerte. Como después de repetir cien veces *Om mani padme hum,* no podía conciliar el sueño, se levantó, se duchó y planchó una camisa blanca. «Parezco una persona respetable», pensó vestido frente al espejo. Condujo hasta Charlottenburg para oír una cantata de Bach en la iglesia conmemorativa Kaiser Wilhelm. «Corazón, boca, acción y vida.» Bach la escribió en 1723 en Leipzig para la festividad de la Visitación. A continuación se dedicó a buscar a la siguiente víctima. Ya tenía una idea: Katrin Seliger, moderadora del programa titulado *Feliz.*

24

$\mathcal{A}$quel lunes la despertó un retortijón en el vientre, consecuencia de lo que Dioniso le había hecho. Se levantó, hizo unos ejercicios de yoga, se dio una ducha de agua fría y se tomó un ibuprofeno 600. Poco después se encontraba mejor. Se puso un traje pantalón gris, blusa beis y zapatos abotinados. El pelo recogido, los labios bien maquillados. Helena tenía el mismo aspecto de siempre cuando dejó a las niñas delante de la escuela a las ocho menos cuarto, desde donde salían de excursión; Katharina iba al Ostsee y Sophie, a la Suiza sajona. Tras despedirse de sus hijas, intentó localizar a Robert, pero justo cuando giraba en la rotonda junto a la Columna de la Victoria, los dolores eran tan fuertes que tuvo que detenerse a la derecha. Tras ella, los conductores a los que les había cortado el paso tocaban la bocina, pero apenas los oía porque gritó con tanta fuerza que le pitaban los oídos. Eran como llamas punzantes que le provocaron espasmos durante varios minutos. La médica auxiliar del hospital la había avisado de que le pasaría eso exactamente y le había recomendado guardar cama unos días, pero como el domingo no había notado ningún trastorno, decidió ir al despacho el lunes por la mañana. Quería seguir como si no hubiera pasado nada. Seguramente, durante el fin de semana, habían tenido media docena de casos graves en el departamento. Quería dedicarse a uno o dos, a poder ser los menos complicados, para tener tiempo de buscar en las copias del expediente de Dioniso indicios que encajaran con su experiencia del sábado. En el momento en que los dolores remitieron lo suficiente para seguir conduciendo, Robert le devolvió la llamada. Helena puso el manos libres.

—¿Lo has visto?

Era evidente que iba a preguntar por eso enseguida. Helena procuró mantener la calma.

—¿Es que ya no decimos ni buenos días?

Él no aflojó.

—Creo que no. ¿Hay algo en el chip que podamos utilizar?

—Aún no lo he visto.

—¿Por qué?

—Porque anteayer Katharina celebró su cumpleaños y porque en casa no tengo reproductor.

—¿Dónde está el chip?

—En mi despacho.

—¿El sábado estuviste en el despacho y no lo viste?

—Robert, ¿qué quieres?

—¿Cuándo nos podemos ver?

—Hacia las diez.

—A las diez no puedo, estaré allí a las nueve.

Antes de que pudiera replicar, él había colgado. Helena respiró hondo unas cuantas veces. Respiraba con el abdomen para relajar los músculos, que parecían de cemento. Al cabo de unos minutos partió, pese a que aún notaba dolores. Repasó mentalmente una y otra vez el sábado anterior.

Halina, la propietaria de la pequeña cafetería que había frente al tribunal, se sorprendió al ver que la fiscal llegaba tan tarde a trabajar. Un café y un *croissant* de chocolate, como siempre. Cuando estaba a punto de irse, la retuvo una voz.

—Los *croissants* engordan.

Robert estaba sentado junto a la entrada, ante un desayuno enorme. A diferencia de ella, podía comer lo que quisiera, su metabolismo quemaba toneladas de calorías sin que engordara. Ella, en cambio, con mirar el chocolate engordaba un kilo más.

—Creía que nos íbamos a ver a las nueve en mi despacho.

Robert no le siguió el hilo.

—Siéntate. Nuestra doctora Raabe no solo dirige estudios de medicamentos, sino que también tiene una consulta en Kreuzberg. He estado allí; es un lugar bastante apartado. Parece un poco esotérica.

Sacó el móvil del bolsillo de los pantalones y le enseñó a Helena fotos del edificio. Había figuras de ángeles desmoronadas en un bosque de malas hierbas.

—Se dedica a la iridología, y receta flores de Bach, gotas y todas esas chorradas. Y, atenta: realiza sangrías.

—Gibran ya me lo contó.

—¿Cuándo?

—El sábado.

—¿Quedas con él los sábados?

—Nos encontramos por casualidad en el KaDeWe. Aunque, por cierto, eso es cosa mía. ¿Qué hay de las pruebas desaparecidas?

—Los participantes en el estudio tienen como mínimo setenta y cinco años, pero a pesar de todo los interrogaremos.

—¿Y Raabe?

—Sesenta y ocho.

—De acuerdo. ¿Cuándo vuelve de la India?

—Nadie lo sabe. Lleva un año fuera.

—¿Sin dar señales de vida?

Robert negó con la cabeza.

—Puede que lo de la India no sea cierto.

—A lo mejor Dioniso es una mujer y estamos sobre una pista falsa —dijo Faber—. Me pondré en contacto con la Interpol.

Dejó dinero en la mesa y se levantó.

—¿Alguna novedad sobre la máscara? —preguntó Helena.

—Todavía no, pero la he visto en algún sitio.

Cuando él iba a salir de la cafetería, Helena se quedó sentada. Pronto tendría que decir que el chip no estaba en su despacho. Entonces llegaría la pregunta de por qué, y necesitaría una historia. Una buena, y rápido.

—¿A qué esperas? —Robert se estaba impacientando.

Tres minutos para inventar una historia. Cruzó la calle detrás de él y atravesó la pesada puerta de acero del Tribunal Superior. Enseñó el carné de identidad. El ascensor hasta la segunda planta. El largo pasillo. Despacho número 213. Al entrar notó el aire viciado, como siempre después de un fin de semana. Robert abrió una ventana y dejó que entrara oxígeno. Helena se dirigió al escritorio donde estaba el ordenador.

Estaba ordenado y vacío, como el resto de la estancia. Allí nada quedaba a la vista. Por la noche los expedientes se guardaban en armarios y las notas desaparecían en los cajones. Ella se detuvo, tenía su historia. No era buena, pero sí sencilla, y las historias sencillas siempre son las mejores, lo había aprendido durante sus años de experiencia como fiscal.

—¿Qué pasa? —preguntó Robert.

—El chip no está.

—¿Cómo que el chip no está?

—Anteayer lo dejé aquí.

Levantó el teclado del ordenador, apartó la pantalla a un lado y miró debajo de la mesa.

—¿Cuándo pasa por aquí el servicio de limpieza? —preguntó Robert.

—Los miércoles.

Ella lo miró desconcertada, es decir, tanto como pudo.

—¿Estás segura de que lo dejaste aquí?

—¡Sí! Tiene que estar en algún sitio. Las cosas no desaparecen así como así.

Siguió buscando y se agachó para mirar más a fondo bajo la mesa.

—No sería la primera vez.

Funcionó. La desconfianza de Robert se disparó. La creía y sin querer le tendió un puente.

—¿Quién más puede entrar?

Ella salió de debajo de la mesa.

—Ven.

Salió precipitadamente al pasillo, abrió la puerta de las oficinas, un espacio grande y sombrío con dos ventanas que daban a un patio interior. Allí se gestionaban infinidad de expedientes que llenaban las estanterías.

—¿Alguien ha estado en mi despacho este fin de semana?

Barbara Heiliger y Fatima Volkan estaban sentadas, con sendas tazas de café en las manos, en el antepecho de la ventana abierta, fumando.

—Ni idea —contestó Barbara. Tenía casi cincuenta años y predilección por los pasteles de manzana, lo que se le reflejaba con claridad en las caderas. Era una persona decidida de gran corazón; por eso, Helena la contrataba como «canguro» de vez en cuando. Desde que ella y Fatima dirigían el Departamento de Administración, ya no se perdía nada.

Helena se dirigió hacia un cajoncito colgado de la pared junto a la puerta. Ahí se guardaban las copias de las llaves de los despachos. La llave con el número 213 estaba colgada en el lugar previsto.

—¿Hay alguien en la lista?

Fatima, una mujer delgada y de unos cuarenta y tantos años, tenía un carácter que no hacía gala al significado de su nombre: «dócil». No era tan fácil sacarla de sus casillas. No tenía la mejor relación con Helena porque no le parecía bien que una fiscal tuviera una aventura con el jefe. Abrió un libro en el que todo aquel que quisiera coger una llave debía registrarse.

—No, nadie —contestó.

—Pero alguien tiene que haber entrado en mi despacho. Alguien que tiene acceso a la Fiscalía, maldita sea.

—No estaría mal que cambiaras de tono —dijo Fatima con tanta calma como firmeza—. Nosotras no hemos cogido la llave, y no hemos estado en tu despacho.

—¿Falta algo? —preguntó Barbara.

—Un chip que dejé el sábado en el escritorio. —Su preocupación sonaba real, porque estaba furiosa, ante todo consigo misma.

—¿Qué chip? —inquirió Barbara.

—Olvídalo.

Salió de la oficina y pasó junto a Robert dando zancadas. Vio su mirada de escepticismo por el rabillo del ojo. «No me cree —pensó, pero ya no importaba—. El espectáculo debe continuar.» Regresó al despacho; fue al depósito de pruebas. Preguntó a todos los colegas con los que se cruzó en el camino. Al cabo de una hora, la noticia era el tema del día. «Helena Faber ha perdido una prueba importante.» Paulus estaba en un congreso y la llamó por teléfono.

—El sábado te esperé hasta las cinco.

—Primero fui a casa por el cumpleaños de Katharina. De noche volví aquí.

—¿Por qué? Pensaba que habías comprado un reproductor.

—No era el modelo adecuado.

125

—¿Has visto el chip?

—No, no he encontrado el reproductor.

Un instante de silencio. Paulus estaba pensando.

—¿Por qué estabas en el lugar de los hechos?

—Porque estaba de guardia.

—¿Cuándo viste el chip por última vez?

—Cuando lo dejé en mi despacho.

—¿Por qué lo dejaste en el despacho?

—Porque el depósito de pruebas estaba cerrado.

Al otro lado de la línea se oyó un gemido.

—¿Tienes idea del desastre que supone?

Ella calló.

—Que quede entre nosotros —dijo él.

—De acuerdo.

—Que nadie sepa que el chip no está.

—De acuerdo.

—Y vas a poner patas arriba tu despacho.

—Sí.

126

Cuando más tarde apareció Ziffer, ahora responsable del caso Dioniso, intentó calmarla, cosa que a ella le sorprendió.

—Has armado el mayor jaleo del año, pero si el chip aparece en algún sitio, quiero tenerlo enseguida en mi despacho —dijo él.

Helena asintió. Estaba contenta de que su colega la apoyara e incluso alimentara la historia. Pero también sabía que ella vería el chip antes de entregárselo. Paulus le había quitado el caso, pero Dioniso ya no era únicamente un caso. Era el objetivo de su venganza personal.

25

$\mathcal{H}$acia mediodía había previsto un nuevo peritaje psicológico de Dioniso. Ziffer había insistido en que Helena se presentara en la comisaría de policía. Tuvo que esperar un rato hasta que aparecieron todos los agentes.

—¿Café? —Helena le pasó una jarra de café a Ziffer.

—Eso no es café, es una lesión física grave.

—¿Te acuerdas de la denuncia de Reuben contra su predecesor Miller por haber comprado una casa no sé dónde sin estar autorizado a hacerlo? —preguntó ella—. Paulus la tiene bajo llave.

—Me enseñó el expediente; no hay nada. La casa está destinada a fines sociales.

—Pero está en Brandemburgo. ¿Por qué la compró Miller?

—No la compró, sino que ordenó la compra de un fondo para un uso especial. El Departamento de Juventud envía a jóvenes delincuentes para reinsertarlos.

—Pero ¿entonces por qué lo denunció?

—Ni idea. —Aquella negativa ocultaba una leve inseguridad.

—¿Puedo ver el expediente?

—Vuelve a estar en Anticorrupción.

La comisaría estaba ya al completo. Ziffer se dirigió a los policías.

—Como tal vez ya saben, por motivos de organización ahora estoy a cargo del caso Dioniso. Si tienen preguntas, a partir de ahora diríjanse a mí.

Robert levantó la mano en la última fila.

—¿Cuáles son esos motivos de organización?

—Son internos —contestó Ziffer.

—¿Internos de usted o de Paulus?

Ziffer no entendía a qué se refería Robert, pero supuso que tenía que ver con el chip desaparecido. Es lo que dedujo de las risas de los agentes.

—Si se refiere al chip que han sustraído del despacho de Helena Faber, les ruego que traten el percance con discreción. Si se hace público o si leo sobre el asunto en un periódico, averiguaré a quién se le ha escapado. Y tendré que tomar medidas disciplinarias.

Los rumores se acallaron. Helena entregó a un policía de la primera fila un montón de copias encuadernadas.

—Este es el nuevo examen psicológico —dijo—. Si es tan amable.

El policía repartió las copias mientras ella lo abría por la primera página y leía en voz alta:

—Tras estudiar tanto las acciones como las manifestaciones del asesino, conocido como Dioniso, en los vídeos del uno al cuatro, la imagen de ese individuo puede asignarse al grupo de psicopatías interpersonales-afectivas. La característica más importante es una condición estable en el trato con otras personas, el trabajo, la familia y las aficiones. El asesino tiene encanto, puede disimular perfectamente y es capaz de mostrar una empatía superficial y fingida. Sin embargo, su personalidad es egoísta, manipuladora y mentirosa. Carece de conciencia de culpabilidad, su exagerada autoestima le impide hacerse responsable de sus actos. Probablemente, demuestra una orientación religiosa, pero no llama la atención en la vida cotidiana. Puede tener entre cuarenta y cuarenta y cinco años y cuenta con la seguridad de un hombre que ha vivido mucho. No desea más que matar mujeres. Tiene un plan, una ideología que sustenta intelectualmente con fragmentos de libros de Rashid Gibran. Sobre todo parece afectado por el discurso provocador de Gibran sobre la relación entre los sexos. Sin embargo, utiliza los textos sin haberlos examinado críticamente, es decir, como manual de instrucciones. Tiene vivienda fija, tal vez incluso una casa. Vive solo porque necesita un lugar ajeno a su existencia oficial donde disfrutar de sus obsesiones. Seguramente ve pornografía dura. Cuenta con cierta fuerza física, de lo contrario no podría atacar a sus víctimas.

Helena alzó la vista. Algunos agentes estaban absortos en el estudio. Robert y Maxim estaban ocupados con los móviles. Era una sensación rara estar fuera del caso en el que llevaba más de un año trabajando como en ningún otro.

—También me parece importante lo que se dice en la tercera página del resumen —dijo Ziffer—. El asesino procede con calma y resolución. Pasa desapercibido en público. Es probable que viva, o viviera, con una madre fuerte y dominante. Un padre débil o ausente. Debe de pertenecer a la generación adiestrada en el rol masculino.

—Eso coincide con el cincuenta por ciento de la población berlinesa, incluido Maxim, aquí a mi lado, y a usted.

De nuevo, el comentario de Robert fue seguido de una risa áspera. Maxim le dio un apretón tan fuerte en el hombro que estuvo a punto de caer de la silla.

Ziffer esbozó una sonrisa de desdén. Se le tensaron los músculos del cuello y su voz adquirió de nuevo la dureza de un cuchillo.

—Si tiene otra visión de Dioniso de la que figura en el perfil, es el momento de decirlo.

Por un momento se hizo un silencio sepulcral.

Helena miró a su exmarido. Sabía que rara vez tenía respuesta a réplicas inteligentes y que prefería solucionar los conflictos físicamente. Eso le sorprendió al principio de su relación. Había intercedido dos veces por ella cuando los tíos la ofendían. A uno lo obligó a disculparse, a otro le rompió la nariz.

—Lo pensaré —contestó Robert.

Los colegas rumorearon entre risas. Ziffer se puso formal de nuevo.

—Preguntarán en las clínicas psiquiátricas del entorno si ha habido casos de ese tipo de enfermedad o pacientes que encajen con ese perfil. Tal vez ha llamado la atención en algún sitio o ha contado sus acciones. Han interrogado a los compañeros de trabajo de la señora Reuben. Las actas, por favor, cuélguenlas en la nube antes de acabar el turno. Muchas gracias, caballeros.

129

Cuando terminó la reunión, Robert se llevó aparte a Helena.

—Olaf Beinlich, Karel Leskovic y Oskar Sander son socios en el asunto de la casa de Spreewald.

—¿Cómo lo sabes?

—Lo sé.

—Tu informadora.

Robert asintió brevemente.

—Es interesante, ¿no? Participan de un inmueble que se alquila por mucho dinero en el *land* de Brandemburgo.

—No está prohibido.

Él la miró detenidamente.

—¿Estás bien? —le preguntó.

—Sí, ¿por qué?

—Puede que Ziffer se crea la historia del chip, pero a mí no me puedes contar eso.

—¿Qué quieres decir?

—Significa que aquí pasa algo.

—No seas tonto, Robert. Me dejé el chip en el despacho, y ahora ha desaparecido. Es todo lo que te puedo decir. Además, tú mismo has asegurado que no es la primera vez que desaparecen cosas.

Él asintió, pero su cara dejaba claro que no la creía. Diez años bastaban para saber cuándo alguien mentía. Se miraron un momento en silencio y entonces sonó el móvil de Helena. Paulus había vuelto del congreso y quería verla.

—Espera —Robert la detuvo—. El último contacto con la doctora Raabe es de hace nueve meses, cuando anunció por correo electrónico que se iba a la India, pero ya llevaba tres meses fuera. La Interpol no tiene nada de ella. O está muerta y se está pudriendo en algún sitio, o ha desaparecido.

—Cuéntaselo a Ziffer. Yo tengo que ir a ver a Paulus.

—¿A ver el chip?

Helena lo dejó ahí sin hacer más comentarios y salió de la comisaría. Cuando media hora más tarde llegó a la Fiscalía, Paulus ya no tenía tiempo, y ella se fue a su despacho, se sentó en el escritorio e intentó ordenar las ideas. La carcomía por dentro haber perdido el chip. Precisamente ella, que nunca perdía nada, que recordaba hasta la última nimiedad, que lo tenía todo bajo control. Siempre. Como mínimo hasta el sábado pasado. No paraba de recordar las imágenes del almacén. Y, de pronto, pensó en sus hijas. Llamó y se sorprendió al localizarlas. Quería saber cómo estaban, si la habitación estaba limpia y si la comida era decente. Las respuestas fueron escuetas e impacientes; por lo visto, las niñas tenían cosas más importantes que hacer que hablar por teléfono con su madre. Las echaba de menos. No sabía si a ellas les pasaba lo mismo. Sus hijas no hablaban de esas cosas porque no tenían el vocabulario adecuado, en eso eran iguales que su padre, pero siempre que las niñas estaban fuera, Helena sentía tirantez en el vientre. En ese momento el dolor era tan intenso que se encogió. Llevaba atormentándola todo el día. Lo mejor era irse a casa a descansar.

De camino llamó a las tres centrales de taxis más importantes y averiguó que había siete mil taxis en Berlín que hacían más de treinta mil trayectos al día. Como no pidió recibo en el trayecto del hospital a casa, había pocas opciones de encontrar precisamente ese taxi. Una vez en casa, aparcó el coche delante de la entrada y buscó el chip en la zona de los pies, entre los asientos y en las puertas. Nada. Lo siguiente fue la casa: pasillo, cocina, baño, salón. Cada rincón, cada archivo, cada armario. Nada. A cada habitación que revisaba se iba enfadando más y más. Otras personas olvidaban llaves, monederos, mochilas. Pero ella, no. Ella nunca olvidaba nada. Hacia las ocho se desplomó agotada en el sofá y puso las noticias. Crisis económica, crisis de refugiados, crisis en Oriente Próximo. Veía las imágenes, pero no oía porque no hacía más que pensar en el chip. Cuando enseñaron un vídeo de YouTube que batía récords con más de dos mil millones de reproducciones, aguzó el oído. ¡El vídeo! Dioniso la había grabado en el almacén. «Si lo sube a Internet, estoy acabada», pensó. Se levantó de un salto del sofá y se puso a dar vueltas. Tenía que moverse para concentrarse mejor. Y luego se dijo: «No lo colgará en Internet porque todavía no ha acabado conmigo. Da por hecho que yo tengo el chip».

Cuando entró en YouTube en el móvil para ver si estaba en lo cierto, encontró solo los vídeos del año anterior. Dioniso no lo había colgado en la red. Tampoco el de Reuben. Iba a dejar el teléfono cundo un tono anunció que entraba un mensaje: «Para el médico griego Galeno de Pérgamo, la menstruación era una suerte de proceso de purificación. Él y sus adeptos pensaban que las mujeres tenían demasiada sangre que, además, contenía sustancias tóxicas. Si quiere saber más, llámeme».

Gibran. Quería quedar con ella. Ella también.

26

$\mathcal{H}$acia las diez de la noche estaba delante del edificio Soho. Gibran había insistido en reunirse con ella en las dependencias berlinesas del club privado británico. Construido a finales del siglo xix, de estilo nueva objetividad, el edificio había sido el centro de gestión de las juventudes del Reich durante la época nazi; al finalizar la guerra, pasó a ser de inmediato la sede del comité central del partido socialista alemán, y desde hacía unos años, albergaba uno de los clubs más exclusivos de Berlín. Era un edificio tosco, pintado de blanco, en la esquina de Torstrasse y Prenzlauer Allee, desde el cual el moderno grupo WMM (Was Mit Medien) operaba en todo el mundo.

Helena estaba asombrada de que el profesor viviera en ese edificio, que también albergaba un hotel provisto de un gimnasio únicamente para los socios. ¿Allí se dedicaba a los estudios sobre su tema preferido, la misoginia? Tuvo que esperar unos minutos hasta que el botones la llevó a la quinta planta. Llamó a la puerta y aguardó. Volvió a llamar. Nada. Oyó que había alguien en la habitación, una voz que sonaba furiosa; poco después se rompió algo que sonaba a porcelana. Llamó de nuevo.

—¿Profesor Gibran?

El volumen de la música estaba muy alto. Alguna pieza de Bach para clavecín bien templado. La conocía; Dioniso la había utilizado en su tercera proclamación. Notó que se le erizaba el vello de la nuca. «Fuera de aquí», pensó. Apretó el botón verde, que estaba iluminado, para llamar el ascensor. Esperó. Tras la puerta de Gibran se oían pasos. «¿Por qué tarda tanto?» Por fin llegó el ascensor. Y en ese mismo instante se abrió la puerta y apareció el profesor. Ella se estremeció al verlo. Tenía una mirada sombría, los ojos enrojecidos y el pelo le colgaba en mechones sobre la cara. Debía de haberse dormido. Llevaba una toalla atada como había podido. Debajo estaba desnudo.

—Disculpe, no quería molestarlo.

Él no contestó, apenas la vio, dio media vuelta y regresó a la habitación sin preocuparse por ella. Helena estaba entre las dos puertas abiertas. Tenía la opción de irse, llamar a Robert y registrar la casa, pero dudaba. Aquel no era el Rashid Gibran que había visto en clase y que la había puesto enferma en Starbucks, el hombre que vestía con elegancia y parecía invulnerable. Por el contrario, aquel era un hombre lleno de profunda tristeza y desesperación. Cuando la puerta del ascensor se cerró de nuevo y oyó el zumbido del motor, la decisión estaba tomada. Lanzó una mirada cautelosa a la habitación. Era una sala, un *loft*, de unos doscientos cincuenta metros cuadrados, con acceso a un balcón que ofrecía unas vistas preciosas de Berlín. Gibran lo habría financiado con la venta de uno de sus libros, tan provocadores como populares. Él estaba en la cocina diáfana, sirviendo vino tinto en dos copas.

—Pase o quédese fuera, pero cierre la puerta —dijo con voz ronca y desgarrada.

Helena cerró la puerta.

—¿Está bien? —preguntó.

—No.

—¿Prefiere que me vaya?

—¿Siempre pregunta a los demás lo que debe hacer?

—Pretendía ser educada.

—La educación es una mentira. Prefiero que sea sincera.

Se acercó a ella y le ofreció una copa. Ella la aceptó y bebió. El vino era suave y con cuerpo. El primer sorbo ya se subía a la cabeza. Gibran se sentó en el sofá.

—¿Qué ha pasado?

—¿Por qué lo pregunta?

—Está distinto que en la universidad. Es usted un poco como Jekyll y Hyde.

—Mi mujer murió ayer.

—Lo siento.

—No, no lo siente. No la conoce, así que no diga tonterías. Si tiene hambre, en la nevera encontrará algo.

Helena miró alrededor. Había un gran sofá de color arena, dos butacas, la cocina diáfana en la que se amontonaban los platos sucios, el escritorio enterrado en montañas de papeles, estantes repletos de libros, una cama ancha y una bañera antigua en medio de la sala. Por todas partes había estanterías hasta el techo, con dobles filas de libros. Todo lo que no cabía en ellas estaba en el suelo, sobre una cómoda, sobre la mesa. Recorrió la estancia, pasó junto a la cocina, acabó en el escritorio y miró los documentos que estaban ahí desordenados.

—¿Por qué estoy aquí? —se preguntó en voz alta.

—Dígamelo usted.

«Porque me has llamado —pensó ella—. Y porque quieres consuelo, aunque no lo admitas.» Pero en el fondo sabía que esa no era la respuesta correcta para visitar a las diez de la noche a un hombre, al que apenas conocía, en su habitación de hotel.

—¿Fuma? —preguntó Gibran.

—No —contestó ella.

135

Él cogió un paquetito de la mesa que había junto al sofá. Helena observó cómo abría el paquete plateado muy rápido, como si no hubiera hecho otra cosa en la vida. Metió algunas briznas en una pipa de madera, encendió una cerilla e inspiró hasta que se iluminó una fina brasa de color rojo claro.

—Tenía ganas de verla, pero no voy a hablar con usted de mi mujer. ¿Lo ha entendido? No quiero consuelo… —Calló a media frase y le pasó la pipa.

—Me parece oír un «pero» —dijo ella.

La mirada que ahora la recorría era como un pequeño escarabajo que se paseara por su rostro. Helena observó la pipa.

—¿Qué es?

—¿Usted qué cree que es? Fume, la relajará.

Ella dudó. De pronto Gibran parecía incómodo, casi enfadado.

—Puede irse si tiene miedo. No tengo ganas de pasar la noche con una madre buena y miedosa. —Se tumbó en el sofá, apoyó la cabeza en el reposabrazos y cerró los ojos.

—¿Le divierte ser un imbécil?

—Váyase.

Helena se sentó en una de las butacas. Le dio una calada a la pipa. El sabor acre del humo le recorrió la lengua y le provocó pinchazos cuando le llegó a la garganta. Reprimió el reflejo de la tos y retuvo el humo en los pulmones. Enseguida notó un leve cosquilleo en la cabeza.

—Hace unos días recibí una nota anónima sobre su libro. Fue usted.

—¿Sí?

Gibran giró la cabeza y sonrió. Por primera vez desde que lo conocía la miró con interés.

—Solo hay dos personas para las que tiene sentido mantener el anonimato —dijo ella—. Usted y Dioniso. Y como a Dioniso no puedo preguntárselo, no me queda más que usted. ¿Por qué lo hizo?

—Porque voy a ayudarla. Sus éxitos no son proporcionales a su fama, y usted quiere progresar en su carrera a toda costa. ¿Por qué no está usted en el caso?

—Dioniso no deja pistas.

—Por lo menos no las que usted quiere ver. Melody Deneuve se ha explayado en *Gala* sobre una máscara y la ha descrito como una mueca horrible.

La máscara. Por un momento regresó al almacén, vio al asesino, la máscara. Miró la pipa, se aferró a ella hasta que desapareció la imagen. Cuando alzó la vista de nuevo, sonreía, pero ya era tarde. Cualquier otro no le habría atribuido ningún significado a su breve irritación, pero Gibran, sí.

—Es eso: ha conocido a Dioniso —dijo sin rastro de miedo ni compasión.

Ella se estremeció. Aquella frase fue como un calambre que ponía en tensión todos los músculos de su cuerpo. Lo miró. ¿Cómo lo sabía?

—¿Cómo lo sabe?

—Lo veo en sus ojos. ¿Cuándo fue?

«¿Eres Dioniso?» Se levantó de un salto de la butaca. Necesitaba poner distancia entre ellos. Sacó el teléfono del bolsillo de los pantalones. Le volvió la idea que se le había ocurrido el domingo por la mañana. «¿Dónde estaba Gibran cuando todo sucedió?» Había descartado que él pudiera ser

136

el asesino. Pero ya no podía más. ¿Había comprobado su coartada? «No. ¿Por qué no? Hazlo ahora.»

—¿Dónde estaba el sábado después de que habláramos en el KaDeWe?

—¿A quién quiere llamar? ¿A su exmarido? Siéntese de nuevo. Por favor. Y no sea boba, no soy Dioniso.

—¿Dónde estuvo el sábado?

—De camino a ver al decano de la Facultad de Filosofía. Quería iniciar un expediente disciplinario contra mí. —Su voz recuperó aquel deje de aburrimiento y tedio.

—¿Cuál es su número de teléfono?

Gibran dijo las cifras y Helena marcó el número en el móvil y apretó el botón verde. Esperó. Puso el manos libres. El tono de llamada, una y otra vez.

—Los filósofos no contestan al teléfono —dijo el profesor—. Es demasiado profano para la sagrada altura de miras de sus disertaciones. —Cogió la pipa de madera y la encendió de nuevo. Hecho esto, se levantó y salió al balcón como si no hubiera pasado nada. Contempló la bruma bajo la cual se agazapaba la ciudad.

137

Helena lo observó. Sabía exactamente qué le fascinaba de él. Había una herida que aquel hombre tapaba como podía y que encajaba a la perfección en su «programa Florence Nightingale» que la empujaba a ejercer de salvadora de almas perdidas una y otra vez con un determinado tipo de hombres. Tenían que ser misteriosos, reservados y, al mismo tiempo, vulnerables, además de mostrar un desprecio aristocrático hacia su propia tragedia. El papel de Helena en la tragedia del otro era siempre airear el secreto y curar las heridas. Aunque se pusiera ella en peligro. Así fue con Paulus, con Robert y con todos los hombres anteriores hasta llegar a su padre. Entretanto intentaba huir de esa maldición, procurando no vincularse a un hombre y, en cambio, centrándose en Tinder y en el azar. «Tú no eres Dioniso —se dijo en silencio—. No puedes ser tú. Aunque el perfil encaje, salvo la edad. Tampoco eres fuerte.» Guardó el móvil de nuevo en el bolsillo del pantalón y fue a su lado.

—He leído en la prensa que su jefe la ha retirado del caso Dioniso. ¿Cuándo ha ocurrido? ¿Antes o después de encontrarse con él?

—Antes.

—Pero pese a todo sigue adelante. —Le pasó la pipa y observó cómo le daba una calada—. La buena chica Helena Faber. La mejor de la clase, trabajadora, el rayo de luz en la oscuridad de una penitenciaría protestante. Bachillerato de sobresaliente, carreras de Criminología y Derecho, por supuesto ambas concluidas con *summa cum laude*, y la fiscal más joven de Berlín por recomendación. Gracias a una aventura con el fiscal superior, según venden algunos periódicos. No sabe dónde se está metiendo, Helena. Esto la arrojará a un abismo, así que será mejor que se vaya a casa.

—Voy todas las noches a casa, y aun así atraparé al asesino. Y si descubro que lo conoce, lo detendré por cómplice, profesor. Luego tendrá que dar sus clases ante un montón de presidiarios que se pelearán por decidir quién lo desvirga primero.

—Ya no les serviría para el placer de desvirgarme.

—Lo sé.

Se quedó perplejo por un instante por lo bien informada que estaba.

Ella le sonrió con agresividad. ¿Quería un duelo? Pues lo tendría. Helena dijo:

—La buena chica Helena Faber es también campeona mundial en investigación. ¿Quiere oír cuál es su historia?

—Claro.

—Un imam de la comunidad forzó a su madre, que se quedó embarazada y fue expulsada de la familia porque a ojos de su padre había cometido adulterio. Tras nacer usted, ella fue castigada con otra agresión, esta vez por parte de los hombres del clan vecino antes de lapidarla. Entonces usted tenía… ¿siete años?

—Cinco.

—Su padre, temeroso de Dios, lo abandonó, lo crio una abuela amargada, y cuando a los diecisiete años debía participar en la primera agresión de su vida, se negó porque el libro *El profeta* de Khalil Gibran le había hecho ver la luz. Le impresionó, por eso adoptó el nombre del poeta y decidió escribir. Por lo menos eso dice su biografía.

—Que nunca se publicó.

—Pero que se pudo leer durante un tiempo en Internet por fragmentos. No está casado, no tiene hijos y tiene unos buenos ingresos gracias a sus libros. Eso significa que tiene tiempo para pensar, es un analista astuto y al mismo tiempo impotente, pero no tiene influencia alguna. Eso no se lo perdona, y por eso va provocando por la vida, con la esperanza de que en algún momento estalle.

Gibran soltó una risa amarga.

—Deberíamos abrir una consulta psicológica.

—Quebraríamos enseguida porque seríamos nuestros únicos y mejores clientes. ¿Se dice clientes?

—Creo que el término correcto es «víctimas» —contestó Gibran.

Él le cogió la mano, se la acercó y la besó. Helena dejó que ocurriera. No sabía por qué lo hacía, pero en ese momento le daba igual.

—¿Por qué haces esto? —preguntó él mientras colgaba el cartel de «No molestar» en la puerta de la habitación y la cerraba.

«Porque te deseo.» Desde el primer momento en que lo conoció, lo deseaba como pocas veces había deseado a alguien. Por eso quiso irse del aula enseguida, porque le daba miedo lo que pudiera ocurrirle. Porque sabía que el deseo de salir del caparazón de su vida, de su cotidianidad, su familia, de arriesgarse al máximo, podía convertirse en una realidad amenazadora gracias a él.

—Me interesa saber cómo es en la cama alguien que desprecia a las mujeres.

—¿Crees que las desprecio?

—Tus clases y tus libros y ese laborioso tribunal que escenificas contra la misoginia son un camuflaje, ¿verdad, profesor?

Se quitó la blusa, sonrió y se dio la vuelta para darle la espalda. Era una petición silenciosa para que le desabrochara el sujetador. Él estaba sorprendido.

—Si sientes deseo por alguien que desprecia a las mujeres, podrías haberte quedado con tu marido.

—Robert tiene dificultades para encajar su idea sobre hombres y mujeres con la realidad, pero no me desprecia. Tú, en cambio, vienes de un mundo en el que la humillación de la mujer es religión de Estado. Eso me intriga.

Helena se volvió hacia él de nuevo, le cogió las manos y las puso sobre sus pechos. Se quitó los zapatos, se desabrochó el cinturón de los pantalones, se desnudó y se dejó caer de espaldas sobre la cama.

—Sobre el escritorio hay un manuscrito. ¿Es tu nuevo libro?

—Sí.

—¿De qué va? ¿De un asesino más enfermo todavía?

—No, de ti.

—¿Y qué papel tienes pensado para mí?

—El de la caperucita roja rodeada de muchos lobos que tiene que pasar por un ritual de iniciación.

—¿Y qué hace la caperucita tras el ritual de iniciación?

—Aún no lo sé. Me gustaría que mataras al lobo, pero para la historia sería mejor que murieras. Las tragedias tienen un efecto mayor. Es lo que se llama catarsis, la purificación del alma de la cultura y la moral. Por eso necesito saberlo todo sobre ti, para que puedas ser una figura heroica. Te voy a dejar tan bonita como se pueda, para que tu muerte provoque lágrimas en los lectores, los disguste y te venguen. De manera que la pregunta es si Dioniso te mata o tú lo matas primero. Por desgracia, no está en mi mano.

Mientras hablaba le había levantado la pelvis para quitarle las bragas, y le había separado las piernas con una ligera presión. Arrodillado delante de la cama, la acercó un poco hacia él para que las piernas le colgaran. Recorrió con la lengua el interior de los muslos hasta que a ella se le contrajeron los músculos y la respiración se le volvió más rápida y profunda. Relajó la pelvis, quería más. Mucho más. Quería un juego en el que pudiera sufrir una derrota feliz. Él abrazó los labios vaginales y el clítoris con la boca y succionó. Ella aspiró el aire entre dientes. Gibran no quería hacerle daño, pero ella le dijo que él no sabía lo que podía aguantar. Entonces él continuó. Helena escuchaba con los ojos cerrados las caricias, notaba su áspera lengua que se abría camino ora con dureza, ora con suavidad. Paciente, vacilante, exigente, hasta que ella apenas pudo soportarlo. Cerró los muslos y apretó la cabeza de Gibran con más fuerza. A él le costaba respirar. Esperó el momento en que ella relajó los músculos. A cada segundo que pasaba, los gritos de Helena eran más agudos y fuertes. Sentía el cuerpo agarrado por una enorme mano invisible, como si fuera a levantarla. Hasta que llegó al orgasmo. De manera desenfrenada y escandalosa. Extasiada y hallándose en un lugar situado a millones de años, en un pasado que no conocía y del que solo tenía una vaga idea. Se quedó un rato tumbada con los ojos cerrados, como siempre hacía, escuchando las olas de su excitación que se iban retirando.

Gibran la observó. Ella era un enigma, igual que él para ella. Hasta entonces no había oído hablar de una fiscal que se acostara con un sospechoso en potencia.

Él cogió un libro del escritorio.

—Xenia Raabe, página ciento veintidós: «En la patología humoral del médico Galeno de Pérgamo, también conocida como patología de los humores, trata de la sangre, el moco, la bilis negra y amarilla. Según esta teoría, las enfermedades se deben a una mezcla indebida de los humores. Con la ayuda de medicamentos o intervenciones quirúrgicas se puede curar a una mujer enferma. La sangre se atribuye a un carácter temperamental, vivo, escrupuloso y excesivo. Y corresponde al punto cardinal del este. Cuando se reduce, la mujer queda curada de su enfermedad. O muere». —Le dio el libro a Helena—. El castigo divino por la curiosidad de Eva es la expulsión del Paraíso, el embarazo, el dolor y la sangre —dijo—. Para el dios judío es impensable que las mujeres practiquen sexo por placer o sean sexualmente insaciables. Tienen que engendrar niños, para eso están hechas.

—¿Y Dioniso odia a las mujeres que contradicen ese plan?

—Es el marido o el hijo de una mujer así. La humillación, las heridas y el menosprecio a diario llevan finalmente al éxito. La sangre limpiará la suciedad, la decadencia, la pereza y la glotonería. Yo en tu lugar me preguntaría cómo sabe el asesino todo eso —contestó Gibran.

Helena sostuvo el libro en alto.

—¿La conoces?

—No.

—¿Y a Dioniso? ¿Nunca has quedado con él?

—Aún no me has preguntado dónde estaba cuando las mujeres fueron asesinadas.

141

—Tú no eres Dioniso —dijo ella.

—¿Cómo lo sabes?

—Él no me procuraría semejante placer.

—Pero no podías saberlo antes.

—Alguien que de joven adoraba al poeta *kitsch* Khalil Gibran tanto como para adoptar su nombre, ahora busca entre las piernas de una mujer una liberación distinta a la que necesita Dioniso.

Helena le sonrió y le dio un beso en la boca. Luego le desató el cinturón de la bata, se lo puso en las manos y lo llevó a la cama, se introdujo el miembro y llegó al orgasmo una y otra vez. Cuando volvió en sí, se incorporó, lo empujó hacia atrás y se sentó encima de él. Le dio una bofetada. Una, dos, tres. Movió la pelvis adelante y atrás. Lo notó, lo cabalgó y se detuvo. Gibran quería decir algo, pero ella le indicó que callara con un breve gesto. Entonces él se dejó llevar por un estado que nada tenía que ver con la razón y la conciencia. Le vinieron a la cabeza frases olvidadas. Imágenes, tonos, caricias, risas. Y después, sin previo aviso, sin advertencia, se desplomó. Se perdió en los recuerdos. Era como si alguien hubiera abierto la puerta de un palacio oscuro. Luz, aire y olores se apoderaron de él. Peste y rosas, sumak y anís. Ámbar. Cuando llegó al orgasmo, se dejó llevar y gritó, como un animal triste que emite sonidos inconexos.

Cuando se hubo calmado de nuevo, ella estaba encima. Entre sus cuerpos se acumulaba el sudor en pequeños regueros, hacía cosquillas y bajaba por los costados. Había estado bien, se dijeron, como una pareja que hace tiempo que se conoce.

27

*D*espués de lavarla, se puso a rezar delante del crucifijo. Luego se lavó los dientes, se planchó una camisa blanca, se puso una corbata roja, el reloj, el traje y los zapatos, y se fue, como todas las mañanas, exactamente a las siete y media. Se había tomado un día de vacaciones porque quería hacer los preparativos para la siguiente curación. Poco antes de las ocho giró por Wilhelmstrasse y aparcó en una calle lateral. Había observado que Seliger pedía siempre un *croissant* y un café en la cafetería de enfrente del estudio de ARD en la capital, y echaba un vistazo a los periódicos del día.

En ese momento estaba ahí sentada con dos colegas, en su mesa preferida junto a la pared, desde donde tenía a la vista toda la cafetería. Él estaba unas mesas más allá, a la espera de que se dirigiera a su despacho. Él no bebía café, sino té sencha japonés. No comía pan de harina de trigo industrial, sino muesli casero. Que se envenenaran otros con esa porquería industrial. Seliger y los demás hablaban sobre un artículo, que trataba de mujeres que se negaban a ser madres, y ella estaba muy exaltada. Jamás había soportado a Katrin Seliger, pero ahora ya la odiaba. Simplemente por darse tanta importancia, y porque siempre que tenía ocasión echaba pestes a causa de la discriminación de la mujer. Pintaba a los hombres como monstruos que todos los días apaleaban, forzaban y mataban mujeres. Distorsionaba la verdad de una manera que ridiculizaba su profesión. Ni una palabra sobre que los hombres tenían la mayor tasa de suicidios, que morían antes que las mujeres, que tenían las profesiones más peligrosas y morían en las guerras. Era una mentirosa insidiosa y una manipuladora, pero no por mucho tiempo. Ya disponía de suficiente información sobre ella para urdir un plan preciso de cómo proceder.

Entretanto Seliger estaba tan histérica que los clientes de otra mesa se giraron y la miraron molestos. Ella tuvo la típica reacción: al saberse centro de atención, se puso a pontificar en voz más alta. Hablaba de las mujeres que intentaban educar a sus hijos dándoles una visión neutral de los sexos. Él había leído sobre el tema, y le recordaba a su madre que le daba muñecas y coches de juguete para jugar y se desilusionaba cuando escogía los coches. Recordaba que cuando cumplió nueve años, había destrozado la casa de muñecas que ella le había hecho porque quería un kart. Su madre rompió a llorar y le escribió una carta en la que describía su decepción con todo lujo de detalles. Seliger decía que existía un sexo político y social, pero no biológico, y que se educa a los hombres como hombres y a las mujeres, como mujeres. Él no conocía bien los estudios, pero los consideraba una forma divertida de racismo y, además, una forma anticuada de odiar a los hombres que se repetiría en un futuro próximo. Era exactamente como lo explicaba Gibran en *El libro de Dioniso*.

—El futuro será femenino o no será —exclamó entre risas Seliger. A aquellas alturas, los clientes de la cafetería se habían rendido y se reían con ella.

»En un futuro próximo, lo que los hombres consiguen que parezca necesario será superficial y peligroso —continuó ella, y recibió aplausos, incluso de los hombres—. Los hombres son una especie que ha superado su punto álgido. La mayoría de los talentos masculinos, simplemente, no hacen falta hoy en día. ¿O alguien imagina que un Putin, un Trump o un Seehofer y toda esa chusma puedan aportar algo positivo a la vida?

Hacia las nueve de la mañana tenía una reunión con ella. «Vas a conocer a tu sanador sin saberlo», pensó, contento. Cuando Katrin Seliger pagó y salió de la cafetería, la siguió.

—¡Señora Seliger! —la llamó en la escalera de la primera planta.

Ella se detuvo, se dio la vuelta y lo observó con desdén.

—¿Sí?

—Tenemos una reunión.

Cuando la llamó la semana anterior, al principio ella se había mostrado reticente. Sin embargo, cuando le dijo con un leve acento inglés que era de la BBC y quería hacer un reportaje sobre ella, enseguida pasó a ser amable. Se mostró incluso servil.

—Miller, de la BBC, vengo para hacerle el reportaje.

—¡Ah, sí! Muy bien, pase.

Él subió los últimos peldaños y le tendió la mano, que ella aceptó, distante.

—¿No lo acabo de ver en la cafetería?

—No quería molestarla.

—No, me estaba observando. ¿Qué tipo de reportaje será?

—Honesto.

—¿Su honestidad o la mía? —Ella se rio y lo guio al estudio donde se grababa su programa.

—En cierto modo esto es el tribunal. Y eso de ahí la silla donde se fríe a los invitados especiales.

Él miró alrededor. No había nadie. En realidad podría empezar con la curación ahora mismo, pero no llevaba la máscara. Ni sus instrumentos. Así y todo, sintió un hormigueo en los dedos.

—Como le dije por teléfono, quiero autorizar el reportaje antes de que lo envíe.

«Claro», pensó él.

145

$\mathcal{K}$atharina tenía ideas fijas sobre qué ropa podía ponerse y cuál era demasiado desagradable. Un criterio importante era que fuera «guay», significara lo que significase eso. Las niñas habían vuelto de la excursión de dos días, y como Robert estaba de servicio, Helena había dejado a Sophie en el médico y acompañado a Katharina al centro comercial de Leipziger Platz. La niña se había dejado vestir a regañadientes en el primer H&M que encontraron. Pero H&M no era guay, eso lo llevaba todo el mundo. Mientras Katharina estaba en el probador, Helena habló por teléfono con la editorial que había publicado *Ciencia masculina*, de Xenia Raabe, pero tampoco sabía nadie dónde estaba la autora. Sus honorarios se ingresaban por transferencia en una cuenta cuyo número solo podían proporcionar a la Fiscalía si tenían una orden por escrito. Cuando Kata salió del probador pasada una eternidad, Helena la miró dudosa.

—Pareces el anuncio de un bar de estriptis.

Ese no era precisamente el tipo de argumento que fuera a dar lugar a un debate serio.

—Sí, ¿y?

—No te voy a comprar eso.

De repente Katharina ya no tenía ganas de ir de compras y se comportaba como si su madre en vez de escoger la ropa para ella lo hiciera para una odiosa desconocida. La obstinación de la niña sacó a Helena de sus casillas. Por otra parte, se sentía orgullosa de que su hija tuviera criterio propio, siempre y cuando lo hiciera valer con los demás. Katharina no era de esos niños que se dejaban intimidar por los adultos. Ni siquiera por su madre.

Al final Kata se dejó convencer para comprar dos tops y dos pantalones cortos. Cuando ya estaban en la caja, Helena buscó el monedero. Sabía perfectamente que lo había metido en el bolso, pero no lo encontraba. La cola tras ella empezaba a ponerse nerviosa y la estudiante que trabajaba temporalmente en la caja tamborileaba los dedos, impaciente.

—¿Quiere comprar las cosas ahora o no? Hay gente esperando.

—Un momento, ya voy.

Pañuelos, bolsita de maquillaje, teléfono. «¿Dónde está el monedero?» Si también lo había perdido, significaría esperar en eternos pasillos oficiales para renovar el carné de identidad, el de conducir, las tarjetas del gimnasio, del yoga y de cosmética. Tendría que bloquear las tarjetas de crédito, además de la tarjeta con chip que le daba acceso al archivo de la Fiscalía.

—¿Te pasa algo? —preguntó Katharina.

—No, ¿por qué?

—Estás como… no sé.

—No pasa nada; estoy buscando el monedero.

Helena volcó el bolso en el mostrador. Ahí estaba el monedero. Veintitrés euros, con tarjeta de débito. «Marque el número secreto y luego "Confirmar"». Los zapatos quedaron descartados porque a Katharina ya no le apetecía ir de tiendas. Helena llamó a Robert para que fuera a recoger a Sophie al médico. Al cabo de una hora, estaban delante de la puerta de casa. Helena tenía necesidad urgente de ir al lavabo, pero no encontraba la llave de casa. Otra vez a buscar en el bolso revuelto. Cuando Katharina le dijo que se relajara, la mandó callar. Sabía dónde estaba la llave: en la puerta de su despacho. Sintió ganas de gritar de rabia.

La niña miró sorprendida a su madre. En realidad ahora tenía un motivo para alegrarse porque Helena siempre la reñía cuando olvidaba algo, lo que ocurría con relativa frecuencia, pero no quería poner más nerviosa a su madre.

—Puedo entrar por la ventana.

—¿Qué ventana?

—La de ahí arriba, la del baño. Lo hago siempre que olvido la llave. —Señaló la ventana de la primera planta, justo al lado del canalón.

147

—¿Dejas la ventana del baño abierta para poder entrar si te olvidas la llave? ¿Cada cuánto pasa eso?

—No mucho.

—Pero puede entrar más gente aparte de ti.

—No, no saben que está abierta.

Para Helena la conversación sobre aquel tema no había terminado, ni mucho menos, pero si pasaba un minuto más, se iba a hacer pis en los pantalones.

—Bueno, inténtalo, pero ten cuidado.

Katharina le hizo un guiño simpático, trepó por el canalón y fue avanzando despacio por los ladrillos inclinados.

—¡Cuidado! —Helena aguantaba el pánico. Cuando Katharina llegó a la ventana, empujó hacia dentro y desapareció en la casa. Ella volvió a la puerta y esperó. Al cabo de dos minutos eternos, no había ni rastro de su hija.

—¿Katharina?

Un minuto más y nada. La llamó con impaciencia.

—¡Katharina!

Helena ya no tenía ganas de ir al lavabo.

—¡Kata!

Tal vez se había hecho daño. Helena golpeó en la ventana de la cocina, miró hacia dentro, se acercó a la ventana del salón y regresó a la puerta de entrada. Golpeó, llamó al timbre. Sin respuesta.

—¡Katharina!

«¿Cómo he podido permitir que hiciera semejante tontería? Tenía que salir mal.» Volvió a la ventana del baño y retrocedió unos cuantos pasos.

—¿Dónde estás?

—¡Mamá!

La voz procedía de la fachada. Sonaba aguda, débil, atemorizada. Helena salió corriendo y atravesó el rosal. Katharina estaba en la puerta abierta, con el semblante pálido y la voz temblorosa. La parte de las ingles de los tejanos estaba oscura y húmeda.

—¿Qué ha pasado?

Cuando quiso acercarse a su hija, una mano la agarró del pelo y la volvió a meter en el pasillo. Helena también retrocedió asustada, rodeó el rosal hasta que pudo ver el pasillo. Entonces los vio. Él estaba en el pasillo y apuntaba con una pistola a la cabeza de la niña. Llevaba la máscara de Dioniso. Soltó un grito cuando él amartilló el gatillo de la pistola.

—Si le haces algo te mato, te lo juro —gritó ella con la voz temblorosa—. Suéltala. Ahora.

Dioniso lanzó una mirada fugaz al exterior para comprobar si había alguien cerca. Entonces dejó caer a Katharina con brusquedad al suelo. Con la pistola apuntando a Helena, se acercó a un coche que estaba aparcado enfrente unos metros más allá. Se subió y se fue. Helena se quedó inmóvil.

—¿Mamá?

Petrificada de miedo. Incluso cuando el coche hubo doblado la esquina y ya no se veía, siguió sin reaccionar.

—¿Mamá?

No oyó que sonaba el móvil. Katharina le gritó:

—¡Mamá! ¿Qué te pasa?

No se volvió hacia su hija hasta que la agarró del brazo. Se la quedó mirando un instante como si no supiera quién era.

—¿Estás bien, mamá?

—¿Te ha hecho daño?

—No, nada grave. Pero tenía miedo.

El móvil seguía sonando. Katharina lo sacó del bolso de su madre y reconoció el número de la pantalla.

—¡Papá, tienes que venir enseguida!

149

29

*L*a casa estaba devastada. Helena fue habitación por habitación. En el dormitorio y el salón, Dioniso había sacado los cajones y vaciado el contenido en el suelo. Las estanterías estaban volcadas y los papeles amontonados. Había revuelto hasta la habitación de las niñas. Katharina se había quedado de pie, tiritando.

—Ese maldito cabrón —soltó Katharina.

—Bueno, no ha pasado nada. Quítate los pantalones.

Helena metió a Katharina bajo la ducha para quitarle el susto. Poco después llegó Robert con Sophie y unos cuantos colegas de la custodia de pruebas. Irrumpió en la casa y encontró a su exmujer y a su hija en la cocina, la única habitación donde el asaltante no había provocado el caos. Las abrazó a las dos. Sophie entró detrás de él.

—¿Os ha pasado algo? —preguntó, atemorizada.

Katharina negó con la cabeza y abrazó a su hermana menor. Estuvieron un buen rato quietas, como una obra de arte cincelada. Robert quiso saber todos los detalles. ¿Habían robado algo? ¿Cómo era, qué ropa llevaba? ¿Cómo era la pistola? ¿Qué había dicho? ¿Qué coche conducía? ¿Había memorizado la matrícula? Al ver que Helena callaba, él y Katharina se miraron sorprendidos.

—¿No lo has visto?

—Sí, creo que sí.

—Estaba delante de ti, mamá. Llevaba una máscara horrible.

—Sí, es verdad —apoyó Helena a su hija.

—¿Era Dioniso? ¿Qué quería? —preguntó Robert.

—No lo sé.

—¿Y luego?

—Ya no lo sé.

Notó el sudor frío como escarcha en la piel.

—¿No recuerdas qué aspecto tenía ni qué coche conducía?

—¡Te lo acabo de decir!

Ahora gritaba. Le chilló a Robert. No era por Dioniso, sino porque estaba furiosa por su fracaso, se sentía culpable por no haber reaccionado y porque el asesino hubiera estado en su casa.

—No pasa nada —dijo Robert con calma y cautela. Miró a Katharina y le hizo un gesto con la cabeza—. A veces pasa cuando uno está impactado. En unos días mamá volverá a recordarlo todo. Vosotras dos pasaréis los próximos días conmigo.

—¿Y mamá? —quiso saber Sophie.

Robert miró a Helena. No sabía qué decir. Seguramente iría a casa de Paulus.

—Yo me quedo aquí, no volverá.

—Aquí no te quedas —decidió Robert—. Tú vienes a mi casa, por lo menos esta noche.

Helena asintió.

Mientras circulaban, intentaron distraerse. Robert habló sobre sus primeras vacaciones juntos. La primera vez en Italia. Helena estaba embarazada de Sophie. Después recordaron el primer día de guardería de Katharina, que le escupió a la directora, y el primer día escolar de Sophie, su enorme mochila y ella con cara triste.

—Nunca nos dijiste por qué estabas tan triste.

—Porque mi infancia había terminado.

Se rieron de la frase, aunque en realidad sonaba deprimente que una niña de seis años lo hubiera pensado a esa edad.

—¿De dónde sacas esas ideas? —preguntó Helena.

—De mi cabeza.

También hablaron de la época anterior a Katharina, cuando Helena hizo un curso de defensa personal en la policía y Robert le retorció un brazo en un ejercicio cuerpo a cuerpo. Aquello fue el principio.

—Me dio mucha vergüenza, y todavía me avergonzó

151

más que me amenazaras con no volver a mirarme si me disculpaba otra vez.

—Y pese a todo, te disculpaste otra vez. Tuve que quedarme tres días en casa, tú viniste a visitarme todos los días con flores, cocinaste para mí y me ayudaste a vestirme.

—¿De verdad?

Helena se enamoró de él durante esos tres días. De su lado cariñoso. De su paciencia y su ternura. Más adelante conoció la parte obsesiva. Todo era igual de desmesurado que su instinto protector. Su trabajo, su desconfianza. De eso no dijo nada. Finalmente, se detuvieron delante del piso de Robert.

—Bajad, tengo que hablar con vuestra madre.

Las niñas refunfuñaron, pero obedecieron.

—¿Tienes idea de qué pretendía? —preguntó él sin rodeos.

—No.

—Claro que lo sabes. El chip.

Sí, era eso, y lo sabía. Dioniso aún no había terminado con ella.

—Necesitas protección policial.

—No, no la necesito.

—Volverá, y lo sabes.

—¿Y crees que si él ve a un agente de policía mal pagado delante de mi casa dirá: «Uuuuuh, qué peligro, será mejor que me vaya a la mierda»?

—Tendrás protección policial. Fin de la discusión.

Robert bajó del coche. Ella lo siguió al cabo de un momento. Los cuatro, ahí delante de la puerta, parecían una familia normal y corriente.

30

*P*izza a domicilio y dos capítulos de *Modern Family*. Cuando las niñas se acostaron, Robert insistió en que Helena durmiera en el dormitorio, es decir, en su cama, y él se instalaría en el sofá del salón mientras fuera posible. Incluso le dio ropa de cama limpia.

—Buenas noches —dijo él cuando iba a salir del dormitorio.

—Es la primera vez que volvemos a dormir bajo el mismo techo.

—En dos camas.

—Y así será —comentó Helena, pues había notado un deje extraño que no supo interpretar.

—Lo mismo opino.

Ella cerró la puerta y se tumbó en la cama. Aún no tenía sueño. Cuando se recolocó la almohada, se dio cuenta de que Robert había olvidado cambiar la funda. Notó su olor íntimo. Dejó la almohada a un lado. Demasiados recuerdos. Pensó en Gibran y lo deseó. ¿Debería ir a verlo? ¿Continuar la noche? Lo llamó, pero no contestó al teléfono. Entonces cogió su MacBook y marcó el código de acceso. Error. Repitió el procedimiento. De nuevo el número era incorrecto. «¿Cómo que error?» Consultó el móvil. «He olvidado las mayúsculas.» En el tercer intento logró acceder a los datos de la Fiscalía. «Seguramente he escrito algo mal», pensó. Desde el ataque de Dioniso en el almacén, se le olvidaban las cosas: las llaves de casa, dónde había dejado el Volvo, ahora el código de acceso. Así no podía seguir.

Revisó los expedientes del asesino. Hasta entonces, la cantidad de «Me gusta» que había recibido por su vídeo había aumentado mucho. Había habido incluso un aprovechado que había empujado a una mujer en el metro y se había declarado seguidor de Dioniso con su acción. Ya habían pasado dos semanas desde el asesinato de Ursula Reuben, pero aún no había publicado ninguna proclamación. ¿Significaba eso que ya no tenía nada que comunicar al mundo, o no quería arriesgarse a que le siguieran la pista? Paulus había conseguido el permiso del fiscal general para conectar con el BND —el Servicio Federal de Inteligencia— y seguir el rastro del individuo en Internet. Utilizaban un programa espía que les proporcionó la NSA con el que se podía destrozar hasta el programa de codificación TOR, pero de momento los chicos no habían conseguido encontrar al asesino. Lo único que sabían era que el servidor estaba en algún lugar de los Urales. Helena leyó las observaciones de un tercer psiquiatra sobre los tres vídeos de las proclamaciones. Además del diagnóstico ya conocido, apuntaba un dato que le había llamado la atención en la tercera proclamación: Dioniso lo había creado como documentación del brutal asesinato de la presidenta de Aux Familia, Jasmin Süskind. Según el psiquiatra, el criminal utilizaba determinados conceptos que indicaban proximidad a las oficinas de investigación. Leyó el fragmento extraído del texto: «Proclamación número tres. Si alguien cree que sigo una ideología religiosa cuando defiendo la restauración del viejo orden, se equivoca. Me baso en el conocimiento, el descubrimiento y el castigo. Sacaré a la luz las mentiras, y no solo liberaré a los hombres de la servidumbre de una imagen errónea que se tiene de ellos, sino que, sobre todo, liberaré a las mujeres de la obligación de vivir una vida que no les corresponde».

Helena se detuvo un momento. «Conocimiento, descubrimiento y castigo.» Y «sacar a la luz mentiras». ¿A eso se refería el psiquiatra? ¿Realmente había una conexión entre Dioniso y las autoridades de investigación? A simple vista parecía un poco difusa, y por desgracia el psiquiatra no había concretado más. Siguió leyendo y encontró algo en lo que hasta entonces no se había fijado. El 3 de julio del año anterior, Dioniso colgó en Facebook la segunda proclamación en la que hablaba de la Iglesia católica. La fiscal no necesitó abrir el archivo correspondiente porque como siempre lo recordaba perfectamente: «El Vaticano no es más que un montón de homosexuales reprimidos sexualmente que siguen la moda de la emancipación. Comprendo que al Vaticano le preocupe el crecimiento de fieles en la competencia islámica, pero lanzar por la borda el orden establecido, solo para agradar a la gente, lleva directamente a la pérdida de sentido».

Entonces supusieron que Dioniso podía ser un fanático desilusionado e investigaron durante cierto tiempo en esa línea. Incluso detuvieron a un joven que se había atado a una cruz de madera en Alexanderplatz para protestar contra las reformas de la Iglesia. Sin embargo, aquella pista jamás salió a la luz. Unos días más tarde el asesino escribió en Facebook: «No sostengo el ideal católico de educación en la culpa y en el pecado. Mi misión es más profunda y amplia». Esas frases eran una respuesta clara a la sospecha que Helena tenía desde hacía un tiempo. ¿Cómo sabía Dioniso que esa era su sospecha? ¿Había una filtración en la Fiscalía? «No, no puede ser. ¿Quién podría ser? ¿Las dos mujeres de la oficina? ¿Fatima, siempre tan quisquillosa? Si era así, sería un escándalo terrible.» Cerró el MacBook y apagó la luz. Se sentía satisfecha de haber encontrado un nuevo hilo de investigación. Tardó una hora en conciliar el sueño. Quería hablar de ello con Robert en cuanto despertara. Por un momento pensó en apuntárselo, pero estaba segura de que lo recordaría por la mañana.

155

31

*F*ue a primera hora del sábado cuando terminó el cuarto vídeo, representando Ursula Reuben su mayor papel protagonista y a la vez, el más trágico. Todavía había de cargarlo en el perfil de Facebook de Helena Faber mediante un programa de codificación para que todos los que lo vieran enlazaran, comentaran y pudieran experimentar su necesaria catarsis. Para subirlo, prefería utilizar TOR para que los datos fueran anónimos. Además, los servicios secretos, como la NSA, ya podían piratear casi todos los programas de codificación, pero si invertía un poco más de tiempo y usaba otro programa de copia de seguridad, jamás podrían rastrearlo. Por eso, aparte de TOR, usaba Tails, un sistema que protegía el anonimato del usuario. Descubrió ese sistema a través de Edward Snowden. Lo único que le faltaba era encontrar un ordenador público accesible, lanzar Tails con un lápiz USB y todo estaría en marcha. En el Charité, que no estaba lejos del Tribunal Superior, había un ordenador disponible día y noche gratuitamente para pacientes y visitas. Después de enviar desde ahí el paquete al servidor ruso, y de este a Helena, lo invadió de nuevo una increíble sensación de triunfo. De camino hacia su casa, quiso darse un pequeño capricho. En un colmado compró una botella de champán y un paquete de cacahuetes. Como no quería esperar, se cobró su recompensa por el camino.

Cuando llegó a su casa, la botella estaba medio vacía y se había comido los frutos secos. El alcohol le producía un leve cosquilleo en la cabeza. Se sentía libre y ligero, el estado de ánimo ideal para seguir trabajando en la número cinco, Katrin Seliger. En realidad era la número seis, pero como tuvo que dejar con vida a Helena Faber, Seliger había avanzado una posición sin querer. Ya había empezado el montaje a base de pequeños cortes del programa de la presentadora y de intervenciones suyas en entregas de premios, pero también había incluido vídeos de vacaciones que había encontrado en su página de Facebook. Además de los vídeos que quería grabar con la GoPro, montaría el material en otro anuncio justo después de la curación de Seliger.

Sus grabaciones habían conseguido más de quince mil «Me gusta» en Facebook, y se habían compartido más de setecientas veces, prueba de que había tocado la fibra con sus acciones. El fiscal general y el senador de Justicia habían exigido varias veces a Facebook que las borrara, pero los responsables no reaccionaron, o no lo hicieron con la suficiente rapidez. Por lo visto, en Facebook, había gente que entendía lo que Dioniso hacía, y no borraba los vídeos hasta que sus seguidores los habían enlazado y copiado tantas veces que solo se podrían borrar desconectando Internet, de manera que se veían en todo el mundo. Sobre todo, los árabes. El mayor apoyo lo recibía de Pakistán, Afganistán, Arabia Saudí, etcétera. Eso no le gustaba mucho a Dioniso. De hecho, pensaba que los musulmanes hacían muy bien en conservar sus tradiciones y asignar a las mujeres su papel original, pero cuando veía que las mujeres iban totalmente tapadas en esos países, no podía reprimir un gesto de reprobación. Esa manada de fantasmas negros por las calles de Berlín no era precisamente lo que imaginaba para un mundo nuevo. También le llegaba apoyo de Japón, España y, en especial, de Sudamérica, donde el machismo natural estaba en apuros. Pero no solo recibía apoyo. Una serie de usuarios lo habían insultado en los comentarios, lo habían llamado fascista, pajero lamentable, psicópata enfermo y otras cosas, además de desearle casi todos los tipos de muertes crueles posibles. Entre ellos, también había hombres, cosa que no podía entender. Sin embargo, como la cantidad de hombres que lo apoyaban aumentaba cada día, en general estaba contento. El elogio de sus seguidores incluso le hacía sentir cierto orgullo. Había logrado que surgieran de entre la masa silenciosa, eran los valientes que osaban posicionarse contra lo políticamente correcto que imperaba. Necesitaba esos simpatizantes si en algún momento quería ampliar la campaña. Esta vez había recurrido a Wagner para el acompañamiento musical. Por ejemplo el texto final de *Tristán e Isolda*: «Ahogarse, hundirse, inconsciente, en un universo a la deriva… ¡supremo placer!!».

Totalmente adecuado. Por otra parte, la selección musical tenía un aire presuntuoso. ¿Y quién conocía la pieza y su significado? Para Katrin Seliger habría de encontrar algo más sencillo, pero que al mismo tiempo sorprendiera a los usuarios. Buscó en Spotify una música que fuera popular y a la vez lo bastante provocadora. Gibran se reía en *El libro de Dioniso* de la absurda misoginia de gente como Bushido y Sido, así que esos intérpretes no entraban en la ecuación. Pensó en una cantante de grandes ventas como Helene Fischer, pero no había ninguna letra apropiada. ¿Tal vez los Rolling Stones con *Under my thumb* o algo de Rihanna? Se enfadó porque ninguna canción le servía. Hasta que volvió a los clásicos y acabó en Beethoven y la *Quinta sinfonía*. En el segundo movimiento había un fragmento que era potente por su dulzura, pero también sonaba claramente a despedida. ¿O debería escoger el motivo inicial «Ta-ta-ta-ta» como metáfora de la muerte que llamaba a la puerta, pero que para él abría el paso a la libertad? Era una decisión difícil. «Es una locura —pensó—, yo sufro los tormentos de todos los artistas que crean una verdadera obra de arte.» Comparó de nuevo los dos fragmentos. Pero estaba claro: «Ta-ta-ta-ta». Sí, era mejor elección. Ahora todo el mundo sabría lo que quería decir. Estaba contento y reconciliado con lo que hacía. Y se complacía en ello. «Has encontrado un sentido», pensó. Le faltaba averiguar cuándo tenía el período, pero en su caso no era difícil. En Facebook, Seliger había activado entre las funciones más recientes un calendario de la menstruación en el que introducía su ciclo. Como subía los datos a la nube de Google, no necesitaba nada más que la herramienta para piratear Cain & Abel y así obtener el enlace codificado. Igual que hizo con Beria. Por eso, la esperó varias veces a primera hora de la mañana en la cafetería de al lado del estudio de ARD. Entró en el calendario de menstruación de Seliger y vio que tendría la regla al cabo de tres días. «Tres días, me va bien», pensó. Volvió a salir del calendario, se levantó y fue a buscar a la cocina el preparado que había comprado en la farmacia y la fue a ver. Estaba tumbada en el cuartucho, igual como la había dejado. Estaba despierta y lo miraba con apatía.

—No me mires así —le ordenó—. Sé que tienes hambre, pero no he podido venir antes. Primero debía organizar la siguiente curación.

Le dio el biberón, y ella giró la cabeza a un lado.

—No hay nada más.

159

32

El domingo por la tarde lo pasaron en el zoo, y al salir, fueron a comer una hamburguesa. Robert ya disponía del agente destinado a la protección de Helena, y lo había enviado a su casa. A partir de ese día la protegería.

El tiempo acompañó, y las niñas no cesaban de mirar a sus padres para comprobar si se soportaban o si discutirían otra vez por algo. De vez en cuando cuchicheaban y se reían. Cuando Helena preguntaba de qué se reían, Katharina y Sophie se callaban, crípticas. Se veía que eran felices aquel día. Por la noche jugaron una partida de Monopoly y, al acabar, se fueron pronto a la cama, pero contentos.

El lunes por la mañana, unas nubes amenazadoras se cernían sobre la ciudad. La primera tormenta fuerte de la primavera. Y habría más. Desayunaron como antes, si se podía llamar desayuno a los alimentos que Robert puso en la mesa: bombas de azúcar de Kellog's, leche y para él, un refresco de cola. Cuando acabaron, Helena se despidió.

Como el camino directo al Tribunal Superior estaba bloqueado por una avería en unas tuberías, tuvo que dar un rodeo: Schönhauser Allee, Bernauer Strasse, pasando junto al monumento al muro. Llovía tanto que el limpiaparabrisas del Volvo solo podía repartir el agua de derecha a izquierda sobre el cristal. A la altura de la Estación Central, tuvo que parar porque ya no veía la calle. Cuando, finalmente, llegó al aparcamiento de detrás del tribunal, se quedó un rato sentada en el coche con la esperanza de que la lluvia amainara. Se enfadó consigo misma porque la noche anterior se le ocurrió algo que quería comentar a Robert. No se lo apuntó porque estaba segura de que se acordaría, pero no lo recordaba. A lo mejor le vendría a la cabeza más tarde. Le envió un mensaje: «Tenemos que hablar de un asunto. ¿Puedes venir a mi despacho?». A continuación, llamó a Paulus, pero la retuvo la secretaria, la señora Schneider.

—Está en una reunión. ¿Le dejo un mensaje?

Se quedó pensando un momento y respondió:

—No.

—Suena como si hubiera olvidado por qué ha llamado.

El tono de burla era evidente. «Maldita vaca.» Helena colgó, pero se dio cuenta de que en realidad lo había olvidado. «¿Qué me pasa? ¿Por qué olvido constantemente cosas importantes?» Junto al aparcamiento lucía una pared de carteles referentes al emplazamiento económico de Berlín. «Es por el estrés. Seguro que es por el estrés.» Pidió datos a su memoria para comprobarlo. «¿Cuántos habitantes tiene Berlín? 3,396 millones. ¿Superficie? 891,75 kilómetros cuadrados. ¿Densidad de población por kilómetro cuadrado? 3.804 habitantes. La ubicación geográfica es: 52° 31′ norte y 13° 23′ este. La ciudad está dividida en doce distritos, la proporción de extranjeros es del 12,3% y la tasa de paro del 18,7%». Estaba sana. Pero debía ir más despacio, tomar en serio las señales del cuerpo y cuidarse, como ir a la sauna y darse un masaje.

Puesto que un cuarto de hora después seguía lloviendo a cántaros, se puso el abrigo sobre la cabeza, bajó del coche y fue corriendo hasta la entrada principal. Esos cien metros bastaron para quedar calada hasta los huesos. Abrió su despacho y se refugió. El frío le había penetrado hasta los músculos, tenía la piel de gallina. Siempre disponía de ropa de recambio para esos casos en un armario, pero ese lunes, no. Y ya no recordaba por qué estaba vacío el armario. Poco después se acordó de que había prestado la ropa de recambio a Barbara Heiliger, del Departamento de Administración. Corrió el pestillo de la puerta, se quitó los pantalones y la blusa y los dejó sobre la calefacción. Entonces encendió el ordenador para ver qué correos electrónicos habían llegado el fin de semana: un informe de una autopsia de los médicos forenses que apuntaba a la intoxicación de una joven con raticida, el resultado de un registro tras un atraco con víctimas mortales, el acta de la declaración de un testigo en un caso de maltrato infantil grave. Las locuras habituales. Nada sobre el caso Dioniso. Era raro. Y eso significaba que ya no estaba en la lista para recibir copia de los correos informativos. Ziffer la había excluido. Seguramente, lo había acordado con Paulus. «Que os lo habéis creído —murmuró en voz baja—. Puedo conseguir la información también de la Red cerrada.» Podía porque la contraseña se modificaba una vez al mes, pero tampoco ahí había nada del asesino. Helena contestó unos cuantos correos electrónicos que destacaban en rojo desde hacía días. Entonces se percató de que había olvidado pedir cita al juez instructor para la declaración judicial de un testigo. Como no localizó a nadie, escribió una nota en un *post-it* y lo pegó al ordenador. Por si se le volvía a olvidar. Otra nota en el sumario le recordaría un intento de asesinato con un cortacésped (una mujer había atontado a su marido con una descarga de corriente y lo había atropellado varias veces con el cortacésped). Una tercera nota para solicitar una exhumación. Cuando llamaron a la puerta, se levantó de un salto. ¿Tenía una reunión? Consultó el calendario, pero no había nada escrito. Llamaron de nuevo. Se oyó una voz al otro lado de la puerta:

—¿Helena?

Era Robert.

—Pasa.

—Está cerrada.

—¡Un momento! —Terminó de escribir una frase y envió el correo electrónico. Luego se levantó y abrió la puerta.

—¿Tenéis un nuevo código de vestimenta? —preguntó él al verla en ropa interior.

—Me he quedado empapada en los cien metros desde el aparcamiento. Pasa, hace frío.

Cerró la puerta cuando entró. Al sentarse de nuevo ante el ordenador, vio la mirada de sorpresa de su exmarido.

—¿Qué es eso de ahí? —Señaló las tres notas pegadas en el lateral de la pantalla.

—Reuniones que no puedo olvidar.

—¿Desde cuándo te las apuntas?

—Lo hago de vez en cuando. ¿Por qué?

—Porque lo más enervante de ti es que no olvidas nada.

Ella miró las notas. Robert tenía razón. Era insólito que las hubiera en su despacho, donde casi siempre parecía que iba a haber una sesión de fotos para un anuncio de muebles de oficina.

—Estoy un poco estresada.

Él la conocía bien, y sabía que el estrés no era excusa. Al fin y al cabo, había tenido que dejar el caso Dioniso y aún estaba haciéndose a la idea de la locura habitual que suponía su jornada laboral desde hacía años.

—Tengo que decirte de parte de Sophie que quiere dormir en casa de Paulina, que Katharina necesita una calculadora de bolsillo para mates y que ya sé dónde he visto la máscara.

Helena dio un respingo.

—¿Dónde?

—Hace cinco años hubo una exposición en el Museo Etnológico. Quería ir con las niñas, pero Sophie se negó. Era demasiado horripilante para ella. Sacó un cartel de un bolsillo de la chaqueta y lo desplegó: la reproducción de un sátiro horrible. Ella se estremeció. Era exactamente la máscara que usó Dioniso en el almacén. Por un momento le pareció que la máscara se movía.

—El tema era la mitología griega. Los monstruos. Medusa, cíclope, sátiro y todos esos seres.

—¿Sabes qué es un sátiro? —preguntó ella en un tono que le sonó a leve presunción, igual que a Robert. Él sacó un papelito del bolsillo.

—En la mitología griega, el sátiro se describe como un demonio del séquito de Dioniso. En los antiguos frescos se representaba con el pene erecto, de un tamaño descomunal, que le daba un aire grotesco. Al sátiro se le atribuía una actividad sexual muy marcada sin detenerse ante la violencia. Eso dice la Wikipedia. Le he enseñado la fotografía a Melody Deneuve. Es la máscara que llevaba ese tipo cuando la atacó.

«Y cuando me atacó a mí.»

—Algo te pasa. —Robert había notado el escalofrío.

—No, yo... no pasa nada. Estaba pensando en cómo consiguió esa máscara.

—Es más fácil de lo que crees. Todavía no sabes quién organizó la exposición: tu profesor Gibran.

Gibran. ¿Gibran? Había estado en su habitación de hotel. Se había acostado con él. Había hablado de la máscara, pero sin decir que la conocía. ¿Estaba jugando con ella? ¿Le mentía? ¿Le divertía seducirla? Sintió que la tierra se la tragaba. «Recomponte. Él no es Dioniso. Nunca. Lo habrías notado. ¿Verdad?»

—Tienes que enseñárselo a Ziffer —dijo ella.

—Lo sé, pero quería que lo vieras tú antes.

—¿Por qué?

—Porque quiero que seas tú y no Ziffer quien detenga a ese cerdo. Estuviste un año tras él. De todos modos no entiendo por qué te dejaste retirar del caso tan fácilmente. ¿O hay algo que nadie puede saber?

—¿A qué te refieres?

—¡El chip! Helena, esa cosa es una prueba demasiado importante para dejarla en tu despacho. Tú, no. Te conozco. En la comisaría dicen que nadie ha robado el chip, sino que estaba guardado en algún sitio.

«Otra vez eso. ¿Por qué no puedes dejarme en paz?»

—¿Y por qué lo iban a hacer?

—Porque contiene algo que nadie puede ver.

—¿A qué te refieres con «algo»?

—Una persona que no se puede saber quién es.

—¿Un complot? Eh, Robert, hacía mucho tiempo que no teníamos un complot por aquí que vayas a descubrir tú. Esto degenera poco a poco en paranoia.

Él esbozó una sonrisa amarga.

—Ser un paranoico no significa que al final no haya un secreto así.

Helena se dio la vuelta, enfadada. Pasó el dedo por la pantalla táctil del ordenador y se dedicó al sumario. Necesitaba cualquier cosa a la que aferrarse.

—No hay ningún complot. El chip ha desaparecido, y nadie sabe qué ha sido de él.

Así puso fin a la conversación. Robert se levantó. En la puerta se giró de nuevo.

—¿Recoges tú a las niñas en la escuela? Las dos salen a las cuatro y media. Y no te olvides de volver a vestirte antes de salir.

Helena también soltó una risa amarga.

—¡Espera! —Se le había ocurrido algo, y él se detuvo—. ¿Hemos comprobado alguna vez la coartada de Gibran? —preguntó.

—Si no lo has hecho tú, no. ¿Lo hago yo?

—Sí —contestó ella con firmeza.

Él asintió y se fue. Helena se levantó y se acercó a la ventana. Vio cómo Robert salía del edificio y entraba en el coche con el móvil en la mano. Gibran. «Si él es Dioniso, es el final», pensó.

Le sonó el teléfono.

—De todos modos tenía que venir a ver al jefe —gruñó la señora Schneider al teléfono.

Últimamente, Paulus la evitaba. Cuando fue a abrir el pomo de la puerta, recordó lo que le había dicho Robert: «No te olvides de vestirte».

33

*E*l tiempo se había estropeado, el sol se abría aquí y allá un estrecho paso entre la capa de nubes grises. Paulus estaba malhumorado y pensativo cuando entró Helena. Se hallaba de pie junto a la ventana, de espaldas a ella. No la saludó ni le dijo hola, y, en cambio, soltó un bufido. Algo había ocurrido. ¿Había aparecido el chip? Helena notó que se agarrotaba. Tampoco la miró cuando se dirigió a su escritorio y se sentó.

—Hay un vídeo.

—¿Qué tipo de vídeo?

—De una cámara de vigilancia en el aparcamiento del KaDeWe.

«Por favor, que no sea del ataque.»

Paulus miró por detrás de Helena, ella siguió su mirada y vio a Ziffer sentado en el sofá. Su sonrisa le sentó como un garrotazo en la nuca.

—Estás empapada. ¿No quieres cambiarte de ropa? Te vas a resfriar —dijo su colega.

—Estoy bien.

Paulus giró la pantalla para que Helena también pudiera ver la cinta. Era una grabación muda, en blanco y negro, granulada porque no había buena luz. Las imágenes eran verdosas a causa de los tubos de neón. Se veía a Helena salir del centro comercial hacia el aparcamiento, hablando por teléfono.

—¿Con quién hablabas? —preguntó Ziffer.

Paulus detuvo el vídeo.

«No muestres debilidad, miedo, ni rastro de culpabilidad.»

—Con mi hija.

—¿Dónde estaba?

—En casa.

—Qué raro. El número es de la central, de aquí.

—¿Has rastreado mis llamadas? —Esbozó una sonrisa burlona para disimular el sudor.

—Enseguida verás por qué.

Ella contuvo la respiración. ¿Qué significaba eso? ¿Qué estaba a punto de ver? «Parece disfrutar. ¿Por qué se pone tan agresivo de repente?» Paulus la miró brevemente y volvió a poner en marcha el vídeo.

En la pantalla se veía que Helena apagaba el móvil y se quedaba quieta. Miraba en el bolso. Dos tubos de neón del techo titilaban. Se daba la vuelta, retrocedía unos pasos en dirección al centro comercial. Se detenía de nuevo. Se quedaba pensando.

—¿Por qué querías volver al KaDeWe? ¿Habías olvidado algo? —preguntó Ziffer.

—Sí, quería comprar un pastel para el cumpleaños de Katharina.

En el vídeo sujetaba con fuerza el bolso y se dirigía hacia la salida de Ansbacher Strasse. Tras dar unos pasos, se detenía.

Ziffer se volvió hacia Paulus y señaló la pantalla.

—Aquí parece que Helena se asusta.

«Está hablando de mí en tercera persona. Como si ya estuviera juzgada. Será gilipollas. Todos estos años fingiendo que éramos los mejores colegas.»

Ziffer la miró.

—Te das la vuelta. Hay alguien. ¿Quién es?

—Ni idea.

Las imágenes eran granuladas porque uno de los tubos de neón se había apagado. Ahora solo se veía borrosa a Helena. Dejaba el bolso. Poco después aparecía un hombre en la imagen que le daba un puñetazo sin rodeos.

Helena soltó un grito ahogado.

Se desplomaba en el suelo y se golpeaba la cabeza contra un Mercedes que tenía justo al lado. El hombre la agarraba del pelo y la arrastraba un rato junto al coche.

—Cuesta verlo, pero parece que lleva puesta una máscara.

Paulus paró el vídeo y la miró. Ella notó de nuevo el punto de la barbilla donde Dioniso la pegó. Todavía le dolía.

167

—¿Por qué me lo has ocultado?

—Aún hay más —dijo Ziffer.

Nuevamente, Paulus puso la grabación en marcha.

Dioniso se inclinaba sobre Helena y le pasaba la mano por la cara. En ese momento se veía que el hombre llevaba un chándal de Adidas. Le apretaba las mejillas con la mano derecha, le abría la boca con la izquierda y le escupía dentro.

Paulus retrocedió y giró la cara. Helena notó que el nudo de la garganta le iba subiendo. Tuvo que contenerse para no atragantarse. La grabación continuó.

Dioniso la soltaba, le agarraba el bolso y lo sacudía. Era evidente que buscaba algo. Le daba la vuelta al bolso, lo sacudía otra vez, lo palpaba.

—¿Qué buscaba, Helena?

—Ni idea. Yo estaba inconsciente, como puedes ver.

—En todo caso no lo encontró.

Dioniso le daba otro puñetazo. Luego recogía las cosas que había sacado del bolso y las volvía a guardar. A continuación, agarraba a Helena de las manos y la levantaba hasta que conseguía sujetarla por las axilas. Se la colocaba sobre los hombros y desaparecía del ángulo de la cámara.

Paulus detuvo la grabación. Siguió con la mirada clavada en la pantalla unos momentos más. Y al fin hizo un gesto de confusión con la cabeza.

—Me interesan tres cosas —dijo mientras contemplaba a la fiscal con el aspecto de un escalpelo—. ¿Por qué no has denunciado el ataque?

—Olvidé pagar el regalo de cumpleaños de Katharina. El hombre afirmó que me había visto.

En ese momento recordó que aún no había pagado la PlayStation.

—¿Y qué buscaba en tu bolso?

—Seguramente dinero.

—No. Se ve con claridad cómo abre tu cartera, pero no le interesan ni las tarjetas de crédito ni los billetes.

De nuevo esa mirada. Paulus se levantó y puso unos metros de distancia entre Helena y él.

—¿De dónde ha sacado el vídeo? —le preguntó a Ziffer.

—De Dioniso. Lo ha enviado hace una hora desde Dioniso.ru.

—¿Y de dónde lo ha sacado él? —preguntó Paulus.

—Ni idea —contestó Ziffer—. Pero ¿quieres saber qué creo que buscaba Dioniso, Helena? —preguntó—. Porque se trata de él con toda probabilidad en vista de la máscara; es la misma que describió Melody Deneuve.

Ziffer no paraba de mirarla a ella y a Paulus. Se levantó del sofá y se quedó de pie con las piernas abiertas, como hacía en la sala del tribunal cuando se preparaba para su alegato final.

—El chip.

Ziffer había hablado con Paulus y sentado a Helena definitivamente en el banquillo de los acusados.

Ella notó que le fallaban las rodillas. Desde el principio sabía que Ziffer acabaría hablando del chip.

—Helena estuvo en casa de Ursula Reuben antes de ir a comprar al KaDeWe. Aunque en realidad no tenía nada que hacer allí.

—Estaba de guardia, por si no te acuerdas.

Ziffer se zafó de sus objeciones como si fuera una mosca pesada.

—Llevaba el chip encima. Entonces es atacada, el asaltante hurga en su bolso, pero ella no denuncia el ataque. Y eso a pesar de que la pegó y la dejó inconsciente. ¿Por qué no lo denunció? En este despacho nadie se cree lo de la PlayStation sin pagar. —La miró. Su mirada la atravesó—. Hasta ahora habíamos dado por hecho que habían robado el chip del despacho de Helena. Eso ya era una enorme catástrofe porque era la prueba más importante en el caso Dioniso. Pero lo que se ve en el vídeo da pie a sospechar que aún tienes el chip. Eso significa ocultar pruebas y ser cómplice en la ocultación de un delito.

—Eso es absurdo. Si lo tuviera, lo analizaría enseguida.

—¿Dónde está el chip, Helena?

Ella bajó la mirada. De pronto tenía siete u ocho años. Había hecho algo mal, había mentido o cogido dinero del monedero de su madre. Su padre la había llevado a un rincón de la cocina, se había plantado delante de ella y quitado el cinturón de los pantalones…

Tuvo que sentarse porque, si no, se hubiera desplomado en el suelo del despacho de Paulus.

—¿Dónde está el chip? —gritó Ziffer.

—¡Déjanos un momento solos! —ordenó Paulus.

A Ziffer le sorprendió una orden tan dura de su jefe.

—Pero yo…

Paulus lo acompañó a la puerta. Y le dijo brevemente a su secretaria:

—No quiero que me molesten. Nadie.

Cerró la puerta y se volvió hacia ella.

—Dime que no es verdad, Helena. ¿Dónde está el chip?

Helena apoyó los codos en las rodillas y la cabeza en las manos.

—Lo he perdido en algún sitio, pero no sé dónde.

Se plantó delante de ella como lo habría hecho su padre. Y, como él, no la creyó. Lo veía. Todos los músculos de su rostro trasmitían desconfianza.

—¿Qué pasó luego?

—¿Luego cuándo?

—Después de que te pegara.

—Nada. —Alzó la cabeza y lo miró con valentía—. No lo sé. Me desperté en un rincón del aparcamiento.

—Él te…

—No —lo interrumpió ella.

Paulus asintió. Cuando se apartó de ella y regresó al escritorio, Helena se dio cuenta de que había dicho que no demasiado rápido.

—Estás de vacaciones temporalmente.

Era de esperar. Ella inspiró dos veces y se dirigió a la puerta. Cuando tuvo en la mano el frío pomo, se detuvo.

—Cuando desperté, llevaba puesta una túnica blanca. Estaba atada de pies y manos. En algún almacén del KaDeWe. Había sangrado. Bastante. Probablemente, me dio el medicamento que bloquea la coagulación. Estaba delante de mí. Quería saber dónde estaba el chip. Alguien aporreaba la puerta, me dio un puñetazo y quedé inconsciente. Cuando volví a despertar, ya no estaba. Pedí ayuda a gritos, alguien llegó y me liberó.

En ese momento se dio la vuelta. Sus ojos tenían un brillo severo que asustó y sorprendió a Paulus. Sabía desde su primer día en la Fiscalía que Helena era una empleada ambiciosa y valiente que no se dejaba detener por nada ni nadie. Pero ahora, además, veía su lado más duro.

170

Paulus salió de detrás de su escritorio y se le acercó. Dudó si abrazarla. El lenguaje corporal de Helena decía que no quería consuelo.

—Ya estoy bien. No tienes de qué preocuparte.

—¿Por qué no hay un informe policial?

—Porque di un nombre falso. Lo que te acabo de contar solo lo sabemos tú, yo y Dioniso. Y te pido que siga así.

—Te ha atacado y herido el peor asesino en serie que hemos vivido. ¿Qué pretendes?

—Cuando se sepa lo que ocurrió en aquella sala, la prensa me convertirá en un mono de feria. Y será el fin de mi carrera.

—No puedo hacerlo.

—Por lo menos hasta que lo haya pillado.

—¿Y si te pilla él antes y no sobrevives?

—¡Por favor! —Sin querer lo dijo con toda la rabia y la desesperación. Él lo notó. No solo porque la conocía y era su subordinada desde hacía tres años, sino porque la había visto desprotegida y vulnerable. En especial, en aquel pequeño hotel de Ostsee en el que pasaron unos cuantos bonitos fines de semana; sábados y domingos en los que él se enamoró tanto que le dolía. Estaba dispuesto a hacerlo todo por ella: dejar a su mujer, con la que de todos modos mantenía un matrimonio ficticio; dejar el trabajo, huir con Helena a algún sitio donde poder estar a solas con ella el resto de su vida. Era adicto a ella. ¿Aún lo era? Si era sincero consigo mismo, sí. ¿Por eso iba a ceder? ¿Debía hacerlo? Por supuesto que no. Pero...

—De acuerdo —dijo.

Helena asintió. Cuando salió del despacho de su jefe, le temblaban las rodillas.

171

34

*E*ntró en su despacho y cerró la puerta. Llamó a Gibran, pero saltó el contestador. Se sentó en el suelo, contra la pared junto al escritorio. Lloraba sin saber por qué. «Estás perdiendo el control. Como si lo hubieras tenido alguna vez. Recomponte.» Buscó en el bolsillo un paquete de pañuelos, se tapó la boca con uno de ellos e inspiró. «Cómo se vería afectada mi dignidad si alguien me viera en esta posición.» Se levantó, se acercó a la ventana y miró afuera. Un coche de las autoridades judiciales entregaba a un hombre esposado. Los fotógrafos se peleaban por conseguir la mejor foto. «Tengo que inventar algo con Ziffer. Seguro que mantiene bajo llave el vídeo de vigilancia.» Cuando iba a llamarlo, le llegó un Whatsapp de Sophie: «Tienes algo totalmente fatal en FB.» Helena encendió el ordenador.

En realidad había abierto una cuenta de Facebook porque estaban las niñas. Sophie había mentido en la edad, figuraba que tenía trece años; Facebook no se había preocupado más. Helena, en cambio, se había puesto más joven, veintidós años, y además, había escogido un nombre guay, Queen Hell, para que Sophie no supiera que era su madre la que cotilleaba en su perfil. Al cabo de una semana le escribió: «Hola, mamá, también en FB? ¡Qué nombre tan guay!»

Proclamación número 4. Helena se quedó petrificada. ¿Desde cuándo estaba el vídeo en su perfil? Desde esa mañana. No lo había visto porque apenas usaba Facebook. Después de ver la grabación sobre Reuben, llamó a Ziffer. Él le dijo que no estaba en el despacho, pero que la recibiría en casa. Siempre y cuando se tratara de algo importante. Antes de ir a casa de su colega, desactivó el perfil de Facebook para que no se enlazara ni copiara el vídeo. «Pero, probablemente, no solo lo ha colgado en mi perfil.» Buscó en la Red, pero no encontró nada, aunque eso no significaba que no se hubiera difundido por todas partes en unas horas. A poco se produciría un tsunami en la Red que arrasaría con las demás noticias. Gibran había precisado en un comentario, en Facebook, que el celo mediático de Dioniso lo convertía en héroe en un teatro del horror, y había sido atacado con virulencia por ello.

Cuando al cabo de media hora la fiscal llegó a casa de Ziffer, este tardó unos minutos en abrirle después de llamar al timbre. Helena pensó que lo había interrumpido en algo. Tal vez estaba con una mujer, aunque le costaba imaginarlo. Nadie en la Fiscalía lo había visto con ninguna compañía femenina, y tampoco era de los que coqueteaban. Algunos creían que era homosexual, pero Maxim, que hacía años que había salido del armario, estaba seguro al cien por cien de que no era gay. Seguramente era asexual. O tenía una libido tan débil que le resultaba innecesario hacer gala permanentemente de su estado hormonal.

173

Le sorprendió la disposición espartana del mobiliario del salón de Ziffer. No se había invertido ni espacio ni tiempo en futilidades. Ella también había amueblado sus anteriores pisos solo con lo necesario. Cuando llegaron las niñas, se acabó el purismo. Desde el primer momento, conquistaron la casa y la dominaron como extraterrestres superiores tras una invasión.

—Quería hablar contigo de la reunión con Paulus.

—Siéntate. ¿Quieres un té?

Estaba extrañamente nervioso, como si Helena hubiera interrumpido algo. Pero tal vez tampoco era muy frecuente tener a una mujer sentada en su butaca.

—¿El «rocío matutino»?

—Gracias.

Él desapareció en la cocina, contigua al salón. Helena unió las manos y entrelazó los dedos hasta que le crujieron los nudillos. «¿Qué debo hacer para ganarme a este hombre? ¿Qué haría si fuera el abogado defensor de la parte contraria y me tuviera contra las cuerdas? Le diría la verdad y haría un trato con él.» Lo llamaba «defensa a por todas». Sin embargo, le costó más de lo que esperaba. Tendría que hacer varios intentos. Se levantó, paseó un poco y miró hacia la cocina. Cuando lo vio ocupado en preparar con esmero el té, soltó la primera frase:

—He perdido el chip —dijo con firmeza—. No sé cómo, ni cuándo pasó.

Él apareció en la puerta. Se la quedó mirando un rato. Helena esperaba una mirada triunfal, pero era más bien tierna y cariñosa. Estaba cambiado desde la conversación en el despacho de Paulus.

—Quiero que sepas que aprecio mucho que seas tan sincera —contestó él antes de desaparecer de nuevo en la cocina—. ¿Te fijaste en algo en el aparcamiento, viste algo que nos pueda ayudar?

—No.

Ella siguió paseando y acabó delante del crucifijo. Se estremeció un instante ante la sangrienta representación de la crucifixión. El escultor había representado las heridas, la sangre y los dolores de manera tan realista que daba la impresión de que la escena se había producido unas horas antes. Se dio la vuelta, acarició la estantería y se detuvo. En un archivador había un expediente con el título «Denuncia Ursula Reuben». Era exactamente el expediente del que habían hablado con Paulus. ¿Por qué estaba allí? Miró en dirección a la cocina. Ziffer se peleaba con el colador de té. Sin dudarlo, cogió el expediente y lo hojeó.

—¿Te…?

La voz del hombre a su espalda la obligó a volverse. Estaba tras ella con un servicio de té satsuma fino, decorado con dragones pintados.

—¿Quieres decir si me quería matar como a las demás mujeres? No —lo interrumpió con calma y levantó el expediente—. ¿Por qué te lo has traído a casa?

—Fue un descuido.

—¿Alguna novedad?

Ziffer apartó la mirada de ella y negó con la cabeza. Era como si se sintiera cogido en falta. Al dejar la jarra y las dos tazas en la mesita delante del sofá, temblaba un poco.

—¿Por qué crees que no te mató?

—Ni idea.

Él sacó el colador de la jarra, sirvió el té en ambas tazas y le dio una a Helena.

—Cuidado, está caliente.

Ella asintió y bebió un sorbo.

—Ha colgado un nuevo vídeo —dijo a continuación, al tiempo que miraba con resolución a Ziffer. Tenía que desviarse del tema del chip y el aparcamiento. Sacó su MacBook del bolso—. De momento solamente está en mi perfil de Facebook. ¿Tienes wifi?

—Claro.

—¿Cuál es la contraseña?

—Dioniso.

Helena lo miró asombrada.

—¿Perdona?

—Era broma. PLAGA. Todo junto, en mayúsculas.

Ella tecleó la contraseña. Al cabo de unos segundos empezó el vídeo.

Oscuridad.

Ambos clavaron la mirada en la pantalla. Oyeron que la música iba subiendo poco a poco. Beethoven, la *Quinta sinfonía*, primer movimiento. Ta-ta-ta-ta. Luego un corte duro de una imagen nocturna.

«Desde un coche que avanza despacio, una cámara inestable se tambalea sobre unas casas adosadas.»

—Es probable que sea la GoPro; si vemos el eje visual, es que debe de llevarla pegada a la cabeza. Sigue exactamente su mirada —dijo Helena.

—¿Dónde es? Parece Argentinische Allee.

«La cámara pasa junto a una mujer que corre, vuelve, ofrece una panorámica y enfoca concienzudamente a la corredora desde la otra acera. Ursula Reuben. La pierde de vista, se dirige a la calzada, el coche acelera y, en un cruce, pasa al otro lado de la calle. En ese momento la cámara tiembla un poco sobre el retrovisor, y se ve la máscara.»

Helena paró la grabación, retrocedió hasta el sitio donde se veía la máscara por el retrovisor.

—Es él, Dioniso.

Ziffer asintió.

«El coche se acerca despacio por detrás de la corredora.»

Helena y Ziffer vieron cómo el enorme cuerpo de la mujer se tambaleaba a cada paso.

—Ursula Reuben —dijo Ziffer.

—Sí.

«Cuando Reuben gira en Argentinische Alle hacia Fischerhüttenstrasse, el coche la sigue hasta que se pone a su altura. Reuben se fija en el vehículo y gira la cabeza para mirar atrás un momento. Corre unos pasos más. Entonces se detiene y se acerca al coche. El conductor baja. Reuben tiene el miedo grabado en el rostro.»

—¿Por qué esa mirada? ¿Por la máscara? —preguntó Ziffer.

—Probablemente.

«Después, un plano de la Columna de la Victoria en la plaza. La cámara baja desde el ángel dorado, bien iluminado, hacia la entrada, donde está Ursula Reuben. Es presa del pánico. Dice algo incomprensible, suplica con la mirada, las manos, con todo el cuerpo. Una mano cuelga un cartel en la puerta: "Cerrado por obras". De repente Reuben recibe el impacto de un aparato de electrochoque de color rosa. Ella se estremece. Suelta un grito ahogado. Se da la vuelta y empieza a subir los escalones hasta el mirador. Cuando se detiene para recuperar el aliento, recibe una nueva descarga del taser. Se ve el mirador. Varios planos entre las imágenes de la GoPro, que Dioniso lleva en la frente, y los de otras dos cámaras estáticas. Reuben tiene que desnudarse. Dioniso le da una túnica blanca. La mujer llora mientras se la pone. Luego la sienta en una silla plegable. La mano de Dioniso la coloca hacia la derecha, hasta que mira hacia Oriente. Una tenue luz rojiza del sol poniente se refleja en sus ojos.»

—¿Ves la luz? —preguntó Helena.

—Era entre las seis y las seis y media.

—Más bien las siete.

«La mano de Dioniso le separa las piernas. Sube la túnica para dejárselas al descubierto hasta la cadera. La cámara se centra en la vagina, pero se tambalea un poco hacia arriba. Reuben llora y solloza, habla con el que está arrodillado delante de ella. Habla a la cámara. Solo se oye a Beethoven. El espéculo. Se acerca a la vagina, penetra en ella. Una fuerte sacudida recorre todo el cuerpo de Reuben. De repente empieza a salpicar sangre. Directa a la lente. La imagen se queda estática.»

Los dos fiscales se quedaron mirando la pantalla.

—¿Ya está? —preguntó Ziffer. Su confusión era peculiar—. Siempre hay un texto sobre la imagen final.

Helena inició la grabación de nuevo, fue con el ratón hasta el final: no había ningún texto.

—Qué raro —comentó Ziffer—. Falta la quinta proclamación.

—En todo caso, la cuarta. Reuben es la cuarta víctima.

—Sí, es verdad.

Sirvió el té y bebió como si no hubiera pasado nada, como si acabara de ver un vídeo sobre los atractivos turísticos de Berlín. Helena le envió el enlace y cerró el portátil.

—Pero hay algo más —dijo ella.

Él ladeó la cabeza y le sonrió con fingida complicidad.

—Quieres hacer un trato conmigo, ¿verdad?

—A partir de ahora voy a quedarme quieta en todo lo que concierne a Dioniso. A cambio te pido que guardes bajo llave el vídeo del aparcamiento. A fin de cuentas, no es relevante para la investigación.

Ziffer se lo pensó un momento.

—De acuerdo.

—Gracias.

—Excepto si descubro que tú o tu ex tenéis el chip.

177

35

Se había equivocado de dirección; había ido al piso donde vivía con Robert. Le había pasado algo raro, pero no lo recordó hasta que estuvo delante de la casa. Ya había anochecido cuando giró por Westendallee.

Helena vio de lejos que Katharina y Sophie estaban en casa; había luz en todas las ventanas. En la acera de enfrente había un coche de policía. Un agente solitario la saludó. «¿Esta es mi protección policial?», se preguntó, y sonrió sin poder evitarlo. Mientras buscaba la llave en el bolso con una mano y sujetaba tres pizzas en cajas de cartón con la otra, se abrió la puerta.

—¡Son las siete y media! Tenemos hambre. Papá nos dijo que nos recogías tú —se quejó Katharina.

—Lo siento, se me ha olvidado.

—Se te olvidan muchas cosas.

Se ahorró la respuesta. Era cierto. Olvidaba cosas que una semana antes jamás le hubiera ocurrido. Fuera zapatos. La chaqueta en el colgador.

—¿Cómo habéis llegado a casa?

—Nos ha traído la madre de Paulina.

«La madre de Paulina. Tengo que darle las gracias. ¿Cómo se llamaba?»

—Sophie, pon la mesa y enciende el horno. Ciento ochenta grados con aire.

—¿Es el dibujito del ventilador? —preguntó Sophie, insegura.

—No, cerebrito, es el dibujito del dulce bambi —contestó Katharina con una sonrisa.

—Katharina, tú ve a buscar la ensalada a la nevera.

Cuando Helena llegó a la cocina, la puerta del congelador estaba abierta. Se había formado un pequeño charco en el suelo. Los paquetitos de verdura y fruta se habían caído, el pescado y la carne estaban mojados y goteaba un líquido.

—¡Mierda! —maldijo Helena en voz alta—. Se me ha olvidado cerrar la puerta.

—No se dice mierda, si no se va a la mierda toda la educación —advirtió Katharina.

—No has sido tú, he sido yo. Antes he sacado un helado. —Sophie disimuló su confesión con una sonrisa que pedía clemencia con ironía.

Normalmente, Helena la habría reñido, pero esta vez miró a su hija aliviada, muy contenta de no haber vuelto a olvidarse de algo. Hizo un gesto de despreocupación.

—No pasa nada. Llevad las mochilas a vuestra habitación; yo me ocupo de esto.

—¿Cuándo comemos? —preguntó Sophie.

—¡En cuanto haya terminado!

—Y mamá, ¿has escrito la carta a la escuela?

—¿Qué carta? —«Espero que no fuera nada importante», pensó.

—Para que no vaya más a clase de religión.

—¿Por qué no quieres ir a clase de religión? Pensaba que te gustaban las historias que te contaban de Jesús.

—Pero si ya te lo dije. Helena lo recordó: «Jesús está bien, pero la religión es el flotador que te quieren poner cuando tienes mi edad para que nunca aprendas a nadar», le había soltado su hija pequeña.

—Necesito la carta el jueves como muy tarde, si no, tendré que escuchar durante una hora que Dios lo ve todo.

Antes de que pudiera contestar, las niñas se largaron. Dejó el bolso y sacó un puñado de notas de la puerta de la nevera. «No te olvides del pollo», decía en una nota, «No olvidar las patatas», en la otra, «¡Ensalada!», en otra más. Las dejó en la mesa. Limpió el charco y tiró dos tarrinas de helado de fresa a la basura. Lo demás —el pescado, la carne, la verdura congelada— lo colocó en la nevera. En los siguientes días, el plan de comidas tendría que partir de ahí. ¿Qué más quería hacer? Lo pensó un momento. Ensalada. Eso. Mientras preparaba el aliño, oyó el ruido del coche de Robert en la calle. Le había enviado un mensaje, y ella no había contestado. Era raro que de todos modos fuera a su casa.

—Katharina, ¿abres la puerta? Tu padre está ahí.

Sin respuesta.

—¡Sophie!

Nada. Así que fue ella.

Robert no se anduvo con rodeos, como siempre. Pasó de largo y entró en la cocina.

—¿Has recibido mi mensaje? —Cogió una cerveza de la nevera con toda naturalidad. Vio la etiqueta y arrugó la frente al ver que era sin alcohol.

—¿Para Paulus? ¿Si no, se cansa demasiado rápido?

Depositó una lista de datos en la mesa de la cocina.

—¿Qué es eso? —preguntó Helena.

—El año pasado Gibran frecuentó la Universidad Viadrina en Fráncfort del Óder. También estuvo los días en que fueron asesinadas Beria, Gosen y Süskind. Se tarda hora y media en llegar hasta aquí desde Fráncfort. Pero no tiene coartada para el día del asesinato de Reuben. Dice que estaba en su hotel, pero nadie puede confirmarlo. ¿Has visto dónde vive? Tienes que ver la habitación.

Ella metió las tres pizzas en el horno.

—Has de cerrar la puerta del horno.

Helena se dio la vuelta y cerró la puerta con el pie. Al ver cómo la miraba Robert, se irritó por un momento y notó que la sangre le subía a la cabeza.

—Lo tanteé un poco porque quería saber si conocía a Dioniso —continuó Robert—. Lo ha negado. Y por lo visto tampoco sabe cómo llegó el asesino a la máscara. Cree que es una copia. Y luego dijo algo más interesante.

Hizo una pausa y lanzó una mirada desafiante a su exmujer, que advirtió la provocación.

—Que se encontró contigo en el KaDeWe el día del cumpleaños de Kata.

—Sí, es verdad.

—¿Por qué no me lo contaste?

—Porque no es importante.

180

—¿Quieres que compruebe su coartada y resulta que no es importante que te lo hayas encontrado? —Su enfado era evidente—. Y le he preguntado qué hizo después.

—¿Por qué?

—Me interesaba saber si os habíais tomado un café. Kata me dijo que llegaste bastante tarde a casa. ¿Por qué?

Su desconfianza podía sacarla de quicio.

—Fui a la Fiscalía a causa del chip. ¿Y qué te dijo?

—Que había estado en la universidad por un expediente disciplinario. Llamé para comprobarlo, pero como no contestaba nadie al teléfono, me presenté allí. El decano no sabía nada de ningún expediente disciplinario.

Si Gibran no había estado con el decano, le había mentido también a ella al respecto. Y, además, quedaba pendiente saber dónde había estado. Tenía que hablar con él sin falta.

—¿Está la comida hecha? —Katharina y Sophie entraron en tromba en la cocina.

—Hola, chicas —saludó Robert a sus hijas.

Un breve choque de manos.

—Aún me queda por preparar la ensalada.

—No hace falta ensalada, lleva peste. Lo he leído en Internet —afirmó Sophie.

—No es la peste, es pesticida —le explicó Helena.

—Ya lo sé, mamá, no soy tonta —repuso Sophie.

—Os llamaré cuando esté lista.

—Para entonces habremos muerto de hambre —se quejó Katharina. Se levantó la camiseta y encogió la barriga hasta que se le marcaron las costillas.

—Mejor, así podré alquilar vuestras habitaciones.

Por fin se fueron.

—Por cierto, he encontrado la denuncia de Reuben. La tiene Ziffer en su casa.

—Claro, no quiere que le pongas las manos encima.

—Se trata de un terreno boscoso cerca de Lübbenau, en Spreewald, a unos noventa kilómetros al sur de Berlín. En el terreno, hay una antigua cabaña de caza. Miller invirtió fondos para un uso especial, pero los gastos de ese fondo que superen un millón deben ser autorizados; no lo hizo, y por eso, lo denunció Reuben —resumió Helena.

—Por lo visto esa cabaña tenía que ser una instalación para reinsertar a jóvenes delincuentes. Se llama «Luchadores de la luz». ¿Has oído hablar de ella? —preguntó Robert.

—¿Cómo lo sabes? ¿Otra vez tu informante? —Ella revolvió con impaciencia el cajón de los cubiertos—. Teníamos esa cosa para cortar la pizza.

Esa cosa era difícil de esconder, un mango estable que sujetaba una hoja cortante redonda. Robert fue al armario, sacó el utensilio y se lo puso en la mano a Helena, que sacó las pizzas del horno y las cortó en porciones grandes.

—También salió el nombre de Gibran —dijo Robert.

Helena reaccionó con la máxima naturalidad posible, pero aun así se sintió insegura. Era como un abismo que se abría ante ella y la atraía sin cesar.

Llamó a las chicas a cenar. Robert fue invitado sin vacilar, y los cuatro se abalanzaron sobre las pizzas. En realidad fueron las niñas quienes se abalanzaron sobre ellas, Helena solo comió ensalada y Robert se conformó con los bordes que dejaban sus hijas. Después tomaron frambuesas descongeladas y jugaron a un juego tonto de cartas en el que se partieron de risa. Cuando Robert finalmente se fue, era tarde, y Katharina y Sophie ya dormían.

Helena abrió la puerta de casa. Se dieron un breve abrazo con torpeza, pues ninguno de los dos sabía cuál era el ritual de despedida correcto después de una noche tan bonita.

—Antes de que me olvide. —Robert le dio la tarjeta de un médico al que había conocido como testigo hacía unos meses—. Mañana a las once tienes cita con él. El doctor Freund es como un gurú de la neurología. Si tienes tiempo.

Lo miró confusa. Le conmovía su preocupación. Estuvo a punto de despedirse con un beso, pero en el último instante logró reprimir el impulso. Lo siguió con la mirada cuando se fue. Cerró la puerta, llamó de nuevo a Gibran y volvió a saltar el contestador.

—Me has mentido. Llámame.

36

*E*ran las seis de la madrugada, de modo que Helena tardó un momento en entender que ese tono extraño, que no encajaba con su sueño sobre el horrible sátiro, era del teléfono. Buscó a tientas el móvil en la oscuridad.

—¿Diga?

—Entra en Facebook.

—¿Robert, qué pasa?

—Ahora lo verás.

Se incorporó y se frotó los ojos. Abrió la página medio dormida. Dioniso había colgado una nueva versión del vídeo sobre Reuben. Se despertó de repente.

Proclamación número 4. Cuando mis críticos no reconocen la creación artística de las curaciones, cuando me dicen de todo y me insultan, aún me convenzo más de que he encontrado el camino correcto y de que soy un artista, porque todo artista debe estar en oposición a la sociedad. Ha de ser despiadado con las circunstancias y consigo mismo, porque no es el crítico quien debe establecer las fronteras, sino el artista. Este es el médico y tiene la misión de curar el cuerpo enfermo con palabras y hechos. Debe despertarlo e indicarle cuál es el foco infeccioso. Debe señalar cuáles son los enemigos y combatirlos. Son los virus que atacan al cuerpo, se extienden en silencio y en secreto hasta que han invadido todo el organismo. Igual que Ursula Reuben, que trabajaba todos los días para abrir las puertas al nido de víboras.

—Facebook debe borrar eso enseguida —dijo Helena.

—Sabes perfectamente cómo funciona. Llamamos a Hamburgo, nos remiten a la central europea en Irlanda y ellos nos dicen que los datos están grabados en Estados Unidos y, por tanto, no tienen acceso. Además, ya está también en YouTube, MySpace, Vimeo, Clipfish y unos cuantos portales más. Sus seguidores han estado toda la noche trabajando. Lo próximo será la prensa, que informará a la opinión pública de en qué portales se puede ver el vídeo para, posteriormente, indignarse si alguien publica ese tipo de grabaciones. A continuación, llegarán los comentarios de activistas y políticos ofendidos, con las llamadas obligatorias instando a una reacción inmediata, a endurecer la ley, y las quejas por el fracaso de las investigaciones de la Fiscalía y la Policía.

Sonaba a enfado, pero era sarcasmo.

—¿Alguna pista que indique desde dónde lo ha subido?

—No. Lo ha cifrado tan bien que necesitaremos semanas para encontrar la dirección IP. Además, el servidor está en algún lugar de Rusia, o en algún cibercafé donde no haga falta registrarse. ¿Has leído los comentarios?

Bajó en la página y encontró los habituales exabruptos:

«Eres un imbécil asqueroso / Deberían colgarte de los huevos podridos / Vete a la mierda / Pobre pajero / Averiguaremos quién eres y entonces estarás muerto / Gilipollas fascista / Cerdo machista / Estás enfermo / ¿Por qué no le pega alguien un tiro?...»

Por otra parte, aparecieron rápidamente comentarios en los que se aprobaban las crueles escenificaciones. Eran estudiantes, médicos, profesores, incluso algunas mujeres que se expresaban con nombres de verdad:

«Extremo pero excitante / Gracias a la perspectiva de la igualdad de géneros, la sociedad se está convirtiendo en un neutro asexuado de puros zombis / Es fácil matar a zorras con carrera / ¿Dónde se puede uno unir?; conozco a unas cuantas arrastradas...»

—Siempre he tenido claro que era un loco, pero ahora está definitivamente del revés.

—Te llamo más tarde. —Helena colgó porque al final de todo, entre los primeros comentarios, había descubierto un correo de Gibran: «Si vemos este vídeo, como los demás, en los que Dioniso nos explica su horrible visión del mundo, y, además, leemos esas rabiosas opiniones, debemos preguntarnos cómo puede ser que la misoginia exista desde hace milenios y siga existiendo sin que las afectadas, es decir, las mujeres, la combatan. La debilidad física femenina frente a los hombres no puede ser el motivo, porque la debilidad física masculina fue vencida, como nos lo demuestra la historia de David y Goliat. Y eso nos lleva a preguntarnos si el odio hacia las mujeres es el odio de las mujeres en sí mismo. ¿O por qué no forman un ejército de amazonas y matan hombres, igual que los hombres matan mujeres? ¿La mujer servicial, creadora de vida, sufrida y altruista es un programa biológico? ¿Acaso ninguna cultura sensata puede delimitar la naturaleza femenina?». ¿Lo decía en serio? Cuanto más lo pensaba, menos sabía por qué se había dejado enredar por él.

Dejó el MacBook a un lado y se hundió en las suaves almohadas. Recordó su primer encuentro con Gibran, la grosería con la que la trató. Sintió ganas de darle una bofetada cuando dijo que para la mayoría de los hombres no era más que un coño. No lo hizo porque pensó que debía estar por encima de semejante ofensa, pero no era cierto. Quería estar por encima de eso, pero en realidad su comentario la había herido. Recordó la noche en Soho House, en que le preguntó dónde había estado, y su respuesta, que no la había tranquilizado en absoluto, aunque se hubiera dejado convencer. Recordó también la naturalidad con la que se había entregado a él. «¿De verdad me entregué? ¿Me sedujo? No, yo lo tenía todo bajo control. Podría haberme ido en cualquier momento.» Pero no se fue. Recordó su mirada cuando estaba desnudo ante ella. Por un instante no supo si quería acostarse con ella o matarla. Y aun así se quedó. Se acostó con él. «Unos días después de que me atacara Dioniso. ¿Por qué lo hice? ¿Para demostrarme que nada me importaba? ¿Por qué me excitó correr ese riesgo? No puedo quedar más con él. Tengo que poner fin a la aventura. De todos modos es una locura. Es un testigo del que no sabemos si tiene relación con el asesino ni de qué tipo, y que nos miente.» Ese «nos» eran Robert y ella. La parte del mundo que ella controlaba. Apagó la luz para dormir un poco más, hasta que la locura diaria la atrapara de nuevo. Sin embargo, en cuanto cerró los ojos, la puerta se abrió con tanta brusquedad que golpeó la pared. Se incorporó del susto.

—No nos has despertado.

185

Sophie. Desaliñada, estaba en camisón en la puerta del dormitorio. La mirada era puro reproche.

—Ya son las siete y media.

La mala conciencia de Helena se activó.

—Lo siento.

—Se te ha olvidado, ¿verdad?

El reproche se convirtió en miedo.

—Ve arriba, despierta a Kata y vestíos. Y deprisa. Abajo cogeremos algo para desayunar.

Al cabo de un cuarto de hora estaban en el coche. El ambiente era pesado como el plomo. Por el retrovisor, Helena veía las miradas ofendidas de sus hijas. Parecía una queja, pero en realidad era la preocupación de las niñas por los cambios que observaban en su madre. Cuando paró delante de la escuela, les dio dinero para que en el rato del descanso se compraran unos bocadillos en la panadería de al lado. La despedida fue tensa. Ella se daba cuenta de que tenía que decir algo.

—Esta noche lo hablamos.

—Si no se te olvida —contestó Katharina.

—No se me olvidará.

—¡No se me olvidará! —Las chicas bajaron del coche diciendo adiós a regañadientes.

Las miró un rato hasta que desaparecieron en el edificio. Cuando iba a irse, le sonó el móvil. En la pantalla decía Gibran.

—¿Me echas de menos?

37

*E*l Museo de Etnología se hallaba en una zona tranquila. Un bloque de hormigón asentado sobre unas columnas; nada en su exterior revelaba los tenebrosos objetos que albergaba. «En la sala principal hay una puerta a la derecha. No es fácil encontrarla porque está escondida detrás de los expositores, pero lleva directamente al sótano», le había dicho Gibran. Como el interruptor de la luz estaba bastante alto, Helena tuvo que buscarlo un rato. «Ten cuidado al bajar la escalera; los escalones no se renuevan desde la guerra fría. En cuanto llegues abajo, tienes que ir a la izquierda.» Un tubo de neón parpadeó. El sótano estaba oscuro. Olía a moho y a piedras húmedas en las que se pegaban las esporas del moho. «Lo mejor es que enciendas la linterna del móvil. El pasillo es largo y tiene un par de giros. Si en los desvíos sigues por la izquierda, no te perderás.» Leyó las inscripciones: indicaciones pintadas que conducían a un búnker; una cruz gamada que brillaba aunque la habían disimulado con pintura; viejos insultos escritos con tiza que hablaban del fin de la RDA y, por supuesto, todas ellas se hallaban salpicadas de pintadas sexuales más nuevas. No había nadie más que ella. Ni un ruido. Solo se oían su respiración y sus pasos, que crujían en el suelo de piedra. A ambos lados, había puertas de acero, provistas de pesadas palancas de hierro, que llevaban a la sala de calderas, al suministro del agua o de la corriente. «Al final, el pasillo va a la derecha. Encontrarás una puerta. Si no hay ninguna puerta, es que te has perdido. Puede ser que no encuentres el camino de regreso. Pero no te preocupes, cada tres o cuatro semanas el conserje pasa por allí y recoge los cadáveres.» Era una broma estúpida que no le hizo reír. En ese momento, mientras seguía el pasillo, siempre a la izquierda, pensó que estaba loca por haber quedado allí con Gibran. ¿Y si se perdía de verdad? ¿O si él era Dioniso? Descartó la idea; iba a dar media vuelta cuando vio la puerta con un cartel en medio: «Prohibido el acceso a personal no autorizado». «Tienes que llamar con fuerza porque si no, no te oiré», le había dicho. Aceptar su propuesta había sido un acto de presunción. Gibran quería enseñarle la máscara que al asesino le servía de modelo. ¿Por qué ahí abajo? ¿Por qué no en su despacho o en otro sitio donde hubiera luz y más gente? Era el momento de regresar. Encontraría el camino: a la izquierda y luego siempre a la derecha. Las inscripciones la guiarían. Sin embargo, en el preciso instante en que se giró y dio un par de pasos, oyó el agudo chirrido metálico, seguido de la voz de Gibran.

—Ahí estás.

Helena se volvió y lo vio sonriente en el umbral. Parecía contento de verla, a diferencia de lo sucedido en sus anteriores encuentros. Tras él se veía luz.

—Pasa.

Ella dudó.

—Sé que esto es un poco inquietante, pero la ventaja es que no hay nadie más que nosotros. Por si quieres abalanzarte sobre mí otra vez.

«No seas niña. ¿Qué va a pasar? No es Dioniso. Lo único que ha hecho ha sido mentirte. Y estás aquí para hacerle hablar. Aunque suene distinto de lo habitual, más tierno, íntimo.»

Aceptó la invitación, y Gibran pasó primero.

Era difícil calcular el tamaño de la sala. Había armarios y estanterías metálicas medio oxidadas en filas que tapaban la vista. En ellas había montones de objetos, clasificados según su origen: África, Sudamérica y el Sudeste Asiático. Figuras erguidas, sentadas o tumbadas de madera y de arcilla, armas antiguas, herramientas, joyas, vestuario. Helena sintió cierto agobio al pasear la mirada por los testimonios de rituales foráneos. La infinidad de máscaras horribles y muecas amenazadoras le provocaron escalofríos. En medio de la sala, a pesar de la falta de espacio, se erguían dos antiguos escritorios. Estaban cargados de papeles. Había dos bombillas peladas que se bamboleaban en el techo y arrojaban una cálida luz mate.

En una mesa, al fondo, había una máscara de piedra en una cajita de madera. Ella la vio enseguida, como si la máscara la hubiera llamado. Gibran notó el miedo.

—Troya, siglo XII a. C.

Levantó la máscara, la movió de un lado para otro hasta que dio la sensación de que iba a cobrar vida en cualquier momento. Helena retrocedió un paso sin querer. ¿La miraban esos ojos vacíos? ¿Alguien gritaba con todas sus fuerzas desde esa boca que parecía un agujero? Apartó la mirada para recobrar la compostura.

—El sábado no estuviste con el decano.

—No.

—¿Por qué me mentiste?

—Porque si no, habrías pensado que yo era Dioniso. Y porque no podría haber follado contigo.

—Tu nombre figura en una lista de personas que compraron una cabaña de caza en Spreewald.

—¿Quién lo ha averiguado, tú o tu policía? Yo no he comprado ninguna cabaña de caza. Quien me haya puesto en esa lista miente.

—¿Entonces dónde estabas? —Helena no aflojó.

—¿Estoy oyendo a la esposa severa que quiere montar un número a su marido porque él se entrega a su pasión? —Se rio—. Hice algo que tú no puedes imaginar en tu pequeño mundo occidental. Pero si necesitas una explicación, ¿qué te parece esta?: estaba investigando para una conferencia sobre las diferencias emocionales entre hombres y mujeres. En un lugar ideal para ensayar el sadomasoquismo.

Ella se estremeció. La mala conciencia se convirtió en un sentimiento de culpabilidad que olía a moho. Había cometido un error. Había llegado demasiado lejos, y ahora tenía que asegurarse de que el error no fuera una catástrofe. Debía volver a ser una fiscal atenta.

—¿Qué ha pasado? ¿Estás enfadada por no haber advertido mi mentira? ¿Tienes mala conciencia por haberte acostado con alguien de quien no sabías si era el asesino? Pues sí, lo has hecho. Pobre Helena, la razón te ha dejado en la estacada. Es lo único que te salva de ahogarte.

Se dio la vuelta y volvió a dejar la máscara en la cajita

de madera. Helena vio la malicia y la burla en todos sus movimientos, el desprecio por haberse amedrentado. Cuando volvió a mirarla, sus ojos parecían la entrada a algo que ella temía y deseaba. Tal vez tuviera razón. A lo mejor era ella la buena, la que se aferraba a su trabajo y a las fracturas de su familia para no volverse loca.

—Huiste de la provincia más apestosa a Berlín con la esperanza de huir del horror. Una chica buena que tiene problemas con las mujeres y que busca la reencarnación de papá en todas sus manifestaciones. Y ahora la niña ha hecho algo de lo que se arrepiente en un momento de descontrol, y por eso, ¡pam!, otra vez le gustaría huir tras el muro de su mundo bueno. Tienes dos opciones: o regresas a tu infierno de la periferia para ser una buena ciudadana que ahuyenta todos los pensamientos prohibidos con pastillas y, además, crías a unas niñas que se matan a trabajar exactamente igual que tú para que todo el que las rodee las quiera...

—¿O qué? —Intentó que no se le notara la inseguridad y procuró que la voz sonara valiente en aquella cueva llena de malicia y objetos amenazadores.

—O empiezas a ver las cosas como son.

—¿Y cómo son?

—Crees que Dioniso es único, tal vez por el valor con el que supera todos los obstáculos. Pero realmente es el Adán de la historia de la Creación, el padre. ¿Cómo era que tu propio padre te visitaba de noche porque tu madre estaba sumida en una depresión y lo rechazaba? ¿Te permitió ver la penumbra de su alma? ¿Y tú? ¿Qué hacías tú? Cerrabas los ojos para no ver lo que se pudría en él. Despreciabas a tu madre por su debilidad y por no plantar cara a su marido. Seguramente al principio lo intentó, pero los pastores evangélicos son implacables en su fría temeridad de Dios.

Helena notó que se le saltaban las lágrimas. De rabia, o dolor, o ambos. Era cierto. Todo. Lo recordaba todo salvo lo que pasó en aquella época. Pero la vida media del desprecio y las humillaciones es más larga que la vida de una persona. «Deja de llorar. Si muestras debilidad, la usará en tu contra. Te está utilizando, quiere confundirte. Te está manipulando, no puedes permitirlo.»

—Y ahora estás aquí delante de mí, como una momia envuelta en tu traje barato. Te fijas en todas las inmundicias sin sentido para no tener que recordar lo que ocurrió entonces. Para que no duela, coses la herida a base de trabajo. Amontonas expedientes y casos con la esperanza de que en el momento en que pongas entre rejas a Dioniso, podrás volver a dormir tranquila y dejarás de tener pesadillas. Ven aquí. Vamos, ven.

Ella se acercó, y él le acarició la mejilla. Y entonces pasó sin previo aviso. Estaba acostumbrada a contenerse, pero fue como si se abriera una grieta en el suelo, como el inicio de un terremoto. Ella le dio una bofetada. Él se estremeció. Helena le pegó en el pecho, justo en el plexo solar. Hizo todo lo que había aprendido en la escuela de policía sobre la lucha cuerpo a cuerpo y la defensa personal, se preparó y se dejó llevar. Él se tambaleó. Cayó de rodillas, apenas podía respirar. La miró como si el golpe no fuera nada comparado con lo que sentía. Ella vio la decepción en sus ojos. Conocía esa mirada. Por eso le pegó de nuevo, pero no sirvió de nada. ¿Cómo iba a defenderse de un atacante que había penetrado en su alma y no se detenía con los golpes?

$\mathcal{A}$ las once menos diez Helena estaba sentada en la consulta de neurología del doctor Freund en el Charité. Nada encajaba, ni ella ni el lugar. Apenas recordaba lo ocurrido unas horas antes en el sótano. Tampoco quería recordarlo. Miró alrededor. Las estanterías eran blancas y sobrias, y crujían con el peso de los libros, en apariencia colocados sin orden ni concierto. El tresillo era de piel raída y el relleno estaba hundido. Era difícil saber cómo era la mesa porque estaba enterrada bajo una montaña de publicaciones. «Si el escritorio no es una copia, es del siglo pasado», pensó. Detrás de la mesa estaba sentado el neurólogo, bajo, flaco y con gafas gruesas. Lucía una corona de cabello blanco que era como si tuviese una aureola en la cabeza. Hojeó el historial médico que había rellenado Helena y alzó la vista.

—Me llamo Freund.

—Lo sé, lo ha dicho cuando he entrado.

—Eso es buena señal. Y usted se llama Helena Faber.

Su sonrisa de pícaro era sincera y alegre como una mañana de primavera. A Helena le cayó bien al instante.

—Correcto, pero en realidad no sé por qué estoy aquí.

—Porque su marido pidió cita para usted.

—Eso ya lo sé, pero ahora mismo me encuentro bien.

—¿Y antes de ahora mismo?

Antes de ahora mismo. ¿Qué quería saber?

Él señaló el historial médico.

—Aquí dice que tiene amnesias ocasionales.

—Eso fue por el estrés. Las amnesias han desaparecido.

—¿Por qué han desaparecido?

—No lo sé.

—No lo sabe. ¿Y tampoco sabe por qué ha venido? Si existen causas orgánicas para sus pérdidas de memoria, volverán.

Helena pretendía hablar solo un momento con el médico, especialmente porque Robert la había forzado. El doctor le daría algunas pastillas y todo volvería a ir bien. Pero ya no parecía eso. Se miró las manos y necesitó un rato hasta poder contar sus experiencias.

—Al principio eran detalles: dónde tenía la llave de casa o dónde había aparcado el coche, dónde estaba el monedero o cuál era el nombre de alguien que me telefoneaba. Era siempre un instante, como cuando te ciegan. Pero desde hace unos días, los períodos en los que no recuerdo cosas son más largos. —El doctor Freund tomaba notas mientras ella hablaba—. Hace poco ni siquiera fui capaz de recordar cómo fue mi primer día en la Fiscalía. O qué hicimos con motivo del último cumpleaños de mi hija pequeña. Por ejemplo, olvidé cómo era el hombre con el que estuve antes de Robert. Se ha borrado. En este caso no es grave porque era un imbécil. O eso creo.

Intentó sonreír, pero ya no era con los labios relajados que debían trasmitir la sensación de que no le preocupaba su estado. Las manos inquietas, la manera de juntarlas y separarlas continuamente, de apoyarlas en los muslos, o cruzarlas sobre el pecho y tocarse el pelo con ellas contaban otra versión.

—¿Ahora lo recuerda?

—Su aspecto, no.

Él tomó nota de nuevo.

—A veces ni siquiera sé cómo se llaman algunos aparatos de la cocina o para qué se usan. O si son peligrosos. Hace poco, por ejemplo, seguí una dirección equivocada para ir a mi antigua casa. Y cuando me di cuenta, no sabía cómo se llamaba la calle donde vivo actualmente.

—¿Cuánto duran las amnesias?

—Al principio, unos minutos. Ahora duran una hora.

—¿Y luego lo recuerda?

—Sí, pero no todo.

El médico la miró y asintió. Como si ya supiera el diagnóstico, pero quisiera asegurarse antes de comunicar la deprimente noticia.

—Me da miedo olvidar para siempre algunas cosas.

—Venga conmigo.

El neurólogo la condujo a una sala de consulta donde había un aparato para realizar una tomografía por resonancia magnética nuclear. El aparato consistía en una caja rectangular de dos metros de diámetro, con una abertura de cincuenta centímetros en el medio, de la que sobresalía una cama metálica. Una amable enfermera le indicó que se desnudara hasta quedar en ropa interior. Le administraron un contraste y la tumbaron boca arriba en la cama del aparato que se retiró hacia dentro. Se oyó un fuerte crujido en un compás de segundos. Treinta minutos quieta. Luego sabría si era un tumor u otra cosa. No sabía qué le daba más miedo.

—Es soportable, ¿verdad, señora Faber? Conteste si le resulta desagradable y pararemos el examen. —La voz del médico salía de un altavoz y sonaba extraña, no solo por su contenido.

Cuando media hora después estaba de nuevo en la consulta, vio un rostro sonriente. El doctor Freund parecía un niño pequeño, entusiasmado con la velocidad de los coches en su nueva pista que hasta ahora no tenía ningún tramo rápido. Le enseñó las imágenes de su cerebro.

—Gracias a las ecos podemos diferenciar distintos tipos de tejidos. Y, sobre todo, los metabolitos dentro de un tumor cerebral son los que nos dicen de qué tipo de tumor se trata.

Helena se asustó.

—¿Tengo un tumor cerebral?

—¡No, no, por Dios! No se ve ninguna expansión.

—¿Entonces no hay tumor?

—No.

«¿Entonces por qué me habla de tipos de tumores?»

—Bien.

Helena advirtió que estaba indeciso.

—¿O no?

—Es una buena noticia en parte, porque si la causa de sus amnesias no es un tumor, se plantea la pregunta de qué otra causa puede haber. ¿En su familia hay casos de alzhéimer?

Alzhéimer. Ya lo había pensado. Ahora estaba sobre la mesa. Sonrió con amargura.

—No.

—¿Qué le hace gracia?

—Su pregunta me recuerda un chiste que me contó mi hija ayer o anteayer. Un hombre va al médico y se hace una revisión. Al cabo de un rato, el médico le dice: «Lo siento, tiene cáncer y Alzheimer». Y el hombre replica: «Por suerte no es cáncer».

El neurólogo sonrió. Seguramente conocía el chiste, como todos los que se referían al Alzheimer.

—Puede determinar si...

—La mejor prueba de la enfermedad de Alzheimer es una biopsia, es decir, un estudio de los tejidos cerebrales. Pero, como es lógico, no se realiza en vida del afectado. Tenemos que descartar otras causas de demencia mediante exámenes básicos.

—Pues hagamos eso.

El médico le entregó un cuestionario.

—Si tiene tiempo, estaría bien que contestara estas preguntas ahora mismo.

Helena consultó el reloj. Las doce y pico. Encendió el móvil: no tenía reuniones por la mañana, pero sí cuatro llamadas en el contestador de las que se ocuparía más tarde. Así que continuó adelante.

¿Su memoria está perjudicada?

Sí.

¿Tiene fallos de memoria en las áreas del rendimiento mental (como, por ejemplo, el habla, el reconocimiento, la destreza)?

Sí.

¿Han disminuido sus actividades diarias?

No.

¿Ha notado un empeoramiento de las áreas especiales de las capacidades mentales con respecto a afasia (problemas en el habla), apraxia (problemas en el movimiento) o agnosia (problemas de reconocimiento)?

Sí.

¿Tiene molestias asociadas y síntomas como depresión, somnolencia, incontinencia, apreciaciones imaginarias, alucinaciones, pérdida de peso?

Depresión y somnolencia, sí. Incontinencia, no. Pérdida de peso, estaría bien.

¿Tiene salidas de tono verbales, emocionales, sexuales o de otro tipo?

Helena tardó quince minutos en rellenar el cuestionario. A la mayoría de las preguntas había contestado que sí. Cuando volvió a sentarse frente al neurólogo, le preguntó divertida a qué se refería con «salidas de tono sexuales». Pero el doctor Freund ya no sonreía. Se quitó las gafas. Se frotó las manos. Carraspeó.

—Lo que le voy a decir no es un diagnóstico definitivo. Lo único que intentamos con este tipo de cuestionario es aproximarnos al problema. Sus olvidos podrían ser consecuencia del estrés. ¿Ha sufrido un gran estrés durante las últimas semanas y meses?

«¿He tenido estrés? —se preguntó—. No más de lo normal. Tal vez lo del KaDeWe, pero eso ya lo he superado.»

—No —contestó. Sonó convincente.

—¿Ha pasado algo, un accidente, una tragedia familiar, ha fallecido alguien?

—No.

—Ningún accidente, nada de estrés, entiendo —dijo el doctor. La miró, asintió y volvió al cuestionario como si quisiera evitar la mirada de Helena.

—Por lo que dice, suena a que debería preocuparme. No es que no me preocupe, pero…

—¿Sabe lo que es el Alzheimer?

—Sí —contestó ella, y oyó la respuesta como un eco. Alzheimer era un concepto, pero su conocimiento de la enfermedad pasó por la superficie de su conciencia. Nadaba como un oscilante barco de papel en un negro mar de miedo—. Más o menos.

Su voz sonó tomada, tal vez un poco aguda. «Has de guardar la compostura.» Alzheimer. No se refería a ella, ¿verdad? Tenía que ser el diagnóstico de otra persona. De ella, no.

—El Alzheimer es una dolencia demencial en la que el cerebro degenera. La enfermedad de las células nerviosas del cerebro distorsiona la capacidad de contacto entre ellas. Eso provoca una atrofia, es decir, una pérdida de tejido de hasta el cincuenta por ciento de las células cerebrales. Las regiones afectadas son las responsables del almacenamiento, la demanda y el procesamiento de información. En cierta medida, también vale para las regiones que controlan la motricidad y el habla. El tallo cerebral no se ve afectado, es decir, la respiración, la circulación, la digestión, etc. Por tanto, uno dispone durante bastante tiempo de una vida emocional más o menos intacta.

«El barco de papel se hunde en el agua.»

—¿Cuánto se tarda en…?

—Es difícil de decir. Deberíamos esperar a ver más pruebas.

—Pero si fuera Alzheimer…

—Si de verdad fuera Alzheimer, aún le quedaría un año, tal vez menos.

«El agua se derrama por la borda del barco.»

—Eso significa que…

El neurólogo esperó un momento por si Helena quería terminar la frase.

—No, eso no significa nada. Aún no sabemos nada exacto. Debe calmarse. Intente relajarse.

«El barco se hunde como una piedra.»

—Y ejercite la memoria. La pérdida de memoria se produce a rachas. Un día no sabrá cómo se llaman sus hijas, cuántos años tienen, a qué escuela van, etcétera. Y al día siguiente podría volver a recordarlo todo.

«Se hunde cada vez más.»

—Voy a recetarle un medicamento que activa el riego sanguíneo. ¿Hay alguien que cuide de usted?

«A una profundidad que no existía.»

197

39

Era 29 de octubre. Hacía un calor insólito. Los hombres iban en mangas de camisa, con la chaqueta sobre el hombro, las mujeres con falda y sandalias; y todos, protegidos por gafas de sol, se mostraban radiantes. Los niños saltaban junto a las fuentes, enfrente de la entrada sur de la clínica, y salpicaban a los transeúntes. Helena estaba delante de la fuente. Tras la revisión con el doctor Freund, el mundo fuera del hospital le parecía irreal. El barco seguía hundiéndose. Cuando tomó conciencia de la situación, rompió a llorar. «¿Qué me está pasando? ¿Dónde acabaré? ¿Qué será de Katharina y Sophie?»

Se vio en medio de las personas que amaba sin reconocerlas. Perdida en una calle. Agotada y confusa en su casa. Abandonada en una habitación que no conocía. Se imaginó a sus hijas: Katharina, que se alejaba; Sophie lloraba. Caminaban por un largo pasillo. Lejos de ella. Quería llamarlas, pero ya no sabía sus nombres. ¡Deteneos! «Caeremos en el pánico cuando hayamos agotado todas las posibilidades. Las cosas son según las encaramos.» Evocó una serie de palabras de ánimo que solían servirle para afrontar las dificultades del mundo. «Hay personas que se desmoronan después de una noticia así, y hay personas que luchan.» Estaba ese deportista que había vencido el cáncer, a pesar de que los médicos lo habían desahuciado. Era un ciclista. «Tengo que averiguar cómo se llama.» Helena encontró su coche, a modo de consuelo. «¡Lance Armstrong! Ja, ya lo sé otra vez. El ciclista se llama Lance Armstrong. Tuvo cáncer de testículos y un tumor cerebral, y lo ha superado todo.» Cuando estuvo frente a la puerta de casa, se fijó en el coche patrulla de la acera de enfrente. «¿Qué hace ahí? Protección policial;

estoy bajo protección policial. A causa de Dioniso. ¿Por qué he venido a casa? Tendría que haber ido al despacho. ¿No quería hablar de algo con Paulus?» Miró en las notas del móvil. Era sobre Xenia Raabe. Llamó con decisión a su jefe.

—He recibido un correo electrónico de la editorial de Xenia Raabe. Recibe derechos de autor por su libro. El dinero se transfiere a una cuenta suiza, y de ahí, a una segunda cuenta, cuyo titular es un tal Lukas Raabe. Seguramente es su hijo.

—¿Qué quieres decir con eso? —preguntó Paulus.

—Xenia Raabe hizo la prueba sobre el Eridaphan. Es el anticoagulante que administra Dioniso a sus víctimas.

—Ya lo sé, Helena. ¿Por qué lo dices?

—Raabe ha desaparecido. Tal vez podríamos encontrarla a través de su hijo.

—¿Te encuentras bien?

—Sí, ¿por qué?

—Suenas alterada.

—Todo va bien.

—Díselo a Ziffer. Y luego mantente al margen. ¿Me has entendido?

Era imposible. Había tenido suerte de escapar de Dioniso una vez. Sin duda no ocurriría una segunda vez.

—¿En serio crees que Ziffer hace lo correcto para encontrar al asesino? —preguntó.

—Sí, eso creo.

—¿Y qué hace?

—Ya no es asunto tuyo, de modo que no tienes por qué saberlo. Helena, perdiste el chip y has sido atacada. Ya basta.

Antes de que pudiera contestarle, había colgado. «No, no basta», pensó. Llamó a Robert y le pidió que se ocupara de ese tal Lukas Raabe. Él le preguntó cómo le había ido con el doctor Freund. Le mintió, dijo que todo se debía al estrés y que tenía que calmarse. Calmarse y relajarse, le había dicho el neurólogo. Y como estaba en casa, quería empezar enseguida. Se hizo un té y se puso música. *Because the world is round, it turns me on.* De pequeña escuchaba a los Beatles con su padre. Cuando todavía no había terminado con el mundo, con ella ni con su madre. Luego se puso a limpiar la casa. La ropa se acumulaba en el cesto del baño. Había que cambiar las sábanas. En los rincones se amontonaba el polvo. Las cortinas estaban grises. En el baño había pegados pelos rizados. «Alzhéimer.» Cuando el aspirador dejó de aspirar bien, supo que la bolsa estaba llena. «En ese caso hay que abrir la tapa, tirar la bolsa llena y colocar una nueva en el espacio que hay delante del tubo de aspirar. Lo sé, no soy tonta.» Había un cuarto donde guardaba el material de limpieza: el producto para el baño, jabón neutro para los suelos, el limpiador con vinagre, el desinfectante del lavabo. Pero no había bolsas de aspirador. «Tengo que escribir una lista de la compra. Ya he escrito una, ¿no? ¿Dónde está? En la cocina, en el armario junto al cubo de la basura. La bolsa de la aspiradora, no la lista de la compra.» Cuando encontró la bolsa debajo del fregadero y pasó por la cocina con el aspirador, vio la multitud de hojitas que había pegado en los cajones y armarios. «¿No las tiré ayer? ¿Cuándo he escrito las nuevas?»

Las amnesias se producían cada vez a rachas más breves e intensas. Había momentos en los que no sabía que, si tenía sed o necesitaba agua por algún otro motivo, simplemente debía abrir el grifo del fregadero. O anteayer. Un pitido penetrante la había puesto a cien hasta que se dio cuenta de que se trataba de cerrar la puerta de la nevera. Un día como hoy no necesitaba notas. Se movía con una seguridad maravillosa por la casa. Sin embargo, no tiró las notas. «Quién sabe cómo estaré mañana. O dentro de una hora.» Limpió la cocina, sacó la vajilla del lavaplatos y la colocó en los armarios, lavó las cortinas, cambió las sábanas y limpió el baño. Estuvo cuatro horas trabajando como una energúmena. Al acabar, escribió una carta a la directora de la escuela, la señora Holzinger, para liberar a Sophie de la clase de religión. Cuando terminó, se sentía orgullosa. Estaba bien. «Si dentro de mí reina el caos, por lo menos puedo mantener el orden alrededor.» Recordó algo. «Lo que le voy a decir no es un diagnóstico definitivo. Lo único que intentamos con este tipo de cuestionario es aproximarnos al problema.» Cogió el MacBook y encontró un mensaje de correo electrónico de Robert. «He preguntado por esa casa en Spreewald. En la época de la RDA enviaban allí a los niños de las fábricas para prestar servicios sexuales a funcionarios del partido. El antecesor de Reuben, David Miller, era uno de ellos. Tras el cambio, el antiguo propietario quiso hacer uso de la casa durante el proceso de rehabilitación. Como, probablemente en aquella época, todos esos cerdos habían huido, Miller compró la casa con dinero de la caja negra. Reuben lo descubrió, y Miller fue expulsado. Pregunta: ¿por qué no se siguió investigando? ¿Quién anda metido ahí?» Tenía que ocuparse de eso enseguida, pero no ahora. Ahora tenía algo más importante que hacer. Tecleó «Alzheimer» en Google. «Parece, ha dicho el doctor Freund; *parece* significa que no está seguro. Puede ser otra cosa. Algo inofensivo.» No había descartado esa posibilidad. Cuando sacó la basura, cantó unos versos de una vieja canción de los Beatles. *I have to admit, it's getting better, a little better, all the time.* Qué raro que recordara la letra. «Ya caeremos en el pánico cuando hayamos agotado todas las posibilidades para solucionar el conflicto. Y aquí hay muchas otras posibilidades. El hecho de que ahora vuelva a funcionar prueba que es el estrés. Venceré, sea lo que sea.» El cubo de basura del patio rebosaba. Había llamado muchas veces al servicio de limpieza de Berlín para decir que necesitaba un cubo más grande, pero esos inútiles no reaccionaban. Abrió el cubo de la basura orgánica y la invadió una oleada de olores podridos, por lo que siempre tenía miedo de inhalar algún microbio. Sostuvo la tapa con el brazo muy extendido y metió la basura en el contenedor marrón. Cuando vio lo que caía en el contenedor, se le hundió el ánimo como si se tratara de un frágil telón. Volvió corriendo a casa, resbaló en la puerta y se dio un golpe en la escalera de piedra. Se levantó. Fue al baño. La lavadora. Vacía. Si la lavadora estaba vacía, ¿dónde había metido la basura? Acababa de tirar la ropa sucia al contenedor. ¿Entonces dónde estaba la basura? La encontró en el armario del dormitorio, en el cajón de la ropa de cama. Al ver los restos de café, los fideos enmohecidos, los envases de yogur y el pimiento podrido sobre las sábanas blancas bien dobladas, se sentó en la cama a llorar.

TERCERA PARTE

40

Robert y Maxim estaban sentados frente a frente en sus respectivas mesas. Ambos aguantaban el auricular del teléfono entre la oreja y el hombro. De la pared colgaba un mapa, de dos por tres metros, de Berlín, y al lado una serie de fotos de personas en búsqueda y captura. El armario de enfrente estaba abierto, los expedientes rebosaban como un pastel de levadura se desparramaría del molde. Dos plantas de interior luchaban contra la sequedad permanente en sus tiestos. Los muebles eran feos, pero ya lo eran cuando los fabricaron al cambiar el siglo. De repente Maxim se puso a rugir al teléfono.

—¿Hola? Correcto. Se llama Lukas Raabe. Solo quiero saber si tiene una cuenta con ustedes. De acuerdo. Recibirán una solicitud oficial de la Fiscalía de Berlín. Gracias. —Apuntó un nombre y colgó—. Esta mañana ha llegado esto.

Le entregó un papel a Robert, que todavía estaba esperando a que contestara alguien a su llamada. Iba bebiendo el café que se le había enfriado y a cada sorbo torcía el gesto.

—Es el quinto —dijo Maxim con naturalidad—. Bebes demasiado café.

—¿Qué es ese papelucho?

—De la embajada india. No hay ningún visado a nombre de Xenia Raabe. Y sin visado no se entra en la India. Además, hace más de doce meses que no usa el móvil.

Robert levantó la mano para que Maxim callara. Dejó el teléfono a un lado y conectó el altavoz.

—Xenia Salomé.

—Robert Faber.

—Ha puesto el altavoz, ¿hay alguien escuchando?

—Únicamente Maxim.

—¿Quién es Maxim?

—Mi colega, es de fiar. ¿Tiene algo para mí?

—Esa instalación para reinsertar a jóvenes delincuentes llamada «Luchadores de la luz» es falsa. Sí existe una entrada en el registro de asociaciones, pero está paralizada desde hace medio año. No está registrada ni en el Departamento de Juventud, ni en ninguna diaconía, ni en ningún otro sitio. Se lo aseguro: la muerte de Reuben tiene que ver con eso.

—¿Por qué está tan segura?

—¿Ha visto la casa? No hay nadie. Ni jóvenes, ni nada. Alguien de la zona me ha contado que la casa está vacía desde hace un año. De todos modos, me comentó que, a veces, aparecían limusinas de madrugada y desaparecían por la mañana.

—¿Cómo se llama el vecino?

—Vecino.

Robert hizo una mueca de impaciencia.

—¿Podemos quedar en algún sitio?

—Lo llamaré.

Se oyó un breve clic. Salomé había colgado.

Robert le dijo a Maxim:

—Tenemos que ir allí y ver el sitio de cerca.

Maxim no contestó, algo en la pantalla lo inquietaba.

—¿Qué pasa? —preguntó Robert.

—Me hablaste de ese profesor Gibran. Esto lo he encontrado en su perfil de Facebook. Y te lo advierto, no te va a gustar.

Robert se le acercó y miró la pantalla. Era la fotografía de un aparcamiento, y se veía a Helena. Estaba tumbada en el suelo. Robert observó la imagen sin inmutarse. Con un termómetro se podría haber medido la cantidad de grados exacta que le había bajado la temperatura.

Veinte minutos después estaba en la puerta de su exmujer.

—¿Qué es esto?

Le enseñó la fotografía en el móvil.

Helena lo miró molesta, luego contempló la foto. Parpadeó levemente, pero, por su reacción, él adivinó que conocía la imagen. Se quedó callada. Robert esperaba.

Finalmente, ella dijo:

—Ahora no tengo tiempo.

—Pero yo sí. Y que te quede una cosa clara, Helena, no me voy a ir hasta que me digas qué significa esto.

Sin decir nada lo hizo pasar a la cocina, donde reinaba un caos que no era propio de ella. Sobre la mesa había una montaña de ropa sucia, justo al lado de los restos del desayuno. La ropa apestaba como si la hubiera sacado directamente de la basura orgánica. Los platos sucios se amontonaban en el fregadero. Por todas partes había pegadas notitas amarillas. Robert cogió una que estaba en los fogones: «Cuidado, cuando está rojo, quema. Duele». Otra en el lavaplatos: «Ordenar la vajilla limpia, no olvidar las pastillas de jabón, cerrar y apretar el botón de inicio». Desde la última vez que estuvo allí, los recordatorios por escrito habían aumentado. Se la quedó mirando y le dijo:

—Creo que me debes una explicación.

Helena se dirigió a la nevera. Robert la observó. Antes de abrir la puerta, dudó un momento, como si no supiera si era la puerta correcta. Al fin sacó dos botellas de refresco de cola y cerró la puerta enseguida. Dio un vistazo alrededor, abrió armarios, puertas. Parecía desesperada y nerviosa.

—No necesito vaso —dijo Robert.

—Estoy buscando el abridor.

—En el cajón al lado de los fogones.

Encontró el abridor, dejó las botellas sobre la mesa y se sentó. Miraba las botellas como si hubiera olvidado por qué las había dejado ahí. Robert le cogió el abridor de la mano. Abrió una botella y se la dio a Helena. Cuando hubo tomado el primer trago, empezó a hablar. Le contó que había encontrado a Dioniso en el KaDeWe, que la había golpeado, y que se despertó en un almacén. Robert iba haciendo preguntas cuando ella se olvidaba de algo.

—¿Por qué no me lo dijiste?

—Habrías insistido en que dejara el caso.

Él se levantó. Necesitaba moverse porque le ponía furioso que no hubiera confiado en él. Y tenía que intentar frenar la rabia para pensar con claridad.

—Dioniso te atacó en el aparcamiento y despúes te metió en el almacén.

—Sí.

—¿Habías estado ahí, lo verificaste?

—No.

—¿Por qué no? A lo mejor hay algún rastro, o alguien vio algo.

Helena bebió un sorbo y se agarró a la botella. Robert, mirándola fijamente, esperó una respuesta. Ella calló. Robert nunca la había visto así.

—¿Quieres tomar algo más? —preguntó Helena.

Él negó con la cabeza. La conversación decayó un rato.

—¿Sabes qué es lo que no entiendo? —dijo Robert—. ¿Por qué te dejó con vida?

—¿Habrías preferido que me matara?

—No, y lo sabes. Pero tienes que admitir que sorprende que estés aquí sentada después de que ese asesino te haya atacado.

—Me dejó con vida porque no encontró el chip de memoria y porque, igual que tú, cree que aparece en esas imágenes.

—De acuerdo. Así que el chip ha desaparecido.

—Sí —dijo con obstinación.

—Y no lo has guardado en algún sitio.

—He puesto la casa patas arriba. Dos veces.

Robert la escudriñó con la mirada.

—¿Qué pasa? —preguntó ella.

—Quiero que me lo jures.

—¡Robert!

—Por la vida de nuestras hijas.

—¡No te estoy mintiendo!

—Helena, lo hago todo por ti, ya lo sabes. Pero necesito estar seguro de que no…

—¿No qué?

Robert sacó su libreta de la chaqueta. La estuvo hojeando un rato.

—¿Cómo sabía que tenías el chip?

—No lo sé —dijo ella—. A lo mejor por los colegas que estuvieron en casa de Melody Deneuve.

—No lo supieron hasta que el chip hubo desaparecido.

No paraba de andar de aquí para allá, pensativo. Salió de la cocina para hacer pis. El lavabo estaba sucio, faltaba papel higiénico. Cuando regresó a la cocina, Helena tenía la mirada perdida y estaba hundida. Dio un respingo, como si hubiera olvidado que Faber estaba en casa.

—Escucha. Te encontraste a Gibran en el KaDeWe. Hablasteis. Luego desapareció de repente. Dijo que estuvo en la universidad, pero no es cierto. ¿Dónde estuvo?

—¿Crees que él es Dioniso?

—¿Tú no?

—No.

—¿Por qué no? —Robert ladeó la cabeza y clavó su mirada en ella. Observó cómo se sonrojaba—. ¿Pasa algo con él?

—No, por supuesto que no.

Ese «no» fue demasiado rápido y estridente.

—Dios, Helena, ¿qué estás haciendo?

—¡No hay nada con él!

—De acuerdo, tampoco es asunto mío. Pero te expones a una orden de detención.

—Eso solo lo puede hacer Ziffer. O Paulus.

—Ya —dijo Robert, que ya se marchaba. Helena lo detuvo.

—¡Robert!

Él se dio la vuelta.

—Te lo juro, por la vida de nuestras hijas.

41

*L*a ventaja que un estudio de televisión le proporcionaba a Dioniso era que no tenía que llevar equipo técnico. Había llamado a Katrin Seliger y le había dicho que la grabación de su último programa se había borrado. Debía acudir enseguida al estudio. Una hora después apareció allí completamente fuera de sí. Temblaba de rabia y exaltación. La habitación estaba en penumbra. Iluminada por unas pocas luces de emergencia, ofrecía un aire fantasmagórico y la apariencia de un elegante tribunal. Hacía medio año que la cadena televisiva lo había renovado, pintado de colores chillones y amueblado al estilo expresionista. Parecía que Otto Dix hubiera dibujado el esbozo del estudio.

Desde la sala de control, que se encontraba al lado, Dioniso observó cómo Seliger miraba alrededor, furiosa. Destacaba la intensa palidez de sus arrugas, como si estuvieran bajo una lente de aumento. El rubio cabello, siempre recogido en una vistosa cola de caballo, parecía un haz de paja, cuyas briznas salían disparadas por todas partes. En vez del vestido tubo de color rojo sangre que llevaba en todos los programas y que se había convertido en su marca personal, llevaba un holgado traje de estar por casa de color lila, como los que vestían las mujeres en los telefilmes americanos. Tenía un aspecto normal y corriente. En ese momento a Dioniso le sorprendió hasta qué punto la ropa, el maquillaje y una cámara pueden favorecer a una persona. No había nadie más que ellos dos. Por algún motivo, cuando hablaron por teléfono, lo había considerado uno de los culpables de la desgracia. Ella miró hacia la ventana de la sala de control, donde se veían siluetas.

—¿Qué has hecho? ¿Cómo ha podido pasar? —Le gritó como si fuera un pequeño empleado bobo que hubiera osado sabotear su trabajo.

Por supuesto, él no había borrado la grabación. Encendió dos cámaras que ahora filmaban la escena. Seliger estaba tan fuera de sí que no notaba nada.

—¿Sabes lo que significa eso? ¿Dónde está mi productor? ¿Ya sabe lo que ha pasado aquí?

Dioniso disfrutaba viendo lo cerca que la mujer estaba del infarto.

—Pero usted tiene un seguro contra este tipo de averías —contestó con fingida sumisión por el altavoz.

—Sí, y estás despedido. Y vas a pagar los daños. ¿Lo has entendido? —Soltó un gallo.

Él se divirtió mucho viendo cómo se alteraba. Disfrutó de la escena precisamente porque quería impresionarla en el punto álgido de su indignación. Mientras Katrin cogía el móvil y marcaba un número, él salió de la sala de control y, en un minuto, llegó al estudio. Ella le daba la espalda y hablaba por teléfono con alguien. No, en realidad, le gritaba a alguien.

«En eso es como todas las mujeres, que carecen de autoridad natural y compensan sus debilidades con gritos —pensó—. Ya lo he vivido con mi madre. En cuanto llegan a puestos de responsabilidad, las mujeres demuestran que no son adecuadas para ellos.»

—Se ha borrado todo... sí, todo... todo el programa de Dioniso... ¿es que hablo chino? No lo sé...

Mientras seguía ladrando por el móvil, Dioniso se regocijaba al pensar en la cara que pondría cuando se diera la vuelta y viera quién era el que, supuestamente, había borrado su programa.

—No lo localizo... ¿dónde se ha metido? He dicho que os quiero disponibles veinticuatro horas al día... ¡me importa una mierda! Y escucha, mañana a primera hora tienes que llamar a la redacción... ¿Qué copia? ¿Quién lo ha hecho? ¿Eso significa que tenemos una copia? ¿Estás seguro? ... ¡Gracias a Dios! Y ese idiota me saca de la cama. Ni idea de quién es. Te llamo luego.

211

Así puso fin a la conversación. Como aún le daba la espalda, Dioniso vio cómo se relajaba: se le destensaron los hombros y respiraba profundamente.

—Señora Seliger, tengo una idea de cómo puede hacer el programa mucho más espectacular.

Katrin se dio la vuelta. Lo miró. La presión sanguínea le descendió al instante. Con ojos desorbitados miraba al hombre vestido todo de blanco, luciendo una máscara en la cabeza. Fue incapaz de reaccionar. Se quedó como aturdida mientras él se le acercaba y le ponía en la boca un pañuelo empapado en cloroformo. Al cabo de un segundo, le cedieron las piernas, se desplomó en el suelo y se dio un fuerte golpe en la cabeza contra el suelo. Él abrió su maletín de médico y sacó los instrumentos con los que quería curarla. Con un escalpelo le cortó el vestidito. A continuación, le puso una túnica blanca y la arrastró hasta la butaca desde donde preguntaba a sus invitados durante el programa. Le ató brazos y piernas con los cables que ya había probado y esperó a que estuviera medio consciente. Tardó media hora. Cuando abrió los ojos y lo vio, se estremeció.

—Seguro que por un momento pensó que era un sueño, ¿verdad? Siempre ocurre cuando uno despierta tras dormir después de una mala experiencia.

Seliger luchaba contra el efecto del cloroformo e intentaba abrir los ojos, pero se le cerraban.

—¿Sabe qué es lo que siempre me he preguntado? Cuando se sienta aquí a torturar a sus invitados, normalmente le divierte, ¿verdad?

La miró con una sonrisa que pretendía trasmitir comprensión, pero que era la primera señal del inicio de un horrible martirio.

—En las entrevistas dice que su trabajo de periodista exige que sea despiadada. Pero usted no es periodista. Usted es una cotilla. Y, probablemente, tiene un orgasmo tras otro cuando confunde a sus invitados. Ah, por cierto, si grita le cortaré los labios.

Él había instalado una aplicación en el móvil que mostraba los cuatro puntos cardinales. Le indicaba que la butaca donde había sentado a Seliger ya estaba orientada al este. Le dejó un texto delante de ella, en la mesa.

—Me gustaría que leyera esto en voz alta. Y si lo hace bien, es decir, si creo que dice con sinceridad lo que lee, la dejaré con vida.

Seliger miró el texto, que ocupaba media página. Le costaba concentrarse.

—Léalo con calma unas cuantas veces, así le resultará más fácil. Conozco pocas personas que puedan leer bien a la primera. Yo no puedo. Dígamelo cuando esté lista. Entonces trasmitiré con el móvil, en Periscope, su lectura a unos espectadores seleccionados. Son maravillosas las geniales aplicaciones que la técnica moderna pone a nuestra disposición. ¿Ha pensado en lo que se perderá cuando esté muerta? A mí me da miedo no vivir lo que nos depara el futuro.

Seliger leyó el texto. Mientras leía, no paraba de mirar a Dioniso, aterrorizada.

$\mathcal{H}$elena sabía que tenía que ser desconfiada. Sabía que su discernimiento estaba enturbiado porque la rabia y la vergüenza intervenían en sus reflexiones y acciones. «No puedo ser mi propio eco.» Dos hombres. Uno, Dioniso, no la había matado, pero en el almacén se había sentado delante de sus piernas abiertas, y ella había estado a punto de desangrarse. El otro, Gibran, se había acostado con ella en la Soho House. La idea de que se tratara del mismo hombre era tan absurda que tenía que ser equivocada. Robert la había llamado para decirle que habían llevado a comisaría a Rashid Gibran. Ella salió enseguida y esperó a Paulus delante de la comisaría. Allí estaba cuando él bajó del coche.

—¿Tú has cursado la orden de arresto?

—Es un interrogatorio.

Paulus pasó de largo hacia comisaría. Helena lo siguió.

—Pero Gibran tiene coartadas para los momentos en los que tuvieron lugar los asesinatos.

—Tiene acceso a la máscara original de la que se ha hecho una copia. Nadie más se ha acercado a la máscara. Hace cinco años se vio en una exposición —dijo Paulus.

—¿Y qué quieres decir con eso? ¿Que Dioniso, quienquiera que sea, la fotografió hace cinco años, hizo una copia de látex y después esperó cuatro años?

Cuando llegaron a la segunda planta, Gibran ya estaba sentado en la sala de interrogatorios. A través de un espejo, Helena y Paulus vieron que encendía un cigarrillo e inspiraba hondo el humo. Se reclinó en la silla y cerró los ojos, como si la nicotina en los pulmones lo indujera a otro estado de conciencia. En la cara tenía marcas claras del golpe que le había dado Helena. Como no encontró un cenicero, dejó caer la ceniza al suelo. Entonces miró alrededor y vio el espejo. Se levantó despacio y se acercó a él. Cuando se encontraba a medio metro, soltó el humo contra el espejo y sonrió. Pronunció en silencio dos palabras articulándolas con los labios: «Te perdono».

La fiscal se estremeció de forma apenas perceptible.

—¿Qué ha dicho? —preguntó Paulus.

—No lo sé. ¿Dónde se ha metido Ziffer?

—Está en un congreso en Zúrich. ¿Conoces bien a Gibran?

Antes de poder contestar, se abrió la puerta de la sala de interrogatorios y entró Robert. Y tras él, Maxim. Faber ordenó a Gibran que retrocediera hasta la silla y siguió con él el procedimiento habitual para obtener los datos personales: nombre completo, dirección, fecha de nacimiento, lugar de nacimiento, profesión, estado civil y nacionalidad. Le explicó que tenía derecho a contestar las preguntas o a negarse a declarar, y que antes del interrogatorio, podía llamar a un abogado. Gibran rechazó este servicio.

—Tenemos algunas preguntas que hacerle, no tardaremos mucho. ¿Dónde estuvo hace dos sábados?

—Me desperté hacia las siete, me masturbé, me duché y desayuné. Leí hasta mediodía y fui al KaDeWe a comprar. Ahí me encontré a su mujer y charlé un poco con ella.

—¿Y luego?

—Nada especial.

—Le dijo a la señora Faber que había ido a la Humboldt por un proceso disciplinario.

—¿De verdad? —dijo Gibran, y bostezó.

—Dígame, profesor, ¿le aburro?

—Sí.

—Ahora mismo va a cambiar esa sensación.

—No creo.

—No estuvo en la Humboldt, y el decano tampoco sabe nada del expediente disciplinario.

—Pues será así —replicó Gibran, lapidario.

—Entonces, ¿dónde estuvo?

—No lo recuerdo.

Robert sacó el cartel en el que estaba la máscara representada y lo dejó delante de Gibran sobre la mesa.

—¿La conoce?

—¿Está grabando nuestra conversación?

—Sí.

—Pues según la Ley debería pedir mi consentimiento antes. ¿Tengo razón? —Miró hacia el espejo, situado a la espalda de Robert—. Helena, ¿tú qué crees? Tu marido debería pedir mi consentimiento antes del interrogatorio, que, por supuesto, no voy a firmar. Lo que a su vez significa que uno de los dos señores debe levantar un acta manuscrita.

Paulus miró a Helena asombrado.

—¿Cómo sabe que estás aquí?

—Yo no se lo he dicho, si te refieres a eso.

—¿Y por qué te tutea?

Paulus apagó la grabadora y encendió el micrófono.

—Me llamo Georg Paulus y dirijo las investigaciones del caso Dioniso. La grabación se ha detenido. ¿Insiste en que se borre todo lo que se ha dicho hasta ahora?

—No, hoy no.

—Maxim Rosenthal le tomará declaración por escrito.

Maxim puso cara de fastidio. Sacó una vieja máquina de escribir del armario y empezó a teclear mientras Robert continuaba con el interrogatorio.

—La máscara que lleva Dioniso cuando ataca a sus víctimas es una copia de esta.

—¿Y cree que soy el único que puedo hacer una copia porque nadie más tiene acceso a esa preciosa pieza? La máscara estuvo en una exposición hace cinco años. Aproximadamente, doscientas cincuenta mil personas asistieron a la exposición.

—Eso es mucha gente. Pero ¿qué significa eso? ¿Que hace cinco años el asesino hizo una copia y esperó cuatro años hasta ponérsela por primera vez ante Tara Beria?

—No conozco las costumbres de ese hombre. Y si ahora me pone sobre la mesa la fotografía que he colgado en Facebook, le diré que alguien me la ha hecho llegar por correo electrónico.

—¿Quién?

—Alguien con la dirección Dionysos.ru. —Esbozó una sonrisa burlona—. Supongo que en algún lugar de Rusia.

Helena se dio cuenta de que Robert miraba enervado a Maxim. Si no estuvieran al otro lado del espejo, sería el momento en que Robert se levantaría para hablar en serio con Gibran. Helena miró a Paulus. Era evidente que estaba descontento con lo que estaba sucediendo en la sala de interrogatorios.

—¿Eso es todo, señor comisario jefe? —preguntó Gibran con una sonrisa.

—No. ¿Qué hizo el siete de julio, el quince de agosto y el tres de septiembre del año pasado?

—¿Son los días en los que Dioniso llevó a cabo sus curaciones? No sé qué hice esos días, pero supongo que a estas alturas ustedes conocen mi calendario mejor que yo.

—Esos días dio varias clases en Fráncfort del Óder, en la Viadrina.

—Ya ve.

—Desde Fráncfort hasta aquí se tarda hora y media.

Gibran se levantó y se acercó al cristal.

—Tu marido es idiota, Helena. ¿No le vas a decir que no soy yo? ¿O tienes miedo de que se entere de que te has acostado conmigo?

Se hizo un silencio más sonoro e insoportable que el ruido más potente. Robert miró hacia el espejo, con consternación y rabia reflejadas en el rostro.

—¿Helena? —dijo Gibran sonriendo de nuevo.

En ese momento sonó el teléfono de la fiscal. Miró la pantalla. «Desconocido», ponía en letras negras en la pantalla. Atendió, escuchó un momento, colgó y apretó el botón para dirigirse a los que estaban en la sala de interrogatorios. Le temblaba la voz de lo alterada que estaba.

—Acaba de llamar alguien del estudio ARD. Dice que va a curar a Katrin Seliger.

217

43

DeBuer había enviado al estudio de Wilhelmstrasse a todos los coches patrulla que estaban cerca, además de una ambulancia y a los bomberos por si había que derribar las puertas. Cuando Robert pasó con su coche por delante del aparcamiento de la comisaría, Helena llegó corriendo y le cerró el paso.

—Voy contigo —dijo.

—¡Sal de en medio!

—Era Dioniso. Tengo que estar ahí.

—¿Para qué? ¿Para tirártelo también?

—Eres un imbécil.

—¿Yo soy imbécil? Te has acostado con Gibran. Es un sospechoso.

—¡Es un testigo que no nos sirve para nada!

—A ti sí, ¿verdad? Y ahora déjame pasar.

—No; vas a llevarme.

—Ni siquiera puedes estar aquí —gritó él.

Se oyó un leve zumbido del móvil de Helena, que miró la pantalla.

—¡No! ¡No!

—¿Qué pasa?

Le enseñó el móvil. Dioniso había colgado imágenes de Katrin Seliger en Periscope: llevaba una túnica blanca y estaba sentada en una butaca de su estudio leyendo el texto de una hoja de papel.

—Sube —dijo Robert. Ella ocupó el asiento del acompañante. Robert aceleró y salió pitando. Helena seguía el vídeo. Un cartel anunciaba la proclamación número cinco: «Dicen que los hombres pegan, torturan, violan y matan a las mujeres. No veo en eso nada que reprochar; es la expresión de la manera de ser humana. Un poeta dijo una vez que una mujer se convierte en mujer al dar a luz a un niño, y un hombre se convierte en hombre al matar».

Mientras Seliger leía el texto en voz alta, la cámara del móvil fue bajando despacio para mostrar la túnica blanca, los muslos separados, la sangre que le bajaba por las piernas y, por último, los pies descalzos metidos en el charco de sangre.

«La representación de la violencia es algo malo, enfermizo, algo que se ha de rechazar, superar y castigar; es una señal de decadencia que afecta forzosamente a todas las sociedades que han vivido demasiados años de paz. Pero esa decadencia, igual que el rechazo a la guerra, tiene algo de antinatural porque toda vida es una lucha en la que los hombres que matan han sido engendrados por madres. Así que debemos crear de nuevo una cultura de la guerra para corregir el equilibrio de la vida. Y para ello primero hay que curar a las mentirosas que la niegan y la combaten.»

Ahí se detenía el vídeo. Helena observó a Robert, que no dijo una palabra, pero ella sabía que si encontraban al asesino en el lugar de los hechos tendría que impedir que él le pusiera la mano encima. Poco después llegaron a Wilhelmstrasse. Había media docena de coches patrulla cruzados, bloqueando la calle. Mientras se dirigían hacia allí, ya habían visto dos camiones de bomberos, además de la ambulancia. Por supuesto, había montones de periodistas con las cámaras a punto. El nerviosismo y el ajetreo se habían apoderado del lugar. Helena se bajó con el coche aún en marcha. Se acercó a los dos policías que vigilaban la entrada.

—Suba por la escalera, segunda planta.

—¿Están todas las salidas vigiladas? —preguntó Robert.

—Sí.

—¿Han visto a alguien?

—No, de momento, no.

Ambos subieron corriendo la escalera hasta la segunda planta. Otro policía señaló un pasillo. Lo recorrieron a toda velocidad hasta llegar a la sala tras la cual se encontraba el estudio. Otros diez o doce policías, el médico de urgencias, Rafik Said, y un par de enfermeros estaban delante de la puerta viendo cómo un bombero gigantesco intentaba abrirla a hachazos. Cuando por fin la tuvo tan destrozada que la hoja izquierda se salió de las bisagras, nadie se movió. Fue como si ya supieran lo que les esperaba, como si fuera el último momento de un inocente despreocupado.

Robert empujó al bombero a un lado y entró corriendo en la sala. Ahí estaba Katrin Seliger. Sentada en la butaca que parecía un trono, iluminada por los focos. En medio de un mar de sangre negra. Expuesta como una convicta en una ejecución. Helena fue la siguiente en entrar en el estudio, seguida del médico y los dos jóvenes enfermeros. Cuando vieron a Seliger, se dieron la vuelta, impactados.

Dioniso había cortado los labios de Seliger con un escalpelo. Tenía metido en la boca el pañuelo habitual; era de tono magenta, como el color de Telekom. Como le había atado la cabeza al respaldo con un cable, estaba erguida mirando a sus salvadores como si tuvieran que atestiguar su ejecución. El doctor Said soltó el maletín y le tomó el pulso en la carótida. Helena se quedó a unos dos metros. Notó un dolor punzante en el abdomen: su cuerpo lo recordaba. Fue como en una catarsis, igual que, en el teatro, el sufrimiento del protagonista recuerda al espectador el dolor propio y lo impulsa a desear ser mejor persona.

—Está viva. —El médico pronunció el diagnóstico en la sala como si nada, como si fuera lo más normal del mundo que Katrin Seliger siguiera con vida. Helena lo miró molesta. ¿Por qué se mostraba tan indiferente? Seguramente era porque Rafik Said, durante sus veinte años de carrera como médico de urgencias, había visto casi todo lo que nos deparaba la vida al morir. Tenía cincuenta y tantos años y había huido de Siria hacía cinco años. Los profundos surcos de su rostro evidenciaban disgustos y amarguras. Helena había coincidido con él a menudo. Siempre procedía con mucha calma, como si los cadáveres fueran maniquíes por los que era ridículo sentir compasión. Mientras le practicaba los primeros auxilios, Robert dijo a los policías:

—No puede estar muy lejos. Registrad todas las salas. Que nadie entre ni salga del edificio, ¿queda claro?

Señaló a dos agentes y les dio órdenes:

—Vosotros os quedáis aquí, los demás en marcha. ¡Vamos, vamos, vamos! —Empujó a los policías, que enseguida se pusieron en camino, y él se fue corriendo a la entrada trasera.

Helena seguía atrapada por el espectáculo que se le ofrecía. Era la primera vez que encontraban a una víctima con vida, aparte de ella misma. Mientras el doctor Said le ponía una vía a Seliger, Helena observó que la mujer movía la boca.

—Silencio, callaos todos —chilló—. Señora Seliger, por favor, repita lo que acaba de decir.

Helena acercó la oreja derecha a la boca de Seliger. Era muy difícil entenderla, porque se trataba más de un tartamudeo que de palabras coherentes.

—¿Sigue aquí? —Helena hablaba tranquila y concentrada.

Seliger asintió.

—¿Sabe dónde?

La mujer la miró aterrorizada.

—Dígame dónde está, por favor.

En ese preciso instante sonó un teléfono. Helena retrocedió del susto.

221

—¡Maldita sea, apagad el teléfono!

Los enfermeros y los policías se miraron cohibidos y se palparon los bolsillos. El móvil que sonaba no era de ellos. Tampoco del médico, y mucho menos el de Helena.

—Es el de ella. —El médico señaló la mano derecha de Seliger. Helena cogió un pañuelo, agarró el móvil y atendió la llamada. Se lo puso al oído.

—¿Diga?

—Hola, Helena.

La voz estaba de nuevo alterada por un distorsionador de voz, y sonaba rasposa y profunda. Helena hizo una señal a uno de los agentes. Entonces tapó el micrófono del móvil y susurró:

—Vaya a buscar a Faber. ¡Ya!

Se concentró de nuevo en la llamada.

—¿Qué quiere?

—Quería decirle que pronto será redimida. Usted y otra curación, y mi misión habrá terminado.

—Esto no son curaciones, son torturas y asesinatos, y lo sabe.

—Eso siempre depende del punto de vista, como diría mi amigo Gibran. En realidad la dejaría en paz con mucho gusto. Es usted demasiado insignificante. Pero como se entromete, no me queda más remedio que practicar una curación como es debido en algún momento. Aunque no será como la primera vez, cuando tuve que liberarla.

Un ruido en la puerta hizo que la fiscal se diera la vuelta. Robert irrumpió en la sala. Ella detuvo su mirada interrogante con un breve gesto. Con los labios articuló en silencio «Dioniso». Él sacó su móvil, inició una aplicación con función de copiado y lo sostuvo junto al móvil de Seliger.

—¿Sabe, Helena? Cuando uno tiene algo importante que comunicar al mundo ha de gritar para que lo escuchen. ¿Sabía que de cien mensajes que nos llegan a diario, noventa y ocho se pierden y solo dos reciben una buena acogida? Somos esclavos de la economía de la atención. Pero los dos mensajes que me quedan por enviar seguro que llegan, ¿no cree?

—No. Sus mensajes no perdurarán. Al cabo de unos días, habrá otro espectáculo. ¿Y qué habrá conseguido? Nada.

—¿Usted cree?

Se oyó un leve crujido. Dioniso había puesto fin a la conversación. Robert detuvo la grabación y miró a Helena, consternado.

—Analizaremos la voz. Que el laboratorio vea si puede recuperar el sonido original —dijo ella.

El médico había conseguido estabilizar tanto a Katrin Seliger que los enfermeros se la llevaron al Charité.

—¿Saldrá de esta? —preguntó Helena.

—La llamaré. —El doctor Said suspiró y siguió a los dos enfermeros tras un breve saludo.

Helena observó el estudio. Conocía a Seliger de la televisión, había visto alguna vez su programa. La presentadora se había posicionado contra los hombres y libraba una decidida lucha contra la violencia: una víctima perfecta para Dioniso. Famosa, con éxito, soltera y sin hijos. Helena estaba furiosa, debería habérselo imaginado. Pero por lo menos habían sido lo bastante rápidos y tenían una buena oportunidad de salvar a Katrin Seliger. De todos modos, precisamente eso era lo que le sorprendía.

—¿Por qué estaba con vida cuando hemos llegado? —preguntó.

—Porque hemos actuado con rapidez.

Castorp, del Departamento de Control de Huellas, llegó con dos colegas, vestidos con monos blancos. Robert les dio instrucciones, hizo una señal a Helena y salió con ella del lugar de los hechos.

—Tu amante no es el asesino. De acuerdo, pero te juro que lo conoce —le dijo.

Cuando salieron del edificio, ella tuvo que abrirse paso hasta el coche. Rechazó las preguntas de los periodistas y, de repente, supo por qué seguía con vida Katrin Seliger. Señaló a la prensa.

—Por eso sigue viva. Si estuviera muerta, nadie se interesaría tanto por ella. Sería la quinta víctima, sin más. Pero ahora, en cambio, atesora toda la atención posible.

223

44

*L*a incapacidad de la Fiscalía de atrapar al asesino de mujeres más brutal que había visto Berlín ocupó los titulares de los siguientes días. Helena seguía intentando entender por qué su exmarido sospechaba del profesor Gibran, pero en el fondo sabía que su reacción se debía más a los celos que a hechos objetivos.

Ahora era Paulus el que estaba sentado en el caos de la cocina de Helena, tomando café y con el informe de Ziffer en la mano, en el que se quejaba con vehemencia de ella y de Robert Faber con acusaciones de usurpación de funciones, conducta ilegal y ocultación de pruebas. Ella lo miraba mientras leía. Quería ser fuerte, demostrarle que estaba bajo control y que funcionaba. Ella era enérgica, eso lo sabía, pero el estado de la casa delataba cómo se encontraba. Paulus dejó el informe a un lado.

—¿Tiene razón, o cómo lo ves tú?

Helena calló. ¿Qué iba a decir?

—¿Cuánto hace que hay algo entre tú y ese Gibran?

—Dos semanas.

—Dos semanas. ¿Y por qué te lo tiras? ¿Has olvidado que es un testigo, o es que tiene algo misterioso y animal, y un menosprecio hacia las mujeres al que no te puedes resistir?

Había sido un error acostarse con Gibran, lo sabía. Pero notaba en aquel asalto de Paulus que, igual que Robert, estaba celoso. Utilizaba la jerarquía para atacarla. ¿Cómo iba a explicarle lo que había pasado entre Gibran y ella? En el fondo ni ella misma lo entendía. Pero ya estaba solucionado, lo había telefoneado, y él le había agradecido que le dejara entrever lo confusa que se sentía. Cuando le propuso quedar en terreno neutral, él le dijo que no porque quería seguir trabajando en su nueva obra: *El libro de Helena.*

—Hablaré con Ziffer —dijo Paulus—. Ya se calmará. Pero tienes que abandonar el caso definitivamente, ¿lo has entendido?

Observó cómo ella sacaba un refresco de la nevera. Cuando se volvió a sentar, él se levantó para ir a buscar un vaso limpio de entre el caos de platos sucios, restos de comida y expedientes. Sacó uno del fregadero y lo lavó con agua caliente. Lo puso delante de ella y fue a mirar por la ventana. Uno de los empleados del servicio de basuras había sacado una prenda de ropa del contenedor de Helena. Sacó una segunda prenda. Una de las dos era un vestido de Dior que el mismo Paulus le había regalado por su cumpleaños. Los basureros miraron alrededor; uno de ellos se puso un sujetador en el pecho. Se rieron. El fiscal se dio la vuelta y se fijó en el mar de notitas amarillas que decoraban la cocina como un tapete de *patchwork.*

—Los próximos días te vas a quedar en casa —ordenó.

—No puedo. No puedo quedarme aquí sentada esperando a que pase algo.

Él cogió una nota del mando del fogón y leyó en voz alta:

—«Gas, caliente, quema. No irse; apagarlo enseguida después de usarlo». Y aquí —dijo despegando otra nota del armario de debajo del fregadero—: «Jabón. Venenoso». Y esto: «Nevera». —Le dio la nota—. «Cerrar siempre la puerta.»

—El médico me ha dicho que es estrés. He de cambiar el método de trabajo.

—No, Helena. No tienes que cambiar el método de trabajo, debes dejar de trabajar.

—¿Qué significa eso?

—Te retiré del caso porque no quería ponerte en peligro. Y pasó exactamente eso. A pesar de todo, sigues. No puede ser, y menos en tu estado.

—Robert me dijo que Ziffer lo frena. Tenemos la voz de Dioniso. Podríamos publicarla y preguntar si alguien la conoce. Pero Ziffer no hace nada.

—No hace nada porque no se puede recuperar el sonido original.

—Pero por lo menos podríamos intentarlo.

Paulus calló. Helena comprendió por su silencio que la decisión era irrevocable.

—Tengo que ir a una sesión de la comisión jurídica. Si me entero de que continúas trabajando, te despido.

Se levantó, salió de la casa y se dirigió a su coche. Al entrar, hizo un pequeño gesto hacia el coche patrulla. Helena se sorprendió. ¿Cuánto llevaban ahí sus vigilantes? Se tomó dos pastillas que le había recetado el médico. ¿Cómo se llamaba? Doctor Freund. «Qué nombre tan adecuado», pensó. Le había recomendado escribir la fecha en la franja plateada para no tomar más pastillas de la cuenta. En la franja plateada había una fecha. ¿Eso significaba que ya se las había tomado? Tenía que llamarlo. Si encontraba el número de teléfono… ¿Dónde estaba? ¿En la cocina? No, en el baño. ¿Por qué ahí? Daba igual. Le saltó el contestador diciendo algo de una sobrecarga de horas de consulta, pero prometían devolver la llamada si dejaba el nombre y el número de teléfono.

—Tiene que ayudarme, doctor Freund, por favor. Las amnesias han empeorado. Por favor, telefonéeme cuando pueda. —Como no dejó el nombre ni el número de teléfono, era inútil esperar la llamada. Cuando se tumbó en el sofá con los pies en alto y la televisión encendida, las pastillas empezaron a hacerle efecto. Vio una película sobre pingüinos y un documental. Notó un desagradable retortijón en el vientre. Miró el calendario menstrual del móvil. Sí, le tocaba. Justamente ahora. Estaría cansada y sin fuerzas. Y atraería la mirada de Dioniso, pensó sintiendo un escalofrío.

45

*H*elena no había ido a trabajar. No había ido en toda la semana. Había intentado localizar a Gibran dos veces en vano. Se rindió. Aunque no quisiera admitirlo, su retiro la hacía sufrir. Era absurdo, incomprensible, pero echaba de menos a ese capullo.

Era viernes. Robert estaba de guardia. Después de que las niñas pasaran la semana con él, volvían a vivir con su madre. Las amnesias iban a peor. Sophie la observaba y la ayudaba cuando no sabía algo. La seguía por la casa y le indicaba dónde estaba la ropa interior, cómo se encendía el televisor, cómo se subía y bajaba el volumen o cómo podía ver los distintos canales. Helena ya no lo sabía. Y si sabía algo, lo confundía con otra cosa. «Dame la llave», le decía por ejemplo a Sophie señalando la librería.

Pero en la librería no había ninguna llave, o por lo menos Sophie no la veía. Entonces Helena sacaba un libro y sonreía como si fuera una broma. La niña sabía que no era una broma. Por la mañana había encontrado en el horno unas bragas de su madre. Le preguntó por qué las había dejado allí, y al decirle que no lo sabía, Sophie se echó a llorar. «Cuándo volverá de una vez Katharina del partido», se dijo Helena. Era mediodía. Comían pasta porque era el plato preferido de Sophie, y porque podía cocinarla sola. Después de comer, Helena durmió un rato, y la niña hizo los deberes en la cocina y estudió vocabulario de francés en el salón.

Cuando Katharina llegó a casa, estaba fuera de sí. Una jugadora, que era nueva en el equipo, le había dicho que debería jugar en el equipo masculino porque parecía un chico. Y también le había dicho que no quería ducharse con ella porque Katharina era lesbiana. Sophie no sabía qué contestar, pero Helena había despertado de la siesta y estaba lúcida de nuevo.

—Ven aquí —le dijo a Katharina—. Tú también, Sophie.

Ordenó a las niñas que se pusieran a su lado en el sofá.

—Escuchad con atención. No permitáis que nadie os diga cómo tenéis que ser, o qué tenéis que hacer y qué no, o qué tenéis que hacer para caer bien a los demás. La gente que os dice esas cosas quiere haceros daño para ser superiores a vosotras, o porque pretenden que seáis buenas chicas y que no rechistéis ni os defendáis. Pero si os humilláis, no os irá bien ni a vosotras ni a nadie.

Ellas la miraron, contentas. No tanto por el pequeño sermón, sino porque en ese momento Helena era la madre que conocían y necesitaban.

—¿Qué os parece si dentro de un rato vamos al cine? —preguntó Helena.

La propuesta fue aceptada por unanimidad, y las tres salieron corriendo para ser las primeras en llegar al baño.

—Katharina, ¿dónde está el cepillo? —gritó Helena.

—Yo no lo tengo. Lo tenías tú.

—No, yo no lo tengo. Llevo dos días buscándolo.

—¡Mamá, te lo juro! —Katharina entró en el baño—. A lo mejor lo has dejado en algún sitio y ya no te acuerdas.

—No lo achaques todo a mis olvidos.

Sophie subió la escalera corriendo y dijo:

—Lo tengo yo.

—Ya, ¿y dónde estaba?

—En mi mochila, se me olvidó sacarlo.

—¡Ves!

—Antes estaba en la nevera.

La angustia fue como una ola suave que se apoderó de ellas. Estaban en el baño, mirándose unas a otras y sin saber cómo salir de la situación. Parecía que todo iba bien, hasta que Sophie mencionó la nevera.

—¿No puedes tomar unas pastillas o algo así? —preguntó Katharina.

—Ya lo hago, pero no me sirven. A veces también se me olvidan.

—¿Tienes un tumor cerebral?

—No.

—¿Entonces es alzhéimer? Lo he buscado en Google. Es como alzhéimer.

—No lo sé. Nadie lo sabe. Es que a veces mi cerebro deja de trabajar. Los recuerdos abruman mi memoria a corto plazo. Es como si la memoria de trabajo de tu portátil se colapsara porque no procesa la información, ni tampoco puede pasarla a la memoria principal porque la conexión no funciona. Ya no entra ni sale nada.

—¿Qué mierda de médicos son si no saben qué hacer? —preguntó Katharina.

—Pues son mierda de médicos.

Se abrazaron.

—Siento que tengáis que vivir esto.

—Pase lo que pase, mamá, lo superaremos.

Katharina tenía trece años y era experta en tomar decisiones que iban más allá de su experiencia. Era lo que correspondía a su evolución. Fueron al cine a ver la nueva película de Pixar. Helena estaba lúcida y se acordaba de todo.

229

46

*L*a temperatura del agua era de doce grados, pero pese a ello, no se heló mientras estaba en la bañera leyendo los periódicos en el iPad. Necesitaba refrescarse porque sentía tal euforia que le había provocado una fiebre extraña. Katrin Seliger había sido todo un éxito. Mayor y más duradero de lo que había osado soñar. Los telediarios se habían volcado, y hacía tres días que su álter ego, Dioniso, ocupaba las portadas de los periódicos. Todo el público estaba contaminado por una curiosidad de tales dimensiones que rayaban la histeria. Aunque ya no recordara cuándo se le ocurrió la idea de dejarla con vida, sin duda era la mejor que había tenido desde que había empezado con las curaciones. Castigar a una pecadora para luego mostrarle piedad, permitiendo que la salvaran, tenía algo de gran tragedia, como solo se ve en Shakespeare. La compasión iba de la mano del deseo de venganza cruel y llevaba a un clamor como no se había oído durante los últimos años. Tras Ursula Reuben, el interés por él había pasado a un segundo plano. Los notorios tertulianos reprochaban a las autoridades su pasividad e incompetencia. Incluso se especulaba si la Fiscalía, por algún motivo, ocultaba información que podía desembocar en la detención del asesino. Pero, en general, el alboroto mediático suponía cierta enojosa obligación, y nuevos sucesos habían relegado a las víctimas a las últimas páginas. Eso lo había enfurecido. Ahora, sin embargo, con una víctima viva en el hospital, él marcaba de nuevo el ritmo de los titulares. Por fin los periodistas volvían a hacer lo posible por salvar el bloqueo informativo y aplacar la evidente sed de sangre de los lectores. ¿Quién era él? ¿Estaba enfermo, o actuaba estando en sus cabales? Cuando la policía lo atrapara, ¿deberían encerrarlo de por vida o dar ejemplo y colgarlo de un árbol? Vestidos de enfermeros, los reporteros habían conseguido acceder a la unidad de cuidados intensivos del Charité y robado el historial de Seliger, e incluso habían intentado ver su habitación mediante drones. El periódico más original había sido un gran tabloide. El reportero jefe había pagado varios miles de euros a un médico auxiliar que, a cambio, había hecho unas fotografías excelentes de Seliger. Las primeras estaban hechas a distancia y solo se intuía su horrible aspecto. Pero en las siguientes se había atrevido a acercarse más. La periodista tenía la cara hinchada, los ojos inyectados en sangre y la boca tapada con una venda. La mejor era una imagen en la que el médico auxiliar le había quitado la venda para que se viera la mutilación en todo su escalofriante esplendor. Las encías y dos filas de dientes blancos deslumbraban al espectador. «Está terriblemente guapa», pensó Dioniso mientras aumentaba la imagen en la pantalla. Le había administrado a Seliger una anestesia local antes de cortarle los labios con el escalpelo. Por un momento pensó en guardar los dos pedazos de carne en una bolsa de plástico húmedo para que se los volvieran a coser. Así su acción habría sido noticia durante más tiempo, y no tendría que temer que ella siguiera difundiendo sus peroratas. Su carrera en televisión había terminado definitivamente, pues nadie quería ver en la pantalla a una mujer que recordaba al monstruo de Frankestein. En la televisión, como en la vida, se imponían ciertos ideales de belleza. Por eso la mayoría de los moderadores televisivos tenían cierto atractivo. Posteriormente, imaginó que tal vez un cirujano plástico con talento podría arreglarle la boca de manera que la periodista pudiera continuar ejerciendo su oficio. El público tenía un interés enfermizo por las figuras deformadas, como se veía con Niki Lauda, que comentaba la Fórmula 1 en RTL y enseñaba a la cámara sin tapujos las orejas desfiguradas por el fuego. Así que se desvió del plan y obligó a la víctima a tragarse sus propios labios. Tampoco había ningún motivo razonable para ofrecerle un trato distinto a las demás mujeres.

Cuando terminó con la lectura de su éxito, salió de la bañera, se secó y se sentó con su MacBook Air. Estaba solo.

231

Había trasladado a Xenia desde el piso en Friedrichstrasse hasta la cabaña de caza, situada en Spreewald, a una hora de Berlín. Rodeada de un pequeño bosque, estaba protegida de miradas curiosas. Lo cierto era que estaba obligado a ir allí para ocuparse de ella, pero en Spreewald podía esconderla de manera más segura que en medio de la ciudad, donde siempre había gente que llamaba a la puerta. La expedición de traslado duró medio día debido a la cama y los armarios. Por supuesto que no confió a Xenia a los transportistas; la llevó él de noche en medio de la niebla. Ahora tocaba hacer la lista de sus deberes para los días siguientes. Lo primero era escribir un nuevo anuncio. Tenía que explicar la curación de Helena Faber. Lo siguiente era pensar en cómo convertir a sus seguidores, cada vez más numerosos en Facebook, en camaradas activos. Para ello, quería redactar un manifiesto que publicaría tras la séptima víctima. Algo parecido al librito de Stéphane Hessel, *¡Indignaos!* Pero como él tenía un objetivo diferente al de Hessel, necesitaba hacer un borrador de sus propias pautas. No era tan fácil, pues su vademécum tenía que estar libre de ideología y basarse únicamente en la biología. La ideología, según Rashid Gibran a quien había leído hacía poco, era para timoratos académicos.

Así que consultó a su mentor, en cuyos textos no solo encontraba su sufrimiento, sino también la explicación de por qué sufría y por qué era correcto actuar. Se dirigió al dormitorio y cogió *El libro de Dioniso* de la mesita de noche. Había marcado algunos párrafos importantes con lápiz: «La mayoría de los hombres deciden no ver su miseria, y si la ven, prefieren reprimirla o mejor olvidarla. Así pueden soportar su expulsión del trono real». Y unas páginas más adelante: «La última gran batalla no tiene lugar entre Estados, sino entre sexos. Están en juego los principios de la convivencia y el esbozo de una carta magna. Se trata del consenso o el conflicto, la lucha o el abrazo, diplomáticos o soldados». Y en otro párrafo: «Todas las revoluciones se hacen realidad cuando el revolucionario está preparado para oponerse a la sociedad. Han caído monarcas, tiranos y dictadores porque los usurpadores que los han derrocado han hecho caso omiso de las normas establecidas». Había tantas ideas brillantes que se preguntaba cómo incluirlas todas en su manifiesto. Tal vez fuera buena idea buscar a Gibran y preguntarle cómo lo escribiría él. El último punto de la lista era el momento en que quería curar a Helena. Porque la había seguido cuando iba a comprar después del trabajo, y sabía más o menos cuando tendría el período. Pronto le tocaría.

233

47

*E*l 15 de noviembre tuvieron los resultados del análisis de sangre. El doctor Freund en persona la telefoneó para pedirle que fuera a la clínica ese mismo día. Cuando Helena se sentó en la consulta del neurólogo, tuvo la sensación de que el caos de su escritorio había empeorado. Pero tal vez fuera el pánico lo que había causado ese desorden en su interior. Encogió los hombros y apretó los labios. Su cuerpo era como un tanque. «¿Qué vas a decirme? ¿Que mi cerebro pronto estará hecho papilla?»

—No tiene Alzheimer.

«Nada de Alzheimer.» La razón entendía qué significaba eso, pero era como si necesitara un rato para que los músculos se dieran por enterados.

—Siento haberla preocupado, pero el diagnóstico indicaba el cuadro clínico de esa enfermedad. En especial porque me dijo que no sufría estrés ni tampoco había tenido un accidente ni nada parecido. Si quiere, puede relajarse.

Le señaló las manos con una sonrisa amable, pues las entrelazaba con tanta fuerza que tenía los nudillos blancos y los dedos rojos. Soltó las manos, bajó los hombros y respiró hondo. «Nada de Alzheimer. No tengo Alzheimer.» A medida que la idea iba cobrando fuerza, al principio sonrió hasta que las lágrimas le rodaron por las mejillas y la sonrisa se convirtió en un llanto de alivio.

El doctor Freund sacó de entre el desorden un paquete de pañuelos de papel y se lo dio.

—Está usted preparado para todo —dijo ella, tras sonarse la nariz.

—¿Usted también? Si sus amnesias no se deben al alzhéimer ni a un tumor, tiene que haber otra causa.

Claro que sí, tenía toda la razón. Pero no quería oírlo, no quería aguantar el siguiente mensaje horroroso.

—No recuerda cosas importantes de su vida personal y profesional, ¿cierto?

—Sí.

—Pero la pérdida de memoria no se limita a determinadas experiencias, sino que afecta a todos los aspectos de su vida: el trabajo, los niños, la casa.

—Sí.

—Y va a rachas. A veces recuerda perfectamente, y otras veces es como si la dominara una bruma.

—Más o menos.

La observó un rato, como si esperara una respuesta que le explicara algo que no entendía.

—Una posibilidad es, y lo digo con reservas, que sean síntomas de una amnesia disociativa. Esta afecta a la memoria a corto plazo, la memoria episódica, es decir, afecta al lugar donde se almacenan los recuerdos de hechos y personas de su vida, y eso provoca que cotidianamente dichos recuerdos estallen y desaparezcan unas horas sin que usted pueda recordar dónde estaban.

La frase terminó con un «pero» implícito.

—¿Pero?

—Una amnesia disociativa suele ser consecuencia de un trauma. ¿Está segura de que no hay nada? ¿Tal vez algo que no recuerde muy bien, tan impreciso que no esté segura de si ha ocurrido en realidad o no?

—¿Por ejemplo?

—Un accidente de tráfico, la muerte de una persona importante… una violación.

«Violación. ¿Había sido una violación? Dioniso se había limitado a contemplar cómo caía la sangre.»

—No.

—De acuerdo. Entonces tendremos que hacer varias pruebas más. —Se levantó, rodeó el escritorio y le dio la mano—. Mi secretaria le dará cita.

Helena asintió. Quería deshacerse lo antes posible del

235

doctor Freund y sus diagnósticos. Sobre todo de su mirada inquisidora que trasmitía que no la creía y que tenía que haber algún motivo. Le soltó la mano y se dirigió a la puerta. Cuando ya casi estaba fuera, se dio la vuelta de nuevo.

—Si es una amnesia disociativa, ¿qué cree que debería hacer?

—Debería ir a un psiquiatra o a un psicólogo que la ayude a recordar el trauma. Se les llama «ancla». Se consigue superar cuando la persona afectada vuelve a vivir esa conmoción emocional. Figurativamente, por supuesto.

48

«Esto es por si en algún momento no sé quién soy. Me llamo Helena Faber, tengo dos hijas. Sophie, de once años y Katharina, de trece. Soy fiscal en Berlín. Mi jefe se llama Georg Paulus.»

Helena había huido como alma que lleva el diablo de la clínica de neurología. No hizo caso de la llamada de la secretaria para concertar una cita. Fuera, fuera de aquí. Recorrió varias calles sin rumbo hasta que llegó a un parquecito. Se sentó en un banco y habló a la cámara del móvil.

—Estuve casada con Robert Faber. Es el padre de las niñas. Nos separamos hace cuatro años. Teóricamente, tengo una amnesia disociativa. Si sigue así, en un futuro próximo seré una mujer sin recuerdos. Tendré la memoria bloqueada y me limitaré a vegetar. Estaré en cama, un día tras otro, sin saber quién soy ni quiénes son las personas de alrededor. Ya no reconoceré a mis hijas. Sophie, Katharina. Dios, no quiero que pase. No quiero olvidar a mis hijas. Y no quiero dejarlas solas. —Rompió a llorar—. ¿Por qué me pasa justamente a mí? ¿Qué he hecho? ¿QUÉ HE HECHO?

Apagó la cámara. Las doce y cuarto. Consultó su agenda. A las dos debía ir a recoger a Katharina a la escuela para ir al ginecólogo con ella. Su estreno. Le envió un mensaje, y la respuesta fue que quería ir sola. Helena regresó a la clínica, decepcionada, donde había aparcado el coche. Encontró el Volvo enseguida, cosa que le sorprendió. Pagó el tique, subió y se fue a casa.

Todo estaba normal. Eso era lo más molesto de las amnesias, que no avisaban. Simplemente llegaban, como un comando de ataque. Pero no se presentaban de una forma sistemática, ni tampoco podía detectar una causa concreta que las provocara. Se apoderaban de ella, y nunca sabía cuánto durarían. Y cuando pasaban, la reaparición desde la oscuridad era peor que el haberse hundido en ellas. Siempre se inquietaba cuando no recordaba los nombres de las cosas, cuando confundía conceptos y cuando lo negaba todo como un niño caprichoso, pero la vuelta de los recuerdos era peor. La inundaban con un mar de preguntas. ¿Dónde estaba? ¿Por qué en este sitio o en otro? ¿Qué era lo último que había dicho? ¿Había acordado algo? ¿Alguien esperaba algo de ella? Cuanto más duraban las amnesias, más profunda era la capa de la memoria afectada. Si durante un tiempo determinado, a veces un día entero, se libraba de ellas, no necesitaba notas para salvar el día.

Con una taza de café en la mano y una tableta de chocolate se fue al salón, se sentó en el sofá y se envolvió en una manta.

Cogió el expediente de Dioniso para hacer una lista de las heridas que había causado a sus víctimas. A Katrin Seliger le había cortado los labios; a Ursula Reuben, la lengua; a Tara Beria, la nariz; a Velda Gosen, los diez dedos y a Jasmin Süskind le había sacado los ojos. «¿Qué me hará a mí si me ataca de nuevo?», pensó. El tipo de heridas recordaban un ritual semejante a los castigos medievales: amputación de la mano por robo, corte de la lengua por falso testimonio, ceguera por prostitución… Pero las víctimas no habían cometido ninguna de esas infracciones. Por lo menos en los interrogatorios a los parientes no aparecía nada similar. Tenía que haber otro motivo para las mutilaciones. Como había dicho Gibran, seguramente se trataba de una profunda y exagerada misoginia que el asesino justificaba ideológicamente mediante sus proclamaciones, que se apoyaban en textos de los libros del propio Gibran. Era muy probable que fueran su principal fuente ideológica. Abrió el libro electrónico y se puso a leer: «En el Paleolítico y el Neolítico, la gente veía que las mujeres parían y creía que ellas obraban milagros. Sin embargo, en algún momento se estableció una conexión entre las relaciones sexuales y el parto. A partir de entonces se descubre que el semen masculino también tiene su papel, y, por tanto, se acaba esa vertiente milagrosa de las mujeres.

Más adelante los hombres incluso llegan a explicar que el niño ya está en el semen, y la mujer no es más que una incubadora». Pasó las páginas hasta el siguiente capítulo y abrió una de sus páginas preferidas: «Las feministas modernas son las socialdemócratas de la lucha de sexos. Han enviado sus propuestas a las residencias geriátricas para no tener que ver su propia cobardía en la mirada de las ancianas. Han visto con satisfacción que su ídolo ha sido lanzada a la hoguera mediática por tener dinero negro en Suiza, de manera que queda desacreditada como feminista moralmente limpia». No era tan interesante. Siguiente capítulo: «La Iglesia católica ve en la anticoncepción una violación de la ley divina. Las mujeres no deben decidir sobre su cuerpo. Así la Iglesia se convierte en una pasiva asesina en serie. En la moral católica, el uso del preservativo se equipara al asesinato. "No hay circunstancia personal ni social que justifique la injusticia moral de la anticoncepción", dice. Pero eso significa también que cuando una mujer, por voluntad propia o no, queda embarazada, su decisión ya no es determinante». Era desconcertante porque no habría sabido decir qué posición tomaba Gibran. Iba a dejar el libro cuando leyó una serie de nombres en el último capítulo: Tara, Velda, Jasmin, Ursula, Katrin, Xenia, Helena. Gibran nombraba a las siete primeras madres. Cinco nombres eran idénticos a los de las víctimas: Tara, Velda, Jasmin, Ursula, Katrin. Si había relación entre los nombres de las víctimas y los del libro, la buena noticia era que Dioniso no iba a matar mujeres eternamente. La mala noticia era que faltaba una Xenia. Y una Helena. «Aunque no coincide del todo —pensó—. Yo ya fui víctima, pero me dejó con vida. Eso significa que volverá a intentarlo.» Por lo menos ahora podía limitar la búsqueda de mujeres que se llamaran Xenia y que respondieran al perfil que buscaba el asesino en sus víctimas. Xenia. Estaba segura de que conocía a alguien que se llamaba así. Se levantó y se puso a caminar por la estancia. Tenía que concentrarse, y por encima de todo debía procurar que no se le olvidara. Papel, bolígrafo. Escribió: «Siete nombres de mujer. Cinco idénticos a los de las víctimas. Encontrar a Xenia». La pregunta era por qué el criminal mataba siguiendo los nombres que aparecían en el

239

libro de Gibran. Cogió el móvil y llamó a Robert, pero saltó el contestador.

—¿Por qué no contestas? He descubierto su sistema. Se trata de las siete madres originales. Ni idea de por qué, pero está en el libro de Gibran. Si tengo razón, Dioniso no matará eternamente.

49

*R*obert había visto el número de Helena en la pantalla, pero no quería hablar con ella. No quería después de saber que se había acostado con Gibran. Estaba de permiso, pero por lo que oyó en el mensaje del contestador, le importaba un pimiento el permiso.

—¿Y ahora qué? —preguntó Maxim.

Se sentaron en su despacho de la comisaría inclinados sobre varios expedientes.

—¿A qué te refieres? —preguntó Robert.

—Sabes perfectamente a qué me refiero. Ya no estáis casados; es libre y puede hacer lo que quiera.

—Pero no tirarse a un testigo.

—Sobre todo a Gibran.

—¿Has leído las chorradas que escribe? Ese tío está enfermo. No me extraña que un pajero como el asesino use esa locura de libro como manual de instrucciones. Y va ella y se acuesta con semejante imbécil. Aunque tal vez fuera solo su amnesia.

—¿Qué pasará con Katharina y Sophie?

—Ni idea. Ahora mismo están con ella.

Maxim se levantó y cogió su chaqueta.

—Voy a buscar algo de comer. ¿Un kebab?

—Sí.

Cuando Maxim abrió la puerta, entró Helena. Por poco choca con ella. Estaba pálida.

—Hola Helena, ¿va todo bien?

—Sí.

—Voy a los turcos, ¿quieres algo?

—No.

Maxim lanzó una mirada de advertencia a Robert. «Compórtate», quería decir. Y cerró la puerta.

—¿Qué haces aquí? —preguntó Robert—. Kata me ha dicho que ibas con ella al ginecólogo.

—Quiere ir sola. ¿Por qué no hablas conmigo?

—Porque no tengo motivos.

—Sí hay un motivo. ¿Dónde está el libro de Gibran? —preguntó.

—¿Por qué?

—¿No has oído mi mensaje?

Robert señaló una estantería a su espalda. Helena sacó *El libro de Dioniso* y abrió en la página 243.

—Tara, Velda, Jasmin, Ursula, Katrin, Xenia, Helena. Cinco son los nombres de las mujeres que ese tipo ha matado. No es casualidad.

—¿Cómo lo sabes?

—Porque se sabe este libro de memoria. Lo cita constantemente.

Robert la miró molesto. La idea de que un asesino seleccionara a las víctimas de un libro era absurda. Pese a ello, su rechazo se convirtió en la curiosidad del investigador.

—¿A qué responden esos nombres en el libro? —preguntó.

Helena leyó en voz alta:

—El ADN mitocondrial de los europeos contiene siete módulos que demuestran que casi todas las personas que viven en Europa pertenecen en una línea de ascendencia femenina ininterrumpida a una de esas siete mujeres. Hay firmas genéticas que están grabadas en el ADN mitocondrial, que a su vez se divide en siete grupos haploides. T, V, J, U, K, X, H. Para una mejor comprensión, se han puesto nombres a esas siete madres originales: Tara, Velda, Jasmin, Ursula, Katrin, Xenia, Helena. Si se sigue el árbol genealógico de esos grupos haploides, se acaba en una madre original común. Se denomina Eva mitocondrial.

Robert le quitó el libro de la mano y volvió a leer el párrafo en silencio.

—¿Y los siete colores de la sangre?

—Aquí no dice nada de eso. Pero ¿sabes qué significa? Significa que hay miles de mujeres importantes y de éxito. Y Dioniso busca a sus víctimas según su profesión y tal vez por su posicionamiento político. Pero lo más importante es que también las ha escogido por el nombre —dijo Helena—. Y faltan dos: Helena y Xenia.

—Mierda. —Robert cogió la chaqueta de la silla y salió corriendo del despacho.

—¿Dónde vas? —Él no reaccionó. Helena tuvo que darse prisa para poder seguirlo. Por fin lo alcanzó en la escalera—. ¿Dónde vas?

Como no contestaba, lo agarró con fuerza del brazo para que se diera la vuelta.

—Siento lo de Gibran. Ocurrió, y ya no puedo arreglarlo. ¿Podemos olvidar la historia un momento, por lo menos en lo que concierne al asesino?

Él la miró y negó con la cabeza. No era una negación, más bien asombro y desconcierto. Le costaba salir de ahí.

—Maxim ha encontrado la cuenta donde se transfieren los derechos de autor de Xenia Raabe. Los extractos de esa cuenta se envían a una dirección en Friedrichstrasse. Esta mañana he estado ahí: se ha mudado.

—Porque está en la India —dijo Helena.

—Hay una solicitud de reenvío.

—¿A la India?

—A la cabaña de caza de Spreewald.

—¿Qué tiene que ver eso?

—Es lo que voy a averiguar.

—Xenia Raabe tiene que ser una de las siete mujeres —dijo Helena, exaltada.

—Sí, pero hay otra Xenia.

—Xenia Salomé.

—Ha descubierto que la cabaña de caza lleva un año vacía, pero de noche aparecen limusinas.

—¿Dónde está?

—En mi casa. —No hizo caso de la mirada de asombro de Helena, pero le dio la explicación—: Por motivos estrictamente profesionales. No como tú.

Fueron juntos hacia Pankow. Los edificios eran grises, las

paredes estaban repletas de grafitis hasta los dos metros de altura. En los balcones, las antenas parabólicas dirigían su rostro hacia un satélite lejano como si fuera un dios. En la calle, había algunas cuerdas de tender, basura. Helena sacó una pastilla del bolso y se la tragó sin agua.

—¿Te he contado que el doctor Freund cree que mis olvidos son consecuencia de un estrés postraumático? Dice que debo pasar otra vez por la misma situación. Mentalmente, claro.

Antes de que Robert pudiera contestarle, tuvo que dar un frenazo. La policía había bloqueado la calle Bornholmer; había luces azules enfocadas hacia las paredes de los edificios. Una ambulancia y otro vehículo de urgencias de los bomberos de Berlín bloqueaban la entrada del número 27, donde vivía Robert. Los periodistas se agolpaban delante de las cintas de color rojo y blanco.

Saltó del coche y Helena fue tras él. Cuando llegó al bloqueo policial, hizo un breve gesto al agente. Se conocían.

—¿Qué ha pasado?

—Una mujer. Una paliza bastante fuerte. Ziffer ya está arriba.

Robert lo intuyó antes de saberlo. Salió corriendo. Pasó junto a la ambulancia y los bomberos. Olía a gasolina. En la escalera, los policías se pisaban los talones. Faber saltaba los escalones de dos en dos. En la puerta del piso, los vecinos especulaban sobre aquel alboroto. Su piso estaba en la cuarta planta. Cuando llegó arriba, le quemaban los muslos, pero no lo notó. Entró corriendo en la cocina y vio de reojo que Ziffer estaba allí hablando por teléfono. El dormitorio. Estaba en su cama. Las sábanas y la almohada estaban esparcidos por el suelo. Alrededor de la cabeza, la sábana estaba teñida de rojo. Alguien le había dado un martillazo en el cráneo. Por el patio trasero del edificio de enfrente se oía el estribillo del éxito de Nirvana: *Come as you are / As you were, as I want you to be.*

No había trucos para evitar el horror.

—Será mejor que guardes esta imagen en algún sitio en tu interior, o te volverás loco —le había dicho su jefe, deBuer, cuando vio su primer cadáver hacía muchos años.

Sin mirar a Xenia, Robert le dijo a uno de los agentes:

—¿Por qué no me habéis llamado?

—El médico dice que está aquí desde hace entre cuatro y cinco horas. Eso significa que sucedió cerca de las diez. ¿Dónde estaba usted a esa hora, señor Faber?

Ziffer. Robert se dio la vuelta. El otro estaba apoyado con desenfado en el marco de la puerta.

—¿Por qué? —preguntó, pese a saber la respuesta. Ziffer sospechaba de él, lo veía.

—¿Me va a decir dónde estaba?

Estaba en su casa, revisando con Xenia Salomé sus investigaciones. Pero si de algo estaba seguro es de que cuando se fue al despacho, seguía viva.

—Estaba fuera.

—¿Seguro?

A Helena le costaba respirar cuando entró. Vio a la muerta. La sangre le cubría la cara.

—Es Xenia Salomé, ¿te acuerdas? Estuvo en la rueda de prensa —le dijo Ziffer antes de dirigirse de nuevo a Robert—. ¿Estaba solo o había alguien con usted?

Estaba solo.

—Está usted temporalmente detenido, señor Faber. Ya conoce el procedimiento.

Helena se plantó delante de Ziffer.

—¿Qué significa esto?

—Pregúntaselo a él. —Con el dedo índice señalaba a Robert como si quisiera atravesarlo—. Y pregúntale también dónde estaba cuando mataron a Xenia Salomé con un martillo.

Faber lo miró. La sospecha estaba tan fuera de lugar que cualquier otro se habría reído. ¿Que él había matado a Xenia Salomé? ¿Qué motivo podía tener? Robert agachó la cabeza y volvió a mirar a Ziffer, y antes de que este reaccionara, lo agarró por el cuello y lo empotró contra la pared.

—Eres un pedazo de mierda.

Le dio un puñetazo en la cara, otro en el estómago. El fiscal se encogió emitiendo un gemido. Faber lo agarró del pelo y lo iba a levantar otra vez, pero los colegas se abalanzaron sobre ellos. Entre tres lograron detenerlo.

Cuando se lo llevaron y pasaron junto a Helena, él se zafó y le susurró al oído:

—Ve a la cabaña de caza. Y llévate a Maxim.

Los agentes lo sacaron del piso. Ziffer se incorporó de nuevo y se limpió la sangre de la cara.

50

$\mathcal{A}$ unos cien kilómetros al sur de Berlín había una planicie alargada. Infinidad de corrientes de agua atravesaban un valle glaciar cubierto de bosques y prados. Surgido tras la última glaciación unos veinte mil años atrás, el Spree se formó a partir de un laberinto de miles de kilómetros de pequeñas corrientes. Helena intentó ordenar las ideas. «Xenia era el nombre de una de las siete hijas de Eva, como había leído en el libro de Gibran. ¿Y precisamente ahora Robert mata a Xenia Salomé? Jamás.» El sistema de navegación la llevó por una calle adoquinada hasta un museo al aire libre llamado Spreewald, pasando por granjas aisladas, unidas entre ellas por multitud de canales. A ambos lados de la calle había casas de doscientos años de antigüedad, donde las costumbres del pasado cobraban nueva vida: carruajes de caballos, en cuyos pescantes iban hombres con gorras de visera; mujeres ataviadas con faldas anchas, cintas de colores atadas en la barriga y pañuelos blancos en la cabeza con una especie de alitas a los lados, como si quisieran salir volando… Una fiesta de pescadores. Helena giró por un sendero y se adentró unos dos kilómetros en medio de un bosque. Cuando el Volvo llegó a un aparcamiento, se oyó la voz masculina del navegador GPS.

—Ha llegado a su destino.

«¿Ese era el destino? No hay nada más que dos docenas de coches aparcados.» Miró alrededor. A unos cien metros vio una verja de hierro forjado. Bajó del coche y se acercó. La verja se encontraba sobre un puentecito bajo el cual serpenteaba un sucio riachuelo. Tras ella, un camino adoquinado de unos cien metros conducía hasta una cabaña de caza. Los árboles estaban muy juntos, y, entre ellos, se extendían los arbustos. La hiedra crecía salvaje por todas partes, como si tuviera que ocultar un secreto. No era precisamente el sitio donde querría detenerse al anochecer. Evocó recuerdos de los cuentos de hadas, ante todo de los que solo tenían un final feliz cuando era absolutamente necesario. Una placa de latón hecha polvo anunciaba: «Luchadores de la luz, instalaciones juveniles y de ocio, prohibido el acceso a personas no autorizadas». ¿Tal vez unos perros furibundos esperaban a las personas no autorizadas? Helena empujó la verja con la punta de los dedos; estaba cerrada. A cada presión sobre ella resonaba la contundente cadena que la sujetaba. No había ningún timbre, ni nadie cerca a quien avisar. Miró hacia arriba y se planteó si podría trepar por la verja. Pero descartó la idea al ver la serie de remates en forma de afiladas lanzas, forjadas a mano, que sobresalían de los adornos en forma de ese y que apuntaban hacia el cielo.

Sin embargo, cuando caminó unos pasos hacia la derecha consiguió saltar el riachuelo que limitaba la finca por ese lado. La orilla estaba cubierta de lodo y hojas caídas. Podredumbre bajo la cual pululaban los insectos. Helena dudó. Cuando dio el primer paso por la orilla, se hundió hasta los tobillos y perdió el equilibrio. Agitó los brazos, y en el último momento logró estabilizarse. A punto estuvo de caer en aquel caldo negro. Cuando sacó el pie de la ciénaga había perdido un zapato y se le había acumulado el agua salobre en el empeine del pie. Una burbuja de aire estalló como si fuera un eructo. «Mierda. Doscientos cuarenta euros al cuerno.» Se quitó el otro zapato con desconfianza y lo sujetó con la mano derecha. Dio un paso en el riachuelo de agua fría. Un salto, y se plantó en la otra orilla. Se situó a la izquierda; allí había un estrecho sendero que llevaba a la parte trasera de la casa, donde se encontraban los cuartos de servicio. Oyó un ruido a la derecha, el crujido de una rama. Cuando miró hacia allí, apenas se veía nada entre la espesa maleza. ¿Había alguien? Tal vez era un animal. «Llévate a Maxim», le había dicho Robert, pero estaba de servicio y no podría acompañarla hasta la tarde, y ella no había querido esperar tanto. «Solo voy a ver si hay alguien, haré unas cuantas preguntas y me iré.» La planta bajo el frontispicio estaba revestida de ripias de madera desmoronadas, y las ventanas quedaban ocultas tras los postigos cerrados. En las paredes de la planta baja, el enyesado se había descascarillado en parte y los ladrillos que había debajo estaban degradados por el clima y por las hendiduras a causa de la erosión. Delante de la casa, bajo la sombra de un roble torcido, había un columpio, un tobogán y una estructura metálica infantil para trepar por ella que, devorados por el óxido, tenían un aspecto lastimoso y desolador, y para los que tenían una imaginación retorcida como Helena, evocaban historias horribles. Rodeó el edificio; de vez en cuando los pies se le contraían de dolor cuando topaban contra algún obstáculo que se le clavaba en las plantas. Se maldijo por no haberse puesto los resistentes zapatos que siempre llevaba en el maletero para esas ocasiones. «Tendría que haberlos cogido antes de perder el zapato.» Cuando llegó al portón de madera que había en la fachada de la casa, tocó el timbre. Nada. Otra vez. Miró hacia el pequeño aparcamiento que se encontraba a la derecha de la entrada. Estaba vacío. Sin embargo, unas huellas de neumáticos indicaban que poco antes se habían aparcado allí uno o varios coches. Después alzó la vista hacia la primera planta. A oscuras. No había nadie en la casa. Llamó otra vez para asegurarse, pero no pasó nada. Tal vez eso fuera bueno, pues podría regresar a Berlín y volver con ayuda. Sí, era la decisión más segura. Emprendió el camino de vuelta. Pasó junto al roble y la estructura metálica. «Un lugar curioso —pensó—. Vete de aquí.» Aceleró el paso, y entonces oyó un ruido extraño. Tenía que provenir de la casa. Aguzó el oído: silencio. «Seguro que te has equivocado.» Siguió adelante. Volvió a oír el mismo ruido, como si alguien lanzara algo. Ahí había alguien. Retrocedió, espió por la rendija de una contraventana. Vio un pequeño vestíbulo, un pasillo. Como estaba anocheciendo apenas se veía nada. A pesar de todo, por debajo de una puerta, muy lejos, se veía un rayo de luz. ¿Un ladrón? «Será mejor que me quede aquí y pida refuerzos.» Se tocó el bolsillo trasero de los pantalones: no llevaba el teléfono. Claro, estaba en el soporte del coche junto al parabrisas. «¿Qué hago? ¿Vuelvo al Volvo? No. Entretanto el ladrón podría largarse.» Tenía que entrar en la casa de alguna manera. Miró alrededor. Un poco más a la izquierda, una escalera conducía a una puerta del sótano. Si conseguía acceder sin ser vista, podría llamar a la policía desde la casa. Sí, buena idea. «Si es que hay teléfono dentro. Y si funciona.»

No hacía falta mucha fuerza para abrir la puerta con un viejo palo de escoba que había junto a la escalera del sótano. Era el lavadero. Había un lavamanos, encima un espejo que reflejaba la luz solar hacia un rincón del cuarto. Un retrete, una lavadora nueva, una secadora y una bañera llena de agua hasta el borde, en la que había una esponja. Probablemente había mosquitos. Muchos mosquitos. Cuando entró en el sótano, notó la frialdad de las baldosas del suelo. Un fino reguero de agua caía en la bañera y creaba ondas concéntricas. Helena notó que se encogía, que los músculos se le ponían en tensión y que un impulso la empujaba hacia fuera. «Solo es agua, cálmate. Respira. ¡Ay!» Un pedazo de cristal le cortó la planta del pie derecho. Se tocó la herida, vio sangre. «¿Cuándo me puse la vacuna del tétanos por última vez? Es en la que siempre piensas cuando es demasiado tarde.» Siguió. Al fondo del pasillo una escalera conducía a la planta baja. La puerta se abrió con facilidad. ¿Qué había detrás? ¿Estaría allí el ladrón? ¿La había oído y estaba esperando para pegarle un tiro o un puñetazo? Nada de eso. No había más que el pequeño vestíbulo que había visto desde fuera. Las paredes estaban cubiertas de papel amarillento, pero por lo demás estaban en buen estado. Un mostrador de recepción que, seguramente, antes servía para registrar a los niños. Una chimenea, al lado un atizador y un cubito con un montón de ceniza. ¿Qué quemarían ahí? Se ocuparía de eso más tarde. «Si no se me olvida», pensó, en un acceso de humor amargo. Había varias puertas a ambos lados. En la última se veía luz. Escuchó en medio del silencio. No había nadie. Solo se veía el fino haz de luz que salía bajo la puerta. «Ahora ya puedes marcharte. ¿Por qué no lo haces?» La luz. Caminó pegada a la pared para evitar que sonaran los tablones sueltos. Si había alguien en la casa, no quería avisarle. Tanteó con cuidado con la mano izquierda el pomo de la puerta y la empujó. Se abrió con sorprendente facilidad. Un dormitorio. A la derecha había un arcón, a la izquierda, un televisor donde emitía la RTL. En medio del cuarto había un soporte metálico. El gotero estaba hecho añicos, y el tubo llevaba a una cama, y en la cama había una mujer. Esposada; un pañuelo le tapaba la boca. Estaba escuálida, los huesos le sobresalían bajo la piel como si fueran a atravesarla en cualquier momento. Tenía el pelo sudado y miraba a Helena con los ojos desorbitados. Helena no la conocía. Miró alrededor. ¿Había alguien más? «No cometas ningún error. Asegura el espacio, sobre todo la puerta. ¿Qué hay detrás de la puerta? Nada, nadie.» Observó a la mujer. Le quitó la mordaza de la boca. Estaba húmeda y viscosa. Una bocanada de aliento podrido salió de la inflamada garganta.

—¡Ayúdeme!

La voz era como un graznido agudo.

—No pasa anda, la sacaré de aquí. ¿Cómo se llama?

—Xenia Raabe.

«¿Xenia Raabe? Pero si se suponía que estaba en la India. ¿Entonces por qué estaba muerta Xenia Salomé?»

—Dese prisa. Me va a matar.

—¿Quién?

—¡Mi hijo!

—¿Dónde está?

—¿Cómo voy a saberlo? —A Xenia Raabe le costaba respirar, le temblaba el cuerpo. Movía manos y pies sin control.

—Voy a sacarla de aquí, pero tiene que calmarse.

Helena abrió los cajones de la cómoda. Instrumental médico. Ni una llave.

—¿Dónde está la llave?

—¿Cómo quiere que lo sepa? A lo mejor, arriba.

—¿Dónde exactamente?

—No lo sé. —La mujer estaba cada vez más aterrorizada—. ¿Qué hora es?

Helena consultó el reloj.

—Las cinco y media.

—Entonces puede llegar en cualquier momento.

—Escuche, voy a ir arriba a buscar la llave. También llamaré a la policía. ¿Hay teléfono en la casa?

—¡No! No puede dejarme aquí sola, por favor. ¡Por favor!

—Vuelvo enseguida.

Salió corriendo de la habitación, perseguida por los gritos de Xenia. ¿Dónde debería buscar la llave? Dio un vistazo al

251

pasillo. Había un guardarropa con una chaqueta y un abrigo colgados. Delante, una cómoda. Dentro de ella, cámaras, trípodes. Varias túnicas, limpias y bien dobladas. «Dioniso.» También había un platillo, y en él, tres llaves. Una de un candado de bicicleta, otra que, seguramente, era la de la puerta del sótano, y la tercera con una curiosa forma doble, casi idéntica a la que tenía ella para abrir la puerta principal de la Fiscalía. Caramelos. Un montón de tarjetas de visita. Cogió una: Lukas Ziffer, fiscal. ¿Por qué tenía Dioniso tarjetas de Ziffer? Miró alrededor. Se le despertó la curiosidad de investigadora. La puerta daba a una especie de salón. Había un crucifijo torcido en una pared. En el sofá, *El libro de Dioniso*. Una caja. La abrió con cuidado. Fotos suyas: en el Volvo, delante de la puerta de casa, con las niñas. Debajo de las fotos había otra cosa. Levantó las fotografías, vio la máscara y soltó un grito.

51

$\mathcal{H}$abía hecho detener a Robert Faber y había requisado el ordenador que este tenía en el salón. Estaba acusado de asesinar a Xenia Salomé. Los agentes habían refunfuñado, pero no les quedó más remedio que llevárselo preso. Como cabía esperar, el jefe de Faber, deBuer, telefoneó a Ziffer en el acto para saber cómo se le había ocurrido que su mejor hombre podía haber perpetrado un asesinato, aunque se tratara de una bloguera de la que solía obtener información. Sin embargo, él se remitía a los indicios que señalaban claramente a Faber como el asesino. «Ziffer, escuche, eso no se lo cree ni usted», le dijo deBuer, pero ya no podía hacer nada para evitar la detención.

Mientras conducía hacia la cabaña de caza, el equipo de recogida de pruebas estaba registrando el piso de Faber. Encontrarían un martillo ensangrentado y las huellas de Robert. Y si eran meticulosos, el expediente que había escondido debajo de la colada en el armario ropero. Y, además, un mensaje en el móvil de Xenia: «Sé desde qué ordenador se colgó el vídeo». Era cierto que la periodista había descubierto que el vídeo de Reuben se había enviado desde su despacho hasta el ordenador de la cabaña de caza, y desde ahí se había colgado. La pregunta era si Faber lo sabía. Justo después de matar a Salomé, él había enviado el mensaje desde el móvil de la chica al de Faber. Como la hora de la muerte solo se podía estimar, no se notaría la diferencia de tiempo. Además, ordenó que no fuera la doctora Becker quien estudiara el cadáver en el Instituto Forense. Había oído que Faber y Becker tenían una aventura. El problema que debía solucionar ahora se llamaba Helena Faber. Su exmarido le había susurrado algo que sonaba a Spreewald, y ella había desaparecido. Esperaba no encontrársela ahí. En la radio de la policía se oyeron unos cuantos mensajes por accidentes, un robo y una agresión física leve. Nada respecto a Helena Faber ni a la cabaña de caza. Probablemente, como le ocurría a menudo durante las últimas semanas, habría tenido un ataque de amnesia y ya no se acordaría de nada. Eso había sido un regalo para él, porque, pese a que Paulus la había retirado del caso Dioniso, seguía activa. Ella y su ex incluso estaban consiguiendo bastantes cosas. Pero como Helena no sabía que era él quien estaba detrás de Dioniso, le había informado de todo lo que averiguaban, y así él podía controlar la investigación para que no lo descubrieran. El único problema era el expediente de la denuncia de Reuben. Y aún no sabía cómo arreglarlo.

Salió de la autopista y giró por una carretera secundaria. En la radio policial todavía no se oía nada que hiciera referencia a él o a la casa. Eso significaba que tenía tiempo para hacer desaparecer a su madre, vaciar el dormitorio y limpiar todos los rastros que pudieran delatarlo. La pregunta era dónde llevar a su madre. No podía dejarla en un hotel ni en una pensión; el servicio de habitaciones la descubriría. Tal vez debería llevarla a una de las granjas que había en la zona, que estaban deshabitadas al haberlas abandonado los propietarios después de perder el trabajo. Seguro que encontraría una casa donde alojarse con ella hasta que le tocara la curación. «Vaya lujo para la vieja», pensó. Debería haberla curado al principio de todo, cuando practicaba con ella. Así no habría tenido tanto trabajo. Qué cantidad de dinero en goteros, calmantes y antibióticos se habría ahorrado. Pero había decidido presentar al público las siete curaciones como una puesta en escena. Cada paciente… ¿podía llamarlas pacientes? ¿Por qué no, si estaban enfermas? Cada paciente debía ser más importante que la anterior. Y Xenia Raabe era, por el hecho de ser su madre, la más importante de todas. Por eso, su curación debía ser la apoteosis de su misión. Él ya tenía una idea de lo que era la estigmatización. Era un tema sobre el que quería reflexionar. Al principio, no le importaba amputar a las mujeres una u otra parte del cuerpo. La decisión era fácil según la profesión. En cierto sentido, ellas mismas marcaban esa estigmatización. Pero ¿qué estigma encajaba con su madre? Ya se había visto obligado a cercenar las orejas, la nariz, los labios, los dedos y los ojos. Tuvo que pensar mucho hasta encontrar la solución. Como él siempre hablaba del sexo social y defendía que las diferencias biológicas definían la asignación del sexo masculino o femenino, con ella quería eliminar la diferencia biológica. «En realidad deberían llamarse las dos diferencias biológicas», pensó. Pero antes de eso, debía ocuparse de Helena Faber, aunque no cuadrara del todo en la serie. No era ni famosa, ni había participado de forma explícita mediante su trabajo en la guerra que libraban sus víctimas contra los hombres. Pero como quería que él se fuera a pique, se había ganado cierto valor dentro de los límites de la misión de Dioniso. La había dejado libre todo aquel tiempo con la esperanza de que encontrara el chip donde, supuestamente, se lo veía a él saliendo de la finca de Reuben. Pero ya no podía tenerle ninguna consideración. Cuando giró por la callecita que conducía a la entrada principal, no vio el Volvo por ningún sitio. Bien. El aparcamiento pequeño también se hallaba vacío, así que Helena no estaba. Aunque podría haberlo dejado en el otro aparcamiento situado en la parte trasera, tras la gran puerta de hierro. Tal vez fuera más seguro echar un vistazo, pero significaría perder un tiempo muy valioso. «A veces hay que correr riesgos», pensó. Aparcó el coche cerca de la puerta y cogió unas cuantas cajas de mudanza plegadas del asiento trasero. En ellas cabría todo lo que había necesitado para tener a su madre encerrada casi catorce meses. Las llevó hasta la puerta, abrió y cuando iba a llamar a su madre, oyó una voz. ¿Quién sería? Sin duda había dos personas hablando. Dejó las cajas con cuidado. Se quitó los zapatos y subió con todo el sigilo posible la escalera hasta el piso superior. La pistola estaba arriba del todo del armario ropero. Comprobó el cargador: seis balas del calibre 38. Estupendo. Vuelta a la planta baja. Quienquiera que estuviese con su madre recibiría una bala. Las voces bajaron el tono, apenas entendía nada. La otra voz le sonaba: ¿era Helena Faber? No estaba seguro. Pero ¿por qué susurraba? ¿Lo había oído? Recorrió el pasillo en silencio hasta llegar al dormitorio. Y ahí estaba, de espaldas a él. Con la llavecita en la mano, abría presurosa las esposas. Ya había abierto tres.

255

—Hola, Helena —la saludó.

Su madre soltó un chillido y Helena se volvió con brusquedad.

—¿Qué haces tú aquí?

Pocas veces había visto tanto miedo en unos rostros. Lo miraban con los ojos abiertos de par en par, como si un coreógrafo hubiera ensayado los gestos con ellas. Helena se puso delante de la mujer. Alzó los brazos y, situándolos delante del pecho, le mostró los puños. Ella misma le había contado que había recibido formación en el combate cuerpo a cuerpo en la policía, y corría el rumor de que durante una redada, en un burdel, había anulado de una patada a un tipo que le sacaba dos cabezas. Pero ¿qué iba a hacer contra una pistola?

—No te voy a hacer nada, Helena —dijo él al tiempo que apretaba el gatillo. La bala impactó en la pared, justo entre Helena y la mujer. Xenia Raabe gritó. Y gritó, y gritó, y gritó. Eso le molestaba mucho a su hijo. Simplemente tenía que disparar, pero no podía ser porque la necesitaba para la curación final—. ¡Cierra la boca, cierra ya la boca!

La sacudió hasta que se calló. Había perdido de vista a Helena por un instante. A toda prisa, antes de que él pudiera reaccionar, Helena agarró el soporte del gotero y le pegó con la barra metálica en la cabeza. Él notó un potente destello que durante unos segundos lo dejó ciego. «¡No pierdas el equilibrio! Mantente de pie», pensó. Agitando los brazos, intentó agarrarse a algún sitio, pero encontró el vacío y cayó al suelo. Se incorporó apoyándose con la mano izquierda y notó un dolor ardiente. Se le había clavado un cristal en la mano. Se miró la palma: le salía sangre. Aturdido, vio cómo Helena sostenía el gotero ante él y tomaba impulso.

—¡Zorra! —gritó, y disparó. Pero no podía apuntar porque no veía bien. Las balas impactaron en el techo y en las paredes. Antes de poder recuperarse, ella ya había salido de la habitación.

52

Helena echó a correr hacia la puerta de la casa. Resbaló en el sendero adoquinado, se cayó, se levantó y siguió corriendo hacia la verja. Oía los gritos de Xenia Raabe, sus gemidos eran como si frotaran un hierro contra una piedra.

—Quédate, miserable. No puedes dejarme aquí sola con él.

Pero no podía volver, Ziffer le dispararía. Tenía el móvil en el Volvo, ahí podría pedir ayuda.

—¡Vuelve atrás! ¡Maldita mierda!

Siguió corriendo. «¡Que sí! Ahora vuelvo.» Cuando le quedaban pocos metros para llegar a la verja, ya no oyó nada más. Silencio. Xenia Raabe había enmudecido. ¿Había matado Ziffer a su madre? Contuvo la respiración para escuchar. Nada. Ni una palabra, ni un grito. El hierro contra la piedra había enmudecido. «A lo mejor le ha metido la mordaza en la boca», pensó. Volvería, pero con una unidad especial. Y con Robert. Entonces acabarían con Ziffer. Esperaba que él se defendiera, que la atacara para poder dispararle. Primero en las piernas. Luego en los huevos y después en el vientre hasta que se desangrara despacio y con dolor. Pero ahora no podía dispararle. Primero tenía que ir a buscar el teléfono. Era su única oportunidad. Aunque le sangraban las plantas de los pies y le ardían a cada paso, continuó corriendo. Saltó el riachuelo junto a la verja. Acabó en el agua sucia. Subió a gatas a la orilla. «Aunque te ardan los pulmones y apenas puedas respirar, y te duela el costado y no te notes los pies, no puedes descansar. Tienes que seguir corriendo. Treinta metros nada más.»

Llegó al Volvo. «Espero no haber perdido la llave.» Se palpó el bolsillo derecho de los pantalones. Ahí estaba. Abrió.

«Vamos, hazlo.» Subió. El móvil. Tenía nueve llamadas perdidas en el contestador. Buscó a Robert en los favoritos. Estaba en tercer lugar. En el primero estaba Katharina, y en el segundo, Sophie. Cambiaba las posiciones todas las semanas para que ninguna de las niñas pensara que era la preferida. El icono de llamada. Dos tonos, tres, cuatro. «¿Por qué no contestas?» ¡Seis tonos, siete! Y luego el contestador: «Robert Faber, por favor, deje su mensaje».

—Soy yo, estoy cerca de Lübbenau, aquí está…

—¡Heeeeeelena!

¿Quién la llamaba? Alzó la vista y miró alrededor. Entonces lo vio por el retrovisor. Estaba en la verja y abrió la cadena con una llave. Tenía que irse. «La llave en el contacto. Gira.» Nada. El motor estaba de huelga. «Otra vez, no.» Tendría que haberlo arreglado hacías días. Otra vez. No reaccionó. «No puedes hacerme esto. ¡NO PUEDES HACERME ESTO! ENCIÉNDETE, MIERDA.» Una mirada al retrovisor. La verja estaba abierta, pero no veía a Ziffer. «¿Dónde está? ¡Ahí!» Caminaba por la derecha junto a la fila de coches aparcados. Helena se tumbó a un lado para que no la viera. «Pero conoce mi coche. ¡Si lo ve, me encontrará!» Giró la llave de nuevo, pero el motor seguía sin reaccionar.

—Helena, ven aquí. Esto no es necesario. Te voy a encontrar igualmente.

La voz se acercaba cada vez más.

—Hablemos de todo esto. Intentaré explicártelo, y tú decidirás qué hacer conmigo.

Sonaba como si se hubiera detenido. La voz subía y bajaba de tono.

—En el fondo me alegro de que me hayas encontrado. ¿Lo entiendes? Así podemos hablarlo todo con calma. ¿Dónde estás? ¡Ah! ¿Este es tu Volvo? Sí, es este.

Oyó los pasos. Sabía exactamente a qué distancia estaba; era un don especial. De pequeña aprendió a calcular, según el sonido de los pasos, cuánto tardaría su padre en llegar a su habitación. Se abrió la puerta del acompañante.

—¿Helena? ¡Helena! Sé que estás aquí. ¿Dónde te has escondido?

No estaba en el coche; había abierto la puerta del conductor y se había dejado caer. Se metió debajo del siguiente coche, un Mercedes antiguo. De ahí pasó a otro coche, hasta que llegó al último de la fila y se quedó agachada detrás del maletero. Ahí estaba ahora, conteniendo la respiración y escuchando cómo Ziffer caminaba de aquí para allá, nervioso. Pero se detuvo porque le sonó el móvil.

—¿Diga? Ha estado aquí. Sabe quién soy. ¿Qué hago? Su coche sigue aquí... no, no la veo... de acuerdo.

La llamada había terminado. Ziffer se alejó con rapidez. «¿A dónde vas?», pensó ella. «¿Por qué no me sigues buscando? ¿Con quién hablabas? ¿No eres tú Dioniso? ¿Quién te da las órdenes?»

Esperó diez minutos más. Entonces levantó la cabeza con cautela y miró hacia la verja. No se veía a nadie. Se levantó, volvió a su coche, tiró de la palanca del capó y cogió el martillo que había a los pies. Dos golpes al motor. Por fin el coche arrancó y se fue. Tenía que localizar a Robert y decirle lo que había ocurrido. Buscó el número en los favoritos. De nuevo el contestador. ¿Dónde estaba? Apagó el móvil. Justo cuando iba a dejarlo, sonó.

—¿Diga?

—Soy yo. Quería saber dónde estás.

—¿Quién eres?

—Georg. Habíamos quedado para cenar.

«¿Había quedado con Paulus para cenar?» No lo recordaba. Pero no sonaba a reproche.

—¿Va todo bien?

—Sí. No.

—¿Dónde estás?

Se veían casas de una planta a ambos lados. Algunas tiendas, hoteles. Banderas de color azul plateado que ondeaban al viento sobre el patio de una tienda de vehículos de segunda mano. No era Berlín. Tampoco era algún sitio de los alrededores que conociera. «¿Dónde estoy?»

—¿Helena?

«Por favor, amnesia no. Otra vez no. ¡Y sobre todo ahora no!» Se dio un golpe en la frente con la palma, furiosa consigo misma, furiosa porque los hechos se le escurrían entre los dedos como el agua, sin poder retenerlos.

259

—No sabes dónde estás, ¿verdad?

—No.

—Cálmate.

—Estoy tranquila.

—De acuerdo. ¿Ves algún cartel en algún sitio?

—¿Qué tipo de cartel?

—Algo que diga dónde estás.

—Aquí delante hay un puerto.

Se detuvo delante de un local que limitaba directamente con un pequeño embarcadero. Había gente subiendo a una barca, agarrándose unos a otros, entre risas.

—¿Qué tipo de puerto?

—Hay muchos botes pequeños, y la gente lleva palos largos en las manos. Los sumergen en el agua.

Paulus guardó silencio, como si estuviera pensando a qué se refería.

—Estás en Spreewald, ¿qué haces ahí?

—No lo sé.

—¿No puedes enviarme tu ubicación?

«¿Enviar mi ubicación? ¿Cómo se hace eso?»

—¿Cómo se hace?

—Olvídalo. Quédate donde estás, te encontraré.

«Me ha preguntado qué hago aquí. ¿Por qué no lo sé?» Se quedó mirando el móvil: Paulus había colgado. Por un altavoz sonaba música popular. Era una canción sencilla que le gustó y le sirvió de consuelo. Estaba oscureciendo poco a poco. Las luces rojas y amarillas de un embarcadero de alquiler de botes iluminaban el paraje. Helena bajó del coche y se sentó en una pasarela. La barca, llevando a una docena de personas muy contentas, zarpó, y el timonel la condujo despacio hacia un canal. Ella lo siguió con la mirada, y luego miró abajo. Cuando las olas generadas por el bote llegaron al embarcadero, su imagen reflejada en el agua se desvaneció.

Helena lo había apuntado: «Primero son olas breves y bajas como sucede en la orilla de los ríos poco profundos, después son más duraderas y grandes como las que montan los surfistas en el Pacífico. Pero no borran la memoria, sino que dejan que se ahogue. Con el tiempo, las olas se vuelven más altas y extensas. Aparecen en forma de pared como un tsunami que me arrasa el cerebro. Mi memoria tarda horas en recuperar el funcionamiento. Es evidente que cada vez es más breve el tiempo en el que logro recordar, y algún día se acabará del todo. Entonces la noche se cernirá sobre mí. Y no sabré nada de esa noche porque todos los recuerdos del día se habrán borrado».

Al cabo de una hora un Mercedes se paró a unos metros de ella. Bajó un hombre que se le acercó corriendo en la oscuridad. «Es muy atractivo, pero parece preocupado», pensó ella.

—¡Helena, Dios mío! ¿Estás herida? —La apartó de la pasarela—. ¿Qué ha pasado?

Ella se miró de arriba abajo. Llevaba la ropa desharrapada, y las manos y la cara sucias. ¿Qué había pasado? Intentó recordar, pero no lo logró. Si existía una puerta para saber qué le había pasado, estaba cerrada.

Paulus se lo preguntó de nuevo:

—Helena, ¿qué ha pasado?

—No lo sé.

—¿Te has peleado con alguien, te ha atacado alguien?

—No lo sé.

—¿Sabes quién soy?

—Sí. —Era mentira, pero como sabía cómo se llamaba y parecía preocupado, supuso que debía de conocerlo.

—¿Qué haces aquí?

«¿Qué hago aquí?» Miró alrededor: un río, casas, barcas de remos. No había ningún motivo que le dijera qué hacía ahí.

—¿Dónde están tus zapatos?

Iba descalza, tenía los pies sucios y ensangrentados. Lo miró sorprendida. ¿Por qué iba descalza? Sintió el pánico en la garganta, notó que se le saltaban las lágrimas y tuvo que poner todo su empeño en no romper a llorar. Paulus la abrazó.

—No pasa nada. ¿Tienes la llave del coche?

«¿A qué se refiere con la llave del coche?»

Paulus se acercó al Volvo y miró dentro. Asintió e hizo una señal a su chófer. El Mercedes arrancó y avanzó marcha atrás.

—¡Helena! ¡Ven! —Le hizo una señal para que se acercara—. Sube, yo te llevo.

Ella dudó un momento. Tenía miedo, estaba cohibida. Sin embargo, al ver su sonrisa amable subió.

—Tienes que ponerte el cinturón.

Arrancaron, pronto llegaron a la autopista y Paulus aceleró y puso el coche a ciento sesenta kilómetros por hora. Helena contemplaba el paisaje en silencio.

—¿Sabes cómo has llegado hasta aquí o qué hacías aquí?

—No.

Paulus asintió, y condujo un rato en silencio.

—¿Lo sabe Robert?

«Robert. ¿Quién es Robert?»

Él la miró sorprendido.

—¿No te acuerdas de él? ¿Tampoco sabes lo que ha hecho?

«No. ¿Qué se supone que ha hecho y por qué es importante?»

—Xenia Salomé está muerta. La encontramos en su piso. Ziffer cree que él la ha matado porque había encontrado alguna pista relacionada con Dioniso.

—¿Quién es Ziffer?

—Es fiscal como tú. Cree que Salomé quería comentar sus descubrimientos con tu exmarido sin saber que él era el asesino.

«Robert ha matado a Xenia Salomé. Eso dice el hombre que está a mi lado. Y dice que eso cree Ziffer. ¿Por qué me suena el nombre de Xenia? Y Ziffer. ¿Qué pasa con Ziffer?»

—Imagino que será una gran conmoción para ti.

Ella lo miró de reojo. El hombre tenía los párpados gruesos y un amago de papada se le dibujaba bajo la mandíbula. Se le hundían las mejillas y el rostro era grisáceo. «Es un hombre guapo, pero de perfil se ve feo.»

—Por cierto, Ziffer encontró un dosier en casa de tu marido. Investigaciones sobre Ursula Reuben, Tara Beria, Katrin Seliger y las demás mujeres. También había creado una carpeta sobre ti. Con datos exactos de cuándo sales de casa, qué rutas sigues, dónde aparcas.

Aquellos nombres no le decían nada, por lo que apenas reaccionó. Pero era raro que el tal Robert hubiera creado un dosier sobre ella. En cuanto supiera quién era Robert tendría que preguntarle qué pretendía con eso.

—Si tenemos suerte, pronto podremos atrapar a Dioniso. Es increíble que sea alguien de los nuestros.

—¿A dónde vamos?

—A casa.

Circularon una hora en silencio hasta que aparecieron infinidad de luces traseras de los coches ante ellos: un atasco. Paulus tomó la siguiente salida y pasó a una carretera secundaria que atravesaba un espeso bosque.

53

*D*espués de clase, Katharina tenía cuatro horas de entrenamiento de baloncesto. Robert la había llamado para decirle que Sophie y ella tendrían que quedarse unos días más en casa de Barbara Heiliger. Cuando ella le preguntó por qué, le contó algo de un viaje por trabajo. Sin embargo, la niña no quería ir con Barbara e insistió en quedarse en casa.

—Si mamá se encuentra mal otra vez, Sophie y yo la cuidaremos —dijo a regañadientes, y acto seguido llamó a su madre, pero no contestó. A continuación, se encontró con su hermana en el supermercado para comprar para los siguientes días. Una aplicación de cocina gratuita les ofrecía recetas y la lista de la compra correspondiente. Así pues, comerían espaguetis a la boloñesa, espaguetis con salsa de tomate, espaguetis con aceite de oliva y ajo y espaguetis a la carbonara. Como sonaba bastante aburrido, decidieron hacer *penne* a la carbonara en vez de espaguetis. El encargado las conocía y estaba dispuesto a entregarles la compra sin tener que pagar al momento.

Cuando giraron en su calle, en casa no había ninguna luz encendida. Eso significaba que su madre no estaba.

—La señora Holzinger ha dicho que su marido también lo olvidaría todo. Tiene Alzheimer. Y ha dicho que nuestra madre a lo mejor también tiene Alzheimer —comentó Sophie.

—Solo la gente mayor tiene Alzheimer, y mamá no es mayor. Y no tiene Alzheimer, ¿entendido?

—Pero cada vez se olvida de más cosas. La semana pasada estuvo a punto de hacer pis en el florero grande azul.

—¿De verdad?

—Te lo juro.

Se rieron, aunque no tuvieran ganas de reír. El hecho de que su madre perdiera el control les daba un miedo atroz, porque no sabían exactamente qué le pasaba. Aunque no tuviera Alzheimer, podía ser un tumor cerebral. Y de eso te puedes morir. Por lo menos, eso decía la Wikipedia.

Katharina abrió la puerta de casa. Las mochilas seguían en el pasillo. La cena consistía en un bocadillo y zumo de manzana. Había refrescos en la nevera, pero no querían aprovechar la ausencia de su madre.

—Llámala otra vez —dijo Sophie.

—Ya lo he intentado cinco veces, no contesta —repuso ella alzando la voz.

—Tampoco hace falta que me grites así.

Katharina marcó el número, escuchó y colgó.

—No le habrá pasado nada —aseguró sin creerse lo que acababa de decir. Pero intentaba mantenerse fuerte—. ¿Quieres ir a buscar la PlayStation? —Sabía que si se distraían no pensarían en todo lo que podía pasar. La incertidumbre era peor que la espera. La imaginación dibujaba imágenes espantosas de un accidente, un asesinato, un hombre que se llevaba a su madre lejos. Cuando Sophie rompió a llorar, Katharina la abrazó y se echó a llorar también.

—Vamos a casa de Barbara, por lo menos ahí hay alguien —dijo Katharina.

—¿Por qué no esperamos un poco?

—De acuerdo. ¿Entonces cogemos la PlayStation?

—Podríamos leer algo.

—O ver vídeos.

—Mejor leer.

—Voy a buscar los libros que me regalaron por mi cumpleaños.

Se fueron a la habitación de Katharina.

—¿Qué quieres leer? *Vivir con mi hermana* es muy chulo.

—Vale.

Katharina buscó un rato en su estantería. Cuando lo encontró y lo sacó, una piececita de plástico negro cayó al suelo. Sophie la recogió.

265

—¿Qué es eso? —preguntó.

Su hermana cogió la pieza de plástico.

—Ultrafast —decía—. 32 GB, 80 MB/s, Memorycard.

—Ni idea. A lo mejor es el chip que buscaba mamá hace un tiempo, ¿te acuerdas?

Era obvio que Sophie no se acordaba.

—Puso patas arriba toda la casa por esto —dijo la hermana mayor.

—¿Y por qué lo tienes tú?

—No lo sé. Debió de dejarlo mamá aquí.

—¿Por qué?

Katharina se encogió de hombros.

—Ni idea —repitió, aunque sabía perfectamente por qué estaba ahí el chip. Por el mismo motivo por el que su madre había tirado sus zapatillas deportivas por el retrete.

Se quedaron mirándolo como si fuera un tesoro prohibido.

—¿Y qué hacemos ahora? Mamá no contesta al teléfono y papá está fuera por trabajo —dijo Sophie.

—Vamos a casa de Barbara. Ella sabrá qué hacer.

Salieron al pasillo, se pusieron las chaquetas y los zapatos y, justo cuando Katharina iba a cerrar la puerta, el Volvo de su madre y un Mercedes se detuvieron en la calle. El jefe de Helena, que una vez las invitó al cine, estaba al volante del Volvo, y su madre en el asiento del acompañante. Vieron cómo hablaban y que su madre negaba con la cabeza. Entonces bajaron los dos del coche. El jefe subió al asiento trasero del Mercedes y el chófer siguió adelante. Su madre lo siguió con la mirada. Se quedó ahí incluso cuando el Mercedes dobló la esquina.

—Mamá. —A Sophie le salió un hilo de voz.

Helena se dio la vuelta. Le colgaban mechones de pelo sobre el rostro, y el traje que llevaba estaba empapado y sucio. Iba descalza.

—¿Mamá?

—¿A dónde ibais?

—A casa de Barbara —dijo Sophie.

—¿Por qué?

—¿Qué te ha pasado? —preguntó Katharina.

—No lo sé.

Las miradas de las niñas se ensombrecieron. ¿Su madre parecía un espantajo y no sabía por qué?

—Pero sé quiénes sois. Sois…

Las niñas se la quedaron mirando, conteniendo la respiración a la espera de que su madre terminara la frase.

—Hanni y Nanni.

¿Lo decía en serio?

Entonces Helena sonrió.

—Sois mis hijas.

«Hijas» era correcto, pero aún no había dicho sus nombres.

—¿Y cómo nos llamamos? —preguntó Sophie.

—Si no os llamáis Hanni y Nanni, debéis de ser Katharina y Sophie.

Por fin. Ambas hermanas se lanzaron al cuello de su madre con lágrimas en los ojos. Estuvieron un rato como si fueran un ser con seis brazos y un peinado estrambótico de tres colores. A las niñas no les importó que Helena oliera a sudor y a agua encharcada.

—¿Tienes hambre? Hemos hecho la compra —exclamó Sophie.

267

Un cuarto de hora después, Helena estaba duchada y las tres, sentadas a la mesa de la cocina. Ella se abalanzó sobre los bocadillos, y las niñas pudieron beber refrescos. Guardaron silencio hasta que ella no soportó más las miradas interrogantes de sus hijas.

—De acuerdo. Ya habéis notado qué me ha pasado. Hago cosas raras porque a veces no recuerdo para qué sirve algo o qué hace ahí.

—Pero no es así siempre —repuso Katharina.

—No. Empeora cuando sufro estrés. Cuando algo me inquieta. Entonces, de repente, no recuerdo nada, y luego pasa. Pero, últimamente, las fases en las que no recuerdo duran cada vez más, y algunas cosas ya no las recuerdo en absoluto.

—¿Y qué significa eso ahora? —preguntó Katharina.

—Tenemos que pensar qué hacemos si empeora.

—Pero ya estás otra vez sana. No es Alzheimer, nos lo dijiste.

—No, no es Alzheimer. Tomo unas pastillas que a veces ayudan, pero no siempre.

—Si no es Alzheimer, ¿qué tienes exactamente?

—Se llama amnesia disociativa.

—¿Y qué es? —preguntó Sophie.

—No sé explicarlo muy bien…

—¿Lo busco en Google?

Helena asintió. Katharina salió corriendo a buscar su ordenador y buscó el concepto.

—Será mejor que lea en voz alta, ¿no?

—Sí.

—Vale: disociación, del latín *dissociare*, separar, cortar. Las personas afectadas por amnesia disociativa carecen total o parcialmente de recuerdos del pasado, ante todo recuerdos molestos o traumáticos. La amnesia va más allá de los olvidos normales, dura más o es más intensa. Sin embargo, su alcance puede fluctuar. —Se calló y miró a su madre.

—Es verdad. Sigue leyendo.

—La amnesia disociativa puede desembocar en la pérdida total de la memoria declarativa. Afecta tanto a la información general ajena a esa persona, como por ejemplo que Nueva York es una ciudad destacada de Estados Unidos, como a la información de su propia vida, como el rostro y el nombre de su pareja o de sus hijos.

No eran buenas noticias. El miedo se reflejó de nuevo en sus rostros.

—Sin embargo, rara vez la limitación de la memoria procesal…

—¿Qué es esto? —la interrumpió Sophie.

—Da igual —replicó Katharina, y siguió leyendo—… almacena acciones automáticas como, por ejemplo, caminar, ir en bicicleta, conducir o jugar al fútbol. Se cree que el motivo es la larga fase de aprendizaje de esas acciones.

—Tal vez debería empezar mi carrera como futbolista —dijo Helena. Ellas sonrieron. Mientras su madre bromeara, era soportable. Adelante.

—El habla y la comprensión se vuelven más lentas; los pacientes suelen olvidar a media frase qué querían decir. Pueden perderse fuera de casa u olvidarse de pagar las cuentas.

En la entrada se amontonaban las cartas sin abrir.

—Si los afectados por la AD notan que pierden el control,

pueden deprimirse, mostrarse irritables e inquietos. Se pierde claramente la individualidad.

Katharina alzó la vista. A pesar de no haber entendido todo lo que decía el artículo, era deprimente y sonaba a amenaza. Sophie apretó los labios y se quedó callada. Hasta que Helena alivió aquellos ánimos angustiados.

—¡Pero ahora estoy bien porque recuerdo que aún tenemos un bote de helado Strawberry Cheesecake de Häagen Dazs en el congelador!

Se abalanzaron sobre el helado para distraerse y luego se tumbaron en el sofá, acurrucadas y como atontadas. Helena bebió vino tinto y las niñas un refresco de cola. Vieron juntas un episodio antiguo de *Las chicas Gilmore* en iTunes. A continuación, Sophie les enseñó unos cuantos vídeos suyos en YouTube. El último era impresionante. No explicaba a sus seguidores, como siempre, lo absurdo de la moda y del maquillaje, sino que guardaba silencio durante tres minutos. No torcía el gesto ni una sola vez, algo que resultaba horriblemente raro para alguien que la conociera. Porque Sophie apenas cerraba la boca ni un segundo.

—¿Y cómo han reaccionado tus seguidores? —preguntó Helena.

—¡Están totalmente flipados!

Más de tres mil usuarios habían visto los vídeos. En general se reían de ellos, y algunos habían escrito comentarios airados: «Nos has traicionado, burra», Deso33. «¿Por qué no dices nada, idiota?», Sausemaus. «Como te pille en el patio de la escuela, verás lo que es bueno», Bengelchen. Pero Sophie ni se inmutaba.

—El otro día en clase de lengua vimos una película muy antigua. Sin sonido. Se llaman películas mudas. Ahora seré la primera *youtuber* que grabe vídeos mudos. Y la gente tiene que leer en mi cara qué quiero decirles.

—¡Es una idea genial! ¿De dónde sacas esa imaginación?

—La imaginación es como una planta que no tiene modales.

Katharina estaba apartada en un rincón del sofá, escuchando la conversación. No podía evitarlo, pero siempre que Sophie explicaba todo cuanto hacía, pensaba y sabía, sentía celos. En esos momentos todo giraba en torno a ella.

269

Todos la miraban asombrados, como su madre la miraba con orgullo entonces. Sophie no era más que una chica desaliñada que se pasaba todo el día pegada a sus libros y que, de vez en cuando, grababa vídeos. Pero Katharina también tenía algo para llamar la atención.

—¡Mamá! —dijo.

—Un momento —contestó Helena, y abrazó a Sophie—. Creo que más adelante serás escritora.

—No lo sé. Me gusta leer, pero los libros son muy asociales; cuando escribes estás completamente solo, igual que cuando lees. Creo que seré política. O estrella del pop.

—¡Mamá, escúchame! —Katharina elevó el tono—. He encontrado esa cosa que buscabas todo el rato. —Sacó el chip del bolsillo de los pantalones y se lo dio.

Helena se quedó mirando a su hija mayor y cogió el chip.

—¿De dónde lo has sacado? —preguntó con escepticismo.

Era el de la cámara de vigilancia que tantos disgustos le había causado. El chip que podía desenmascarar a Dioniso.

—Estaba en mi habitación. En la estantería, detrás de todo.

—¿Cómo ha acabado ahí? ¿Lo has…?

—No.

—¡Katharina!

—Yo no lo puse ahí. ¿Por qué lo iba a hacer? Fuiste tú cuando escondiste el regalo de Barbara.

El ambiente se crispó. Tal vez no debería habérselo enseñado a su madre, tendría que haberlo tirado y ya está. La vio con la mirada perdida, y que se sentaba en el sofá; ya no estaba presente.

—¿Mamá? —El tono de Sophie trasmitía la preocupación por si su madre se había sumido de nuevo en una amnesia—. ¿Por qué lo has hecho? —le gritó a Katharina—. Ya ves lo que le pasa ahora.

Helena reaccionó:

—No pasa nada, estoy con vosotras. Pero ahora os vais a la cama.

—¿Por qué? Si son las nueve —dijo Katharina.

—Querrás decir que ya son las nueve —contestó su madre.

Normalmente, los viernes podían quedarse hasta las diez y a veces más tarde. Pero ahora no era «normalmente».

270

—¿Puedo ver lo que hay en el chip? —preguntó Katharina.

—Yo también quiero ver qué hay. —Sophie también sentía curiosidad.

—Podéis jugar con la PlayStation. Y no olvidéis lavaros los dientes.

Katharina le hizo un gesto a su hermana. Era inútil. Subieron juntas a sus habitaciones.

54

Helena cogió su MacBook, conectó el lector externo y abrió una de las carpetas grabadas en el chip. Contenía un vídeo, grabado el 24 de septiembre, a las 16:42. La imagen era granulada y la perspectiva, peculiar; la típica de una cámara de vigilancia. El hombre estaba de espaldas a la cámara. Helena rebobinó y puso el modo secuencia. Paró en el momento en que miraba a la izquierda. Una imagen más. Él volvió a girar la cabeza. Era él. ¡Era él! Lukas Ziffer. Estaba claro. Se reclinó en el sofá y contempló la imagen fija. «Ziffer. Lukas Ziffer.» Y entonces le volvieron a la mente todas las imágenes a la vez. De todas partes, de cada rincón de la memoria. La cabaña de caza, Xenia Raabe atada a la cama. Ziffer con la pistola, cómo le disparaba. Ziffer era Dioniso. Lo había visto en la cabaña de caza y lo había olvidado por el estrés. Se bebió la copa de vino de un trago. Cogió el móvil y oyó el tono del teléfono. «¡Robert! ¿Por qué no contestas al teléfono?» Katharina había dicho que estaba de viaje por trabajo. «Pero no está de viaje por trabajo, lo han detenido. Ziffer, por Xenia Salomé. Lo acusan de haberla asesinado. También está Paulus.» Este contestó enseguida al teléfono.

—Helena, ¿va todo bien?

—Sé quién es Dioniso.

Silencio al otro lado de la línea. Parecía que cambiaba de lugar; ella oyó que se cerraba una puerta.

—¿Quién?

—Ziffer.

—¿Ziffer? No, es imposible.

—Es él.

—Helena, lo conoces desde que entraste en la Fiscalía. Y yo, desde hace más de quince años. Lo habría notado.

—Estoy segura al cien por cien.

—¿Cómo estás tan segura?

—Porque he encontrado el chip de memoria, y se ve cómo sale de casa de Reuben.

—Tal vez estaba ahí para interrogarla por algo.

—Melody Deneuve declaró que alguien había llamado a la puerta del jardín preguntando por Reuben, pero no estaba en casa. Entonces le dijo al hombre que tenía que pedir cita en la oficina de Ursula. Luego dejó un folleto y se fue. ¿Por qué iba a hacer Ziffer algo así? ¿Y por qué nunca nos dijo que había estado en la casa de Reuben?

—¿Qué más se ve?

—No lo sé. De momento he visto un archivo. Cuando me recogiste en Spreewald, me preguntaste qué hacía ahí. No me acordaba, pero ahora sí. Estuve en la cabaña de caza. Ziffer tiene a su madre retenida ahí, atada a una cama. Él también estaba. Me disparó.

—¿Dónde?

—En la cabaña de caza. Tenemos que enviar a la policía enseguida.

—Me encargo yo. ¿Quién más sabe que tienes el chip de memoria?

—Katharina y Sophie.

—¿Nadie más?

—No.

—¿Y Ziffer?

—No.

De nuevo ese silencio al otro lado de la línea. Esta vez le pareció que Paulus tapaba el micro del teléfono y susurraba.

—¿Georg? ¿Con quién hablas?

—Escucha. No hables con nadie de lo que has visto, ¿entendido?

—¿Por qué?

—Ahora no podemos cometer errores. Si realmente Ziffer fuera Dioniso… sería una catástrofe. Llego a tu casa en un cuarto de hora. Y no llames a nadie.

Se oyó un clic, había puesto fin a la conversación. Helena

273

se levantó del sofá y se puso a caminar de un lado para otro. ¿Por qué le había prohibido hablar con nadie? Necesitaba ordenar los hechos en una secuencia lógica. En la memoria del vídeo había otros archivos grabados, clasificados según el momento de la grabación. 9 de octubre: Reuben y Deneuve en la cocina. Se ríen y se besan. 12 de octubre: Reuben en el salón, sola. Está viendo las noticias. Gira la cabeza hacia la puerta. Se levanta y desaparece de la imagen. Vuelve a aparecer en el pasillo y observa por la mirilla. Mira hacia la cámara que hay junto al interfono. Está nerviosa. Tiembla. No se ve a nadie. ¿De qué o de quién tiene miedo? 13 de octubre: Reuben está en el dormitorio con el portátil en las rodillas. En la pantalla se ven con claridad fotografías de una casa: la cabaña de caza de Spreewald. 15 de octubre: Reuben en el salón. Está hablando con alguien. El lenguaje corporal insinúa una discusión. Señala la pantalla del portátil. A continuación, coge un papel que parece un certificado del registro de la propiedad. Le da el papel a la otra persona. Se ve una mano masculina. ¿Quién es? Helena no puede reconocerlo. La mano permanece en la imagen. Reuben sonríe burlona al hombre y coge el móvil. La mano le golpea en la cara, la cabeza cae hacia atrás y ella se desploma en el suelo.

En ese momento llaman a la puerta. «¿Por qué ha venido tan rápido Georg? ¿No tiene que avisar primero a su chófer?»

Cuando abrió la puerta, la respuesta estaba en persona delante de ella.

Dioniso.

55

*F*ue como una tormenta de hielo que la azotara en la piel.

—No quería asustarte, Helena, pero tienes el chip. Y ahora pensaremos juntos qué hacemos. Tú y yo, ¿qué te parece?

«Sabe lo del chip, ¿cómo?»

—Paulus llegará en cualquier momento —dijo ella, procurando que la voz fuera serena.

—No, no vendrá.

«¿Por qué no? Pero Georg ha dicho… lo sabe por él. Pero ¿por qué? Estaba con él mientras hablaban por teléfono. Pero ¿por qué se lo ha dicho Georg?»

—Helena, ¿qué pasa? ¿Te doy miedo?

—No, porque sé quién eres. Ya puedes dejar ese disimulo lamentable, Ziffer.

—¿Estás segura?

—Sí, tengo buena memoria para las voces.

Quiso cerrar la puerta, pero él se interpuso y colocó un pie en medio. Ella siguió empujando, le pisó. Entonces él disparó. Helena retrocedió, se dio contra la pared, contra el espejo. Se miró de arriba abajo. Dioniso no le había dado, pero ella había soltado la puerta.

—¡Maldito pedazo de mierda! ¿Quieres que te mate aquí mismo? ¿Quieres?

—No.

Helena notó primero el temblor en las piernas. Debía sentarse, si no se desplomaría en el pasillo. Él cerró la puerta.

—¿Dónde está el chip?

—En el despacho.

—¿En el despacho?

—Lo he abierto allí y luego he venido hasta aquí en coche.

Tras él, estaba Katharina en la escalera. Él no la vio, pero Helena sí. Le dio un vuelco el corazón. Apenas podía respirar. «Ahora no, Katharina —decía su mirada—. Ahora no. Vuelve arriba, con sigilo. Ve a la habitación de Sophie y cierra la puerta. No hagáis ruido.»

—Vamos al despacho y te lo daré.

—¿Y qué hacemos si no está en el despacho, sino aquí? A lo mejor ya no te acuerdas.

Katharina miró aterrorizada a su madre.

Helena intentó indicarle que se fuera con un breve parpadeo. «Acabaré con él, pero ahora tienes que subir. ¿Lo entiendes? ¡Sube, rápido!»

Pero Katharina no subió. Era como una estatuilla del miedo. Helena lo sabía y lo veía, y en ese momento Dioniso se dio cuenta. Se dio la vuelta y se quedó mirando a la niña.

—¿A quién tenemos aquí?

—¿Mamá?

Dioniso llegó hasta ella en dos zancadas y la agarró del pelo.

—¿Dónde está tu hermana?

Helena contuvo la respiración. «No, Sophie también, no. Dile que no está en casa.»

—Sophie está durmiendo en casa de una amiga. En una fiesta de pijamas —balbuceó Katharina.

—No mientas.

—No miento, ¡lo juro!

Él le apoyó la pistola en la cabeza.

—Helena, te lo advierto. Dame el chip o la mato.

—¿Mamá?

«Nos matará. En cuanto tenga el chip nos matará a las dos.»

Helena dio un paso hacia él. En un área accesible de su memoria estaba el curso de lucha cuerpo a cuerpo. «Acércate con calma a tu enemigo. Habla con él. Dile que te rindes. Haz gestos de derrota. Y luego lo atacas. Con rapidez y precisión.»

—Lo tendrás, si sueltas a Katharina. —«Mientras no tenga el chip, nos dejará con vida»—. Pero primero tienes que soltarla. Suéltala.

—Mamá, también tiene que soltarte a ti.

—Bueno, Helena, no le demos vueltas. No puedo dejarte libre. Has sido promocionada, ¿lo sabías? En realidad tú tenías que ser la número seis y mi madre, la número siete, pero como la has descubierto tengo que cambiar el orden. Ahora tú serás la protagonista del gran final. Y a ella tampoco puedo soltarla. Esta pequeña zorra le contará a todo el mundo que he estado aquí. —Tiró de la cabeza de Katharina hacia atrás—. ¿Verdad?

—Sí, es verdad, le contaré a todo el mundo que es usted un tarado.

—Una chica valiente. —El gatillo hizo clic cuando Dioniso lo hizo retroceder despacio.

«¡No!»

—El chip está en el salón, en el ordenador —gritó Helena. Con las manos extendidas, intentó tranquilizar a Dioniso—. Llévatelo, pero no le hagas nada.

—Sal. —Él indicó la dirección del salón—. Vamos, ahora.

«Tres puntos de ataque: plexo solar, testículos, rodillas. Si estás a la defensiva, el ataque debe ser por sorpresa.»

Helena caminó despacio delante de él hacia el salón, manteniendo la distancia suficiente para que él no pensara que lo iba a atacar. Con el dedo despertó el MacBook del modo de reposo. Se colocó de espaldas a él para que no viera lo que hacía. El chip salió del dispositivo, lo cogió y se lo dio.

—Te conozco y sé que has copiado los archivos. ¿Dónde, en el MacBook?

No lo había hecho, pero era su oportunidad.

—Sí —contestó.

—Bórralos.

Helena se dio la vuelta. Pese a que tenía la pistola apuntando a Katharina, era la última oportunidad de atacarlo. «Agarra el MacBook con las dos manos, da un paso a la derecha, date la vuelta y golpéale en la cara con un movimiento amplio. Agarrar, volverse, golpear. Agarrar...»

Dioniso soltó un grito cuando el portátil le dio en la oreja derecha. Se tambaleó a un lado, soltó a Katharina y cayó sobre la mesa. Helena apartó a su hija de él. A Dioniso se le escapó un tiro y perdió la pistola. Helena se abalanzó sobre él y lo golpeó dos, tres veces con el MacBook. Él tenía los brazos en alto, se defendía de los golpes. Se le cayó el chip de la mano, y Helena lo recogió. Iba a ganar a Ziffer, iba a acabar con él. Ahí y en ese momento. Por haber sujetado y amenazado a su hija. Lo miró y pensó qué hacer. Tenía que hacer algo, pero no se le ocurría. Se le escapaban las ideas, se escondían en el agujero negro que era su memoria. «Ahora no. ¡Ahora no! ¡Concéntrate! Tienes que mantener el control. Debes reaccionar. Tienes que hacer algo.» Pero ¿qué? ¿Y quién era ese que estaba en el suelo? Notó que la certeza se iba disipando. Miró a Katharina y vio que estaba llorando. Tenía el camisón blanco teñido de rojo por debajo de la rodilla derecha. Dioniso se incorporó.

Katharina gritó:

—¡Mamá!

Él buscó a tientas el arma.

—¡Mamá, la pistola! ¡Rápido!

Helena obedeció: agarró la pistola y se metió el chip de memoria en el bolsillo de los pantalones.

—¡Dispara!

Helena apuntó, pero no disparó.

—¡Dame la pistola, Helena! —rugió él.

—¡Mamá, tienes que dispararle!

Helena apretó el gatillo. Dioniso se había puesto de costado poco antes, por lo que la bala no le dio y destrozó el espejo grande del pasillo. Ella volvió a apretar el gatillo. La máscara se desvió a la derecha. Dioniso se detuvo y salió corriendo de la casa.

Helena dejó caer la pistola y salió corriendo tras él.

Katharina la siguió sin parar de llamarla.

Helena oía los gritos. Penetraron en su conciencia y las sinapsis se almacenaron en algún lugar de la memoria de trabajo, pero desde ahí no se redirigieron y, por tanto, no provocaron reacción alguna. Corrió hasta desaparecer en la oscuridad. Era el 29 de noviembre. Empezaba a llover. El termómetro indicaba dieciséis grados. Un calor insólito para una tarde otoñal.

CUARTA PARTE

56

*U*na nube infinita y de color gris oscuro se cernía desde hacía horas sobre Berlín, como si quisiera castigar a sus habitantes o ahogarlos. Tras dos interrogatorios y el análisis de los movimientos de Robert Faber, comparado con la hora de la muerte de Xenia Salomé, quedó claro que no podía ser el asesino de la chica. Pese a todo, deBuer lo había enviado al Departamento de Asuntos Internos. Robert estuvo de acuerdo y asumió la asignación con generosidad. Entretanto, Maxim se había ocupado del caso de Xenia Salomé. ¿Cómo había entrado el asesino en el piso? ¿Xenia le había abierto la puerta pensando que era Robert? Había encontrado en el ordenador de la bloguera notas sobre sus investigaciones. Por lo visto, para las fiestas que se celebraban en la cabaña de caza, se captaba a chicas de Europa del Este. Y también se había visto por ahí a Beinlich y compañía. Le enseñó a Robert los resultados de la investigación.

—Esto huele fatal —dijo.

Faber asintió. Estaba cansado; se ocuparía al día siguiente. Cuando salió de la comisaría, ya era pasada la medianoche. Seguía lloviendo. Hacía años que no vivía semejante temporal. De camino al coche, se pegó a las paredes de los edificios, saltando los charcos. Las obras públicas que se realizaban a bastante profundidad olían a huevos podridos. Esperó un momento hasta que el tráfico le permitió llegar al coche. Como el mando a distancia no funcionaba, tardó unos segundos, que le parecieron una eternidad, en meter la llave en la cerradura de la portezuela del conductor. Lo suficiente para calarse hasta los huesos. Por fin se sentó en el coche;

la chaqueta empezó a emanar olas de vapor. Estaba inquieto, pero atribuyó el nerviosismo a la infinidad de tazas de café que había tomado durante el día. Hasta que vio el número de Katharina en la pantalla del móvil.

—Cariño, ¿qué haces aún despierta? ¿Ha pasado algo?

Su hija apenas podía hablar. Lo único que entendió fue «Dioniso» y «disparos». Arrancó el coche. No, salió disparado; llevaba encendida la luz azul móvil en el techo del vehículo. A ciento veinte por la calle 17 de junio. Aunque en el subsuelo de Berlín había colectores enormes, en algunas calles el agua llegaba hasta las rodillas. Tuvo que dar un rodeo. Telefoneó a casa, y le contestó el contestador: «Le felicito, ha llamado al piso de Sophie, Katharina y Helena Faber. Si tiene suerte, le devolveremos la llamada. Si no, vuelva a intentarlo».

—¿Por qué no contestáis? Soy yo. Ahora llego.

Recorrió la Kantstrasse, pasó junto a la feria Theo. Un autobús en el semáforo. «¿Por qué no deja sitio? ¡Será gilipollas!» Pasó por Heerstrasse, Bayernallee. Al girar en Westendallee, vio de lejos que la puerta del jardín estaba abierta, igual que la de la casa. Paró el coche en medio de la calle y entró corriendo en la casa. Cuando llegó al pasillo, se detuvo con brusquedad como si lo hubiera agarrado una mano enorme. El espejo estaba hecho añicos, había pedazos de cristal en el suelo. «Tras veinte años en la policía, ya no te asusta casi nada», era la frase hecha de Robert cuando hablaba con colegas jóvenes. Pero esto era distinto, se trataba de su familia. Era miedo en su estado más puro y primitivo, solamente comparable con el miedo atávico a la oscuridad. Un reflejo automático dirigió su mano derecha a la cartuchera que llevaba debajo del brazo izquierdo. Asegurar un espacio tras otro. Cocina: vacía. Lavabo: vacío.

—¿Helena?

Sin respuesta.

—¿Katharina? ¿Sophie?

—¡Aquí!

La voz procedía del salón.

En tres zancadas se plantó en la puerta del salón. Las estanterías estaban intactas y el aparador antiguo, cerrado. El MacBook se hallaba en el suelo, con la tapa separada de la bisagra. Katharina estaba erguida en el sofá, pálida como las paredes de cal. Pese a que le temblaba la mandíbula inferior y los dientes le castañeteaban con fuerza, miró a su padre como si no hubiera pasado nada. Alrededor aún se veían claras las huellas de la pelea. En medio de la estancia había una pistola.

Robert se sacó un pañuelo de los pantalones para cogerla y se la guardó en el bolsillo de la chaqueta. Entonces se arrodilló al lado de su hija y le acarició la frente empapada en sudor.

—No pasa nada, estoy contigo.

—Duele mucho.

Él le levantó el camisón. Se veía con claridad el impacto de bala en el muslo derecho, pero había sangrado relativamente poco, de modo que no había ninguna vena importante afectada.

—¿Qué ha pasado?

—Había un hombre con una máscara… —Le fue imposible continuar. Ahora que su padre estaba ahí podía derrumbarse. Le caían las lágrimas, que se mezclaban con el moco y la saliva.

Robert llamó por teléfono:

—Robert Faber, Brigada Criminal de Berlín. Necesito una ambulancia en el número trece de Westendallee. Herida de bala en el muslo derecho, todavía está insertada la bala. ¿Cuánto tardaréis? De acuerdo. —Guardó el móvil—. Llegarán antes de que puedas decir Dirk Nowitzki.

—Dirk Nowitzki.

—Vale, no tan rápido.

La niña esbozó una leve sonrisa. Su padre estaba con ella, se sentía a salvo.

—¿Dónde está Sophie?

—Creo que está durmiendo.

—¿Y mamá?

Katharina se encogió de hombros todo lo que pudo y los bajó de nuevo.

—Vuelvo enseguida. —Robert se levantó.

—¿A dónde vas?

—Quédate ahí sentada.

Subió la escalera mientras intentaba hacerse una idea de lo ocurrido. El dormitorio de Helena: vacío. La puerta de la habitación de Sophie: cerrada. Abrió la puerta con cuidado,

283

no porque Dioniso lo esperara dentro, sino por miedo a que su hija estuviera dentro muerta. Pero no estaba muerta, sino con los auriculares puestos en la cama. Robert le acarició el brazo con suavidad.

—¿Sophie?

La niña tardó un rato en abrir los ojos. Se había dormido escuchando su nuevo descubrimiento: Mozart, concierto de piano.

Él le quitó los auriculares.

—¿Estás bien?

—Hola, papá. Me he quedado dormida. ¿Qué hora es?

—Casi la una. Quédate aquí hasta que venga a recogerte, ¿de acuerdo?

—¿Por qué? ¿Qué pasa?

—¡Tú quédate aquí!

Al regresar al salón, fue a buscar un vaso de agua y se lo dio a Katharina. Luego llamó a Maxim.

—Soy yo. Helena ha desaparecido. Tienes que enviar enseguida un mensaje de búsqueda… Un momento, se lo pregunto. Kata, ¿qué llevaba puesto mamá?

—La camiseta de color amarillo claro y los tejanos con el agujero en la rodilla.

—¿Y los zapatos?

—No lo sé. Creo que iba descalza.

—¿Maxim? ¿Lo has oído? Descalza. En una hora estaré en comisaría. Quiero reunirme con algunos chicos… Seguramente, Dioniso. —Terminó la conversación y se volvió a sentar—. ¿Estás bien?

Katharina asintió con valentía. Robert le acarició la cabeza con suavidad. Quienquiera que le hubiera hecho eso a su hija pagaría por ello. Y antes de que la policía lo detuviera.

—¿Puedes decirme qué ha pasado?

—Estaba ese hombre de la máscara.

—¿Qué quería?

—Quería el chip.

—¿Qué chip?

—El que mamá buscaba todo el tiempo. Pero ella no se lo dio.

—¿Y por qué tenía ella el chip?

—Lo encontré yo.

—¿Lo encontraste tú? ¿Dónde estaba?

—Arriba, en mi habitación. Entre los libros.

—¿Cómo acabó ahí el chip? ¡Katharina!

—Ni idea —dijo ella entre sollozos.

Robert la abrazó. «Es tu hija, no una sospechosa», se reprendió él.

—¡Eh, no pasa nada! Lo siento. No es culpa tuya. Da igual dónde estuviera ese chisme.

—Seguro que mamá lo dejó ahí al esconder mis regalos.

—Ya, y tú no lo viste porque eres alérgica a los libros.

—A partir de ahora leeré un libro todas las semanas.

—Tampoco hay que exagerar, o te volverás más lista que yo.

—Ya lo soy.

Robert le cogió la mano y se la apretó. Luego le acarició la mejilla.

—¿Sabes dónde está el chip ahora?

—Lo tiene mamá.

Desde el exterior llegaba el insistente aullido de las sirenas. Robert se levantó y se dirigió a la puerta de la casa. Se detuvo una ambulancia; dos enfermeros y el médico de urgencias saltaron del coche y sacaron una camilla. Él los dejó pasar.

—Por el pasillo, en el salón. Primera puerta a la derecha, mi hija.

Poco después llegaron dos coches patrulla. Y también Maxim.

—¿Qué ha pasado?

—Por lo que parece, Dioniso ha estado aquí.

Los enfermeros sacaron a Katharina en la camilla.

—Tienes que venir conmigo —suplicó la niña.

—Enseguida estaré contigo.

—¿Puedo ir yo también? —Sophie se había vestido y estaba en la escalera, lista para irse.

—Claro. —Robert sacó la pistola del bolsillo de la chaqueta y se la entregó a Maxim—. Estaba en el salón. Busca si está registrada y si se ha utilizado en otra situación últimamente. ¿Ya se ha empezado a buscar a Helena?

—Sí. Más tarde hay una reunión con deBuer.

Robert fue con sus hijas al hospital y les juró de camino que encontraría a aquel hombre y que no le pasaría nada a su madre, pero en ese mismo instante percibió en la fina sonrisa de Katharina que no se creía ni una palabra. Sin embargo, la niña asintió con firmeza al entrar en la sala de operaciones. Robert llevó a Sophie a casa de Barbara Heiliger y se fue a comisaría.

57

*E*ntretanto, el jefe de Faber, Ronald deBuer, había convocado un grupo operativo. Hasta Paulus y Ziffer estaban incluidos. Ziffer llevaba una tirita bastante grande en la sien derecha. Robert entró en la sala de reuniones, saludó brevemente y se quedó de pie junto a la segunda fila, donde estaba sentado su colega Maxim. Su inquietud se notaba físicamente. Tenía veinticuatro pares de ojos clavados en él. DeBuer se encontraba junto a una pizarra; le costaba disimular su frustración.

—¿Estamos todos?

Asentimiento general. DeBuer los observó. El rictus de las comisuras de la boca de todos era muy pronunciado. Durante más de treinta años como policía siempre había vigilado que la fina línea que separaba el bien del mal, por llamarlos así, no se sobrepasara con demasiada frecuencia y, mucho menos, que sucediera de manera persistente.

—¿Robert?

DeBuer le hizo un gesto a Faber para que se situara ante los demás, e informara a Paulus y a sus colegas de lo que Katharina le había contado. Castorp, del Departamento de Control de Huellas, había encontrado sangre que no era de Katharina. Se estaba comparando el ADN informáticamente. Los funcionarios y los enfermeros, presentes en el lugar de los hechos, habían tenido que mostrar las huellas de sus zapatos y entregar las que habían descubierto, para comprobar si alguna de ellas se podía atribuir a Dioniso. Este había desaparecido, pero no quedaba claro si se había llevado a Helena, o si ella había huido y estaba sola. Ya se había distribuido la descripción personal de la fiscal, incluidas fotografías. A continuación, había que informar a las redacciones de prensa, a todas las unidades policiales de Berlín y Brandemburgo y ampliar el círculo de búsqueda a cincuenta kilómetros. Un helicóptero con cámara infrarroja sobrevolaría los bosques desde las siete de la mañana.

—Señores, quiero que encuentren a Helena Faber, ¿me han entendido? En las próximas veinticuatro horas. La señora Faber sufre amnesias graves. Puede ser que no sepa quién es, cómo se llama o a dónde va. A mediodía recibirán un perfil psicológico que les indicará cómo se supone que se comportará. Quiero que estudien con atención el perfil. Vamos.

Paulus le dio las gracias a deBuer y salió de la sala.

Cuando Robert también iba a salir, Ziffer lo llamó:

—Señor Faber, un momento.

Él se detuvo.

—Siento haber sospechado de usted. Fue un error.

Robert se volvió despacio y lo miró. Maxim sabía lo que iba a pasar y le sujetó el brazo.

—Déjalo o te hará la vida imposible —le susurró en tono de amenaza.

Pero Faber ya no era capaz de comportarse con sensatez. Se colocó a unos centímetros del fiscal.

—Pues no se nota que fue un error porque no ha hecho nada para encontrar a ese tarado. ¿Qué le ha pasado en la cabeza? —Le señaló la herida en la sien derecha.

—Me he dado un golpe.

—Será mejor que se aleje de mí a partir de ahora, o esa será su herida menos leve.

Saludó y siguió andando.

—Te felicito, imbécil —le dijo Maxim mientras se dirigían al coche—. Tendrías que dar conferencias: «Cinco pasos para convertirse en un completo idiota». ¿Te pasa algo con él?

—¿Por qué? Me han dicho que se gana bastante con las conferencias.

—¿Y por qué la tomas con todo aquel que no comparta tu postura al cien por cien?

—¿Eso hago?

—Sí. Y luego te sorprende que se te salten en todas las rondas de ascensos.

—Hay que decidir: hacer carrera o ser sincero.

—¿Eso significa que todos los que ascienden en la comisaría son corruptos?

—DeBuer, no. Y tú tampoco, espero. Y el tipo de detrás del mostrador del aparcamiento tampoco. ¿Sabes, Maxim? Cada uno es como es. Yo me levanto enfadado por las mañanas. No sé por qué, y tampoco me siento orgulloso de ello. Harry *el Sucio* no es mi modelo a seguir, si es lo que crees. Aun así, me paso el día procurando no enfurecerme cuando veo a un imbécil que casi mata a su mujer a golpes, o que ha sentado a su hijo en los fogones de la cocina, o que ha matado a alguien porque necesitaba droga, o simplemente, cuando un idiota corre por la ciudad porque cree que es capaz de hacerlo, porque lleva una matrícula diplomática, o porque se llena los bolsillos en Air Berlin. ¿Sigo? Puedo estar horas poniendo ejemplos. Y a lo mejor en mi interior soy tan idiota como ellos. Pero a diferencia de esos canallas, hay algo que me impide cambiar de bando. Por lo menos casi siempre. —Sacó su placa del bolsillo y se la plantó delante de la nariz a Maxim—. Fin de la conferencia.

Habían llegado al coche. Robert se sentó al volante y condujo a tal velocidad desde el aparcamiento que no hacía falta el discurso que había soltado para describir su estado de ánimo.

289

$\mathcal{H}$elena había salido corriendo de su casa. Al principio fue tras Dioniso, pero se le escapó. Cruzó calles sin parar de alejarse del lugar que había sido su refugio hasta el enfrentamiento con Ziffer. Ahora no había ningún sitio donde se sintiera segura. Tampoco sabía cuánto tiempo llevaba deambulando. Llevaba ropa ligera: una camiseta amarilla y los tejanos con un agujero en la rodilla. No llevaba zapatos. Y no tenía ni idea ni de dónde venía ni a dónde iba.

Tras la pelea con el asesino, la había asaltado otro ataque de amnesia, peor que los anteriores, y que había penetrado hasta lo más profundo de su memoria.

Ahora estaba en el cementerio de Heerstrasse, junto a los velatorios. Vio a una mujer en una ventana. Tenía el cabello empapado en sudor, la nariz mocosa, el pintalabios corrido y las mejillas hundidas. Pero estos elementos no se unían para conformar un rostro. Lo que contemplaba se parecía más a un cuadro de Picasso que a un rostro humano. Ni siquiera sabía que se estaba viendo a sí misma. Siguió andando. Pasó bajo un puente del metro, entró en un parque donde había gente quieta como si estuvieran esperando a alguien. Habló con una mujer desnuda. Era gris, toda ella era gris. «¿Puede ayudarme?» La mujer no contestó, ni la miraba. Helena la tocó. Estaba fría. Era de piedra. Siguió caminando. Cuando cruzó Heerstrasse, de seis carriles, oyó un rugido, seguido de un chillido penetrante. No era humano, pero tampoco de un animal. Se volvió hacia el ruido. Algo peligroso se acercó gritando hacia ella y se paró en el último momento. Había un hombre sentado en la cosa que le gritó. Le vio la cara, con la boca bien abierta, pero no lo oía. Esa cosa volvió a rugir. «¡Huye, pajarito, huye!» Se fue corriendo hasta la siguiente calle. Y la siguiente. Sin parar, durante una hora. Había calles por todas partes. Tres, cuatro, una tras otra. A la derecha, a la izquierda. Y todo estaba lleno de cosas. «No son cosas. Sé cómo se llaman: coches. Son coches. Pitan.» Helena se encontraba en medio del cruce de delante de la estación del zoo cuando la asaltó un recuerdo, pequeño y ligero como un copo de nieve. Siguió al copo de nieve por el camino entre sinapsis y neuronas, hasta que otro claxon, más agudo y peligroso, la arrancó del recuerdo y chocó con ella. Cayó al suelo. La gente gritaba, la señalaba. Ella veía las manos, las miradas. Peligro. Estaba en peligro. Se levantó y salió corriendo, a un lugar donde no hubiera nadie. Sin embargo, por mucho que corriera, veía gente por todas partes. Eran como una úlcera que se esparcía por doquier. Cuando llegó a un parquecito, logró esconderse en un matorral. Se tumbó sin aliento sobre la tierra y esperó. La gente había desistido de encontrarla. No había nadie en las inmediaciones, podía descansar. Tal vez dormir. Le sangraban las dos rodillas. Se limpió las heridas con cuidado, cogió unas piedrecitas y se limpió las rodillas con saliva. Pero notaba otro olor. Le subió por la nariz y le abrió el apetito. Levantó la cabeza y husmeó a ver de dónde llegaba ese olor. Era carne, era evidente. Sí, tenía hambre. El olor procedía de un recipiente metálico de color naranja que estaba a unos metros. Si se arrastraba por el suelo, a lo mejor no la veían. Así pues, avanzó a rastras, siempre mirando alrededor. No había nadie. Era su oportunidad. Metió el brazo hasta el hombro en el recipiente y notó algo blando y húmedo. Lo husmeó. El olor no era ácido, ni amargo, tenía que estar bueno. De nuevo miró alrededor. La poca gente que pasaba por ahí no se fijaba en ella ni competía por el botín. Regresó también a rastras al matorral y engulló su presa. Después hizo pis y se durmió.

291

59

*L*os aeropuertos y las estaciones ferroviarias estaban controlados desde primera hora de la mañana. Los autobuses y vehículos pasaban controles en las carreteras de salida de la ciudad. Había cientos de personas peinando la zona circundante a la casa de Helena. Los agentes interrogaban a sus vecinos, al cartero, a los empleados de las tiendas cercanas. Los dos helicópteros seguían volando en círculo sobre el bosque alrededor de Teufelsberg. Las cámaras infrarrojas apuntaron a unos cuantos jabalíes, pero no había ni rastro de Helena ni de Dioniso.

Después de que Robert estuviera a punto de colisionar con un tranvía en un cruce, Maxim se puso al volante y Faber se dedicó a llamar a la familia de Helena. Una prima y un tío, pero ninguno la había visto ni sabían nada de ella. No tenía sentido ponerse en contacto con su madre, pues estaba en una residencia de ancianos en estado vegetativo. Ni el doctor Freund, ni la ginecóloga, las madres de las compañeras de escuela de las niñas, Fatima Volkan, ni los colegas de la Fiscalía tampoco sabían nada.

Entretanto, Katharina había despertado de la anestesia y había telefoneado a Robert para saber si había encontrado a su madre. Él le dio largas. Sophie seguía en casa de Barbara Heiliger y parecía muy entera cuando Robert habló brevemente con ella por teléfono.

—Encontraré a mamá —le aseguró.

Pasadas unas horas, cuando ya eran las diez de la mañana, se detuvieron en una gasolinera. Maxim llenó el depósito, limpió los cristales y comprobó el aceite por tener algo que hacer, mientras Faber miraba hacia el este siguiendo la dirección de la Frankfurter Chausee.

—¿Quieres saber lo que pienso? —le dijo Maxim.

—No.

—Están fuera de Berlín.

Robert lo negó con la cabeza en un gesto casi imperceptible. Fuera de Berlín significaba el fracaso. Y en su mundo, en el que solo existía el antagonismo entre blanco y negro, bien y mal, amor y odio, era un fracaso que Helena estuviera muerta y Dioniso hubiera huido para desaparecer para siempre. El fracaso no era una opción.

—Sé que no quieres oírlo —añadió Maxim—, pero o el asesino hace tiempo que se ha largado a Polonia y se lleva a Helena al Este, o ha cogido un ferri hacia Suecia. Si no encontramos a ese tarado en cuarenta y ocho horas, necesitaremos mucha suerte para descubrir alguna pista.

—Entonces aún nos quedan treinta horas.

Era inútil evitar que Robert inspeccionara la zona como un lobo hambriento.

—Tal vez está escondido en alguna granja deshabitada. Sé que las quieres registrar todas, pero ¿sabes cuántas hay?

Una vez que Maxim hubo pagado y subió al coche, Robert ya se había sentado al volante y había arrancado.

—¿A dónde vamos? —preguntó Maxim.

—Envié a Helena a la cabaña de caza de Spreewald. Le dije que fuera contigo. Me dejó un mensaje en el contestador.

—Yo estaba en una operación y le pedí que me esperara.

—Estuvo allí, y parecía bastante alterada.

Enfilaron la 96A hasta Baumschulenstrasse y luego, la salida a la A113. Noventa kilómetros de autopista hacia el sur. En Lübbenau pasaron por la Karl-Marx-Strasse hacia Spreewald. El navegador les indicó la cabaña de caza: se encontraba cerca de Lübbenau, a casi dos kilómetros y medio bosque adentro. Cuando llegaron al lugar correcto, el sol caía sobre los viejos pinos, hayas y robles, y arrojaba una luz tan clara sobre la casa que parecía arder.

Robert aparcó el coche delante de la verja de hierro. Estaba abierta. Sacó la pistola de la funda. Caminaron agachados por el margen del camino y se acercaron a la casa protegidos por los árboles, hasta que llegaron a la zona despejada que la rodeaba, y allí examinaron el entorno. No había nada que indicara la presencia de Dioniso ni de Helena. No había luz en ningún sitio, ni huellas de neumáticos hacia la casa ni alejándose de ella. Faber alzó la vista hacia el tejado, y lo que vio allí le sentó como un puñetazo en el estómago. En su primer día en la Brigada Criminal, acompañó a su jefe, deBuer, a un piso donde un hombre había retenido a una chica joven cuatro meses como un animal. Ella medía aproximadamente un metro setenta y cinco y pesaba treinta y un kilos. Robert había apuntado con la pistola al hombre, porque quería dispararle cuando huyera, o en defensa propia o algo que no sonara a rabia y desesperación. Había que verlo todo como una película para que no afectase, le decía siempre deBuer. Robert así lo había hecho, y la rabia le había quedado recluida como un perro apaleado en un rincón oculto de su alma. Había soltado un breve ladrido cuando golpeó al hombre con la pistola en el ojo derecho. Después, silencio. Hasta la próxima vez, hasta que el perro volviera a aparecer y tirara de la cadena. Un día tendría que ceder. El civismo es un barniz muy fino.

294

Había una mujer sentada en la chimenea, atada a ella como si fuera un trono. Estaba desnuda, y tenía el pecho y el estómago bañados en sangre. Un amplio reguero de sangre había caído sobre la paja del tejado de cañas y se había secado a medio camino. Tenía que estar muerta, porque unos cuantos cuervos ya la sobrevolaban sin que ella reaccionara. «¿Helena?»

—Quédate aquí fuera —le gritó Faber a Maxim y salió corriendo. La puerta de la casa estaba cerrada. Tres balas abrieron la cerradura. Recorrió el pasillo hasta la escalera, subió a la primera planta y de ahí entró con la escalera plegable al desván. Junto a la chimenea había un tragaluz para subir al tejado. En las paredes se veían amplios regueros de sangre seca. Había una escalerilla detrás de la chimenea. Ocho peldaños. Abrió el segundo tragaluz. Giró la cabeza. Vio a la mujer, y luego… alegría. Robert exhalaba a sacudidas, anegado en lágrimas. No era Helena. Era una mujer que conocía por fotografías.

—¿Es Helena? —gritó Maxim desde abajo.

—No.

—¿Quién es?

—Xenia Raabe.

—Creía que estaba en la India.

—Sí, sin duda habría sido mejor para ella.

Al cabo de una hora entró el equipo de huellas, seguido de un camión de bomberos que había pedido Robert. Entretanto, él y Maxim habían registrado la casa, pero no encontraron pistas de Helena, aunque sí varios paquetes vacíos del anticoagulante Eridaphan. En un cajón estaban los recibos del servicio de mensajería que los había enviado allí. En la cuenta de Raabe solo había unos centenares de euros, aunque se transferían con regularidad grandes sumas a otra cuenta, domiciliada en Suiza. Sin nombre. Era obvio que era un número de cuenta, pero con algunas llamadas telefónicas averiguarían quién era el titular. ¿Xenia Raabe o un tercero? En el sótano encontraron cuatro estancias en las que había material de cine preparado para utilizarlo: una consulta médica que parecía del siglo XVIII, una cámara de tortura medieval, una habitación infantil y un lavabo, embaldosado de arriba abajo y cuyos elementos interiores eran completamente de acero inoxidable. Fueran cuales fueren las películas que había grabado el usuario allí, seguro que no eran comedias románticas. Hubo una breve discusión sobre por qué Maxim no había acompañado a Helena hasta allí. Castorp, el director del Departamento de Control de Huellas, se acercó a los dos policías.

295

—Si ya habéis discutido vuestros problemas personales, podría contaros algo sobre la fallecida. No soy médico, pero parece que el asesino le amputó ambos senos antes de morir y dejó que se desangrara. Además, la tuvo retenida varias semanas, si no meses. Probablemente, la ató a la cama que hay arriba en la habitación. Por eso está esto. —Levantó un paquete grande con vendajes hidrocoloides y pomada Betaisodona—. Toda la espalda de la mujer es una pura llaga. Si la lleváis a Berlín, Becker os podrá decir algo más.

Un agente les hizo un gesto para que salieran. La escalera giratoria, transportando a un bombero, se acercaba poco a poco a Xenia Raabe.

Sonó el teléfono de Maxim. Miró la pantalla y se dio la vuelta.

—¿Cómo llegó hasta ahí arriba? —preguntó Castorp estremeciéndose.

Cuando el bombero cortó la cuerda con la que estaba atada la muerta a la chimenea, estuvo a punto de resbalar de nuevo del tejado.

—¡Eh! Con cuidado —le gritó Robert.

Maxim volvió y les enseñó a Robert y a Castorp su móvil.

—Lo han subido a Facebook hace un cuarto de hora.

Con la Tocata y fuga en re menor de fondo, un vídeo movido mostraba a Dioniso subiendo la escalera con Xenia Raabe al hombro. Parecía que se hubiera pegado la cámara a la frente con cinta. Como las otras víctimas, Xenia iba vestida solo con una túnica. Cuando llegó debajo del tejado, él la dejó caer y abrió el tragaluz de la escalera plegable que llevaba al desván. Se la puso de nuevo al hombro y subió los doce travesaños. En el desván utilizó una escalera sujeta a la chimenea. Primero empujó el torso a través del tragaluz, luego las piernas. De pronto la imagen tembló porque Xenia estuvo a punto de caer del tejado. En el último momento pudo agarrarla del pie izquierdo. Entonces trepó él al tejado, la arrastró al lado este de la chimenea, la sentó a horcajadas en el frontón y la amarró con una cuerda. Acto seguido, la despertó con dos bofetadas. Xenia Raabe abrió los ojos con debilidad. Había perdido tanta fuerza que ya no entendía lo que le estaba pasando. Él le metió un pañuelo rojo púrpura en la boca. Cuando se veía cómo cortaba la túnica, empezó a pasar sobre la imagen el texto de la proclamación número seis:

«"Si un estudiante está dispuesto a aprender, aparecerá un maestro", dice una vieja sentencia zen. Y aquí estoy yo. Yo soy el maestro. Y enseño la guerra. Pero no es una guerra como se conoce normalmente. No se ha explicado, y no hay soldados ni fusiles. Es una guerra asimétrica que estamos a punto de perder. Pero ahora se están reuniendo las tropas. Cada vez se despiertan más soldados y están dispuestos a luchar hasta derramar sangre y sin velar por su propia vida. Ahora contraatacaremos, saliendo de nuestro refugio como los partisanos, para matar a los enemigos. Solamente falta Helena Faber, y la primera parte de la misión habrá terminado. Pronto acabará.»

En ese momento se interrumpió el vídeo.

Dos bomberos cogieron el cadáver y lo metieron en un vehículo que lo llevaría al Instituto Forense.

—Si dice que pronto acabará, es que tiene a Helena —dijo Maxim.

—Sí —contestó Robert. Le sonó el teléfono. Katharina quería saber si había encontrado a su madre.

297

60

*E*staba perdiendo el control. Todo se estaba saliendo de madre. La hinchazón de la oreja derecha, donde Helena le había dado con el portátil, le dolía un horror. El analgésico no le hacía efecto, pero tampoco podía estar todo el día poniéndose bolsas congeladas en la cabeza porque entonces le dolían las sienes. «Helena.» Tenía que encontrarla, a toda costa. Si no, la misión quedaría incompleta. En la televisión no cesaban de informar sobre ella y sobre los asesinatos. «Por lo menos se ocupan de que todo el mundo sepa quién es Dioniso y cuál es su mensaje», pensó. Se mostraban fragmentos de los vídeos, y una presentadora leyó en voz alta la proclamación número seis, que él consideraba la mejor. Enseñaron una fotografía de Helena. Dijeron que al asumir su cargo, se había convertido en la fiscal más joven de Alemania.

Ziffer se acordaba del primer día: no podía apartar la vista de ella. Era como si lo hubiera hechizado, como si le hubiera administrado un veneno que se viera obligado a inhalar. Aquel día se produjo un cambio en su organismo. Empezó como un cosquilleo nervioso en los músculos, antes de que le afectara a todo el cuerpo y lo asimilara. Era una sensación agradable, llena de placer y dicha. Se sintió inmortal. Tenía ganas de abrazar al mundo. Cuando se lo contó, ella se mostró reservada, de un modo extraño. Era mejor que no se hiciera ilusiones, le dijo, porque estaba embarazada. Él se retiró, pero no podía hacer nada contra lo que sentía por ella. Con el tiempo, en realidad hacía dos años, comprendió que aquel amor era un virus que se alimentaba de su huésped, es decir, de él. Sin motivo alguno, solo para triunfar sobre el organismo. A partir de entonces comenzó a odiarla. Era el único modo para poder seguir con vida.

Cogió una botella de vino, se sirvió una copa hasta el borde y se la bebió como si fuera agua. Lo invadió un estado de gran desesperación. Estaba fuera de sí, en un estado de desintegración interior que apenas podía controlar. Precisamente porque todo se salía de madre. En la mesa de la cocina estaba *El libro de Dioniso*. Lo cogió, lo abrió y leyó unas cuantas frases. Había muchos fragmentos que le gustaban. Leyó uno de ellos en voz alta con cierto patetismo:

«¿Puede ser que el orden político y el biológico no coincidan? ¿Y puede ser que la solución a este conflicto dependa de uno de los sexos? A lo largo de la historia, las mujeres han soportado la carga, como ocurre hoy en día en Asia y sobre todo, en Oriente. En la sociedad occidental moderna, son los hombres los que asumen el papel de perdedores y, en vez de luchar, huyen y se entregan a la metrosexualidad y al desaliento. Ya no son héroes rotos como Clint Eastwood, Robert Redford y Steve McQueen en sus películas, ya ni siquiera son héroes. Son los pacientes depresivos en el diván de la guerra de sexos. Pero como se sabe, hay tres salidas para la depresión: el suicidio, la curación o la masacre. Esperemos».

Cuando alzó la vista, tenía lágrimas en los ojos. Como siempre, era como si se abriera una puerta. Tenía la sensación de que Gibran lo comprendía. Tal vez no lo sabía, pero el profesor había escrito una Biblia. Una Biblia para todos los oprimidos y los pisoteados. O como decía a los pies de la Estatua de la Libertad:

Give me your tired, your poor,
Your huddled masses yearning to breathe free,
The wretched refuse of your teeming shore;
Send these, the homeless, tempest-tost to me,
I lift my lamp beside the golden door!

Siguió pasando páginas. De nuevo encontró un párrafo que le gustó:

«Si queremos evitar la decadencia de nuestro mundo, si queremos huir de la mediocridad que todo lo iguala, si queremos superar la corrección política que practican desde su púlpito las Casandras temerosas, necesitamos que regrese el dios de la locura, Dioniso. Necesitamos el éxtasis, la ebriedad y la guerra. Necesitamos que resucite el principio de destrucción. Necesitamos el regreso de las mujeres como fuente de vida, y el del hombre como ejecutor de la muerte. Así el precepto cristiano del amor al prójimo será reemplazado por el dionisiaco mandato de vencer al prójimo.»

Lo raro era que las palabras de Gibran le procuraban consuelo y calma. Cuando se sentía inseguro o dudaba, le bastaba con recurrir a *El libro de Dioniso*, y tras leer algunas páginas, ya se sentía a gusto consigo mismo. Igual que él curaba a las mujeres con el escalpelo, Gibran lo curaba a él con palabras. Solo con las palabras. ¿Qué más quisiera él que tener ese don? Pero no lo tenía. Él era responsable de la sangre. Era el combatiente, el soldado.

Ziffer necesitaba un plan para continuar. Lo más importante era quitar a Helena de en medio antes de que la encontrara la policía. Como fiscal controlaba cuanto hacían los agentes, y lo sabría en el acto si ella aparecía. Sin embargo, el problema era su exmarido, Robert Faber. A él no lo controlaba. Podía excluirlo del caso Helena, claro, pero entonces todo el mundo le preguntaría por el motivo. Y Faber no se detendría ante eso. ¿Entonces qué haría? Tenía que hablar con alguien. Alguien que lo entendiera, en quien pudiera confiar porque pensaba igual que él. Que tal vez hasta supiera dónde estaba Helena. Y únicamente había una persona así. Como después de tomar la copa de vino, no quería correr ningún riesgo, llamó a un taxi. En la calle tuvo que esperar una eternidad a que apareciera el vehículo.

—Torstrasse uno —le dijo al conductor—. Soho House.

61

*L*os médicos estuvieron cuatro horas operando a Katharina en el Hospital Central de Bundeswehr. Como la bala había tocado el fémur, había que eliminar las astillas del hueso y limarlo. Se habían esforzado porque Robert les había explicado que la niña iba a ser la base del equipo femenino del Alba Berlin. Cuando Faber entró en el hospital, su hija estaba en la sala de recuperación, ocupando una cama estrecha en cuyo cabezal había un asidero del que se podía agarrar para incorporarse. Respiraba tranquila y de forma regular. En la misma sala había otros tres pacientes bajo los efectos de la anestesia. Le quedaba media hora para despertar, según el doctor Hausmann. Veinticinco minutos después, la niña abrió los ojos.

Robert se puso en pie y se inclinó sobre ella.

—Eh, ¿cómo estás?

—No lo sé, cansada.

—Entonces duerme un poco más.

—¿Has encontrado a mamá?

—Aún no, pero pronto.

Le pasó un pañuelo de papel por la frente empapada en sudor con suavidad. Sonrió, pese a que sentía ganas de llorar. El ataque a su hija lo había afectado. Cómo se había de ver la niña: con la pierna derecha enyesada, y el blando yeso envuelto en una tela azul. Donde terminaba el yeso, la piel estaba teñida de rojo debido al líquido desinfectante y olía a etanol. ¿Dónde habían acabado, si incluso a su hija la habían herido de un tiro?

—Mamá está bien —dijo él.

—¿Y tú cómo lo sabes?

—Porque si no fuera así, lo sabríamos. Nada vuela tan rápido como las malas noticias.

—¿Y si se la ha llevado él?

—Estamos seguros de que no está con él.

—Ya, pero si…

Antes de que terminara la frase, Robert sabía lo que su hija iba a decir: «Y si la ha matado». Sin embargo, en cuanto él se lo planteó, descartó la posibilidad porque temía desafiar al destino y convertir una mera idea en una profecía.

—No, no creo.

—¿No crees o lo sabes?

Robert abrazó a la niña.

—Lo sé.

Vio la duda en la mirada de su hija.

—¿Crees que se acordará de nosotros cuando la encontréis? —preguntó ella.

Le vino a la cabeza el viejo dicho de que los borrachos y los niños siempre dicen la verdad. «Será mejor que sea sincero con ella», pensó. Los niños son capaces de soportar muchas cosas. Lo sabía por experiencia propia. Pero como entre la verdad y la mentira había infinidad de salidas, se encogió de hombros, indeciso, como si no supiera la respuesta. Pero Katharina sí la sabía. Y sabía que él también la sabía.

Después de despedirse de su hija y prometerle que la visitaría todos los días, le sonó el teléfono. Maxim.

—Hemos entrado en el servidor.

—¿Y qué hay?

—Tienes que verlo.

Maxim no se dejó convencer para que le explicara el contenido de los vídeos, pero tenía un deje en la voz que Robert no se lo había oído más que una vez. Fue el día en que liberó a una mujer encerrada en un sótano, donde su marido llevaba dos años torturándola.

Cuando Faber llegó a la comisaría comprendió por qué Maxim no le había contado nada. Lo que se veía en las grabaciones superaba las palabras: abusos sexuales a niñas que no tenían más de diez años. Los agresores iban vestidos de médicos, de torturadores o de Papá Noel. Llevaban máscaras en la cabeza de sátiro, de personajes de la comedia del arte, de monstruos, de payasos. Docenas de vídeos, en parte de la época anterior a la caída del muro.

—Se ofrecen en la red oscura —masculló Maxim—. Los espacios son los del sótano de la cabaña de caza.

—Pero ¿qué tiene eso que ver con Dioniso? ¿Cómo pudo retener allí a Xenia Raabe y contarle a todo el mundo que estaba en la India sin que nadie notara nada?

—Los últimos vídeos se grabaron hace un año. Esto es una mierda aún mayor que la mierda que hace Dioniso.

—Pero participa de alguna manera.

—Sí.

—¿Alguna novedad de Helena?

—No.

—¿Por qué no?

—¡Porque aún no hay ninguna novedad!

La impaciencia lo perseguía como una inmensa nube allá donde iba. Por eso era cruel. Consigo mismo y con los que estaban a su lado. Eso lo convertía en uno de los mejores policías y al mismo tiempo en un colega insoportable. Pero ahora se trataba de la madre de sus hijas. Y aunque siempre lo negara, aún la quería.

Robert sabía que podía confiar en sus colegas y que harían todo lo posible por encontrarla. Pero también creía que eso no bastaba porque libraban una batalla desigual contra un enemigo injusto. Por algún motivo, este siempre iba unos pasos por delante de ellos. Y ese hecho únicamente podía atribuirse a una clave que hasta ahora nadie había osado decir en voz alta: había una fuga, una rata, como lo llamaba Robert, o en la Brigada Criminal o en la Fiscalía. Y tal vez algo peor: Dioniso podía ser uno de ellos.

—¿Cuántos hay fuera?

—Dos centenares.

—¿Los helicópteros?

—En el aire. Además, tenemos el informe de los forenses. Xenia Raabe no tenía Eridaphan en la sangre. ¿Quieres saber por qué?

—Porque era demasiado vieja y ya no luchaba. Ya lo había pensado. ¿Y la pistola?

—Apareció hace tres años en una redada. Luego desapareció.

—¿Quién estuvo en la redada?

—Aún no lo sé.

—¿Y la cuenta suiza?

—Credit Suisse no nos da el titular. Quieren una solicitud por escrito de la Fiscalía.

—Pues consíguela.

62

*L*a chica de la recepción, de pelo verde y lóbulos de las orejas perforados ampliamente, era amable, pero insistió en que los invitados del hotel debían registrarse en la recepción, según una regla de la Soho House. Ziffer lo entendía. Pero cuando le dijo que era el hermano del profesor Rashid Gibran y que era el cumpleaños de este, al que no veía desde hacía ocho años a causa de una pelea, y que quería darle una sorpresa, cedió y se guardó sin rechistar los cincuenta euros que le ofrecía.

Ziffer subió en ascensor a la quinta planta. Llamó a la puerta, y a poco Gibran le abrió. Llevaba una bata, parecía cansado y sin haber dormido. Iba sin afeitar y el pelo le colgaba sobre el rostro. Era evidente que había bebido. Mucho. De todas maneras se apoyaba en el marco de la puerta. Cuando el fiscal le puso la identificación en las narices, lo dejó pasar.

—En la universidad me han dicho que ha dejado su plaza de profesor.

Gibran fue tambaleándose hasta el lavabo y dejó la puerta abierta. Ziffer oyó cómo orinaba.

—¿Sabe por qué estoy aquí? —le preguntó mientras paseaba la mirada por el *loft*. La cocina rebosaba de platos sucios y botellas de vino. La cama estaba sin hacer, y la manta estaba en medio de la habitación. Era un caos repugnante. La infinidad de libros que invadían la estancia, como si fuera una inundación, era lo que más impresionaba. Leyó los lomos de algunos libros: Nietzsche, Schopenhauer, Cioran.

—Helena Faber ha desaparecido.

Se volvió hacia Gibran, que regresaba del lavabo limpiándose las manos en la bata.

—¿Cuándo la vio o habló con ella por última vez?

—Ya no lo sé. —Gibran cogió una botella de vino y le dio un trago largo—. Estuvo en el museo etnológico. Hablamos sobre la máscara que sirvió de modelo para la lamentable copia que utiliza ese idiota.

—¿Idiota?

—Dioniso.

—¿Por qué estuvo Helena con usted?

—Pensaba que era yo.

—Está claro que no. Pero, por lo menos, es su mentor.

Gibran se dejó caer en el sofá e intentó encender un cigarrillo. Al principio tardó un rato porque le temblaban mucho las manos. A Ziffer le irritó ver a su ídolo tan descuidado.

—¿Cómo era su relación con Helena?

—Me acosté con ella.

Se acostó con ella. Ziffer notó la puñalada que le asestaba aquella frase, justo en su pasión y su envidia por todo aquel que era cercano a Helena. Miró a Gibran, desconcertado. ¿Por qué se lo había dicho? ¿Era verdad o se trataba de una de sus conocidas provocaciones?

—Debo decir que me imaginaba distinto el piso de un profesor de universidad. ¿Es usted vanidoso o es una consecuencia de la necesidad de vivienda? —preguntó con una sonrisa.

Gibran le señaló la puerta con el brazo extendido.

—Tiene que irse, Ziffer, estoy demasiado borracho y usted es demasiado aburrido para mantener una conversación medianamente interesante.

¿Irse? No. No tenía intención de irse. Tenía otro motivo, el auténtico, para estar ahí.

—He leído todos sus libros. Sobre todo *El libro de Dioniso.* Pero no explica qué va a ser de él.

—¿Qué va a ser de él? Fracasará. Como todos los redentores fanáticos, desde Cristo hasta Mao.

No era lo que Ziffer quería oír.

—¿Ah, sí? Creía que estaba de su parte. En su libro explica cómo restaurar el viejo orden.

—No, imbécil —rugió Gibran sin tapujos—. Describo una situación que conduce al Armagedon y acaba con la caída de un idiota como Dioniso. Deme la botella. —Le señaló la botella de vino tinto que había dejado en la mesa justo al lado de Ziffer.

Este cogió el libro y la botella y se le acercó. Le dio la botella. Esperó indeciso. Gibran bebió. Y se lo quedó mirando.

—Está bien, venga, siéntese.

Le señaló una butaca. Ziffer obedeció.

El profesor ladeó la cabeza y lo escudriñó con una mirada como de ave de rapiña que piensa en cómo matar a su presa.

—Lo que me interesa es esa historia de los siete colores de la sangre: ¿de dónde la ha sacado? No la he encontrado en ningún libro.

Ziffer se estremeció. Así que Gibran lo sabía. Después de Helena era la segunda persona que conocía su secreto. Con eso no contaba. Se tragó el susto, parpadeó y sonrió asombrado.

—¿A qué se refiere?

—Sabe perfectamente a qué me refiero. —Dio una calada placentera al cigarrillo.

Ziffer creía que podría hablar con Gibran sobre Dioniso sin descubrirse. Por suerte el profesor no hizo amago de llamar a la policía ni de huir. El problema era que tendría que acallarlo, igual que a Helena. Ahora tendría que matar a su maestro. Pero ¿cómo era el viejo dicho zen? «Si te encuentras a Buda por el camino, mátalo.»

—No lo ha encontrado porque no está en ningún sitio. Es creación mía. Y me parece buena idea, ¿no cree? Hay que proporcionar a la gente un misterio, algo que remita a un profundo motivo desconocido para asegurarse la atención. Y qué mejor que los siete colores de la sangre.

—Interesante. ¿Y cómo lo ha ocultado todos estos meses?

—Tengo dos personalidades muy diferenciadas, que sin duda corresponden al perfil del psicópata. No son solo muy distintas, sino que, además, están extremadamente bien estudiadas. En la vida cotidiana puedo ser la amabilidad personificada, ocuparme de los demás de manera tan altruista que sería la envidia de un ejército de enfermeras. Pero también puedo ser más frío que un guepardo que sustrae una cría de antílope ante la mirada de la madre.

—Un trastorno de personalidad múltiple.

—Sí —contestó Ziffer, visiblemente orgulloso.

—¿Cuál fue el desencadenante? ¿Fue maltratado? ¿Su padre se lo tiraba por detrás? ¿O fue la madre la que se ocupaba de su tierno cuerpo?

Ziffer se rio inseguro. Ese era el Gibran que conocía y admiraba. La ausencia de compasión. Ni tampoco empatía, y en vez de eso una sinceridad brutal para penetrar en el meollo de la verdad.

—¿Importa eso? De todas formas, no tiene ni idea de lo que significa tener dos personalidades y saberlo. Debería elogiarme por ser capaz de actos tan grandes. El Creador ha unido en mí el día y la noche, la razón y el instinto, Apolo y Dioniso en una unidad perfecta.

—¿Y qué dice ese Creador de que usted lo haya estropeado todo? La séptima hija está desaparecida. Y sabe que usted es Dioniso, ¿no es cierto? ¿Qué va a hacer ahora, ridículo espantajo?

—No lo sé. Estoy aquí para que usted me diga qué debo hacer.

—¡Ah, ya entiendo! ¿Qué le parece esto? Podría ser un héroe si los asesinatos fueran sin sentido y por tanto, radicales, pero son la expresión de una moral de esclavo, burguesa y llorona. Se considera la víctima humillada e impotente, y por eso hace lo que hacen todas las víctimas: se golpean a sí mismas para poder seguir siendo víctimas eternamente. ¿Y cuál es la mayor misericordia que puede alcanzar una víctima? La ascensión al cielo. ¿Sabe qué puede hacer? Pegarse un tiro.

El profesor se rio, y mientras se reía, se atragantó al pensar que Ziffer tenía la intención de ahogarlo en cualquier momento. Ya era suficiente. Hacía tiempo que Ziffer lo pensaba. Cada vez que Gibran no le devolvía las llamadas, o cuando no contestaba a sus correos electrónicos. Para ese profesor no era más que un admirador bobo del que siempre se mantendría a distancia. Pero ya tenía bastante. Sintió que una ira gélida se le expandía en el pecho.

—Lo he hecho todo tal como usted lo explicaba.

—¿Yo decía que tenía que matar mujeres? —Gibran se rio de él.

Ziffer cogió *El libro de Dioniso*, abrió por una página y buscó.

—Aquí: «Una mujer se convierte en mujer al engendrar a un niño, un hombre se convierte en hombre al matar». Eso escribió.

Gibran siguió bebiendo.

—¿Ahí dice que tenga que cortarle a las mujeres los dedos, las orejas o los labios?

—No, pero eso es irrelevante. Tuve que hacerlo para que la gente escuchara. Si no, ya nadie escucha. Todo el mundo está aturdido. La gente se deja hacer lo que sea como si fueran borregos. Por eso. ¿Qué debería haber hecho si no?

—Como siempre. Lárguese.

—Pero alguien tiene que hacer realidad su libro. Por eso lo llamó *El libro de Dioniso*. Como *El libro de Job* o *El libro de Esdras*.

—No, su existencia es demasiado banal para eso.

Le arrebató el libro a Ziffer de las manos, abrió por una página y leyó en voz alta:

—«Un acto, por muy grande que sea, jamás puede alcanzar la pureza de una idea. Es de una banalidad ridícula en comparación con la dimensión de una idea.» —Se echó a reír de nuevo, como si no se tomara en serio lo que él mismo había escrito.

A cada palabra que soltaba Gibran, la rabia de Ziffer era más tenebrosa y penetrante.

—Ríase. Mientras usted se atrinchera como un cobarde detrás de su escritorio, yo arriesgo todo lo que tengo: mi profesión, mi existencia, mi futuro, todo con la única intención de cambiar el mundo. Usted, en cambio, es un cobarde, Gibran. Un cobarde que cataloga el mundo para dominar su miedo. Mi misión tiene tal fuerza que la prensa mundial habla de mí. Por no citar la cantidad de seguidores que me suplican que escriba más proclamaciones. Curar a seis mujeres no es un juego de niños. Y hasta hoy la policía no ha conseguido atraparme, aunque me tienen delante de sus narices. En pleno Berlín. Usted ha escrito la Biblia, Rashid Gibran, y yo soy la Inquisición. —Ziffer le arrebató a su vez *El libro de Dioniso* de las manos—. ¿Se acuerda? Hizo una lectura en la librería

Nicolai. Yo le di el libro, y usted me miró y me dijo que encajaba muy bien con mi persona. Siempre me he preguntado qué quiso decir con eso.

—Lárguese.

Ziffer le gritó :

—Lo dijo porque notó que yo iba a hacer realidad lo que usted solo es capaz de pensar y escribir.

—¿Y qué? Le mentí porque me estaba poniendo de los nervios con su servilismo.

—Entonces, en el fondo, es usted responsable de la muerte de esas mujeres. ¿O no, profesor? ¿Ha visto en televisión las imágenes de mi madre? ¿Se imagina lo que me costó subirla al tejado?

—Bla, bla, bla. No ha entendido usted nada. Nada. Nada. No es más que un idiota odioso, narcisista e insoportable en su autoestima. Pero con unas cuantas botellas de Barolo se soporta mejor.

Ziffer lo miró con los ojos desorbitados, que anunciaban el arranque de la pura locura. Se dirigió a la cocina, cogió un cuchillo grande, volvió y se lo clavó a Gibran en el pecho.

El profesor se estremeció y bajó la vista, sorprendido, hacia el mango del cuchillo que le sobresalía por debajo del cuello.

—Está usted realmente loco —dijo, asombrado.

—Si yo estoy loco, lo que dice su libro también es una locura.

63

La herida se curó antes de lo esperado. Al cabo de dos días, Katharina recibió el alta en el hospital. Tenía que usar muletas, pero se las arreglaba bien. Como Xenia Salomé había sido asesinada en el piso de Robert, las niñas querían quedarse en la casa de Westendallee. Él estuvo de acuerdo. Durante el trayecto no paraban de pensar en Helena.

—Tal vez ha recuperado la memoria y no quiere volver con nosotras porque a veces la ponemos de los nervios —dijo Sophie.

—Vuestra madre regresará en cuanto su memoria vuelva a funcionar.

Robert intentó tranquilizarlas, pero sabía que lo único que las calmaría era que Helena regresara.

Durante los días siguientes, las niñas fueron reaccionando cada una a su manera. Pensativas e introvertidas. Enfadadas y tristes. Todas las tardes una amiga visitaba a Katharina. Se encerraban en la habitación hasta que la niña tenía que irse a las nueve. Una vez se les olvidó, y Robert les dejó refrescos de cola y bocadillos en la habitación. Katharina, arrimada a su amiga, estaba sentada en la cama. Ambas se sonrojaron al verlo. Él balbuceó una disculpa y se retiró enseguida. Se sentó en la cocina a reflexionar si Katharina se sentía atraída por las mujeres. Cuando quiso decirle que, si era así, no pasaba nada, ella no quiso hablar del tema. Si hablaba de algo, era de baloncesto. Había conseguido una beca y el próximo curso iría a una escuela deportiva de Estados Unidos.

—¿Sabes, papá? Una base ha de ser rápida y ágil, y tener

un excelente control de la pelota. Y debes saber perfectamente cómo va el juego, porque eres responsable del diseño del partido y decides qué jugada se inicia. En realidad tienes que ser la jugadora más inteligente. Una alero o una pívot ha de ser alta y musculada para ser capaz de atravesar la defensa del equipo contrario bajo la cesta, pero, como base, eres el brazo derecho del entrenador. Por eso, nuestra entrenadora Sibylle y yo siempre pensamos juntas cuál es la mejor estrategia contra nuestro adversario.

Sophie no llevaba tan bien la situación. Cambió su postura sobre la religión y, de pronto, empezó a rezar. Sin embargo, al ver que su madre no volvía, pensó que Dios no la escuchaba porque Helena estaba muerta, o que quería castigar a su madre por haber hecho algo malo. Robert no sabía qué pensar. Le preguntó a Barbara Heiliger, que ocupaba un lugar prominente en el corazón de Sophie.

—¿Por qué se comporta así? Tiene diez años.

—Diez es solamente un número. En Afganistán, las niñas son madres a esa edad; en las familias de la alta sociedad, son princesas que no saben hacer un huevo frito. Hay niñas de diez años que saben calcular más rápido de lo que jamás aprenderías tú, y otras que se suicidan. Déjala que sea como quiera, pero estate atento. A lo mejor deberíais mudaros al campo. El entorno nos cambia, sobre todo a los diez años.

Un día después, por fin pudo ver al doctor Freund, que había ido a un congreso en Nueva York y no quería darle información por teléfono. Estaban en el Departamento de Investigación Neurológica del Charité, contemplando una serie de imágenes del cerebro de Helena.

—¿Alguna vez ha oído hablar del hipocampo?

—Algo he oído.

—Es una estructura del cerebro que parece un caballito de mar. Más o menos aquí. —El doctor señaló un punto detrás de la oreja de Robert—. Los recuerdos a corto plazo pasan por el hipocampo y se almacenan en la memoria a largo plazo. La señora Faber tiene el hipocampo bloqueado, en ambas direcciones. Eso significa que no puede recuperar correctamente la información almacenada ni almacenar correctamente información nueva. Tanto objetiva como sentimental.

—¿Eso significa que sus recuerdos se han borrado?

—No, pero se vuelven inaccesibles. Como si alguien hubiera bloqueado temporalmente el acceso a un fichero.

—Usted le dijo que debería volver a vivir lo que le hubiera pasado.

—En el caso de la señora Faber, supongo que ha sufrido un impacto emocional que ha desembocado en el bloqueo del hipocampo. Una zona concreta del cerebro, llamada amígdala, reacciona a las situaciones de peligro segregando hormonas. Así llegamos a un estado de alarma. Normalmente, el telencéfalo decide qué hacer. Pero como tarda demasiados segundos, nuestro cerebro decide interrumpir la conexión entre la amígdala y el hipocampo. Ya no es la memoria explícita la que nos controla, sino la memoria implícita. Y esa memoria puede reaccionar básicamente más rápido. De hecho, es muy útil para reaccionar rápido en una situación de peligro. Sin embargo, en un trauma, como el que seguramente ha vivido la señora Faber, puede tener consecuencias negativas. Ahora el telencéfalo ya no almacena la información porque ya no se la proporcionan. Podría decirse que la llamada hormona del trauma desorganiza por completo el funcionamiento del cerebro. En una situación traumática, el cerebro de Helena no controla su conducta. En ese momento, ya no es su voluntad la que la controla, sino que la pura supervivencia tiene prioridad sobre todo lo demás.

«El momento en que Dioniso la atacó en el KaDeWe», pensó Robert.

—Eso provoca —continuó el Doctor Freund— que los recuerdos que se almacenan en la memoria implícita se olviden en parte porque dicha memoria no puede almacenar información a largo plazo. Por ello, Helena cada vez recuerda menos el trauma hasta que al final lo olvidará del todo.

—¿Cuándo recuperará la memoria?

—Si el impacto no se soluciona, el bloqueo puede agudizarse y manifestarse. Esos pacientes lo saben. Quieren recordar una película, un jugador de fútbol, un lugar donde estuvieron de vacaciones, y son conscientes de que saben los nombres, pero no les vienen a la cabeza. En algún momento los recuerdan. Su cerebro ha encontrado el recuerdo. En el

313

caso de Helena, el cerebro ya no encuentra esa información. Y tal vez ya no encontrará ninguna información.

No era lo que Robert esperaba oír. Tampoco lo ayudaba a avanzar en nada. Se impacientó y, nervioso, repiqueteó con los dedos.

—Pero hay esperanza, señor Faber. Si sufre amnesia, el mundo se convierte en un lugar hostil porque no sabe qué peligros acechan. Si su mujer no ha sido secuestrada ni retenida en un sótano, seguramente está escondida en algún sitio donde pueda vegetar sin que la molesten. La libertad es un lugar peligroso para alguien sin memoria. Lo único que sigue funcionando son los instintos, las necesidades básicas animales: comer, dormir y tal vez mantener relaciones sexuales.

—¿Y eso qué significa?

—Supongo que está en un lugar recogido en lo más profundo de su inconsciente que conoce de tiempo atrás. No tiene por qué ser bonito, pero seguro que será alguno perteneciente a su más tierna infancia. Tienen que darse prisa. El calendario agrícola dice que en diciembre nevará.

Cuando Robert salió de la clínica tenía un mensaje de Maxim en el contestador.

—El profesor Gibran está en el hospital, herido de gravedad. Ziffer lo quería interrogar y lo encontró en su habitación de hotel. Pensó que estaba muerto, pero el profesor parecía un perro apaleado. Los médicos le han inducido el coma.

64

¿Cuántas veces se había hecho de noche y de día ya? ¿Cuántas veces se había calmado el mundo por la noche para volverse ruidoso en cuanto clareaba? ¿Tres veces? ¿Quince veces? No lo sabía. No las había contado, porque los números tienen sentido cuando algo tiene un principio y un final. En el cosmos de Helena no existía ni lo uno ni lo otro, sino que estaba reducido a las necesidades básicas: comer, beber, dormir, protegerse. Deambulaba sin saber a dónde iba. Ni siquiera sabía por qué deambulaba. Su cerebro había escondido el pasado en algún sitio y había apagado la luz para que ella no pudiera recordar quién era, de dónde venía y a dónde iba. Al principio, el instinto la alejó de las calles anchas y de las ciudades porque ahí había luz, así como en los escaparates, las farolas, los faros de los coches. Y en la claridad, había miradas, palabras rudas, amenazas, patadas y golpes. Huyó de la ciudad, cuyo nombre desconocía, porque un hombre de piedra estaba delante de una casa con una espada en la mano y la miraba mal. Se extravió en una zona de casas de campo, se perdió en un bosque, encontró un pequeño río, lo siguió, acabó junto a los raíles del tren, cruzó puentes... Unos desplazamientos sin sentido, sin acceso a las coordenadas ni a las reglas del mundo en el que solía moverse. Todo alrededor le parecía ajeno y amenazador. Dormía en elevados miradores y debajo de puentes. A veces, en un establo abandonado, otras, en medio de un campo sembrado. Cuando llevaba tres días sin comer, aparecían imágenes de la oscuridad que su mente tapaba. Entonces volvía a acercarse a la gente, protegida por la oscuridad, porque olía que había algo que comer: un kebab tirado, una botella de cerveza medio vacía, una manzana podrida, un pedazo de pastel enmohecido. Se lo comía y acababa vomitando porque comía demasiado y demasiado rápido. Pero, por lo menos, no tenía hambre.

Cuando oscurecía, caminaba por las calles, pasando junto a las ventanas tras las cuales había comida inalcanzable. Un día, cuando se agachó junto a un árbol para hacer pis, vio cerca a un grupo de chicos jóvenes en un banco de un parque. Ellos también la habían visto y se reían. Ella se dio la vuelta, la orina caliente le corrió por las piernas y formó un charquito en los pies descalzos. Tenía los pantalones rígidos de mugre y sangre seca y el pelo le colgaba en mechones grasientos sobre los hombros. Los chicos se acercaron. Eran cinco. Llevaban botas recias y los cordones blancos. Chaquetas de piel, pantalones oscuros con bolsillos grandes en las perneras. Cinturones anchos, en cuyas hebillas había cruces gamadas, y camisetas marrones. En una de estas había la silueta de un hombre con un bigotito sobre los labios. Llevaban latas de cerveza en la mano, cadenas en el cuello y la cabeza rapada.

316

El primero:

—Eh, zorra, ¿por qué meas ahí?

El segundo:

—¿Lo oléis? Apesta tanto que dan ganas de vomitar.

El tercero:

—¿Estás enferma o qué?

El cuarto:

—Estos vagabundos de mierda me ponen malo. Habría que ponerlos contra la pared y pegarles un tiro.

El tercero:

—¿Cómo que un tiro? ¿Para qué tenemos Oranienburg?

Soltaron una risotada.

El quinto seguía callado. Se plantó delante de Helena y le dio tal patada en la cara que la cabeza se le fue hacia atrás y cayó sobre el charco de orina. Entonces el tipo se bajó la cremallera del pantalón.

El segundo:

—¡Dale, viejo!

El primero:

—¡Compañía, preparada para soltar agua!

Orinaron los cinco sobre ella. Hicieron una apuesta a ver quién le daba en la cara durante más tiempo. Estaban muy cerca de la cabeza de Helena, y se reían y orinaban mientras bebían cerveza y la rociaban con los restos de las latas. Cuando terminaron, mientras ella lloraba y se quejaba, se enfurecieron todavía más y le dieron una patada tras otra en el estómago. Dos, tres, cuatro. De pura rabia se les pasaron las ganas. Hubo un asomo de la conciencia sepultada. Para acallarla, le escupieron, regresaron al parque y se sentaron en otro banco más alejado para seguir bebiendo cerveza.

Helena estuvo una hora más tumbada hasta que los dolores remitieron y pudo volver a caminar. Se arrastró por el parque; más que caminar, iba a trompicones. Estaba empapada de arriba abajo de orina. Saboreaba la sal y estaba congelada. Entonces se puso a llover y siguió andando. Hasta que encontró una casa tan derrumbada como ella. Entró y se acostó entre los demás seres afligidos que también dormían allí. La rechazaron y acabó junto a una pared. Se envolvió en un cartón que alguien había dejado allí y durmió.

317

65

¿*Q*uién había apuñalado a Gibran y por qué? En el equipo policial del caso Helena no se ponían de acuerdo. DeBuer y Maxim creían que había sido el fanático que le enviaba amenazas de muerte anónimas; Robert aseguraba que estaba relacionado con la desaparición de Helena. También podría tener que ver con Dioniso, pero no había pruebas. El personal de recepción del Soho no podía o no quería recordar quién había visitado al profesor. El agresor debía de haber accedido a las habitaciones de los huéspedes sin permiso. Y Gibran no podía ser interrogado porque todavía no estaba consciente. ¿Y Helena? Comprobaban las pistas que llegaban todos los días de la población. Un transeúnte había encontrado un cadáver en Grunewald. No era ella. El empleado de una aseguradora había atrapado en Jena a una mujer cuya descripción coincidía, pero resultó que la mujer tenía cincuenta y tres años y huía de su marido. Un aprovechado afirmaba que había secuestrado a Helena y exigía dinero por el rescate. Los videntes ofrecían su ayuda. Una supuesta médium juraba poder encontrarla si le daban su ropa interior. Robert estaba fuera de sí porque no avanzaban. Por suerte, la temperatura, por capricho de la naturaleza, había aumentado de nuevo a trece grados, y hasta de noche el frío era mínimo. Las posibilidades de que Helena hubiera sobrevivido todo ese tiempo sana y salva se incrementaban.

Tras la reunión, Robert se sentó con Maxim a tomar una cerveza en un pequeño bar donde les llegó la noticia de que una cámara de vigilancia había grabado a una persona que había subido a un tren de carga en Spandau. Las imágenes adjuntas al mensaje mostraban claramente a Helena. Faber se levantó de un salto y fue con su colega a esa estación. Sin embargo, las imágenes no eran actuales, sino de cinco días antes. El tren ya había llegado a Ámsterdam. Llamaron a todas las estaciones de policía ferroviaria de la línea, pero nadie había visto a Helena.

Robert llegó a casa hacia las seis de la mañana y, después de desayunar con las niñas, se metió en la cama. Para que no lo despertara el ruido de la calle, se puso tapones en los oídos, pero, así y todo, no lograba conciliar el sueño. Miró el móvil. En la pantalla aparecía una fotografía de Sophie y Katharina tomada en la playa de Wandsee. Correo electrónico, noticias, whatsapp. Nada sobre Helena. Nada de Dioniso.

Cuando las niñas volvieron de la escuela, por lo menos había dormido un poco. Había pesimismo en el ambiente porque la casa estaba vacía sin Helena. Fue con sus hijas a comer pizza a Los doce apóstoles.

—¿Crees que mamá está muerta? —preguntó Sophie de repente mientras quitaba las rodajas de salami de su pizza de salami.

—¿Por qué pides esa pizza si no te gusta el salami? —cuestionó Katharina.

—Me gusta el sabor, pero no la textura.

Katharina hizo un gesto de impaciencia, pero Robert, cogiendo las rodajas de salami del plato de su hija pequeña, se las puso en su pizza y contestó con firmeza:

—No, está viva.

—¿Cómo lo sabes con tanta seguridad? —preguntó Katharina.

—Porque lo notaría si no estuviera con vida.

—Nuestro profesor de matemáticas nos dijo que, en estos casos, a veces es mejor mirar de frente la verdad para poder empezar el duelo.

—Tu profesor de matemáticas es imbécil.

—¿Se lo digo?

—Sí, y saludos de mi parte.

—Yo no noto absolutamente nada —susurró Sophie—. Ni siquiera me acuerdo de cómo es. Tengo que mirar una foto para acordarme.

Robert le acarició la cabeza.

—No pasa nada, a mí también me pasa a veces —dijo.

—Si encuentras a mamá, ¿volveréis a estar juntos? —inquirió Katharina.

—¿De dónde sacas eso?

—No sé, porque a veces uno sabe cuánto quiere a alguien cuando ya no está.

Era la pregunta tácita del último año. ¿Por qué os habéis separado, por qué ya no os queréis, volveréis a estar juntos? Preocupaba a las niñas, ¿cómo no? Eran niñas, tenían derecho a una familia.

—No lo sé. Ya veremos.

Katharina giró la cabeza y miró a la mesa de al lado, donde estaba sentada una familia: padre, madre y tres niños. Era como si alguien les gastara una broma pesada.

—Eh, todo irá bien, ¿de acuerdo? —Robert vio que Sophie lloraba. Era un sollozo silencioso que le sacudía el cuerpo—. Pero tampoco pasa nada si lloras.

—Ya lo sé.

Se tragó las lágrimas y siguió comiendo.

Tras la cena, estuvieron un rato paseando por Kurfürstendamm. Era una de las pocas calles que no les recordaba a Helena porque ella siempre había detestado las calles de tiendas. Cuando llegaron a casa, Maxim estaba esperando en la puerta. Tras un breve saludo y unas cuantas frases sobre los vídeos de YouTube de Sophie y sobre la pierna de Katharina, que se curaba bastante bien, Faber envió a las niñas arriba y preguntó a su colega:

—¿Novedades?

—La cuenta de Suiza a la que se transferían los derechos de Xenia Raabe pertenece a su hijo, Lukas Raabe.

—¿Cómo lo has averiguado? Pensaba que Ziffer no había conseguido nada preguntando al banco.

—Ven.

Maxim llevó a Robert a su coche. En el asiento trasero estaba sentada Fatima Volkan. Se saludaron lacónicamente.

—Cuéntale lo de la consulta de Ziffer a Credit Suisse —le dijo Maxim a Fatima.

—Ziffer escribió una solicitud oficial, pero no la envió.

—¿Por qué?

—Eso debería preguntárselo a él. Pero no podrá ser porque está, desde ayer, en un congreso en las montañas de Suiza, y hay mala cobertura.

—¿Y cómo sabe lo de ese Lukas Raabe?

—Cometí un error. Envié la solicitud sin querer —dijo con una sonrisa traviesa—. Lo siento mucho.

Robert miró a Maxim, perplejo. No tenía ni idea de qué estaba ocurriendo.

—Credit Suisse ha contestado que una vez al mes alguien retira dinero de la cuenta. Y ahora tal vez se pregunte por qué el congreso de Ziffer se celebra precisamente en Suiza, ¿no? —Fatima sonrió a Faber.

¿Ziffer? ¿Qué tenía que ver el fiscal? Robert no lo soportaba, pero relacionarlo con el hijo de Xenia Raabe porque tuvieran el mismo nombre de pila era absurdo.

—Eso no quiere decir nada. Pero si conseguimos imágenes de la cámara de vigilancia del banco sabremos quién es Lukas Raabe.

—No puede ser —dijo Maxim.

—¿Por qué no?

—Porque murió hace dos años en un accidente de coche.

Robert lo miró consternado.

—¿Entonces quién retira el dinero?

—Por ejemplo, alguien que tenga un poder —dijo Fatima.

Robert había visto a Fatima Volkan unas cuantas veces en la Fiscalía. Era una compañera de trabajo del Departamento de Administración. El lugar donde se gestionaban expedientes y citas. Nunca le había llamado la atención.

—¿Por qué hace esto? —le preguntó.

—Porque me da la impresión de que, desde el día en que desapareció Tara Beria, hay algunas incongruencias en la Fiscalía.

—¿Y por qué no nos lo ha dicho antes a mí o a Helena?

—Porque no sabía si la señora Faber estaba implicada. A fin de cuentas, ha tenido una aventura con nuestro jefe.

—¿Paulus está metido? ¿Qué está pasando aquí? —preguntó Faber dirigiéndose a Maxim.

—Necesitamos las imágenes de Credit Suisse —dijo este.

321

—La Fiscalía ya ha formulado una solicitud; llegará mañana a Credit Suisse —contestó Fatima.

—¿Y la Fiscalía en este caso es usted?

—Podríamos decirlo así.

—¿Podría escribir otra solicitud?

—Depende.

—Que los suizos pongan un agente en el banco para darle en los huevos enseguida al que acceda a la cuenta.

66

Gibran estaba vivo. Dormía artificialmente, pero se había recuperado y en algún momento los médicos lo despertarían. Ziffer se arrepentía de haber ido a verlo, pero la tentación de enseñarle a su mentor lo que había hecho en su nombre era demasiado grande. Tal vez había sido a causa de la desesperación al ser consciente de las cosas que habían salido mal. En todo caso tenía que irse de Alemania lo antes posible. Iría por la frontera hasta Polonia, y de ahí, a Ucrania. Y si era necesario, seguiría hasta Rumanía. Una posible orden de detención internacional valdría en toda Europa, pero Rumanía era lo bastante corrupta para que nadie lo buscara allí y ni mucho menos lo encontrara. Oficialmente, asistía a un congreso en Suiza, desde donde había llamado a Paulus para decirle que estaba enfermo.

Fue por la A 10 hasta Königs Wusterhausen y giró en la B 179 en dirección a Märkische Heide. Le quedaban ciento ochenta kilómetros. Eso significaba más de dos horas hasta cruzar la frontera de Polonia. Conocía el trayecto, pues lo había utilizado algunas veces para hacer excursiones. Atravesó la ciudad más pequeña de Alemania, que ahora tenía ochocientos habitantes, pasó por la vieja iglesia, atravesó bosques y numerosos ríos. A oscuras solo veía lo que iluminaban los faros del Golf: unos cuantos árboles, en algunos de los cuales colgaban unas placas que recordaban a los jóvenes que habían muerto por exceso de velocidad, y, de tanto en tanto, una parada de autobús… A ambos lados de la carretera, la noche engullía el bello paisaje, como si Ziffer atravesara un desierto. Incluso cuando pasaba por un pueblecito notaba esa sensación de soledad porque había muchas casas abandonadas y en ruinas. Por un momento, pensó en que Helena podía estar escondida en alguna de ellas. Sería absurdo pasar junto a su escondite sin verla. Mientras circulaba a la velocidad permitida para no llamar la atención de alguna patrulla policial, escuchaba en la radio un reportaje sobre el fracaso de la policía en la búsqueda de la fiscal. Ya surgían las primeras voces que exigían la dimisión del fiscal superior, Paulus, y la senadora de Justicia sufría una gran presión. Sí, había sido lo correcto dejar a Helena para que fuera la última representante de su misión, porque era la más adecuada como símbolo de su encargo histórico. Gracias a ella, había llegado hasta las publicaciones de las revistas del corazón, y eso era importante porque así las mujeres, que no mostraban interés por la política, también leerían su mensaje. Algunas féminas le habían puesto un «Me gusta» en Facebook porque les parecían bien sus anuncios. Esas mujeres considerarían a Helena un alma descarriada que no se adaptaba al papel asignado. Una revista, en cambio, la había puesto como mártir en la portada; representaba el fin de la humillación para todas las mujeres modernas. Con las demás pacientes nunca había ocurrido nada semejante. Como si fuera más lamentable que muriera una persona guapa que alguien feo. Gibran se lo había explicado.

324

—Todos aspiramos siempre a un ideal —le había dicho—. Puede tratarse de la brillantez intelectual, las posesiones materiales o la belleza física. Por eso, los dioses griegos eran encarnaciones de una habilidad concreta. Heráclito representaba la fuerza; Apolo, la razón; Artemisa, la caza. Incluso en la Biblia se dice: «Y Dios creó al hombre a su imagen y semejanza». El ser humano debe aspirar a ser como el Dios ideal. Hoy en día nuestros ideales son las actrices guapas, los deportistas musculados, los hombres de negocios de éxito. Cuando muere uno de ellos, lo consideramos una tragedia mayor que si cientos de refugiados se ahogaran en una barca en el Mediterráneo.

En cierto modo, Helena también era un ideal. Contaba con una inteligencia excepcional, tenía un rostro bonito, un cuerpo que irradiaba feminidad, era decidida y madre de dos niñas. Un periódico berlinés la nombró una vez la fiscal más guapa de Berlín. Si la curaba, el país entero se estremecería. A partir de ese momento todo el mundo, realmente todo el mundo, hablaría de Dioniso. En general, lo juzgarían y condenarían, pero en lo más profundo del corazón admirarían su resolución y falta de escrúpulos. «Para ser un dios hay que matar a Dios», le había dicho Gibran. Eso iba a hacer él.

Mientras se dejaba llevar por sus reflexiones, el tiempo le pasó volando. Dejó atrás Schwielochsee y Lieberose y giró por la B 112 en dirección a Neisseaue, un terreno boscoso que limitaba con el Lausitzer Neisse. Tras el río, se encontraba Polonia. Dado que el país pertenecía al espacio Schengen desde 2007, ya no había fronteras, así que era idóneo para su plan. Había descubierto en Google Earth una serie de casas en el lado oeste, no muy lejos de la orilla del Neisse. En algún sitio robaría una barca. Pero hasta entonces, quería entregarse un poco más al placer que le proporcionaba pensar en su misión y, sobre todo, en Helena. Sabía que era importante decidir con exactitud cómo curarla en cuanto la tuviera en su poder. Tarde o temprano lo lograría, sin duda. De eso se ocuparía su mentor, por intereses egoístas. ¿Qué le iba a amputar? Era una pregunta de difícil respuesta. Las orejas, los ojos, la nariz, los labios, los dedos y los pechos ya estaban descartados. Podía cortarle los pies, pero enseguida lo desechó porque los pies eran demasiado ridículos. ¿Qué tipo de metáfora significaría eso? Podía extraerle un órgano. El corazón. Pero ese símbolo ya había sido utilizado por demasiados asesinos y en la literatura policiaca. Los riñones, el hígado, los pulmones eran demasiado profanos. El útero requería unos conocimientos quirúrgicos que él no tenía. No se le ocurría nada adecuado, y se fue enfureciendo poco a poco. Disponía de tiempo suficiente, pero necesitaba solucionar el problema cuanto antes mejor. Así pues, se puso a darle vueltas al tema, se estrujó el cerebro y condujo cada vez más rápido porque se estaba impacientando, hasta que, en la entrada de una población, estuvo a punto de colisionar contra una valla situada a la derecha de la carretera. De repente la respuesta le pareció muy sencilla. En la valla se exhortaba a los conductores a ir con cuidado con los escolares. Al principio no le dio importancia a aquel aviso, pero pronto se dedicó a pensar en cómo sacudiría a la sociedad la pérdida de una niña, y en los niños que desaparecían todos los años y se convertían en un espectáculo que producía escalofríos al público durante meses, e incluso durante años. Esa era la solución. Iba a amputarle a Helena algo más valioso para una madre que una parte del cuerpo. Por lo menos eso pretendía. Le sustraería a una de sus hijas. Katharina o Sophie. Aún no sabía cuál. Katharina era una niña guapa, pero tenía el acné propio de la pubertad y ese detalle podría tener un efecto negativo en la compasión pública. De modo que sería mejor la pequeña y dulce Sophie, con esos enormes ojos oscuros y hoyuelos en las mejillas. Tal vez debería permitir a Helena que eligiera. Seguro que sería muy divertido. «Muy bien, primer problema solucionado», se dijo. Pero había otro: ¿debería hacerle una sangría a Helena? Ya se la había hecho una vez, y le parecía manido.

Ya había llegado a Neisseaue y condujo despacio junto a las casas, aisladas y abandonadas. Algunas estaban vacías, pero en un jardín vio un bote de remos sobre un pequeño remolque. Justo lo que necesitaba. Condujo el Golf de Gibran hasta la orilla del Neisse y lo dejó caer en un punto del río. Regresó a pie y arrastró el remolque con el bote encima. La verdad es que pesaba, pero como el camino descendía, avanzaba bien. Metió el bote en el agua, cogió los remos, se colocó al timón y empezó a remar. En poco tiempo llegó a la orilla polaca. Antes de amarrar, miró alrededor. Nadie había visto nada. Bajó del bote y le dio un empujón para que se lo llevara el río. Lo siguió un rato con la mirada. «A lo mejor debería dejar que Helena se ahogase», pensó.

67

*L*as imágenes de la cámara de seguridad de Credit Suisse se borraban cada cuatro semanas. La última visita del hombre que podía ser Lukas Raabe había tenido lugar hacía seis semanas. Si no conseguían recuperar una de las grabaciones, la policía se vería obligada a esperar a que el sospechoso volviera a aparecer. Por lo menos sabían que, quienquiera que fuera, tenía que ser Dioniso. Este había retenido a Xenia Raabe un año y había obtenido el anticoagulante gracias a ella. Aún no estaba claro cómo había ocurrido. Ziffer, que debería haber vuelto del congreso en Suiza, había telefoneado para decir que estaba enfermo y que no estaba localizable para nadie. Era raro y dificultaba la investigación. Eso reforzaba la desconfianza latente que sentía Robert hacia el fiscal. El interrogatorio a Olaf Beinlich, Karel Leskovic y Oskar Sander, los tres implicados en la compra de la cabaña de caza de Spreewald, no dio resultado porque no se pudo probar que ninguno de ellos hubiera participado en las horribles actividades que aparecían documentadas en los vídeos. Culpaban a Dioniso de estar tras las agresiones y de organizarlas. El hecho de que Gibran figurara en la lista resultó ser un error. Todos se sentían frustrados porque parecía que la Tierra se había tragado al asesino y la policía no avanzaba en la búsqueda de Helena. La tensión que sufría Robert era insoportable para todo el que mantenía relación con él. Para no esperar sin hacer nada a tener noticias de Credit Suisse, Faber se dedicó a seguir una pista que le había descubierto el doctor Freund. «Seguramente está escondida en un lugar que conoce de la infancia», le había dicho. El problema era que el padre de Helena, Josef Berger, siempre había tenido problemas con el Gobierno y, por tanto, la familia se había mudado cinco veces en nueve años: Bad Schandau, en el límite de la Suiza sajona, Bautzen, Binz auf Rügen, Ludwiglust y Stendal. Todas esas poblaciones estaban repartidas por toda la Alemania del Este.

—Por lo menos hay una posibilidad de que esté escondida ahí —le dijo Robert a deBuer.

Y deBuer le dejó hacer porque sabía que no podría retenerlo. Fue una ruta agotadora y deprimente. En Ludwiglust, Robert estuvo dos días interrogando a todo aquel que recordara a la familia Berger, pero nadie tenía ni idea de dónde podía estar escondida Helena. Se habían retirado la mayoría de las cámaras de vigilancia, el edificio de viviendas tenía inquilinos nuevos y una compañía de seguros lo había reformado. Pero a lo mejor estaba escondida en el antiguo campo de maniobras de Lübtheen, le dijo el anciano alcalde. A petición de Faber, deBuer llamó a un colega de Brandemburgo, que envió a tres centenares de personas a recorrer el terreno y los pequeños bosques. Un helicóptero con cámara infrarroja sobrevoló durante dos días esa tierra yerma. Examinaron cada kilómetro cuadrado, y lo único que encontraron fue a una niña que se escondía de su familia. En Stendal, Faber consiguió movilizar a la asociación local de cazadores para que lo ayudaran en la búsqueda. En Binz, se enteró de que la familia de Helena solo pasó dos meses allí. En Bautzen, deBuer conocía al subcomisario de la policía. De nuevo un centenar de personas se dedicó a la búsqueda. Y de nuevo, sin éxito. Mientras Robert conducía hacia Bad Schandau, recibió la orden de regresar a Berlín de inmediato. Paulus había cancelado la búsqueda hasta nuevo aviso.

Dos horas después, estaba en el despacho de Paulus.

—¿Está dentro?

—No puede pasar, está en una reunión.

—Bueno, pues voy a entrar ahora mismo —dijo Faber, y entró directamente en el despacho del fiscal superior.

—¿Por qué se ha cancelado la búsqueda?

La señora Schneider, la secretaria de Paulus, entró alterada tras él en el despacho.

—Ya le he dicho que no podía entrar.

—No pasa nada —la tranquilizó Paulus—. Y cierre la puerta.

La secretaria se fue a regañadientes.

—¿Por qué se ha cancelado la búsqueda de Helena?

—Siéntese. —El fiscal señaló una de las dos sillas tapizadas de piel, situadas delante de su escritorio—. Después de mi respuesta siempre puede pasar por encima de la mesa y saltarme al cuello.

La respiración de Robert era audible. Apretó los puños y se sentó. Paulus cogió varias hojas de papel sujetas con un clip, y se las dio a Robert. Eran una serie de fotografías con nombres y datos personales al lado.

—Son los desaparecidos de las últimas dos semanas: dos mujeres, un camello, cuatro niños.

Faber las hojeó. La última denuncia de desaparición era de un chico, Daniel, de catorce años. Tenía un rostro bonito, una mirada confiada; había desaparecido cuando regresaba a casa después de una charla de preparación a la confirmación.

—Como no está de acuerdo con mi manera de proceder, le propongo que vaya a ver a la familia y le diga a la madre que, por desgracia, no podemos buscar a su hijo porque necesitamos todos los recursos para encontrar a una colega a la que queremos más que a este pequeño cabrón.

—Es usted un imbécil.

—Quiero tanto a Helena como usted, y admiro su perseverancia sin límite. Pero no podemos ocuparnos solo de ella. Los compañeros ya arrastran decenas de horas extra. Y mañana es Navidad, señor Faber. Le sugiero que se vaya a casa con sus hijas y las ayude a superar estos días. La búsqueda de Helena no se ha suspendido, seguiremos buscándola. Pero, de momento, también tenemos que ocuparnos del chico, de una prostituta drogodependiente, de una jubilada y de un camello albanés.

«Es el momento perfecto para saltar por encima de la mesa», pensó Robert. Pero entonces Sophie y Katharina tendrían que pasar las Navidades sin él, y eso no era una opción.

Cuando dio un portazo, la señora Schneider soltó un grito y lo miró con todo el desprecio de que fue capaz. Para ella, la falta de respeto hacia los superiores y el desacato a las jerarquías eran una atrocidad. Robert recorrió el largo pasillo. El edificio se encontraba sumido en un silencio inquietante. Había un turno de emergencia, pero le parecía como si se hubiera extendido un pudor colectivo que impedía matar, robar y pegar el día en que había nacido un tal Jesús.

$\mathcal{H}$acía una semana que Helena vivía en la ruinosa casa, si es que a eso se le podía llamar vivir. No comía nada, bebía agua de un bidón que había detrás de la casa y que recogía la lluvia de los canalones. Cuando ya estaba tan débil que no se podía poner en pie, uno de los hombres que vivían en la casa como ella le puso un pedazo de chocolate en la mano.

—En la estación de tren dan comida dos veces al día. Puedes ir. Pero has de lavarte, si no, los demás te echarán.

El hombre era más alto que ella, veinte años mayor y tenía las manos anchas con unas profundas grietas fruto del duro trabajo. La blanca barba parecía limpia, igual que el pelo, también blanco. Las arrugas le surcaban el rostro, pero se detectaba amabilidad en sus ojos verdes y su sonrisa era sincera. Helena se comió el chocolate y sintió que la invadía una leve felicidad. Aquel día no fue a la estación. Tampoco al siguiente, pero comió de lo que el hombre le llevaba. Al cabo de dos días, ya no tenía nada para ella.

—Ya no me dan nada. Quieren ver que existes de verdad —le dijo él—. Has de venir conmigo si quieres comer algo. ¿Quieres?

Ella asintió.

—Me llamo Anatol, ¿y tú?

Helena lo miró desconcertada. No recordaba ningún nombre. Se esforzó por recordar, y, de pronto, apareció Judith.

—Judith.

—¿Judith?

Helena se encogió de hombros. Tal vez. Y si no, por lo menos era un nombre. A Anatol le pareció un nombre bonito.

La cogió de la mano y la condujo hasta el barril de agua para que limpiara la ropa y se lavara un poco.

Helena se desnudó, el hombre recogió los pantalones y los lavó con un pedazo de jabón. Entonces le cayó el chip de los pantalones.

Anatol lo recogió.

—¿Qué es esto?

Helena lo ignoraba, pero sabía que lo llevaba encima por algún motivo. Anatol lo volvió a guardar en el bolsillo delantero derecho. Mientras se secaban los pantalones y la camiseta, Helena se envolvió en una manta que el hombre le prestó. Estuvieron un rato sentados frente a una pequeña hoguera entrando en calor. Hacia la tarde, Anatol se la llevó al centro benéfico de la estación, donde le dieron ropa limpia y le curaron las heridas de los pies. El hombre se quedó con ella. Le contó que hacía diez años que había perdido el trabajo que tenía en obras públicas. Quiso vengarse, entró en la empresa y lo pillaron. Presa del pánico, pegó a su antiguo jefe y acabó en prisión. Llevaba un año en libertad y desde entonces vivía en la calle. Le enseñó fotografías de su mujer y sus dos hijos, que no querían verlo. Luego le contó por qué vivía en la calle, y que pronto se iría al sur.

—Me enrolaré en un barco y me largaré a Australia, donde hace calor y el sol brilla tanto que provoca cáncer —dijo entre risas. Ella se rio también, aunque no entendía a qué se refería.

Entonces Anatol le preguntó por su historia, pero Helena no sabía ni de dónde era, ni si tenía familia o una profesión.

Cuando al cabo de dos días a Helena le regalaron unos zapatos un poco grandes y calcetines masculinos sin agujeros, Anatol le advirtió acerca de los demás hombres.

—Tienes que atarte los zapatos con cordones y uno de estos atártelo también a la muñeca. Cuando te den una chaqueta y abrigue demasiado para dormir con ella, la usarás de almohada. Intenta robar un cuchillo en la estación, y déjatelo al lado de noche. Lo mejor será que lo sujetes con la mano.

Helena le agradeció los consejos. Durmió junto a él, y como era cariñoso le cogió confianza. Se quedó a su lado. Un día en el centro benéfico le dieron unos guantes y una chaqueta gruesa en la que cabían dos como ella. Eran prendas

332

viejas, pero se podían usar. Cuando volvió a la casa y quiso enseñarle orgullosa el botín a Anatol, este había desaparecido. Un hombre le dijo que se había mudado y que ahora él era el jefe de la casa. Y como el jefe es quien decide qué se hace y qué no, lo primero que hizo fue quitarle la chaqueta porque abrigaba más y era más nueva que la suya. A ella no le gustó ese hombre, ni tampoco le gustó darle la chaqueta. Recogió sus pocas cosas y se fue de la casa. Se fue al centro de la estación, pero de lejos vio que estaba cerrado porque eran las dos de la mañana. ¿A dónde podía ir? Se escondió tras unos coches aparcados. Esperó. Tres horas más tarde, vio que los trenes entraban en la estación. Algunos se paraban, y bajaba y subía gente. Luego los trenes seguían adelante. Era una buena posibilidad de huir del peligro. «¿Peligro? ¿Qué es el peligro? ¿Por qué conozco esa palabra?» Tuvo un instante de lucidez en el que sacó la cabeza del agua y se vio nadando en medio de un océano. «Peligro, peligro, peligro.» Quería retener la palabra antes de que se le escapara. «Peligro… peligr… ligro…» Podría haber montado en bicicleta, pero ella no lo sabía. Un traqueteo la despertó. Vio un tren de mercancías que no se detuvo en la estación, pero iba tan lento que podría subirse de un salto. Echó a correr. Era arriesgado cruzar la carretera. Las luces que oscilaban le rugieron cuando intentó llegar al otro lado. Ella contestó también a gritos y siguió corriendo. Entró en la estación. Subió una escalera. El tren. Iba por el otro andén. ¿Cómo podía llegar hasta ahí? Un letrero la avisó: una superficie blanca, con un borde rojo, y un hombre tachado en rojo. Se puso nerviosa y brincó de un lado para otro. Tenía que superar el andén de alguna manera y llegar al tren. Saltó al balasto, no vio que se acercaba un tren suburbano. Los frenos chirriaron. Helena se detuvo como un reno ante los faros de una muerte inminente. En el último momento el tren suburbano se detuvo.

—¡Hola, usted! ¿Qué hace ahí?

Ella se puso a corretear. Dos hombres se le acercaron.

—Eh, ¿iba a suicidarse?

—Es una vagabunda.

—Mierda. Estoy harto de esto.

Uno de ellos llevaba un perro con bozal. Le ladró. El

animal tiró de la correa con la que lo sujetaba el hombre. «Si suelta la correa, el perro se abalanzará sobre mí». Helena echó a correr, saltó contra la pared del andén como si quisiera derribarla. Las manos chocaron contra las placas de piedra, y la levantaron al aire.

—¡Quédese quieta! ¡Quédese quieta!

El perro ladró. Helena logró apoyar los codos en el andén. El perro la alcanzó y se le abalanzó sobre los pies. Notó su aliento cálido en las pantorrillas. Levantó el torso, luego las piernas, y se balanceó hacia delante. El perro no la siguió. Y el tren que había estado observando casi había salido de la estación. Saltó al balasto, echó a correr y aceleró el paso. Perdió los zapatos. Se detuvo y retrocedió para recogerlos. Los zapatos eran importantes. Siguió corriendo, sin parar. La distancia entre las vigas no estaba hecha para sus pasos. Eran pasos pequeños o grandes. Las piedras grises se le clavaban en los pies. «Más rápido. Tengo que correr más rápido.» Unos metros más, tropezó, se cayó, se rasguñó las palmas de las manos. Siguió corriendo. Se cayó de nuevo. Corrió y corrió. Hasta que alcanzó el tren y trepó al último vagón. Detrás de ella, oyó las voces de los hombres, cada vez más tenues.

69

El ambiente oscilaba entre la tristeza, la rabia y la melancolía, y la ausencia de Helena se colaba en cualquier momento. Pero las niñas, sobre todo Sophie, se comportaron en Navidad como si su madre estuviera presente: le compraron regalos y pusieron un plato en la mesa para ella. Durante un tiempo récord de tres horas y media lograron no dejarse afectar aquel 24 de diciembre especial por el dolor que se había apoderado de la familia desde la desaparición de su madre. Cantaron villancicos, decoraron el árbol, colocaron velas de cera de abeja en las ramas y dejaron un cubo de agua por si acaso. En la receta del pavo de Navidad, que Helena siempre utilizaba, decía que debía asarse en el horno tres horas y media. Robert la había estudiado y había decidido implicar a alguien que pudiera hacerla a la perfección. No quería correr el riesgo de que la comida fuera un desastre la primera Nochebuena sin Helena. El postre, cosa de las niñas por tradición, tenía que ser de fruta porque era la única opción de no sufrir una indigestión después del pavo. Barbara, que se había convertido en una especie de madre sustituta, se había hecho cargo del guiso, que podía competir en un noventa por ciento con el de Helena. El diez por ciento restante no era cosa suya, pues consistía en la solemnidad con la que Helena cortaba el asado delante de todos. Las niñas comieron en silencio y, tras el primer bocado, elogiaron el pavo y a la cocinera. Robert estaba contento porque parecía que la noche no iba a terminar en drama. Después de cenar, jugaron a las cartas y se divirtieron mucho. Hasta que Katharina buscó en Whatsapp una fotografía que le había hecho a su madre jugando a las cartas y encontró un vídeo que Helena les había enviado a ella y a Sophie.

—¡Oh, no! —Sonó tan impactada que todos la miraron asustados.

—¿Qué pasa? —preguntó Robert.

—Un mensaje de mamá. ¿Por qué no lo había visto?

—¡Enséñalo! —Sophie le quitó el móvil de las manos a su hermana.

—¿De cuándo es? —preguntó Robert.

—Del veintinueve de octubre —contestó Sophie.

—Es el día que desapareció y tú estabas en el hospital. ¿Qué dice?

En vez de contestar, Sophie puso el vídeo.

—Hola, mis niñas. Ya habéis notado que olvido todo lo posible y lo imposible. A veces os enfadáis, sobre todo cuando os afecta a vosotras. Pensáis que no sois importantes para mí y que solo me preocupa mi profesión, pero no es cierto. En el trabajo me pasa lo mismo. Se me olvidan cosas fundamentales, y eso me causa graves problemas. De todos modos, quiero deciros que sois lo más importante de mi vida. Más que el trabajo, que ninguna otra persona. Bueno, salvo vuestro padre. Pero él es importante porque me saca de quicio y así puedo perfeccionar el arte del autocontrol. —Sonrió para dejar clara la ironía—. En algún momento me encontraré mejor. Os lo prometo. Los médicos saben de qué se trata, pero de momento no saben qué podemos hacer para que no se me olvide todo lo que ocurre a mi alrededor. —Miró un rato en silencio a la cámara—. Cuando veáis esto, probablemente estaré en algún sitio con la mirada perdida. Y si me ve alguien, pensará que ya no recuerdo nada. Pero aunque mi cabeza finja no saber quiénes sois, no es verdad. Mi corazón lo sabe. Sé que sois mis hijas. Tú, Katharina, y tú, Sophie. Os quiero más que a nada en el mundo.

En ese momento se rompió la noche. Sophie salió corriendo del salón y se encerró en su habitación. Barbara decidió que era el momento de irse. Robert la acompañó a la puerta y le dio las gracias. Esperó un rato a que bajara Sophie.

—Sophie.

—Estoy durmiendo.

—Tengo que hablar contigo.

—No quiero.

—Cuando dice que no quiere, es que no quiere. —Katharina se había puesto al lado de su padre sin que él la oyera acercarse—. Pero mañana volverá a hablar.

70

*L*a casa se hallaba a unos veinte kilómetros de Sibiu, la antigua Hermannstadt. Estaba destartalada, y por las ventanas entraba un viento gélido. Había ido hasta allí porque su madre se había criado en la zona y porque él, de pequeño, al final del comunismo, había pasado algunas vacaciones en aquel lugar con unos parientes, que ya estaban muertos o habían huido a la zona occidental. El hecho de que se encontrara en los Cárpatos y, por tanto, en Transilvania, en vista de los crímenes que había cometido y la sangre que había derramado, resultaba absurdo. Se alojó en casa de una anciana que, tras la muerte de su marido, alquilaba una habitación en la primera planta de su casita. Estaba medio ciega y jamás lo reconocería, aunque en algún momento hablaran de él por televisión. Además, en vez de Ziffer había adoptado el apellido de soltera de su madre, Corb, cuya traducción en alemán era Raabe.

La habitación era pequeña; había una cama, un armario, una mesa, una silla y un televisor que únicamente emitía canales rumanos. El retrete junto con una minúscula ducha se encontraban en el pasillo. Tenía que compartirlos con la anciana. Se había lavado la barba y el pelo, y llevaba unas gafas con cristales de espejo. Llevaba tres semanas viviendo en ese cuartito con vistas a un bosque oscuro. Era deprimente. No entendía la lengua, ni le gustaba la gente, dormía mucho, había empezado a beber, se aburría y echaba de menos Berlín. Era un error que el equipo del caso Helena ya no la buscara por orden de Paulus. Se había enterado por Internet de que, en una rueda de prensa con un tal doctor Freund, este había explicado que, seguramente, Helena Faber había perdido por completo la memoria a causa de alguna impresión. Por eso, estaría escondida en algún sitio como un animal. Pero podía ser que apareciera y alguien la reconociera. O que recuperara la memoria. Entonces explicaría lo que sabía de él, y jamás podría regresar. Además, en Rumanía tampoco estaba seguro. Paulus lo había calmado, diciéndole que en cuanto apareciera Helena lo avisaría y le informaría. Pero ¿podía fiarse del fiscal? Lo tenía atrapado; estaba enterado de los juegos perversos que habían tenido lugar en la cabaña de caza. Por ello, había apartado a Ursula Reuben. Pero también podía ser que Paulus enviara a alguien que lo apartara a él. Cogió el móvil y marcó el número que solo conocían cinco personas. Tras dos tonos, contestó alguien con evidente nerviosismo.

—¿Diga?

—Soy yo, Ziffer.

—Lo sé. ¿Qué quiere ahora?

—¿Hay novedades de Helena?

—Aún no.

—¿Y qué pasará cuando la encuentren?

—Le informaré, y usted se ocupará de ella. Ya se lo dije ayer.

—Si pretende engañarme, Paulus, acabaré con usted, ¿queda claro?

—Sí. Pero no me llame más. Lo telefonearé yo cuando haya novedades.

—No espere demasiado, me estoy volviendo loco aquí. —Pero el fiscal ya había colgado.

—Mierda —gritó al teléfono. ¿Por qué le colgaba Paulus sin más? Eso lo sacaba de quicio. Caminó de arriba abajo por su habitación y dio un golpe en la pared que rompió el yeso. Cuando la anciana llamó a la puerta y masculló algo que sonaba a preocupación, él rugió sin abrirle:

—¡Lárgate, maldita arrastrada!

En ese instante fue consciente de que con ese comportamiento llamaba la atención, y eso no era bueno. Tenía que calmarse, recuperar la compostura. Por lo menos durante la Navidad. Cogió el abrigo, se calzó y dio un largo paseo por el bosque que se abría justo delante de la casa. Al principio corría, y tropezó con ramas y raíces. No aflojó hasta que se quedó sin aliento. Caminó tres horas hasta llegar al pueblo siguiente. Se sentó a una mesa de un pequeño bar y reflexionó. Pese a toda la mierda que lo acechaba poco a poco, no podía apartarse de su misión. Aunque Gibran fuera un cobarde cagón y un traidor. Al fin y al cabo, no lo necesitaba.

Hacía una semana que se había puesto en contacto por Facebook con Sophie, la hija de Helena. Se había presentado como un chico de trece años que iba a su misma escuela, pero que no quería decir quién era porque estaba muy enamorado de ella, y la niña ya se había encendido.

71

*E*l primer festivo de Navidades, Sophie se pasó todo el día y la noche en su habitación. Pero al segundo día el hambre pudo a la tristeza, salió de la habitación y fue a ver a su padre a regañadientes y le ordenó:

—Quiero que me prometas una cosa. Y Katharina también tiene que prometerlo.

Se plantó delante del árbol de Navidad. Las luces de las velas que tenía a su espalda le conferían un aura dorada, casi sagrada.

—Quiero que hagamos un trato con Dios. Si nos devuelve a mamá, iremos todos los domingos a la iglesia.

—¿Y si no acepto el trato? —preguntó Katharina.

—Entonces quieres que esté muerta.

«Los niños son los últimos salvajes. No hacen prisioneros. Siempre se trata de todo o nada.» A Robert siempre le había sorprendido lo mal que se trataban a veces las niñas entre ellas.

—No quiero eso.

—Pero lo dijiste.

—¡Basta! Nadie sabe lo que le pasa a vuestra madre —dijo Robert—. Lo único que esperamos todos es que esté viva y le vaya bien. Y si os peleáis por quién ha dicho qué, estáis haciendo algo que ella nunca habría querido: pelearos por su causa. Tú lo dijiste —añadió dirigiéndose a Katharina— cuando estábamos cortando el árbol de Navidad en el bosque.

—Pero no lo decía en serio.

—Sí, lo decías en serio. Lo dijiste porque no soportas más que no encontremos a mamá. Y por eso no pasa nada si lo dijiste. Simplemente, fuiste sincera. Ojalá tuviera yo la fuerza para serlo también. Sé que quieres a mamá y que la necesitas. Y Sophie también lo sabe, y la necesita igual que tú. Te juro que la encontraré. Y todo volverá a ser como antes, ¿de acuerdo?

Por primera vez desde la desaparición de Helena, Katharina rompió a llorar. Robert la abrazó. Sophie se disculpó y las niñas se pasaron el resto del día abrazadas. Por la tarde vieron la película de Disney, *Mulan*, que trata de una chica que se hace pasar por chico para ir a la guerra en vez de su padre, viejo y enfermo. Tras muchos obstáculos, consigue salvar al emperador y a China, y al final se empareja con el joven soldado del que se ha enamorado. No era ninguna princesa a la que había que salvar, sino una pueblerina que demostraba tener orgullo y seguridad y que salvaba a los demás. Cuando terminó la película, hicieron el trato con Dios.

Robert mandó a las niñas que se acostaran hacia las diez. Sophie quería chatear un rato más. Llevaba una semana pegada al móvil, escribía mensajes y se reía cuando recibía la respuesta. Cuando su padre le preguntó sin rodeos quién era el chico, se puso roja y se plantó el móvil contra el pecho. Robert la dejó en paz. Pensó que tenía once años, era lo más fantástico que le pasaba. Katharina le explicó que el chico era simpático e inofensivo, y él se dio por satisfecho. Se plantó frente al televisor y vio la película *Erin Brockovich*, con Julia Roberts. Era una de las películas preferidas de Helena. Pasados unos minutos, cambió a un programa deportivo. Ver la película era una tortura. Echaba de menos a Helena, y poco a poco iba perdiendo la confianza en volver a encontrarla algún día. Lo notaba, y no quería aceptarlo. Todavía no. Luego llamó a Maxim, que estaba de guardia.

—¿Qué hay de Gibran?

—Sigue en coma inducido.

—¿Y los suizos?

—Nada.

—¿Qué opinas de esa Fatima?

—¿Conoces NEMESIS? —preguntó Maxim.

—Solo por la segunda víctima, Velda Gosen.

—Hace un tiempo estuvieron tras un grupo de hombres

que estaban implicados en el trato de blancas y algunas marranadas más. Le enseñé los vídeos que encontramos en la cabaña de caza.

—¿Qué relación tienes con Fatima?

—Lo bastante cercana para saber que habla en serio.

—Quiero charlar con ella —dijo Robert.

72

Quería ver una fotografía del chico, pero él se hacía de rogar. Por lo visto le daba vergüenza. «No es por ti —le escribió—, sino porque pienso en cosas que a lo mejor no te gustan.» Ella le contestó que no tenía de qué avergonzarse, fuera lo que fuese lo que pensara. Ella le había enviado por la mañana una foto suya en bikini por Messenger. Él entró en Facebook con su dirección de correo electrónico rusa y le escribió: «Tenemos que vernos pronto. No aguanto más estar sin ti». Y también le envió un poema de amor de Rilke que lo había aprendido de memoria en la escuela: «¿Escuchas, amada? Yo alzo las manos. ¿Escuchas? Ese murmullo... ¿Qué gesto del solitario no se sentiría por todo ser observado? ¿Escuchas, amada? Cierro los párpados y todo es murmullo que llega hasta ti. ¿Escuchas, amada? Los abro de nuevo... pero ¿por qué no estás aquí?». Tenía ganas de seguir chateando un rato con ella, pero había oído que el coro de Bach de Sibiu daba un concierto en la parroquia, y no quería perdérselo. Además, le proporcionaba la posibilidad de rezar antes en esa preciosa iglesia, la construcción más alta de la ciudad, según le había contado el párroco. Erigida sobre los restos de una basílica romana, la torre alcanzaba los setenta y tres metros de altura. Ya en 1350 la dotaron de un órgano. Sin embargo, el que se utilizaba en la actualidad era de 1915. Tenía setenta y ocho registros y era el órgano más grande de todo Siebenbürgen.

Era conmovedor ver con qué entusiasmo elogiaba el párroco su iglesia. Ziffer mostró un gran interés por los epitafios, por un fragmento de un altar medieval que se encontraba junto al altar principal, así como por el fresco de Rosenauer sobre la Pasión de Cristo. El punto álgido de la visita a la iglesia fue cuando el coro cantó «No temas, estoy contigo». Ziffer sabía la letra, nada especial porque solo constaba de unos pocos versos:

No temas, yo te he salvado,
Señor, mi pastor, pozo de todas las alegrías.
No temas, eres mío.

Cuando al anochecer regresaba a casa de una breve excursión, Sophie ya le había contestado. «El poema es superdulce. Quiero conocerte de una vez. Aunque tengo que ir con cuidado y que mi padre no se entere. Desde que desapareció mi madre, le da un miedo horrible que nos pase algo. Propón algo tú.»

«¿Qué tal pasado mañana? —le contestó él—. ¿Conoces la Teufelsberg? Al lado de la central de escucha hay una explanada. A las cinco de la tarde. Estoy ansioso.»

Guardó las pocas cosas que se había llevado en la bolsa de viaje, pagó la habitación a la anciana y se puso en camino.

345

73

Cuando Robert despertó a la mañana siguiente, las niñas ya estaban en pie. Estaban sentadas en la cama de Katharina, charlando de chicos. Robert oyó la conversación mientras se lavaba los dientes en el baño. Sophie quería saber cómo son los chicos cuando «salen» con una chica.

—¿Quieren besar enseguida y esas cosas? —preguntó.

—No lo sé, pero creo que sí —contestó Katharina.

—No lo sabes porque tú…

—¿Por qué yo qué?

—Porque tú besas a chicas. ¿Eres lesbiana?

—Eso no es cosa tuya. ¿Por qué quieres saberlo? ¿Por ese chico?

—Quiere quedar conmigo.

—¿Quiere quedar contigo? ¿Quién es?

—Uno de la escuela. Va a uno de los últimos cursos.

—¿Y cómo se llama?

—No lo sé.

—¿No sabes cómo se llama? —Katharina no podía creerlo.

—¿Y qué?

—¿Y si es superfeo?

—Seguro que no, en esos cursos no hay chicos feos.

—Excepto Damian y sus granos.

—Eso sería fatal, claro.

—Si vas a quedar con un chico que no conoces, Katharina o yo estaremos contigo, ¿de acuerdo?

La voz de Robert hizo que las niñas se dieran la vuelta del susto.

—¡Papá! ¿Nos estabas espiando?

Sophie saltó de la cama de Katharina y fue a cerrar la puerta.

—No, pero si dejáis la puerta abierta y dais gritos por toda la casa, oigo hasta la última palabra. Quiero que venga aquí y se presente. ¿Me has oído?

—No, en absoluto.

—No hay discusión.

—¡Papá! Eso es una vergüenza.

—No tienes ni idea de qué gente entra en Facebook. Dicen que quieren quedar contigo y cuando los tienes delante son unos imbéciles viejos y pervertidos que te han mentido.

—¡Para! —gritó Sophie.

Antes de que pudieran seguir discutiendo sonó el móvil de Robert.

—¿Maxim? Voy... —Apagó el móvil y se lo quedó mirando.

—¿Hay noticias de mamá? —preguntó Katharina.

—No. Pero el profesor con el que quedó varias veces se ha despertado. Y esta noche hablaremos de ese chico.

347

$\mathcal{M}$edia hora después, Rashid Gibran estaba sentado en la cama mirando a Robert y a Maxim, agotado. Llevaba una venda ancha alrededor de la cabeza. El cuchillo le había herido la carótida interna —la vena interna izquierda en la zona superior del pecho—, según les explicó el médico al cargo. Eso había producido una insuficiencia parcial de suministro de sangre al cerebro. Y esa circunstancia, a su vez, provocaba que Gibran lo entendiera todo, pero no pudiera hablar y, por tanto, tuviera que expresarse por escrito.

—¿Quién le ha hecho eso, profesor? —preguntó Robert.

Gibran agarró el iPad y escribió la respuesta.

«El fiscal.»

—¿Lukas Ziffer?

«Sí.»

Robert miró a Maxim. Lukas Ziffer. ¡Lukas Ziffer! Lo que Robert sospechaba desde hacía tiempo sin llegar a expresarlo resultaba ser cierto.

—¿Qué pasó?

Gibran describió en pocas palabras su encuentro con Ziffer.

—¿Sabe dónde está?

«No.»

—¿No? Pero ¿lo conoce tanto que va a visitarlo?

«Lee mis libros. Eso no significa que me conozca.»

—¿Qué quería de usted?

«Saber qué tenía que hacer. Su plan es matar a siete mujeres con el mismo nombre que las siete hijas de Eva, como símbolo de su lucha contra las mujeres poderosas. Lo ha conseguido con seis. Le falta Helena.»

—Eso significa que la está buscando —dijo Maxim—. Y si la encuentra antes que nosotros, hará con ella lo que les hizo a las demás.

«Eso cabe suponer.»

—¿Puede salir del hospital?

«Los médicos dicen que no.»

—De acuerdo. Nadie puede saber que ha salido del coma, ¿queda claro? Vamos a poner un agente en la habitación, por si Ziffer aparece de nuevo. Al fin y al cabo, usted sabe que él es Dioniso. Mientras crea que usted sigue en coma, querrá silenciarlo.

Gibran asintió.

—¿Mencionó al fiscal superior, Paulus?

«No.»

—¿Ni a nadie que colabore con él?

«Su problema, señor Faber, es que hay cosas que usted sabe que no sabe, ¿verdad? Pero ¿qué pasa con las cosas que en su pequeño mundo burgués de policías ni siquiera sabe que no sabe?»

Robert no tenía ni idea de qué quería decir Gibran con eso, pero tenía claro que ese hombre lo sacaba de quicio. Gibran siguió escribiendo.

«Piense lo siguiente, señor Faber: ¿Qué pasaría si el hecho de que las seis mujeres fallecidas hasta ahora tuvieran el mismo nombre que las hijas de Eva solo fuera una clave de la solución a este fenómeno? ¿Qué pasaría si alguien considerara de extrema importancia acallar a esta o a otra mujer?»

—¿A quién se refiere? ¿A Paulus?

«O a alguien que aún ni siquiera conoce.»

Robert asintió y salió de la habitación con Maxim. Antes de que cerrara la puerta, oyó un golpe y se dio la vuelta. Gibran le indicó que se acercara con un gesto mientras escribía algo en el iPad. Cuando terminó, se lo enseñó.

«Dele saludos a Helena cuando la encuentre. Es una mujer extraordinaria. Y el sexo con ella es también extraordinario. Sobre todo con las esposas. Pero eso ya lo sabe, ¿verdad?»

Si Gibran no estuviera tan gravemente herido ni estuviera ingresado en el hospital, Robert le habría dado una paliza. Se dirigió a la puerta sin decir nada.

—¿Qué quería? —preguntó Maxim.

—Nada.

—Parecías a punto de lanzarte a su cuello en cualquier momento.

Robert evitó contestar.

—¿Qué me dices de Fatima?

—Te está esperando.

Mientras iban hacia Kreuzberg, donde se encontrarían con Fatima en una pequeña cafetería, Faber percibió la ciudad por primera vez como un terreno desconocido. Un terreno del que no sabía nada, cuyos secretos no conocía y cuyas fachadas le resultaban hostiles.

—¿Cómo ha podido Ziffer cometer todos esos abusos durante meses sin que notáramos nada? —preguntó Robert.

—Porque tiene a alguien que lo cubre —contestó Maxim.

—Sí. Y en algún momento cazaré a ese corrupto de mierda.

—¿Qué esperabas? ¿Que ya no hubiera crímenes porque tú eres policía?

—En todo caso no esperaba que la gente que debería estar de nuestra parte… —No terminó la frase porque no tenía palabras para expresar lo que le habían provocado los descubrimientos de los últimos días. La idea de que Ziffer fuera el responsable de los asesinatos de Tara Beria, Velda Gosen y las demás mujeres, que fuera colega de Helena, trabajara con ella todos los días y que la hubiera agredido dos veces, le producía una rabia que iba más allá de las palabras. Ni siquiera era algo físico. Por lo menos en ese momento todavía no.

75

*C*uando llegaron a la cafetería, Fatima ya los estaba esperando. Subió a la parte trasera del coche y ordenó:

—Arranque.

Maxim se volvió hacia ella.

—¿Ha pasado algo?

—Ahí hay dos tipos que me parecen raros. Pero a lo mejor estoy paranoica.

Señaló a dos hombres que estaban delante de un puesto de kebabs vestidos con trajes baratos. A Robert le parecieron los típicos camellos turcos de poca monta, pero era mejor asegurarse. Fatima le entregó un expediente a Maxim.

—¿Qué es esto? —preguntó Robert mientras deambulaba por la zona.

—Extractos de un expediente que creó la Brigada Criminal hace tres años. Existe una red. Compran niños en Europa del Este, aunque ahora también en Oriente Próximo y en los países que padecen guerras civiles, y los venden a tipos que abusan de ellos.

—¿Hay nombres? —preguntó Robert.

—No.

—¿De dónde lo has sacado? —preguntó Maxim.

Robert lo miró de reojo. Maxim tuteaba a Fatima. ¿Qué relación tenían en realidad?

—De una colega. Pero eso no importa. El caso es que tienen clientes en todo el mundo.

—¿También en Berlín? —preguntó Robert.

—También en Berlín.

—¿Nombres?

—No hay nombres. Pero pertenecen a Consejos de Administración, a la Iglesia católica, a escuelas y a la política.

Robert la observó por el retrovisor.

—¿Cómo se llama su colega?

—Eso no puedo decírselo.

—¿No puede o no quiere?

—¿Qué diferencia hay?

Ninguna, de hecho.

—Pero ahora viene lo mejor. Alguien ha telefoneado a Paulus hace una hora. Han visto a Helena delante de la casa de sus padres en Bad Schandau —dijo Fatima.

—¡Eso significa que está viva! —exclamó Robert—. ¡Está viva! —Pronunció la frase tan fuerte que Maxim dio un respingo a su lado.

—¿Cómo lo sabes? —preguntó Maxim dirigiéndose a Fatima.

—¿Conoces a la mujer que está en la antesala de Paulus?

—¿Schneider?

Eso sí que era sorprendente. ¿Precisamente la arpía de Paulus? Su lealtad hacia su jefe no tenía límites.

—Tengo que irme ahora mismo —dijo Robert.

—¿Voy contigo? —preguntó Maxim.

—No. Vosotros encargaos de Paulus.

—Hace dos horas que está ilocalizable.

Robert dejó que bajaran Maxim y Fatima, y arrancó.

76

Apenas podía contener la emoción. Todavía quedaba una hora para llegar a Berlín. Pero por fin estaría de nuevo en su país. Por fin, en terreno conocido. En Rumanía se había sentido desarraigado, de una forma que desconocía hasta entonces. Su estado de ánimo oscilaba de un lado para otro como un péndulo. Pasaba de estar deprimido, a agresivo, y otra vez a deprimirse. Era como en el antiguo mito del gigante Anteo, que perdió toda su fuerza cuando Heracles lo levantó y lo mantuvo a distancia de la Tierra, su madre, lo que en la mitología griega no significaba otra cosa que la patria. Pero, nuevamente, se sentía fresco y lleno de energía. Por la tarde quedaría con Sophie, la hija de Helena, y llevaría a cabo el primer paso de la amputación. Durante el viaje había pensado la puesta en escena. No quería cercenarle ninguna parte del cuerpo a la niña, sino que la amputación se la realizaría a Helena al llevarse a su hija. Pero ¿cómo hacerlo? Podía matar a Sophie y ya está. A golpes, o estrangularla, o ahogarla en un lago. No, ahogarla quedaba descartado; eso lo tenía reservado para Helena. También podía entregar a la niña a Paulus y a los demás pervertidos. Qué gente más rara. Obtenían satisfacción sexual a base de abusar de los niños y de matarlos. En el fondo despreciaba a Paulus por ser incapaz de reprimir sus instintos. Le provocaba náuseas pensar en lo que esos hombres hacían con las niñas. En otras circunstancias, habría denunciado a toda esa chusma y se habría ocupado de que pasaran el resto de su miserable vida en la cárcel. Pero por otra parte, Paulus era la garantía perfecta de que no le pasara nada a él… No había terminado de formular este pensamiento cuando el fiscal superior lo llamó. «Qué casualidad», pensó Ziffer, y puso el manos libres.

—¿Dónde estaba? —le reprochó Paulus—. Hace tres horas que intento localizarlo. Ella está cerca de Bad Schandau.

—¿Dónde está eso?

—Suiza sajona, Elbsandsteingebirge.

—¿Qué hace ahí?

—No lo sé. La ha visto un cura. Quiso detenerla, pero se fue corriendo.

—¿Ha dicho a dónde?

—No. Tiene que ir inmediatamente y buscarla, ¿me ha entendido?

Era asqueroso oír cómo Paulus se convertía en un miserable al verse en una situación crítica.

—Me encargaré de ella —dijo Ziffer.

—¿Cómo?

—Eso déjemelo a mí. Pero usted tiene que hacer algo, que de todos modos le divertirá. Y necesito una pistola. Lo volveré a llamar.

Una voz de fondo pronunciaba una típica frase de aeropuerto: «Última llamada para el vuelo...». Por lo visto ese cobarde quería largarse. Pues ya podía irse olvidando. Ziffer colgó, fue a un aparcamiento y escribió un mensaje a Sophie:

«¿Todo bien para esta tarde?»

Casi no había acabado de enviar el mensaje cuando recibió la respuesta.

«No puedo.»

«¿Por qué?»

«El pesado de mi padre quiere que primero vengas a mi casa.»

A punto estuvo de soltar una carcajada al leerlo. Faber se llevaría una buena sorpresa cuando le tendiera la mano y le preguntara si podía quedar con su hija.

«No voy a hacerlo. Me da vergüenza.»

«Ya lo sé. Pero si no, no me deja ir.»

La dejó con las ganas. Quería que tuviera mala conciencia. O mejor, miedo a perderlo.

«¿Sigues ahí?»

«Pensaba que me querías tanto como yo a ti. Pero a lo mejor me he equivocado. No tienes más que once años.»

Notaba cómo ella sufría. Solo había de esperar un momento para que la niña lanzara por la borda toda la prudencia y las prohibiciones.

«Voy.»

«Muy bien.»

«¿Y qué pasa con tu padre?»

«No tiene por qué saberlo.»

«Eres genial. En una hora estoy ahí.»

«Yo también.»

Ella le envió un emoticono con un corazón, y él contestó con una cara dando un beso. Siguió conduciendo hasta Charlottenburg. Aparcó cerca de la colina, donde iba a encontrarse con Sophie al cabo de poco tiempo, y envió a Robert Faber un mensaje breve para apartarlo de la búsqueda de Helena.

77

*O*strau era un distrito de Bad Schandau, con unas casas preciosas de paredes entramadas y una iglesia que se alzaba imponente en medio de la población. Tuvo que buscar un buen rato hasta encontrar al hombre que, en principio, había visto a Helena. Era un cura anciano, de pelo cano. Conocía a la familia de Helena, sobre todo al padre, que treinta años atrás, siendo el párroco, se había enfrentado a las leyes del régimen. Robert le enseñó la placa de policía.

—Ayer se pasó horas en el lugar donde había estado la casa de sus padres. Hace diez años que la derribaron porque se hallaba en una ruta turística. Se lo dije, pero se fue corriendo.

—¿Vio hacia dónde se dirigió?

—No.

—¿Qué aspecto tenía?

—Totalmente sucia.

—¿Estaba herida?

—No creo. ¿Qué le pasa?

—Ha perdido la memoria.

—Por eso estuvo tanto tiempo ahí.

—¿Hay algún otro sitio donde pudiera estar?

—No sabría decirle.

Robert le dio las gracias y volvió al coche. Cuando iba a irse, el anciano se acercó al vehículo.

—Hay otra casa; la madre de Helena se mudó con ella cuando la Stasi se llevó al padre.

Y le explicó con todo detalle el camino hasta Neumann-mühle, en lo más profundo de Elbsandsteingebirge. Doscientos metros al norte debería estar la casa, ahora abandonada.

—¿Lo ha explicado también por teléfono?

—No, se me acaba de ocurrir.

Robert le dio las gracias de nuevo y siguió conduciendo. El doctor Freund dijo que, probablemente, Helena se escondería en un lugar que le fuera conocido y le comunicara buenas sensaciones. Tal vez era la casa donde había vivido con su madre.

La calle estaba en mal estado, sobre todo porque la gravilla estaba revuelta por la lluvia. Transcurría montaña arriba; las ruedas patinaban cuando no encontraban agarre en el poroso suelo. Robert intentó evitar los peores baches haciendo eses. Pese a que el viejo Citroën tenía puesta la suspensión hidroneumática lo más alta posible, tocaba al suelo y chocaba contra las piedras. A ese paso, la suspensión se estropearía y no podría continuar.

Los árboles cada vez estaban más juntos y apenas dejaban pasar el sol. Las cuatro de la tarde. Dentro de media hora habría anochecido. Entonces ya no tendría sentido buscar a Helena. Cuando llegó a un alto, el bosque se acabó como si un gigante hubiera apartado la cortina de árboles. Ante él se abrió un paisaje alpino sobrecogedor: las rocas sobresalían empinadas, como torres en el cielo, y los bosques, cubiertos por una alfombra de retazos de nieve, se extendían con suavidad sobre las cimas. Los riachuelos descendían por abruptos precipicios y emitían un eco lejano del agua que rugía por el valle. Al este se veía una formación rocosa roja que parecía una puerta o un puente que no llevara a ninguna parte.

Bajó del coche en el margen del camino. Debajo de él una pendiente de por lo menos doscientos metros de profundidad descendía hacia un pequeño río que serpenteaba alborotado a través del valle. Instintivamente, retrocedió un paso al ver lo cerca que estaba del abismo. Cogió el móvil para llamar a Maxim. Entonces vio el mensaje. Fue como un puñetazo en el estómago.

«He quedado con tu hija. Dioniso.»

¿Qué? Apenas lograba sostener el teléfono mientras buscaba el número fijo. «Casa de Helena», decía en la pantalla. El tono era como el tictac de una bomba. «Contesta. ¡Contesta!»

357

78

*C*omo su padre no estaba, Katharina había puesto la música alta. Estaba cantando letras de Katy Perry mientras se maquillaba delante del espejo del baño.

—*... caught for my attention / I kissed a girl and I liked it...*

Al llegar al estribillo, tuvo la sensación de que un ruido la molestaba. Bajó el volumen. El teléfono. Abajo, en el pasillo. ¿Debería bajar? Nadie que conociera o que le importara llamaba a casa. Pero el teléfono sonaba impaciente.

—Sophie, ¿puedes contestar? ¡Tengo que maquillarme!

No respondió. Probablemente, llevaba los cascos puestos o estaba chateando con el chico del que estaba tan enamorada. Entonces oyó cómo saltaba el contestador:

—Soy yo, ¿hay alguien en casa? Contestad, maldita sea.

Era su padre, y estaba de mal humor. Katharina dejó el pintalabios, bajó la escalera y agarró el auricular.

—¿Diga?

—¿Katharina?

—¿Has encontrado a mamá?

—¿Por qué has tardado tanto en contestar?

—Puedes estar contento de que lo haya hecho. Sophie nunca contesta; siempre deja sonar el teléfono.

—¿Dónde está?

—En su habitación.

—Ve a verla.

—¿Por qué? ¿Ha pasado algo?

—Ve, ¡ya!

Se le notaba nervioso, de una manera nunca vista. Volvió a

subir la escalera a toda prisa y abrió la puerta de la habitación de Sophie. Estaba vacía. Otra vez escalera abajo.

—No está. ¿Qué pasa? ¿Por qué estás tan enfadado?

—¿Te ha dicho algo del chico con el que chatea todo el tiempo?

—Quería quedar con él.

—¿Dónde?

—No lo sé.

—¿Por qué no lo sabes?

—Porque no soy su niñera.

—¡Mierda! ¿Conoces al chico?

—No. Pero tampoco pasa nada. Se cogerán un poco de la mano, a lo mejor él le da un beso. Va a nuestra escuela; los chicos son inofensivos.

—¿Hay algún sitio donde quedéis normalmente?

—Algunos de los pequeños a veces quedan en el cementerio que hay al lado de la Olympischen Strasse. —Los nervios que trasmitía su padre por teléfono se le contagiaron—. ¿Ha pasado algo?

Silencio. Y ese silencio desató el miedo, como una nube de humo venenoso.

—Quédate en casa. Y no abras a nadie que no sea Sophie, Maxim o Barbara, ¿me has entendido? Cuando aparezca tu hermana, me llamas enseguida. Te volveré a telefonear.

Y colgó. En su habitación aún sonaba la canción: *It's not what good girls do / Not how the should behave / My head gets so confused / Hard to obey...*

359

79

Maxim. ¡Tenía que llamar a Maxim! Marcó el número. Esperó. «¿Por qué tarda tanto la gente en ponerse al teléfono?» ¡Por fin!

—¿Dónde estás? —preguntó Robert.

—En casa. ¿Has encontrado a Helena?

—No, pero sé dónde está. Escucha. Ziffer me ha enviado un mensaje firmando como Dioniso. Ha quedado con Sophie.

—¿Qué? ¿Dónde?

—No lo sé. Se ha hecho pasar por un chico de su escuela por Facebook. Y ahora atento: no sé si es un farol para distraerme porque, seguramente, él también está buscando a Helena. Y no puedo volver a Berlín a tiempo. Recoge a Katharina en casa y haz que te enseñe dónde ha quedado Sophie con ese gilipollas.

—Ya estoy de camino.

—Llévate a algunos chicos.

—Claro.

—Tienes que encontrarla antes de que…

—La encontraré.

—Dioniso no puede…

—Robert, cálmate. La encontraré. No le sucederá nada. Y moleré a palos a ese hijo de perra.

—Llámame.

Oyó cómo Maxim cerraba la puerta de su casa de un portazo. Entonces colgó. Sabía que necesitaba controlar los nervios antes de que se convirtieran en un pánico desbordante. «Inspirar, exhalar. Inspirar, exhalar. Inspirar, exhalar. Maxim se encarga de Sophie. Tú tienes que encontrar a Helena.»

360

Miró alrededor. El camino giraba hacia el oeste. El sol se ponía con lentitud tras una cadena montañosa. «Llevo una linterna y una cuerda en el maletero. Sigue el camino que te ha explicado el cura.» Tras recorrer un kilómetro, llegó a Neumannmühle. El edificio del siglo XVIII soportaba el peso de los años, las ventanas estaban rotas y los postigos colgaban. La rueda del molino abandonado producía un golpeteo al chocar contra el riachuelo que bajaba impetuoso. A doscientos metros detrás del molino, vio una casita de una planta. Tenía que ser esa. Se apoyaba en un elevado macizo montañoso. Desde la roca, los líquenes y el musgo invadían el tejado y las paredes, como si quisieran engullir la casa, y algunos de los prominentes helechos habían ocupado el camino de grava que llevaba del molino a la casa. Había oscurecido tanto que ya no veía por dónde pisaba, así que dirigió el haz de luz de la linterna hacia el camino. Estaba a pocos metros de la casa cuando, de pronto, tuvo la sensación de ser observado. Un breve destello tras unas matas, el reflejo de un par de ojos. No era una persona, sino algo más pequeño. Tal vez un zorro. O un lobo. Aceleró el paso hacia la casa y se puso de espaldas a la pared junto a la puerta. La empujó con el pie izquierdo y la abrió unos centímetros.

*E*nfocó la linterna hacia el interior de la casa y tanteó el terreno delante de él. Había restos de comida por todas partes y bolsas de plástico rotas. Había oído decir que los osos se habían vuelto a instalar cerca de la frontera con la República Checa. «Pero los osos no se esconden en casas», pensó, esperanzado. La cocina era la primera estancia. Una mesa, sillas. Una cocina viejísima, una nevera oxidada. Un armario sin puertas. Vacío. El papel pintado de la pared, empapado, estaba inflado a causa de la humedad. El lavamanos estaba sucio, del grifo goteaba agua marrón. Había entrado en un escondrijo. Los rastros eran inequívocos, no eran de animal. A lo mejor era un vagabundo, o alguien a quien buscaba la policía. O un loco que huye de la gente. O Helena. En un rincón había un charco de vómito. Vio excrementos esparcidos por todas partes, y notó un amargo hedor a orina. En la cocina había un colchón húmedo, con manchas negras y los bordes amarillentos. Sábanas robadas de algún sitio. Sobre la mesa había alimentos: pan cubierto de moho, verdura podrida, algo envuelto con papel, una botella de refresco de cola. Cosas que dejaban los excursionistas. Bolsas sacadas de cubos de basura. En qué estado tan deplorable debía de estar Helena si estos eran sus rastros. Entonces oyó un leve crujido, unos pasos arrastrando los pies. Pasó por su lado sin verlo tras la puerta abierta. Primero le vio los pies. Negros, con costras. Iba descalza. Los andrajosos pantalones le colgaban y se le pegaban a las piernas. Llevaba el abrigo atado con una cuerda. Tenía la cara sucia, ensangrentada, y el cabello repartido en mechones. Se acercó a la mesa y dejó caer las bolsas que había pescado en algún contenedor de basura. Estaba de espaldas a él, rebuscando entre la comida, olía a bocadillo. Por lo visto, le pareció apetecible porque se lo metió en la boca con ansia. Engulló una manzana medio comida de un bocado; se la metió en la boca con ambas manos y se limpió el moco que le caía de la nariz. Una botella de agua. Vacía. La dejó caer, la botella rodó por el suelo de la cocina y acabó justo delante de Robert. «Cuando se vuelva para coger la botella, la sujetaré», pensó. En ese momento le sonó el móvil. Helena se incorporó del susto y lo vio. Él levantó las manos y procuró calmarla con un gesto.

—Tranquila, no tienes de qué tener miedo. Soy yo, Robert. ¿No me reconoces? Robert.

El móvil siguió sonando. Faber cogió la cartera para sacar una foto de Katharina y de Sophie. Se la enseñó a Helena.

—Esta es Katharina y esta, Sophie. Las conoces.

Ella lo miraba con los ojos de par en par, sin moverse. Buscaba con la mirada por dónde escapar. Robert se interpuso entre ella y la puerta. Y el tono del teléfono seguía sonando.

«Acércate con cuidado. No muy rápido, no hagas movimientos bruscos. No debe pensar que quieres atraparla. Mantén la cabeza gacha, como signo de humildad. Tiene que perder el miedo.» Robert bajó la mirada, seguía enseñándole la fotografía. «Acércate despacio. Cuando estés lo bastante cerca, la coges.» Cuando alzó la vista de nuevo para mirarla a los ojos, fue como si ella leyera sus intenciones. El teléfono enmudeció. Ella soltó un grito y le golpeó la cara. Robert la agarró del brazo y la retuvo con firmeza. Ella lo miró furiosa, se inclinó sobre la mano y le mordió. Él notó sus dientes en el hueso: era el mordisco de un animal. Sin compasión, con la única intención de hacer daño. No pudo evitar soltarle el brazo. Ella salió corriendo de la casa.

—¡Helena!

Mientras pulsaba el botón de rellamada y se colocaba el móvil en la oreja, echó a correr tras ella.

—Maxim, ¿has encontrado a Sophie?

363

81

*H*abían ido al cementerio. Primero solos, pero luego peinaron la zona con el apoyo de colegas del caso Dioniso. Miraron tras las lápidas, rebuscaron en todos los montones de estiércol. Nada. De ahí fueron al parque Ruhwaldpark, 5,8 hectáreas. Llamaron a gritos a Sophie y descubrieron a dos tipos escondidos entre la maleza, pero ni rastro de la niña. ¿Dónde podía estar? ¿En el patio de la escuela? ¿En una cafetería? Cuando llegaron a Kolbe-Hain, bautizado así en honor al escultor Georg Kolbe, buscaron a Sophie entre las figuras de bronce de tamaño natural, mientras Maxim hablaba por teléfono.

—¿Qué hay de Sophie? —preguntó Robert.

—Aún nada.

—¿Dónde estáis ahora mismo?

—En Kolbe-Hain. Katharina cree que podría estar aquí.

—¿Está contigo?

—Sí.

—Pregúntale dónde más quedan.

—Ya lo he hecho.

—¿Cuántos sois?

—Creo que unos quince. Pero van a unirse algunos compañeros más.

Maxim oyó que a Robert le costaba respirar. El ritmo de los pasos era como un suave metrónomo.

—¿Has encontrado a Helena? —preguntó Maxim.

—Sí, pero ha salido corriendo. Estoy cerca de ella. ¿Y los hoteles?

—Estamos en ello.

—¿Estáis en ello? ¡Maldita sea! Dioniso tiene a Sophie en sus manos de mierda.

—Robert, cálmate. Hacemos todo lo posible. Y si terminamos pronto esta conversación, podré seguir buscándola.

Se oyó un crujido, luego un tropiezo. Robert gimió.

—¿Robert?

La conversación había terminado.

—¿Ha encontrado a mamá? —quiso saber Katharina.

—Ha salido corriendo, pero la volverá a encontrar. Seguro. —Quería parecer seguro, pero al ver la cara de miedo de la niña no pudo aguantarle la mirada.

82

𝒜 diferencia de Robert, Helena parecía conocer el terreno y a dónde conducían los caminos. Corrió por un sendero que llevaba directamente a un macizo rocoso. Robert iba unos metros detrás de ella. A ambos lados se erguían paredes imponentes de roca. Cuando miraba arriba, parecía que se inclinaran. Solo quedaba una pequeña franja de cielo despejado. El camino era cada vez más angosto y no llevaba a ningún sitio. «Ha corrido hacia una trampa, no saldrá de aquí.» Cuando llegó al final del camino, Helena había desaparecido. Se dio la vuelta y vio que a unos metros más atrás había unos agarraderos de hierro sujetos a la roca. Subió de un salto al primero y se impulsó hacia arriba. Como mínimo había diez metros. Llegó a una explanada rocosa, grande como un campo de fútbol, cuyos bordes caían en picado. Se puso las manos en las rodillas. Tenía que calmarse, tomar aire. Helena estaba en el límite al este de la explanada.

—Helena, por favor. Quédate quieta. No te voy a hacer nada.

Ella se dio la vuelta. El pecho le subía y le bajaba, le costaba respirar. Sus ojos no paraban. Derecha, izquierda. ¿Había una salida? No, Helena no la veía. Siguió retrocediendo. Entonces se giró hacia el borde de la explanada y saltó.

—¡No! —gritó Robert. Echó a correr hasta el sitio donde ella había desaparecido en el vacío. Se detuvo a dos pasos y se acercó al límite con cuidado. Allá abajo, a cinco metros, tal vez diez, corría un río.

—¡Helena!

No obtuvo respuesta. Había dos opciones: había sobrevivido al salto, o estaba en alguna roca, gravemente herida o hecha polvo. Faber agarró una piedra y la tiró al vacío. Tardó dos o tres segundos en caer en el agua con un chapoteo. «O conoce el lugar y el río, aunque no habría saltado si no supiera que el río tiene profundidad suficiente —pensó—, o no conoce la zona. Pero a veces hay que probar suerte.» Robert retrocedió. Saltar o perder a Helena. Intentó no pensar y saltó.

Cuando se sumergió en el agua, el frío fue como un abrigo de clavos. Le atravesaba la piel hasta los músculos, hasta los huesos. Intentó llegar a la orilla, pero se lo llevaba la corriente. Unos metros más adelante el río formaba una curva, y ahí una rama sobresalía del agua. Tenía que atraparla. Dio dos o tres brazadas rápidas hasta agarrarla. Con un esfuerzo extremo salió del agua, centímetro a centímetro. ¿Dónde estaba Helena? ¿Había sobrevivido al salto? Quiso ponerse en pie y seguir buscándola. Se arrastró con dificultad, se levantó y notó un golpe. «¿Helena? ¿Qué haces?» Levantó la mano, cayó de lado y quedó inconsciente.

*L*levaban tres horas buscándola. Sophie no estaba en Kolbe-Hain, ni en la torre Olimpia, ni en el estadio. Cada vez se les unían más agentes. Al enterarse de que buscaban a la hija de Robert Faber, habían dejado el trabajo, o se habían ido de una fiesta de cumpleaños, o habían saltado de la cama y se habían puesto en marcha. Maxim tranquilizó a Katharina, pues calculó que ya eran más de treinta colegas los que participaban en la búsqueda. Ahora iban hacia la montaña Teufelsberg, de ciento veinte metros de altura, formada por las ruinas del Berlín destruido durante la Segunda Guerra Mundial. En la montaña se encontraban los restos de la estación de control aéreo y de las escuchas de los norteamericanos. Eran tres enormes esferas, cuyo recubrimiento de plástico lo había desgarrado el viento como una horrible herida. El golpeteo continuo de la lluvia daba lugar a un sonido fantasmagórico, como un suave redoble de tambor que quisiera anunciar un espectáculo sensacional.

Cuando Maxim llegó a la puerta de las instalaciones, ya había allí dos coches patrulla, cuyas luces azules se paseaban por el edificio iluminando intermitentemente las ruinas. Bajó y se dirigió a uno de los agentes, que negó con la cabeza. Pero él no quiso aceptar las malas noticias y les ordenó que continuaran buscando. Regresó al coche y se acercó a la ventanilla del asiento del copiloto.

—¿No prefieres irte a casa?

—No. —A Katharina le salía un hilo de voz de tanto llamar a gritos a su hermana.

—Puedo buscar mejor si no tengo que ocuparme de ti.

—No tiene que ocuparse de mí, pero no me voy a casa.

Maxim notó la desesperación de su firmeza. Cuando le abrió la portezuela del coche, la niña se quedó sentada y dijo:

—Es porque nos peleamos.

—¿Quién? —preguntó Maxim, confundido.

—Sophie y yo. Me preguntó si la acompañaría cuando quedara con el chico. Y yo le dije que pasaba de hacerle de niñera.

Tragó saliva. Maxim se arrodilló a su lado y le dio un abrazo. Katharina se estremecía, víctima de la culpabilidad.

—Escucha —dijo—. Sophie tiene once años, y tú, trece. Es verdad que no eres su niñera. Y esto habría pasado igual, aunque vuestro padre hubiera estado en casa.

Katharina asintió, pero no le creyó.

—No es culpa tuya, ¿de acuerdo? —dijo Maxim, y le enjugó las lágrimas con un pañuelo—. Pero si quieres estar aquí, has de calmarte. No me ayudas si estás todo el tiempo pensando en quién tiene la culpa. ¿Vale?

Katharina lo miró y asintió de nuevo con valentía. Sin embargo, desvió la mirada porque uno de los policías a los que Maxim había ordenado que siguieran buscando, salió corriendo del edificio.

—¡Ahí arriba en la explanada hay alguien!

Le dio a Maxim unos prismáticos y señaló un punto en lo alto, un poco más al norte. Maxim enfocó hacia allí.

—¿Es ella? —preguntó Katharina.

—Eso parece.

—¿Está sola?

—No lo veo.

84

*E*l gorjeo de los pájaros se volvió más nítido. Debían de ser tres o cuatro. Ignoraba cómo se llamaban, pero se alegraba de que cantaran para él. El susurro del río sonaba lejano. Notaba el olor penetrante a madera quemada. Lo envolvía una humareda. Robert abrió los ojos con precaución. ¿Dónde estaba? ¿Cuánto tiempo llevaba inconsciente? Era de día, y alrededor había paredes de piedra. Era una especie de cueva. Cuando levantó la cabeza, vio a Helena agachada junto al fuego y se dio cuenta de lo delgada y demacrada que estaba. Tenía los pies y los brazos cubiertos de heridas y costras, y el cabello, tan desgreñado que daban ganas de raparla. Pese a que durante los últimos meses había adelgazado, se la veía más musculosa. Llevaba un palo en la mano para atizar el fuego. No paraba de mirarlo, observaba todos sus movimientos. Le había dado un golpe y lo había arrastrado hasta allí. No lo había dejado junto al río, donde seguro que se habría congelado. Tras ella estaba la salida de la cueva. Cuando Robert se incorporó, ella levantó un poco el palo y lo apuntó con el extremo ardiente. Él negó con la cabeza y levantó las manos.

—No te voy a hacer nada. Pero necesito sentarme de otra manera.

El intento de retenerla no le había salido bien; no habría un segundo, pero tenía que ir con ella a algún sitio donde hubiera un teléfono. Se le había estropeado el móvil al saltar al agua, y necesitaba saber con urgencia si Maxim había encontrado ya a Sophie. Cuando se apoyó en la pared, notó la tableta de chocolate en el bolsillo de la chaqueta. Lo había comprado para Sophie y se le había olvidado dárselo. Lo sacó poco a poco del bolsillo. Helena lo observó con curiosidad. ¿Qué era eso que tenía en la mano?, parecía estar pensando. Él abrió el paquete y le dio un mordisco a la tableta. Ella inspiró; Robert vio que notaba el aroma del cacao. La mirada de Helena iba alternativamente del chocolate —una tentación— a los ojos de Robert, en los que detectaría un posible ataque. Él rompió la tableta y le ofreció un trozo. Ella retrocedió. Faber se lo lanzó, y ella lo atrapó con un movimiento rápido. Se lo metió en la boca y lo engulló. Robert rompió un segundo pedazo y también se lo ofreció. Esta vez esperó un poco más a lanzárselo. Empleó el mismo procedimiento una tercera y una cuarta vez. El quinto pedazo ya no se lo tiró, sino que lo sostuvo en la mano. Tendría que acercarse para cogerlo. La codicia tardó un cuarto de hora en superar el miedo. Helena se puso en pie y se le acercó despacio. Con la mano derecha sujetaba el palo, y extendió la izquierda para coger el chocolate. Él no se movió. La miraba sonriendo. Mantuvo la mano abierta, con el chocolate en la palma. Ella lo observaba con escepticismo. ¿Lo atacaría de nuevo? De repente lo cogió, tan rápido que Faber apenas lo vio. Ella retrocedió enseguida.

—Helena, ¿me reconoces?

Ella lo miró dudosa. Exhalaba por la nariz debido a la exaltación.

—Robert. Soy Robert.

Ella levantó el palo y fue a darle un golpe. Él dio un paso atrás.

—Robert —dijo ella.

Un recuerdo como un murmullo lejano, oculto en algún lugar del oscuro palacio de su memoria. Él le dio otro trozo de chocolate. Cuando no quedaban más que dos trozos, se quedó agachada delante de él y ya no se retiró. Cogió el penúltimo cacho, se lo comió y le exigió más con la mirada. Quería el último trozo. Él se lo negó con un gesto de la cabeza y, retrocediendo un poco, se puso en pie. Ella se levantó en el acto. Robert se encaminó hacia el lado opuesto y rodeó el fuego que había en la salida. Ella lo siguió con la mirada. ¿Qué hacía él ahí?, parecía preguntarse. ¿Por qué se iba?

Robert alzó el último trozo de chocolate y señaló hacia fuera. Entonces salió de la cueva con la esperanza de que ella lo siguiera por las ganas de comerse el chocolate. Tras dar unos pasos, se dio la vuelta.

Ella lo seguía como Eurídice a Orfeo.

85

*U*na tormenta de luz azulada iluminaba el angosto sendero que conducía a la explanada, como si se tratara de un concierto de rock. Paulus vio con los prismáticos que Maxim tenía que aparcar al pie de dicha explanada porque dos docenas de coches patrulla bloqueaban el camino. El agente bajó del coche y pasó corriendo junto a los vehículos, seguido de Katharina. Se oían retazos de órdenes por la radio.

—¿Quién es la niña? —gritó Maxim por su aparato de radio.

La respuesta era casi incomprensible. Decía algo como «no habla» y «parece conmocionada».

Paulus vio cómo Maxim aceleraba y Katharina corría a trompicones tras él. La niña se estremecía a cada paso. Una última curva y alcanzaron al grupo de policías que tapaban a la persona que estaba en medio.

—¡Fuera! —gritó Maxim, y apartó a los agentes a empujones. Estos abrieron paso. Y ahí estaba ella, Sophie, temblando entre los agentes, mientras multitud de linternas la enfocaban como si fuera una afligida estrella de cine. Lágrimas, rayas negras del maquillaje en las mejillas y mocos cayéndole de la nariz. Por una parte parecía consternada, y por otra, aliviada por que alguien la hubiera visto antes de su cita. Maxim la sujetó y la abrazó.

Paulus siguió la escena a la perfección. Habría preferido no tener que verlo a distancia y encontrarla antes que los policías. Le habría explicado que el chico con el que había quedado era, en realidad, un adulto que le quería hacer daño. Que le había mentido y engañado. Que se llamaba Dioniso. Después le habría dicho que su padre la estaba buscando y por eso la iba a llevar a casa. La habría anestesiado y la habría dejado en algún sitio hasta que supiera qué hacer con ella. Pero ya no podía ser; había habido un malentendido. Como fiscal superior al cargo estaba informado sobre la búsqueda de la niña, y Ziffer también le había dicho que la había citado a las cinco de la tarde en Teufelsberg, pero él creyó que se trataba de la antigua estación de vigilancia. Así que allí fue y la buscó. En el momento en que empezaron a llegar agentes, tuvo que esconderse. Cuando se le ocurrió buscar en la explanada, ya era demasiado tarde. A los agentes se les había ocurrido lo mismo antes que a él.

Se puso en marcha y salió de la oscuridad para acercarse a Maxim y a las dos niñas.

—La han encontrado. Qué felicidad, buen trabajo —dijo.

Los agentes se retiraron para dejarle paso, aunque les sorprendió que el fiscal superior hubiera aparecido tan rápido. Pero ¿no tenía una aventura con la madre de las niñas? Los policías lo saludaron con amabilidad. No obstante, Maxim lo miraba con hostilidad.

—¿Qué hace usted aquí? —preguntó.

—Lo mismo que usted.

Paulus miró a Sophie, que estaba junto a su hermana. Las dos hermanas estaban abrazadas como si estuvieran pegadas. Una agente les puso una manta sobre los hombros.

Maxim volvió a coger el móvil, marcó un número y esperó.

—¿Por qué no se pone? Cuando se lo hacen a él, se pone furioso, ¿verdad? —les preguntó a las niñas.

Ambas asintieron.

—¿Alguna novedad con Helena? —preguntó Paulus.

86

_T_ardó tres horas en encontrar el coche. Gracias al último pedazo de chocolate atrajo a Helena hasta el asiento del acompañante, pero cuando le cerró la puerta, cayó presa del pánico. Empezó a golpear la puerta y a dar patadas, pero no bajó. Su mirada oscilaba entre el miedo y la rabia. Cuando Robert emprendió la marcha despacio, se quedó sentada. Tal vez se acordaba de él. O quizá lo veía como una vía para poder comer algo más. Paró en una gasolinera y aparcó en la parte trasera del edificio, por si Ziffer pasaba por ahí. Bajó, se acercó a la puerta del acompañante y la invitó a bajar Ella lo miró atemorizada, dispuesta a atacar si hacía algo que no le gustara. Robert la llevó de la mano a la gasolinera.

—¿Tiene teléfono? Es una urgencia. —Enseñó su placa de policía.

El joven empleado le entregó un móvil. Faber marcó el número de Maxim.

—Maxim, soy yo.

—Por fin. ¿Estás bien?

—¿Habéis encontrado a Sophie?

—Sí, está aquí.

—¿Le ha pasado algo?

—No, todo bien. Está un poco mojada de la lluvia.

Robert soltó el móvil un instante. Estaba bien. No le había pasado nada. Se tapó la boca con la mano derecha para no gritar del alivio.

—¿Está sola?

—Katharina sigue aquí, treinta compañeros, yo y Paulus.

Al oír el nombre del fiscal, se le ensombreció el semblante.

—¿Y Ziffer?

—Nada.

—Que se ponga Sophie.

—¿Papá?

—Cariño. Dios mío, ¿te encuentras bien?

—Sí.

Por suerte, la niña no veía cómo le caían las lágrimas.

—Pero ¿qué cosas haces?

—Lo siento.

—Está bien, está bien.

—¿Estás enfadado conmigo?

—No. Pero estarás en arresto domiciliario hasta que cumplas dieciocho años.

—¿Has encontrado a mamá?

—Sí.

—¿Está bien?

—Sí.

—¿Puedo hablar con ella?

Robert miró a Helena. Estaba delante de los estantes refrigerados, de donde sacó con disimulo una botella de cola.

—Está durmiendo, pero en cuanto despierte, os llama. Ponme con Maxim.

Se oyó un ruido.

—Maxim, lleva a las niñas a casa y quédate con ellas, ¿entendido? Y llama a Fatima. Que vaya a ver al fiscal general y le cuente lo que está pasando.

—Ya se lo he dicho, pero no se fía de él. Creo que ya no se fía de nadie. ¿Dónde estás?

—En Bad Schandau, en una gasolinera.

—¿Cómo está Helena?

—Aún no ha recuperado la memoria. Ahora la llevaré a casa, luego ya veremos.

Robert colgó, le devolvió el móvil al empleado de la gasolinera y le pidió la llave del lavabo. Compró un set de viaje con jabón, cepillo de dientes, tijeras pequeñas, manopla de baño y toalla. Además de dos tabletas de chocolate. En una tiendecita, al lado de la gasolinera, compró un vestido y ropa interior para Helena. Antes de llevarla a casa quería lavarla y cortarle el pelo. Ya era suficiente que no hablara ni reconociera a nadie. Las niñas no podían verla tan abandonada.

*E*n el pequeño retrete le dio el chocolate. Mientras se abalanzaba sobre la tableta, la desvistió. Debajo de los pantalones llevaba calzoncillos.

—¿Por qué llevas puestos unos calzoncillos?

No contestó. Cuando estuvo desnuda, Robert se quedó sin aliento. Desprendía un olor ácido y podrido, a sudor, orina y sangre. Puso jabón en una manopla de baño y le frotó la espalda, el cuello, la barriga y los pechos. Ella lo miraba y sonreía.

—¿Puedes lavarte tú... ahí?

Le señaló el vello púbico. Ella cogió la manopla, se lavó y se la devolvió con una sonrisa orgullosa. Se arrimó a él. Robert notó el cuerpo cálido sin saber muy bien qué hacer. No podía peinarla, tuvo que cortarle los mechones mugrientos. A continuación, le puso las bragas y el vestido.

Cuando fue a tirar sus cosas al cubo de la basura, le cayó una pieza de plástico negra de los pantalones. La recogió: era el chip de memoria. Robert la miró, perplejo.

—¿Lo has llevado encima todo este tiempo?

Ella no reaccionó.

—Es increíble. Entonces no lo has olvidado todo.

A juzgar por su sonrisa, Helena no sabía de qué le estaba hablando. Volvió con ella a la tienda. No había nadie más que el empleado.

—¿Tiene un ordenador que lea una tarjeta de memoria?

—¿Qué le pasa a esa mujer? ¿Está enferma?

—¿Tiene un ordenador?

—Detrás, en el despacho.

Robert lo siguió a un pequeño cuarto trasero. El ordenador era un modelo antiguo, pero tenía lector de tarjetas de memoria. Introdujo el chip y abrió los archivos. Contuvo la respiración sin querer mientras esperaba que se cargaran los vídeos. Miró alrededor. Había carpetas amontonadas en un rincón, folletos y listas. El ordenador hacía ruido. Entonces aparecieron los archivos de extensión AVI en la pantalla, bien clasificados. Algunos no los pudo abrir, pero lo que encontró ya era espeluznante: Ziffer salía de casa de Ursula Reuben. «Es la prueba de que estuvo en casa de la senadora», pensó. Luego se veía a un hombre en casa de Reuben. Una discusión. Él le gritaba, pero no se veía quién era. ¿Tal vez Ziffer? Robert abrió más archivos. Todos eran vídeos grabados en casa de Reuben. Algunos tan íntimos que los cerró al instante. Entonces abrió uno en el que aparecía el hombre que discutía con Reuben. ¡Era Paulus! Estaba en la puerta de la casa, la senadora le gritaba. Él la pegó. Reuben se rio de él.

Robert se reclinó en la silla. Le dolía la nuca. De pronto los distintos episodios conformaban una historia con sentido. Helena se había llevado la tarjeta de memoria y llamó a Paulus, que envió a Ziffer al aparcamiento del KaDeWe. El seguro de vida de Helena había sido perder la tarjeta de memoria. Incluso cuando empezaron las amnesias, Paulus la dejó en libertad porque no sabía dónde estaba el chip. Faber se levantó y se acercó a la ventana. Apenas había tráfico en la calle; solamente había un coche de alquiler detrás de su Citroën que le impedía el paso.

$\mathcal{H}$elena abrió el paquete de chocolatinas delante de la estantería. El empleado estaba detrás del mostrador apuntando la cantidad de envoltorios que aquella mujer engullía.

—Está aquí, Paulus —susurraba Ziffer al móvil que sujetaba junto a la oreja izquierda. Estaba justo al lado de Helena, con una Walther PPK en la mano derecha—. Pero a él no lo veo.

En ese momento salió Robert del despacho. Al verlo, Ziffer disparó sin dudarlo. Una bala le dio en la barriga, otra, en el hombro. Cayó al suelo. Helena gritó, se tiró al suelo y se arrastró por debajo de una estantería. El empleado se agachó tras el mostrador con el móvil en la mano. Marcó el número de la policía. Ziffer cogió un folleto titulado *Los lugares más bonitos para ver en la Suiza sajona*.

—No le importa que me lo lleve prestado, ¿verdad?

Se rio como si hubiera hecho la mejor broma del mundo. Cuando el empleado asomó la cabeza tras el mostrador, una bala le impacto en plena cara. Ziffer sacó a Helena de debajo de la estantería agarrándola de los pies. Ella lo miró como si no entendiera qué estaba pasando. Y así era en realidad.

—Ven —dijo él, y le tendió la mano.

La llevó hasta el asiento trasero del coche, la hizo subir, le abrochó el cinturón y arrancó. Ella se giró y vio cómo la gasolinera quedaba atrás. En la siguiente curva desapareció. Parecía sorprendida de tener que abandonar ese lugar. Miró al hombre.

—¿Por qué me miras así? —preguntó él, divertido.

La docilidad con la que Helena se había dejado sentar en el

coche le había provocado recelos. Ella lo miraba fijamente, no paraba de moverse en el asiento trasero y tiraba del cinturón que la presionaba contra la tapicería. Tampoco cesaba de mirar hacia fuera, como si no entendiera por qué estaba en una jaula rodante mientras al otro lado de la ventanilla la esperaba la seguridad del bosque.

—No sabes quién soy, ¿verdad, Helena?

Al llegar a un cruce, pensó un momento en qué dirección ir. Como el sistema de navegación descubrió el embalse de Gottleuba, siguió hacia el oeste.

—Tampoco importa, porque yo sí sé quién eres tú. La culminación de mi misión —dijo, y soltó una carcajada—. ¿Sabes que gracias a tu muerte lograrás una popularidad que jamás habrías conseguido en vida?

Por supuesto, ella no entendía lo que le estaba diciendo. Tal vez notara la vibración impaciente en su voz, aunque no sabía qué significaba. ¿Peligro? ¿Preocupación?

Ziffer miró la carretera, comparó las señales con el navegador y dio la vuelta porque se había equivocado.

—No tienes por qué temer, no te voy a cortar nada. Hace tiempo que pienso cuál sería la amputación adecuada, con un valor simbólico. Entonces se me ocurrió que una parte importante, desde el punto de vista psicológico —incluso la más importante—, no forma parte de tu cuerpo. Y que la amputación de esa parte te provocaría mucho más dolor que si te cortara una pierna o un brazo. Pero, por desgracia, Paulus lo ha estropeado. No sé si ahora tendré oportunidad de atrapar a una de tus hijas. —Se tocó el bolsillo de la chaqueta, sacó dos fotografías y se las dio.

Helena las cogió. Miró a las dos niñas.

—Puedes decidir a cuál de las dos le toca primero. Tómate tu tiempo. Es una decisión difícil. Yo opté por Sophie, pero ahora es una nueva partida, y puedes elegir. ¿Katharina o Sophie?

Chasqueó la lengua de satisfacción al pronunciar sus nombres.

La indicación del embalse de Gottleuba lo apartó de la carretera secundaria. La pista por la que continuó atravesaba un bosque espeso. Tuvo que concentrarse al máximo para no girar en un lugar equivocado.

Helena contempló las fotografías, como si notara que la acechaba un peligro incierto. La condensación del ambiente, los colores amenazadores. No cesaba de mirar a aquel hombre. El sonido de su voz la inquietaba. Chirriaba como la tiza contra una pizarra.

Poco después, Ziffer había cruzado el bosque y contemplaba un pantano. Parecía un espejo de color verde claro, tranquilo y sobrio. A ambos lados se veían casitas de reposo. Las ventanas estaban atrancadas y los muebles de jardín tapados con plásticos para protegerlos de la lluvia y las tormentas. Se detuvo y se volvió hacia Helena.

—¿Ya te has decidido? —Bajó y abrió la puerta—. Será la primera que me des.

Ella lo miraba asombrada. Ziffer le señaló las fotos y le tendió la mano. Helena no entendía qué quería, pero tenía las imágenes sujetas contra el pecho.

—¿Te gustan las fotos? ¿Sabes quiénes son?

No contestó.

—Vamos, una foto.

Le dio la foto de Katharina.

—¿Katharina? ¿Por qué no?

Sujetó el cinturón de seguridad, apretó el botón rojo y la cinta se soltó al instante del pecho de Helena. Ella respiró hondo.

—Ven.

Le tendió la mano, y ella la aceptó sin dudar. Sacó una cuerda del maletero. Unos pasos más allá había un pequeño barco de vela con motor fueraborda en un embarcadero privado. Llevó a Helena por la pasarela y la agarró con fuerza cuando quiso retroceder. La ayudó a subir al viejo barco. Él retrocedió unos pasos para coger un ancla que servía de adorno en un jardincito. Pesaba más de lo que pensaba y le costó arrastrarla por la pasarela. La colocó con cuidado en el barco, y entonces subió él. El Mercury PS, situado en la popa del barco, arrancó con un rugido, agitó el agua y arrastró al barco pantano adentro.

Helena estaba entusiasmada con el movimiento. Miraba recto contra el viento. Abrió la boca para inspirar el frescor húmedo.

Cuando llegaron al centro del pantano, Ziffer paró el motor. Helena se volvió hacia él, desilusionada.

—Más.

Él se asombró un instante.

—¿Puedes hablar?

—Más.

—¿A dónde?

Ella no lo sabía. Una astilla había reflotado desde la amnesia, nada más.

—Está bien. Pues continuamos.

Cogió la cuerda para remolcar y la ató al pie derecho de Helena, que lo miraba con interés. Cuando ató el otro extremo de la cuerda al ancla, ella perdió el interés. Se inclinó sobre el borde del barco y metió la mano en el agua. El agua, por debajo, parecía verde. Helena sacó la mano y observó las gotas que le caían en el vestido. Se lamió la mano, la metió otra vez en el agua y se la volvió a lamer. Cuando repitió el procedimiento por tercera vez, Ziffer lanzó el ancla al agua. La cuerda giró como una serpiente en plena huida, se detuvo un momento cuando se tensó alrededor del pie de Helena y tiró de ella con fuerza por la borda. En una fracción de segundo ella desapareció en el agua de color verde claro. Ziffer vio cómo se hundía, cada vez más profundo, hasta que el ancla tocó el fondo y removió la arena.

89

$\mathcal{N}$ueve grados. Hacía frío, pero los rayos de sol, que dentro del agua formaban una catedral de colores y formas, la atrapaban y la distraían. Contempló extasiada el espectáculo, sintió ganas de suspirar, pero reprimió el impulso. Ignoraba por qué. Ya no sabía que hubo una época en que habría reaccionado de manera lógica a situaciones de ese tipo. Por ejemplo, con miedo. Pero para sentir miedo, tendría que conocer las consecuencias de su permanencia en el agua. En cambio, había detenido la respiración gracias a la estimulación del parasimpático. Los latidos se le calmaron y el consumo de oxígeno se concentró en los órganos vitales. El veraniego vestido se infló, las flores abstractas con fondo amarillo brillaban con el verde del agua. Los restos de su pelirrojo cabello se mecían con la corriente. Un tenue nerviosismo la invadió sin saber por qué. Su hipófisis segregaba adrenalina, la hormona del estrés que aumenta el nerviosismo. Aparecían colores ante ella: verde, rojo, azul, amarillo. La primera señal de que se enturbia la conciencia por la insuficiencia de oxígeno. Una sombra se le acercó por la izquierda. La sombra resultó ser un animal que vivía en el agua, cuyo nombre había olvidado. Tenía frío. Tal vez debería salir del agua y entrar en calor en tierra. Agitó los brazos, subió unos centímetros y no pudo seguir: algo la retenía. Una cuerda gruesa en el pie derecho, atada a algo pesado. Miró hacia abajo. ¿Lo había hecho ella? ¿Por qué?

Tiró de la cuerda, intentó quitársela del pie. La cuerda le cortaba la piel. Vio sangre en el agua que se extendía en estrías bailarinas. ¿Cuánto tiempo le quedaba? No lo sabía. La presión en el pecho llegó de repente y por sorpresa. El tórax se le encogió, le ardía. Cada vez le costaba más reprimir el impulso de respirar. En poco tiempo cedería al acto reflejo. Después respiraría una pequeña cantidad de agua y sufriría un espasmo en la glotis que cerraría definitivamente las vías respiratorias. La sombra regresó. Unos metros más. Entonces salió de la oscuridad, corrió hacia ella y recordó un nombre: pez, carpa. En ese mismo momento se abrió el telón, y sus recuerdos salieron al escenario. Era como si alguien hubiera dirigido un foco al ángulo más lejano de su conciencia donde ella había escondido una experiencia horrible. Unos destellos deslumbrantes irrumpieron en su cerebro. Le provocaron dolores. Volvió a ver lo que no había querido ver durante meses, a entender lo que no entendía. Las imágenes conformaron una historia a una velocidad vertiginosa.

«Estoy en una sala donde nunca había estado. Alrededor hay un almacén de existencias. Alimentos. En una pared leo KaDeWe. Hay un acuario en un rincón. Lo veo delante de mí. Lleva una máscara y está agachado entre mis piernas. Es Dioniso. Veo cómo la sangre sale de mí. Me quedo mirando el acuario, donde nada un pez. Una carpa. Como el pez que tengo delante.»

De pronto supo quién era, dónde estaba y por qué se hallaba bajo el agua, con el pie atado a una cuerda y la cuerda, a un ancla. Iba a morir. Ahogada. Entonces respiró. Agua. Solo un trago. La presión en los pulmones era demasiado fuerte. Los músculos pectorales y el diafragma se contrajeron y ensancharon el tórax. Los lóbulos pulmonares estaban preparados para inflarse y llenarse de aire, pero no había aire, sino agua. Había abierto la boca y cedido al impulso. Ahora notaba el agua en los bronquios superiores. Un dolor agudo, seguido de un reflejo de exterminar el cuerpo extraño. Tosió. Bajo el agua. Sin embargo, después de la rápida expulsión de aire como una catapulta con la que el cuerpo limpiaba las vías respiratorias, siguió un segundo reflejo para compensar la baja presión debida a la pérdida de oxígeno. Tenía la boca llena de agua. Sabía que si volvía a respirar seguiría otra serie de respiraciones y se ahogaría. Tenía que salir a la superficie, y rápido, soltar la cuerda del pie, que ya se le había clavado en la piel. Notaba un dolor de cabeza horrible, y el cuerpo era un puro calambre. El miedo a morir le regaló unos cuantos mililitros de adrenalina y diez o quince segundos más. «¡No respires!» Se acercó a un montón de cascotes que no estaban lejos, los podía tocar con la punta de los dedos. Tenía sombras negras delante. En unos instantes se quedaría inconsciente. Levantó un vidrio y se lo colocó junto a la cuerda. Cortó de un lado a otro. Ya no veía. Todo estaba negro alrededor. Estaba ciega. El movimiento de la mano surgía de una zona de la conciencia que no conocía. Siguió. Se inclinó hacia delante. Los pulmones pedían oxígeno a gritos. «¡Respira! Respira. Abre los labios, ¡hazlo! Ríndete. ¡Ríndete de una vez!» La mano seguía moviéndose adelante y atrás. Adelante y atrás. Se resbaló. Volvió a reponerse. No lo conseguía. La cuerda era demasiado gruesa, demasiado firme. «Te vas a ahogar. Vas a morir.» Entonces se hizo la luz. Cada vez más. La presión cedió. Estaban tirando de ella. Tiraba ella de sí misma. Hacia delante. Hacia arriba. Entró en un túnel, un túnel de aire. Notó el aire. Ya no había agua. Abrió los labios ensangrentados. Inspiró, gritó porque los músculos estaban a punto de desgarrarse.

Estaba en la superficie. Estaba viva.

90

*U*na familia de patos salió volando entre graznidos mientras golpeaban el agua con las alas y salpicaban gotas alrededor que brillaban bajo los rayos de sol. Helena estaba inmóvil boca arriba. Le dolían tanto los músculos del cuello que no podía tragar y apenas era capaz de respirar. Pero estaba viva. Mientras se hallaba sobre las diminutas olas, el mundo regresó. Los últimos días y meses se iluminaron en su conciencia, explotaron como si fueran fuegos artificiales. La amnesia, la huida, los días en la casa, en la calle, en la montaña. Robert la había encontrado. Recordaba haber comido con él en la cueva. El chocolate. La había llevado a una gasolinera y la había lavado. Había sido cariñoso con ella. Y ella, también. Entonces apareció Lukas Ziffer. Dioniso. Había disparado a Robert.

Regresó a nado a la orilla. Casi no le quedaban fuerzas, estaba exhausta, pero también furiosa y decidida. La experiencia de la muerte inminente la había transformado. No sabía cómo, pero estaba más centrada. «Tienes que proteger a los tuyos. Tienes que protegerte a ti misma.» Iba a cargarse a Ziffer por todos los medios. Lo iba a desenmascarar. ¿Y luego? No lo sabía. «Tal vez no importe lo que venga después. Siempre me he preguntado por el después, y entretanto se me ha escapado el tiempo de las manos. La vida es lo que ocurre mientras uno espera la liberación.»

Cuando llegó a la orilla, la corriente la había desviado cien metros de la presa. El área estaba cercada. Tuvo que caminar por la orilla entre el cañizo para regresar al embarcadero. Olía a hierba y a monóxido de carbono. Desde algún lugar llegaba el ruido de un motor revolucionado. El vestido empapado se le pegaba a la piel y le tiraba a cada paso. Tenía frío. El coche estaba como lo había dejado, con la puerta trasera abierta. Estaba vacío. Se agachó detrás del vehículo y observó la orilla. El barco no había vuelto al embarcadero. Cuando se acercó a la pasarela, lo vio. A unos metros de la orilla, daba vueltas como una peonza alrededor de un centro imaginario. Ziffer estaba sentado en el borde y tiraba de una cuerda que se le había quedado atrapada en la hélice. El motor se apagó de repente. Ziffer lo maldijo. La voz transmitía pánico, los movimientos eran descoordinados; tiraba con violencia de la cuerda sin que la embarcación se moviera ni un milímetro. Carecía de remos y la vela estaba recogida. Habría podido salir del barco y tirarse al agua. En unas cuantas brazadas podría haber llegado a la orilla.

Helena lo miró y supo por qué no lo hacía. El agua no era lo suyo. Le daba miedo, no sabía nadar. Ahora lo recordaba. Lo comprobó meses atrás en una celebración en Wannsee; por eso, tenía que conducir el barco a la orilla, no había otra salida. Remó con las manos, el sudor le entró en los ojos, pero apenas avanzaba.

Helena lo observó con calma.

En un momento dado en que Ziffer se quedó quieto, debió de notar su mirada. Se dio la vuelta, ansioso, estuvo a punto de perder el equilibrio y se aferró al borde. Parpadeó contra el sol, que estaba alto, y retrocedió un paso.

Helena estaba en la orilla, contemplándolo. Era la última persona a la que él esperaba ver.

—¿Cómo es posible? ¿Por qué no te has ahogado? He esperado mucho rato. ¿Cómo has podido contener el aire tanto tiempo?

Ella esbozó una sonrisa amarga. La situación era grotesca. Ziffer en un barco que no podía poner en marcha, atrapado en un pantano, y la única persona que podía ayudarlo era la mujer a la que había querido matar.

—A pesar de todo, me alegro de que estés ahí. Tienes que ayudarme. El barco se ha encallado. Creo que la cuerda se ha quedado atrapada en la hélice. Has de nadar hasta aquí y soltarla. Sabes que no sé nadar. Es absurdo, pero es así.

Ella no reaccionó, no dijo nada, solo lo miraba. Entonces él lo entendió: la amnesia había desaparecido por algún motivo. Parecía haber recobrado el sentido.

—¿Qué quieres hacer? ¿Dejarme aquí? ¡Helena! Lo siento. Estaba en una situación en la que no veía otra salida. Pero a lo mejor sí hay una salida. Siempre hay una salida, ¿verdad?

Ella le clavaba la mirada. En la cabeza, precisamente, como si quisiera leerle los pensamientos que se escondían tras las frases.

—Sí.

—¿Qué significa «sí»?

Casi lo gritó. Estaba impaciente. Si él lo decía, que así fuera. Sin rechistar.

El barco se balanceaba sobre las olas, giraba a merced del viento, y Ziffer tenía que cambiar de posición para seguir viendo a Helena. Trepó furioso al palo mayor, se le quedó colgado el pie derecho y tropezó. En el último momento pudo agarrarse, si no, habría caído al agua. Retrocedió asustado, como si estuviera bajo la superficie encrespada de un abismo de profundidad infinita, y volvió a incorporarse.

Ella regresó al coche y abrió el maletero. Había dos bidones de gasolina, y también un paquete de tabaco y un mechero.

—Helena, podría entregarme a la policía. Por favor. Hace mucho que nos conocemos.

—Sí, es verdad. Pero ¿cuándo empezó?

—No empezó, siempre estuvo presente. Aunque durante mucho tiempo no lo supe. Nadie nace siendo un monstruo. ¿Crees que no sé lo que me pasa? ¿Crees que no hay momentos en los que quiero parar? Pero no funciona. Y tú sabes por qué, y yo sé que me comprendes. Eres una criatura, y miras el mundo con asombro y alegría, y amas las sorpresas y la belleza que depara la vida. Pero llegan ellos y te rompen. ¿No fue exactamente así?

—¿Eso es el alegato de la defensa?

—Sé que lo entiendes, eres como yo.

—No, no soy como tú.

—Estás igual de enfadada, despiadada e implacable. Los dos hemos vivido cosas que nos han cambiado.

—No soy como tú.

—Todavía no lo sabes. Dicen que un profeta reconoce a

otro profeta. Lo mismo ocurre con los asesinos y los locos. ¿Recuerdas lo que les dice Paulus a todos los que empiezan en la Fiscalía? «Solamente a veces, el castigo tiene como objetivo mejorar al que castiga.» ¿Qué vas a hacer ahora?

—Lo que tengo que hacer.

—¿Sin negociación?

—Mi dignidad no me lo permite. Los testigos son las mujeres que has matado, tú eres el abogado defensor y yo la fiscal. Y estos son los jueces.

Señaló los bidones de gasolina. La mirada era sombría, el corazón, una espada. Ya no tenía argumentos. Él cayó de rodillas y se puso a rezar.

—Padre nuestro, que estás en los cielos, santificado sea tu nombre, venga a nosotros tu reino…

Helena abrió el bidón y lo lanzó al barco. El recipiente se estrelló contra los obenques y se derramó el contenido. Aparecieron manchas de colores en el agua. El segundo bidón aterrizó dentro del barco. La gasolina también se derramó. Ziffer se agachó rápidamente y arrojó el bidón al pantano.

—Helena, por favor. No tienes por qué hacerlo.

El mechero encendió en llamas la gasolina en el agua y provocó un incendio que, agazapado como un animal salvaje a la caza, se fue acercando a rastras al barco. Los obenques empezaron a arder. A continuación, la vela.

Helena vio a Ziffer arrodillado en el barco, presa del pánico, gritando, desesperado. Pasó un pie por la borda y lo metió en el agua, en una lucha desconsolada entre dos miedos. A ella le llegaban retazos de palabras. Se gritaba a sí mismo, se daba ánimos sin lograrlo. Su isla segura ardía bajo sus pies. Cuando el fuego le rozó los pantalones, saltó al agua, en medio del charco de gasolina ardiente. Se sorprendió al comprobar que el pantano era poco profundo, tocaba, notaba el suelo con los pies. El agua le llegaba al pecho. Podría llegar corriendo a la orilla, sin necesidad de nadar. ¿Por qué no lo había intentado? El fuego le tocó las mangas del abrigo, la camisa. Él repartía manotazos alrededor, intentaba apagarlo. Se sumergió y las llamas se apagaron. Sin embargo, en cuanto volvió a subir para respirar, ardió de nuevo. Las manos, la cara, el cabello. Quemado o ahogado. Se sumergió otra vez. Veinte segundos. La gasolina seguía ardiendo. Treinta segundos. Necesitó oxígeno. Subió y ardió de nuevo. Se resistió, intentó alcanzar la orilla con un baile grotesco mientras el fuego lo abrazaba y le arrebataba el aire para respirar. Cuando se le consumió la piel del rostro, quedó inconsciente, cayó al agua y se ahogó en el pantano de Gottleuba, al aire libre, un bonito día de invierno.

91

$\mathcal{H}$elena se decía que cuanto más supiera, más cosas entendería. Lo mismo que se puede intuir la intención del artista en el estudio de un cuadro, una sinfonía o una obra de teatro. En realidad, solo entendía de verdad lo que motivaba a las tres o cuatro personas que eran importantes para ella. Y tampoco del todo. El mundo restante era un complejo escenario de obsesiones, mentiras, manías y traición. Pero ni con todo el conocimiento posible, nadie veía cuál era el trasfondo ni comprendía cuáles eran los desencadenantes, ni quién manejaba las poleas que accionaban los cables. Se consideraba lista, creía que sabía ver todo eso, pero se había perdido y había estado a punto de morir. Y ahora regresaba. Era su resurrección. Si bien no resucitaba de entre los muertos, sí lo hacía del orgullo desmesurado. Recordó que Katharina había escrito en una redacción que el héroe en el teatro antiguo tenía que sufrir una muerte simbólica para volverse humilde y saber quién era. Entonces se decide si debe vivir o morir. Ella había entendido quién era y seguiría con vida. Así que subió al coche y condujo hasta la siguiente gasolinera. De camino, puso a prueba su memoria. «¿Cómo se llaman mis hijas, cómo se llama el hombre del que estoy separada, con el que ya no estoy casada y del que, a pesar de todo, no logro desvincularme? ¿Cómo se llama la calle donde vivo? ¿Cómo se llamaban mis padres, cuándo nací?» Cuando se percató de que los recuerdos estaban ahí, llamó a sus hijas y se enteró de que Robert estaba en el hospital en Dresden, pero que su vida no corría peligro. Un cartero había encontrado muerto al empleado de la gasolinera y a él. Por la tarde lo iban a trasladar al Charité de Berlín. Helena habló una hora con las niñas, hasta que se le acabó la batería del móvil. Entonces arrancó el coche y regresó a Berlín.

Actuar. Hacer lo que es necesario. Como siempre. Pero no era como siempre, porque en cuanto se sentó al volante y oyó la música de la radio, rompió a llorar.

In our family portrait we look pretty happy / We look pretty normal, let's go back to that.

Ciento veinte kilómetros de trayecto. El coche circulaba sin superar los cien kilómetros por hora por el carril de la derecha, como un ratón entre elefantes. Helena lloró todo el camino, hasta que llegó al circuito del AVUS. Ahí recobró la compostura.

Al cabo de media hora, se paró delante de una casita en la periferia oeste de Berlín. Vio a Barbara en el jardín tendiendo la colada. La buena de Barbara. En algún sitio se oían las voces de las niñas y el ruido rítmico de una pelota contra el suelo de piedra. No veía a sus hijas, pero sabía que ambas estaban jugando al baloncesto. En realidad no estaban jugando; Katharina practicaba los movimientos que acababa de aprender y Sophie le indicaba los pasos concretos del movimiento. Se aproximó a la puerta del jardín y las vio. Aquella imagen fue como el inicio de un ballet visual.

Barbara se dio la vuelta despacio. Intuyó, notó, vio a Helena. Bajó las manos que iban a colgar la camiseta en la cuerda. No dijo nada, miró a las niñas como si quisiera protegerlas del dolor de la alegría que estaba a punto de invadirlas. Las niñas lo percibieron. Katharina, que estaba de espaldas a la calle, miró a Sophie, buscó su mirada, pero la niña no tenía ojos para ella. Atravesada por un puñal en el corazón, abrió los ojos de par en par, se quedó boquiabierta y salió corriendo. Saltó a los brazos de su madre, la acarició y la besó. Se puso a parlotear enseguida. Katharina se quedó helada. A veces un reencuentro es más doloroso que cualquier despedida. Demasiados sentimientos contradictorios: miedo por si su madre ya no era la de antes, celos porque Sophie había sido la primera en lanzarse a sus brazos. Pero si le preguntaran por el motivo de sus dudas, el enfado sería la primera respuesta. Y si le preguntaran por los motivos de su enfado, no sabría explicarlo. Sabía que era normal, casi una obligación, estar contenta, pero ignoraba dónde se había roto su alegría. Cuando Helena la miró y le hizo un leve gesto con la cabeza se derribó el dique. Katharina dejó caer la pelota y se acercó a su madre, despacio, como si cada paso fuera una confirmación de que no estaba soñando. La abrazó y se quedaron como ya había ocurrido una vez, como un ser de tres cuerpos, seis brazos y un extraño peinado de tres colores. Hasta que empezó a llover, y Barbara las hizo entrar en casa.

EPÍLOGO

*H*elena necesitó los siguientes días para recuperarse. Tal vez todo volvería a ser como antes, aunque las opciones no fueran buenas. Pasó mucho tiempo con las niñas y comprobó cuánto habían cambiado. «Lo que llega a pasar en unos meses», pensó. Había recuperado la memoria por completo. Lo único que no recordaba era haber dado permiso a sus hijas para jugar a la PlayStation cinco horas al día.

A Robert ya lo habían trasladado al Charité. Lo visitaba todos los días, y hablaba con él de la época en que eran felices y de cuando se separaron. El caso Dioniso era secundario.

Paulus había desaparecido. Corrían rumores de que lo habían visto en Sudamérica. Cuando los especialistas descifraron la contraseña del portátil de Ziffer, salió a la luz su relación con el fiscal. Ziffer lo admiraba, sobre todo le fascinaba su falta de moral porque se reconocía en ella. Su plan demencial consistía en unir las ideas de Gibran y el poder de Paulus en un gran movimiento influyente, siendo él el estratega. Cuando descubrió a Paulus con niñas menores de edad en la cabaña de caza, el fiscal se inquietó. Sin embargo, Ziffer le garantizó su silencio si él, a cambio, lo cubría. Así, el fiscal se vio en manos de un loco al que no podía controlar. Esa pérdida de control se hizo patente cuando se encontraron dos chicas agredidas y asesinadas en un vertedero y las investigaciones no dieron resultados. La editora jefa de la revista *MINNA*, Tara Beria, había reprochado a la Fiscalía de Berlín y sobre todo a su jefe, el fiscal superior Paulus, que ofrecían un trato benevolente a los pederastas. Ziffer lo vio como un ataque a su ídolo y padre ideal, y decidió «curar» a Beria, de modo que la mutiló y dejó que se desangrara. Fue el principio de una serie de asesinatos, cuyas víctimas tenían dos cosas en común: eran mujeres comprometidas y de éxito, y se llamaban igual que las «siete hijas de Eva». Después de Tara Beria, Ziffer mató a Velda Gosen y a Jasmin Süskind. Posteriormente, estuvo varios meses inactivo porque Paulus consiguió apaciguarlo. Pero cuando Ursula Reuben empezó a seguirle la pista al fiscal superior, Ziffer continuó con su misión y la mató.

Cuando todo se volvió demasiado peligroso, Paulus retiró a Helena del caso. Incluso permitió que Ziffer utilizara la cabaña de caza para seguir matando sin levantar sospechas. Al salir a la luz la verdad, la senadora de Justicia de Berlín tuvo que dimitir. Investigaciones posteriores determinaron que Ziffer se había suicidado.

¿Y Gibran? Cuando le dieron el alta en el hospital, dejó su plaza de profesor en la Humboldt definitivamente. Por sentirse asqueado de los estudiantes, según dijo en una entrevista. «O se aferran a ideologías baratas o aspiran a cosechar elogios y un puesto importante. Es una generación perdida que no conoce desafíos. Por eso, son salafistas o capitalistas. No sé qué es más ridículo.»

El 5 de junio, apenas cinco meses más tarde, Robert recibió el alta en el hospital. Helena y él querían volver a intentarlo. Invitaron a algunos amigos a celebrar el nuevo inicio de su relación. Era sábado. Gibran llamó a Helena hacia las cinco para quedar con ella para decirle algo importante. Quedaron para el lunes siguiente.

Se puso a llover. Las niñas dijeron que iban a salir un momento a guardar las bicicletas en el garaje. Al ver que no volvían al cabo de un cuarto de hora, Helena se impacientó. Abrió la puerta de casa.

Las bicicletas estaban bajo la lluvia.

Agradecimientos

En primer lugar, me gustaría agradecer a mi familia su paciente apoyo. También a Anne Wickinger, de la Fiscalía de Berlín, por sus consejos e información sobre el trabajo de una Administración impresionante. Me gustaría dar las gracias al editor René Stein. Y *enfin et surtout* mis reverencias a la fantástica Eléonore Delair, que ha demostrado con perseverancia, energía y pasión lo que puede salir de una primera versión. *Vous êtes mon héros.*

ESTE LIBRO UTILIZA EL TIPO ALDUS, QUE TOMA SU NOMBRE
DEL VANGUARDISTA IMPRESOR DEL RENACIMIENTO
ITALIANO, ALDUS MANUTIUS. HERMANN ZAPF
DISEÑÓ EL TIPO ALDUS PARA LA IMPRENTA
STEMPEL EN 1954, COMO UNA RÉPLICA
MÁS LIGERA Y ELEGANTE DEL
POPULAR TIPO
PALATINO

LOS SIETE COLORES DE LA SANGRE
SE ACABÓ DE IMPRIMIR
UN DÍA DE INVIERNO DE 2018,
EN LOS TALLERES GRÁFICOS DE RODESA
VILLATUERTA
(NAVARRA)